ハヤカワ文庫NV

〈NV1538〉

孔雀と雀

アラブに消えゆくスパイ

I・S・ベリー

奥村章子訳

早川書房

9148

THE PEACOCK AND THE SPARROW
by
I. S. Berry

Translated by
Akiko Okumura
First published 2025 in Japan by
HAYAKAWA PUBLISHING, INC.
This book is published in Japan by
arrangement with
ILANA BERRY c/o McCORMICK LITERARY
through THE ENGLISH AGENCY (JAPAN) LTD.

リックとゼヴに

だから、遠い海岸に自分の肉体を置き去りにしてきたときには、二度と訪れることなどないと思っていた街で思いもしなかった言葉が浮かぶのです。

T・S・エリオット、『リトル・ギディング』

孔雀と雀

アラブに消えゆくスパイ

登場人物

シェーン・コリンズ……………………………ＣＩＡ中東分析局職員
ホイットニー・オールデン・ミッチェル……同支局長
ジミー・バコウスキー…………………………同職員
グレッチェン……………………………………ジミーの妻
ラシード（スクループ）………………………シェーンの協力者
バート・ジョンソン……………………………アメリカ海軍上級政治顧問
ポピー……………………………………………バートの妻
ワリド・アル・ザイン…………………………バーレーン治安部隊員
アルマイサ………………………………………モザイクアーティスト
サイード・アル・フセイン……………………反政府派のリーダー
ジュネイド………………………………………収監中の詩人。サイードの友人
ジョーダン・クレンショー……………………バーレーンのアメリカ大使館員
カリム・ナーイフ………………………………サウジアラビア情報省副長官
カシム……………………………………………カリムの協力者
アブダル・マティーン…………………………バーレーン情報局長

1

私はラシードのタバコのにおいが嫌いだった。彼はいつも私の車のなかでタバコに火をつけた。さして広くはない、オンボロの三菱ランサーの車内で。においは嫌いだったが、勧められたら、いつも一本吸った。打ち解けて相手を安心させることができるかどうかも、スパイに求められる能力のひとつだからだ。タバコを吸うだけでなく、言いたくもないお世辞を口にしたり、一緒にウォッカを飲んで、ぐでんぐでんに酔っぱらったこともある。

ラシードが吸っていたのはカナリー・キングダムで、葉はヴァージニアから輸入しているという、中東で人気の安価なタバコだ。ＣＩＡの本部もヴァージニアにあるのだと、私はさりげなくラシードに教えた。相手の好きなものとリスクの根源を結びつけるのも人心掌握術のひとつだ。配給カードを使って海軍基地で本物のアメリカ産タバコを買ってやると申し出たが、彼は断わって、吸い慣れたタバコのほうがいいと言った。アメリカ製でそんなひどいにおいのするタバコはないが、彼はカナリー・キングダムを気に入っていたらしい。残念ながら、彼の悪癖はタバコだけだった。敬虔なイスラム教徒なので酒は飲まず、したがって、彼と会ったときに自分が飲んだ酒代を必要経費として計上できなかった。

近くのゴミ箱から漂ってくるにおいとタバコのにおいが混ざり合って、停車中の車のなかには腐った果物のようなにおいが充満した。「ジュネイドが解放されるまで交渉はしない」ラシードは、首を振りながら窓の外に目をやった。窓の外には、雑然とした茶色い街並みが広がっていた。長年のあいだに、街と呼べる状態ではないほど衰退してしまったスラム街が。西に傾いた太陽の光は、埃まみれの車の窓をくすんだ銅色に変えた。車はあえて洗わなかった。汚れが情報提供者を隠してくれるからだ。

ラシードが目を細めると、黒い瞳が沈みゆく太陽の鈍い光を反射してきらりと光った。暴動の勃発直後に逮捕されてバーレーンの刑務所で衰弱している反政府派の詩人、ジュネイドの話をするときはいつもそうなのだが、ラシードは一方的に怒りをぶちまけた。

「国王はいずれアッラーの報いを受けるに違いない！」ラシードは、並びの悪い黄ばんだ歯のあいだから唾を飛ばした。まだ若い彼の浅黒い顔はあばただらけで、コンビニで売っている安物のジェルを塗りたくったらしい巻き毛はてかてかと光っていた。また痩せたのか、薄いシャツ越しに胸の凹みが見て取れたが、おそらくラマダンで断食したからだろう。私と会うときはいつもの白いトーブを着てくるなと言ってあった。目立つからだ。

「アッラーの報いを受けなくても、国王は国際社会に責任を問われるはずだ」私はそう言って笑みを浮かべた。

ラシードの表情が和んだ。「あんたらアメリカ人がアッラーを信じてないのを忘れてたよ。確かに、国際社会もジュネイドの理不尽な拘束を非難しているからな」オックスフォードだったかケンブリッジだったのかは忘れたが、四年間イギリスに留学していた彼の英語は完璧だった。

「それに、不当に拘束されているのはジュネイドだけじゃない」と、ラシードが続けた。「先週は、デモの負傷者を診察した医師が四人、逮捕された。傷の手当てをしただけなんだぞ。ヒポクラテスの誓いに従って――」

「ああ、その話は聞いた」

「あんたの国の武器禁輸措置のおかげで、おれたちは生き延びることができてるんだ」

「そう言われるとうれしいよ」

ラシードは深く息を吸い込んで私の顔にタバコの煙を吹きかけた。「とにかく……あんたらはおれたちの立場を理解してくれている」

私はほんの少し窓を開け、タバコを投げ捨てて、代わりにペン型の懐中電灯をくわえた。

「で、きみたちのグループはどうするつもりだ？　何か、計画は？　闘い続けるのか？」

「ああ」ラシードは節くれだった指で私のノートを軽く叩いた。「きちんと書き留めておいてくれ。おれたちは神の思し召し《インシャッラー》のままに闘い続ける」

ラシードの影は不気味な幽霊のようにディラーズ墓地の墓と墓のあいだに消えた。ラシードは信頼できる情報提供者で、しかも、いとも簡単にこちら側へ引き込むことができた。「反政府派に関する詳細な情報をアメリカに提供してほしい」そう持ちかけると、飛びついてきたのだ。彼は、自らの主張を熱く語って革命への資金援助を要求した。フォーティーン・フェブラリーと名づけられた反政府派グループの作戦立案者のひとりだというだけで、最高幹部だったわけではないが、ＣＩＡが必要としている情報は入手できる立場にあった。

私は、安全だという合図としてダッシュボードの上に置いていたタバコの箱を手に取ると、スキットルに入れていた酒をひと口飲んでランサーをジャファーに向けて走らせた。街灯のない通りは立体感に欠け、まるで紙の上を走っているようだった。途中で、ソフトドリンクを買うために五十四番街のコンビニに寄った。バーレーンの首都のマナーマには、名前をつけるほどの特徴も謂《いわ》れもないために番号で呼ばれている通りが多い。協力者と会ったあとは尾行されていないかどうか確認するために回り道をしろと教えられたが、二十年以上この仕事をしてきた私は、そんなことをしても意味がないのを知っていた。若くて経験の浅い工作員なら、実地訓練として監視探知ルートを通ればいい。それに、協力者に会いに行くときに地元の諜報部員があとを尾けてきたときも。しかし、会ったあとでは意味がない。

ジャファーにあるアメリカの海軍基地に着いたときには、白っぽかった夕方の空が灰色に変わっていた。バーレーンで青い空を目にすることはない。空はいつも霞んでいて、色がなく、絶え間なく砂が舞っていて、そもそも空があることすら忘れてしまうほどだった。私は、立派な門のついた家ととなりの家のあいだの空き地に車を駐めた。ここへ来て二カ月以上経つのに、基地内の駐車許可証はまだもらえていなかった。昇進するか、裏から手を回す方法を見つけることができればいいのだろうが、どちらも無理なように思えた。

支局は基地の奥に建つ小さな別館にあって、中東分析局と書いた看板がかかっていた。薄っぺらいパーティションで仕切ったスペースに、汚くはないものの、安物のみすぼらしい家具を並べた、役人が慌てて体裁だけ整えたのが丸わかりの殺風景なオフィスだったが、平時でも有事でもないときの作戦拠点はどこも似たようなものだ。天井に取りつけられた古びた籐《とう》の扇風機は、砂漠から吹き寄せる熱気のこもった部屋を冷やそうとして、死にかけの蚊のような哀れな音を立てていた。

ラシードからもたらされた情報はわずかで、報告書をタイプするのに数分しかかからなかった。本部はあらたな情報を求めていたが、もはやそれほど出てこなくなっていた。二〇一二年の秋が間近に迫り、バーレーンで革命の狼煙《のろし》が上がってから、もうすぐ二年になろうとしていたが、民主化はさほど浸透せずに行き詰まっていた。双方に一定の死傷者は出たものの、反政府派もそれほど危険な行動には走らず、使い古されたスローガンを叫んだり、時おり破壊的な行為に及ぶだけだった。各国の新聞は単なる内乱だと受け止めて、報道するのをやめた。かくして、バーレーンのアラブの春も、近隣諸国の反体制運動と同様に、取るに足らない出来事として歴史のなかに葬り去られる運命にあった。

暗証番号を打ち込む音がしたのと同時に、部屋のドアが勢いよく開いた。ホイットニーは革の鞄を机の上に置いて、「やあ、コリンズ」と、私に挨拶した。ほかのみんなと同じく、ホイットニーも私をシェーンというファーストネームで呼ぶことはめったになく、たまにファーストネームで呼ばれると、デートしている女の子の名前を呼ぶ高校生のように、ぎこちなく不自然に聞こえた。ホイットニー・オールデン・ミッチェルはＣＩＡ史上最年少の支局長で、それだけでも充分やっかみの対象になるはずなのに、彼は二十八歳という年齢以上に若く見えた。

「何をしている?」ホイットニーは、私が五時を過ぎても仕事をしているのをはじめて見たような口調で尋ねた。

「スクループからの情報をまとめてたんだ」可哀想に、ラシードは聞こえのよくないコードネームをつけられていた。

ホイットニーは、シャツのいちばん上のボタンをはずしながら私のコンピュータの画面を覗き込んだ。彼は小太りで背が低いので、私が何を書いたか見るには身を乗り出さなければならなかった。「向こう側の友人から、何かいい情報が手に入ったのか?」彼は反政府派のことを〝向こう側の友人〟と呼んでいた。

「いや、とくには。彼らはデモを続けて、ジュネイドの釈放を要求しているだけだ」

ホイットニーは、女性のような長いまつげで縁取られた青い目が特徴的な、ふっくらとした丸顔をしていた。首には髪の色と同じ薄茶色のそばかすがあって、糊の利いた襟の奥からわずかにのぞいている。いつも白いボタンダウンのシャツとカーキ色のズボン、ペニーローファーという格好をしていたが、いつまで経ってもはじめて外国に赴任した局員のような暑苦しい情熱を持ち続けていて、気味が悪くなるほどにこやかな笑みを浮かべ、恐ろしいほど力を込めて握手をするのが癖だった。自分の優れたセンスや洗練された身のこなしの理由を説明するかのように両親は外交官だったと言うのも口癖だった。そのあとでジョークを口にして相手の腕を叩き、自分にはスパイに必要な度胸とユーモアもあることを証明して見せるのだ。

「イランに関する情報は？」

私は肩をすくめた。「べつに何も」

「コリンズ」ホイットニーが足を踏み替えた。「武器と金に関する詳細な情報が必要なんだ。どこからどのように持ち込まれたのか知りたい。ＨＱがせっついてくるだろうから」彼は、友人のニックネームを口にするかのような親しみをこめて本部のことをＨＱと呼んでいた。

「わかったよ、チーフ」私がそう呼ぶと、ホイットニーはすばやくまばたきをして、いつものように照れ臭そうな表情を浮かべた。「いまのところは何も情報がないが、気をつけておく」

ホイットニーは自信に満ちた笑顔を見せた。「きっと何かあるはずだ。探ってくれ」

ホイットニーは、私より数週間遅れて、六月のうだるような暑い日に安っぽい厚手のウールのスーツを着てやって来た。バーレーン支局長に抜擢される前から〝期待の星〟と呼ばれていた彼は、サイズの合わない、あるいは無理をして買ったブルックスブラザーズのジャケットに袖を通すときのような誇らしげな思いでその称号を受け止めていた。私とは大違いだ。私は二十五年間ケースオフィサーを務めたが、支局長になったことはない。前任地のバグダッドでの数年間は左遷されたも同然だった。工作資金から数百ドルが消えたり肝不全の初期段階だという診断を受けたりしたこともあって、ますます落ち込んだ。が、どん底まで落ちる前に、イラン担当官としてバーレーンのマナーマへ転任することになり、スンニ派の王政を倒そうとするシーア派の蜂起の背後に潜むイランの大規模な陰謀を暴いて、中東におけるイランの影響力の増大に対する米国の懸念を実証する任務を負わされた。私にとっては、日の当たる場所に出る絶好のチャンスだった。誰もが知っているように、マナーマは、イラクのバグダッドやアフガニスタンのカブール、イエメンのサナアといった重要任地への、あるいはそういった任地からの中継地点だった。気前のいい生活手当も年中降り注ぐ太陽も、海辺の住居も、普通の公務員の給料ではめったに手にできない贅沢で、すべて危険の代償だ。マナーマはスパイが死にに行く場所だった。二十八歳で支局長になったのでもないかぎりは。

「ジュネイドのことは知ってるだろ？」私はパソコンの画面へ顎をしゃくった。

ホイットニーは、そばかすをあらわにしながら大きく頷いた。「もちろん。詩人だろ？　気の毒に、刑務所に入れられてるんだよな……もう何年になる？　一年か？　二年か？」

ホイットニーは腰回りが太く、しかも、女性のように脂肪がついていたので、かろうじてウエストをぐるっと一周しているベルトは、木にしがみつくヘビのようだった。それに、彼の体からは独特のにおいが漂ってきた――ベビーパウダーと汗が混ざったようなにおいが。

「彼の詩を読んだことがあるか？」

「スピーチは何度か聞いたことがある」

私は、『マナーマの詩《うた》』と題された革装丁の本を、ラシードが端を折ったページを開いてホイットニーに渡した。私自身は数篇読んだだけで、ひどく気取った感傷的な詩だと思ったが、優秀なスパイとして、ラシードの崇拝している詩人に敬意を表して知的な会話をするのにはそれで充分だった。「読んでみろ」と、ホイットニーにもすすめた。

ホイットニーは顔をしかめた。「アラビア語じゃないか」

「それぐらいだ」

ページをめくって、ラシードが翻訳した詩を見せた。ホイットニーは、テロリストが記した爆弾の製造法を読もうとでもしているかのように疑わしげな目付きをした。

「スクループを信用していないのなら、おれが翻訳してもいい」と、申し出た。

「興味は惹かれるが……」

「さあ、声に出して読んでくれ」そうは言ったものの、無理強いするつもりはなかったので、諦めて両手を上に向けた。「おれもじっくり読んだことがないので、おたがいにいい機会になると思ったんだが」

ホイットニーは咳払いをした。「今宵はこだまが聞こえる」彼は、それでいいか確認するかのように顔を上げた。私は無言で頷いた。

今宵はこだまが聞こえる
砂漠の向こうから聞こえてくる
チュニジアから、エジプトから
鎖につながれた者たちが高いところにある大理石の噴水から水を飲もうとするには
台の上に登らなければならない
われらにはその足しか見えない、高みに立つ王たちに告ぐ
われらは噴水によじ登り、街中を水浸しにする！
われらはそなたらの権威を奪い、要所を占拠する！
われらは呼びかけ合って同じ目標を目指す！
ダイヤモンドで身を飾っても自由は謳歌できない

そなたらは宝石がどぶに流されたらどうなるか恐れている
　われらは立ち上がる
　けっして立ち止まらない
　こだまを聞きながら前進する

「いい詩だろう？　大衆の心を動かす詩だ。スクループの翻訳もいい」私はうっすらと笑みを浮かべた。「もしかすると、スクループはジュネイドより優れた詩人かもな」

　ホイットニーは本を返して、拳で私の机を叩いた。「で、報告書はいつ完成する？」

「もう完成している」

　ホイットニーはガラスの仕切りに守られた自分の机に戻って、太い指でキーボードを叩きはじめた。彼はつねに仕事に追われていた。支局長の仕事に終わりはない。

　私はコンピュータの電源を切って、残酷なモニターに映る自分の顔を見つめた。黒かった髪は数年前から白いものが目立ちはじめて、クモの巣が絡みついているように見えた。顔立ちはアメリカ人のようでも外国人のようでもなく、無国籍風だ。母はよく、あなたはケネディ大統領に似ているが、大統領より背が高くて色黒で、アイルランド系らしくないと言っていた。三十代のころに出会った女性も、皆そう思っているようだった。いまは、やたらと出張の多い官僚か、長生きしてベトナム戦争に介入したことを後悔しているケネディのように見える。腹が出てきたのも、起きたてに指の関節が痛むようになったのも、デスクワークが増えたせいに違いない。だが、髪はまだクモの巣が絡みつきそうなほどふさふさしているし、バツイチの五十二歳なら女性とめぐり合うチャンスも残っていた。

帰りぎわに、ホイットニーのオフィスの前でふと足を止めたのは、寛容な気持ちが、いや、詩を読ませたことに対する罪悪感が込み上げてきたからかもしれない。「どこかで一杯やらないか？　暑さも幾分ましになったようだし」

ホイットニーはちらっと腕時計を見て、親指をコンピュータのモニターのほうに向けた。

「せっかくだが、この報告書を送っておかないといけないので」そう言いながら、急にモニターから目をそらした。「ジミーはもう帰ったのか？」

私はジミー・バコウスキーをさがすふりをしてオフィスを見渡した。ジミーは防諜を担当しているもうひとりの職員だが、週末はいつも早く帰るのだ。「どうやら、そうらしい」

「誘ってくれてありがとう。そのうち一緒に飲もう」

私は子どもじみた敬礼をした。「じゃあ、提督のパーティーで」

普段は船員や移動用のゴルフカートが行き交う基地も、週末は静まり返る。第五艦隊が拠点としているジャファーの海軍基地は、小さいながらも絵のように美しいと言われるほど趣のある基地で、ヤシやサボテンやブーゲンビリアが彩りを添え、レンガ敷きのパティオやバーベキューグリルを見ると、にぎやかなパーティーの光景が目に浮かぶ。あちこちに立っている矢印のついた標識のなかには、インシャッラープールやムービースークと書いてあるものもあった。知っているアラビア語の単語を使いたかっただけなのかもしれないが、なかなか粋なネーミングだ。出口のゲートの上にある電光掲示板には、〝よい週末を〟というメッセージに続いて、立ち入り禁止のホテルの名前が流れていた。〈バブ・アル・バーレーン・ホテル〉、〈シーシェル・ホテル〉、〈コンコード・ホテル〉など、どれも、デモが頻発していて、しかも、売春婦がたむろしているエリアにあるホテルだ。

外のタクシー乗り場にはずらりと車が並んでいた。中東では、木曜日の夜が週末のはじまりだ。まだ時間が早いので、タクシーの運転手は粗末な日除けの下でプラスチックの椅子に座り、独身らしい男性隊員を見つけては天井のランプのまわりを飛びまわるハエにも負けないしつこさで声をかけていた。タクシー乗り場の周囲にはゴミの山ができていた。市の収集車は基地に近寄ろうとせず、基地の外はアメリカの管轄外なので、いわば無人地帯のようになっているのだ。腐ったゴミの山の合間からは水タバコの甘い香りが漂ってきていた。皆、夜の退屈しのぎに水タバコを吸うのだ。ある運転手は、いつも同じ椅子に同じ角度で座って糖蜜を混ぜた水タバコを勢いよく、しかもひっきりなしに吸っていた。中毒に陥っているのは明らかで、数年以内にニコチンの害で倒れて日に焼けた顔を歪めたまま死んでも、またべつの運転手がやって来るので誰も困りはしない。

タクシーはどうだい？　乗らないか？　安くしておくよ。

タクシー乗り場のすぐ先のアメリカ街が輝きだした。派手なネオンで本格的なアジア風のサービスを宣伝しているマッサージ店やガラクタを並べた骨董品店、ハンバーガーとフライドポテトとコーラを惜しみなく提供するアメリカのファストフード店が建ち並ぶ一画だ。もう少しすれば船員たちが狭い歩道をぶらつき、サウジアラビア人が映画スター気取りでスモークガラスのランドローバーを乗りつけてくる。

私は、相変わらず闘鶏場のように騒然としている木曜の夜のアワル通りをランサーでのろのろと走った。通り沿いに高層ビルが建ち並んでいるのは、石油ブームに浮かれていたころに街の高さと豊かさを誇示するかのようにつぎからつぎへと建設されたからだが、そのせいでマナーマはいびつな街になった。地下室のゴキブリのように人々が這いまわっている通りは、まるで第三世界のようだった。小さな写真店や溢れかえったゴミ箱、自転車に乗った物乞い。マナーマの街には、中東でよく目にする植民地時代の優美な建物や曲線美を象徴する古代の建造物はなかった。不規則な通りや十字のずれた交差点、原因や目的のわからない騒音など、すべてが混沌としていて、それを何とかしようとは誰も思っていないようだった。

ジャファー・モールの外壁に取りつけられた大型スクリーンには、国王や王族が主催するその月のイベントを紹介するビデオが流れていた。料理コンテストやガーデンショーのほかに、びっくりするほど高額の賞金が当たる宝くじも紹介されていた（ビデオでは、疑り深い人たちのために、シャリア法に準拠しているという説明も付け加えられていた）。スクリーンの脇の壁からは、口ひげをたくわえた国王がわれわれを見下ろしていた。五階分の壁面を覆いつくすように拡大してあるせいで、顔が不自然に歪んでいたが、それは新しいポスターで、国王は流行の服装を身にまとい、飛行士用の黒いサングラスをかけて親指に派手な金の指輪をはめている。その真向かいには、魅惑的な宣伝に気を取られているドライバーに警告を発するかのように、〝イランの陰謀を阻止せよ！〟という大きなプラカードが掲げてあった。

エアポート・ロードにある、イタリア産の大理石が電灯を浴びてきらめくグランドモスクの前を通りすぎると、滑走路に向かって降下していく飛行機や空港のまわりを警戒走行している装甲車が見えた。夕刻の祈り《マグリブ》をうながす呼びかけが街中のモスクから聞こえてくる。イスラム教徒は、日没時にその日最後の祈りを捧げることが義務づけられているのだ。ヒッド橋を渡ってドライドック・ハイウェイを北へ向かったが（南に行けば、ジュネイドが独房に収容されているドライドック刑務所があるのだが）、右手に見えるペルシャ湾は波も穏やかで、昇りはじめた月の白い光を浴びてきらきらと輝いていた。ここは、バーレーンでいちばん美しい場所だ。海岸には、きれいに形を整えられた太いナツメヤシの木が並び、その緑の壁がどこまでも続いているような錯覚をもたらしている。ナツメヤシは乾燥した土地でも自然に育つ唯一の植物で、エデンの園があったのはもともと肥沃な土地だったこの島だという伝説も、さほど荒唐無稽な話ではないような気がする。海岸沿いには角砂糖のような新築の家が並んでいたが、数十年間続いた建設ブームも、石油の枯渇にともなって、もはや終わりを告げようとしていた。ラシードの話では、国王が不満を抱いているシーア派の住民に海辺の住宅を低価格で提供すると約束したそうだが、サウジアラビアの王族が目をつけたとたん、たった数週間で高級住宅地に様変わりしたらしい。どの家も、屋上では狼の歯のようなジグザグ模様のバーレーン国旗が夜空にはためいていた。

やがて、人工のアムワージ島が見えてきた。アムワージ島は島全体が高級住宅地で、外交官や外国の石油会社の重役やガルフ・エアのパイロットが住んでいた。バーレーンではもっとも治安のいい場所で、希望的観測ではあるものの、暴動が激化しても安全だと言われていた。ただし、道路脇には〝バーレーン人に海辺を返せ〟と書いた看板が立っていた。フローティング・シティーの入り口を守る非武装の警備員は、手を振って車を通してくれた。クリーム色の家々。クリスタルのシャンデリアに照らされた窓。ポテトチップスや冷凍ピザや、電子レンジで作るポップコーンなど、欧米人の好物が揃う高級食料品店の〈アロスラ〉。〈ドラゴン・ホテル〉からは、生バンドが演奏しているロッド・スチュワートのバラードが聞こえてくる。イギリス人の客が来ていたのだろう。雨の多いイギリスから太陽とヤシの木を求めてバーレーンへ来たのに、チャーチル並みの頑固さを捨てきれず、音楽と酒は自国のものがいいと思っているのだ。

住宅地のなかに入っていくと、車の音を聞きつけたインド人が自転車に乗って近づいてきた。数人のインド人がたむろしているフェンスの陰から飛び出してきたのだ。建設現場の作業員なのか、皆、擦り切れたジーンズの裾を折り曲げていて、あたりが暗いせいもあって、日に焼けた顔は真っ黒に見えた。彼らのなかに、知的障がい者らしい男がひとりいて、その男は、一度断わったのに二週間近く毎日私の車のドアをノックして何か用はないかと尋ね、何もないと言うと、理解できないのか納得できないのか、とにかく焦点の定まらない目で私を見つめていた。

「洗車しようか？」自転車に乗ったリーダーらしき男が、開け放った私の車の窓に向かって大声で叫んだ。男は、汚れたぼろ布を見せながら普通の声で話ができる距離まで近づいてきたが、こっちが危険を感じるほど近づきはしなかった。それは、バーレーン王国の貧困層が身につけているエチケットのようなものだった。

「また今度」

私のうしろを見つめる障がい者らしい男の飢えたような目が、車のヘッドライトを反射して夜行性の動物の目のようにきらりと光った。

家のなかに入っても明かりはつけなかった。暗くても、見慣れた家具がさほど広くはない家のなかで静かに身を潜めているのはわかっていた。私とともに海外の赴任地を転々とした、結婚生活より長持ちしたベージュ色の革張りのソファ。息子が口をきかなくなる前にプレゼントしてくれた金色の地球儀。ノンフィクションとアラビア語の教科書が並んだ本棚。グレアム・グリーンやル・カレの小説は、ときどき読み返して自分が選んだ人生の意味を理解しようとするものの、何度読み返しても理解できずにいた。壁に絵は飾っていなかった。長年かけて集めた芸術品は、古い思い出と情報提供者からもらった安っぽい贈り物だけだ。ただし、部屋は清潔だった。その日の朝にメイドが掃除に来たので、静まり返った部屋のなかにはレモンに似た消毒液のにおいが残っていた。

携帯電話が鳴った。

「コリンズ」ホイットニーの鼻にかかった押しつけがましい声には、どうせたいした用ではないと思わせる響きがあった。「戻ってきてくれ。友人から電話があったんだ。明日、砂嵐が起きるそうだ。今週末は北風が吹くらしい」

それは暗号だった。明日、大規模なデモがあり、週末にイランから武器や金など、革命を支援する物資が運ばれてくるという意味だ。バーレーン諜報部のスンニ派部員から提供された情報だったが、回数すら忘れてしまうほど頻繁に情報提供を受けていたにもかかわらず、われわれは何の成果も挙げられずにいた。

「以前にもそういう話があったよな」

「あんたの助けが必要なんだよ、コリンズ。これはあんたの仕事だ」

私は電話を切った。真っ暗な入り江を見下ろすアーチ形の窓に映る自分の姿は、寄せては返す意地悪な波のせいであらわれたり消えたりした。

2

部屋には楽しげな話し声がトンボのように飛び交っていた。暗い大きな窓には、口を開けて笑う白人の顔がいくつも映っていた。中東特有のサウナ並みの暑さのせいか、グラスのなかの氷は数秒で溶けて、小さな音を立てながら崩れていった。

ゆうべ、カクテルが飲みたいと言ったときは、火炎瓶《モロトフカクテル》のことを言ったわけではなかったのに！

せっかくのパーティーが台無しだ。

ブダイヤからこっちに移ってきたばかりなんだけど、あと一週間向こうにいればよかったかも。

そこにいる者は誰もタバコを吸っていなかった。禁煙はアメリカ人が広めたにもかかわらず、いまいましいことに、海外のほうが国内より厳格に守られている。なぜか、その部屋自体もアメリカのようでアメリカではなく、本国より華やかで、かつ健全なエアポケットのようだった。壁には古典的な手法で描かれた絵が並んでいた。描かれているのは美しいフェンスで囲まれた庭や、国旗で埋めつくされたメインストリートのパレードやポプラの繁る山々だ。しわが刻まれた革張りのアームチェアは誰かが座りにくるのを辛抱強く待っていて、きれいに形を整えられた鉢植えのヤシは人がそばを通るたびにかすかに揺れて、その緑の影は、こそこそと動きまわる悪党のように大理石の床の上で揺れていた。

いつものように、そこにはさまざまな国籍の人間が集まっていた。アメリカ人がいちばん多く、つぎに多いのはイギリス人で、フランス人やドイツ人も何人かいた。陽気で声の大きい外交官や、作り笑いを浮かべている海軍将校、場違いな格好をしてやって来てしこたま酒を飲んでいる民間人、仕事で隣国のサウジアラビアに来て、ここで羽を伸ばしている石油会社の関係者、慎重に選ばれてやって来た、さわやかな下士官たち。大使や提督や主席公使、大使館付きの海軍武官、それに、一般の大使館職員が週末ごとに交代で開いているいつものパーティーと何ら変わりはなかった。それがただの夜会のこともあれば、祝賀会、歓迎会、送別会、ダンスパーティー、さらには結婚式の披露宴のときもあったのだが。

ホイットニー・オールデン・ミッチェルはあらわれなかった。おそらく、木曜日の夜を潰されるのが嫌だったのだろう。金曜日にはあちこちでデモが起きたが、たいした規模ではなく、スラム街に限定されていたこともあって、数時間で鎮圧された。支局に送られてきた内務省からの報告でも、週末のちょっとした騒ぎのような扱いだった。ブダイヤ・ハイウェイのフィッシュハウス環状交差点付近で定例のデモが発生。参加者は、反政府派、推定百名未満。火炎瓶、衝撃爆弾、手製の焼夷弾が使用される。成形炸薬弾や爆発成形貫通弾はおろか、銃さえ使用されなかった。違法な積荷がバーレーンの岸に流れ着くことも、空港のX線検査装置に映し出されることもなかった。結局、ハンプティ・ダンプティが火を吐くドラゴンに変身することはなかったわけだ。われわれがラングレーへ送った緊急電信も、港湾と空港の使用停止要請も、クリスマスカードのように受け止められたのかもしれなかった。

ビール瓶でソファを叩くと、琥珀色のしずくが白い革の上に飛び散って醜い染みができた。一時間経っても、その場から動く気にはなれなかった。歳をとるにつれて世間話はますます苦手になって、ひとりで酒を飲みながらほかの人たちを眺めているほうが楽だった。「昨日は、道路がすべて通行止めになったのよ！」エレキギターで不協和音を掻き鳴らしたようなポピー・ジョンソンの声が、ざわめきを切り裂いて聞こえてきた。「ヘアサロンの予約を三度も変更しないといけなかったんだから！」ポピーはドレスの紐をだらしなく片方の肩にずらして、ふらつきながら水路に面したバルコニーに立っていた。彼女の夫は、妻が自分のほうに倒れ込んできたら支えようと身構えていた。夫のバート・ジョンソンは、いつも肩書き抜きで〝ミスター・ジョンソン〟と呼ばれていたが、中東に関する豊富な知識が買われて、民間人ながら提督の上級政治顧問を務めていた。関係者は、専門知識に裏打ちされた彼の助言を、お手軽なビュッフェ料理のようにつぎからつぎへ出てくると話していた。

「あんなことをして何になる？　デモ隊は自国を破壊しているだけじゃないか」誰かが発したその声は、水路のブイのように揺れながらざわめく話し声のなかに漂った。

「何のためにもならない」声の主は、バーレーンの小さな支局でもっとも経験の浅い部員のジミー・バコウスキーだった。四十代前半の元海兵隊員の彼は、太鼓腹で、禿げで、汗かきで、週末はいつも、〝おれは怠け者ではない。何もしないのが好きなだけだ〟などと書かれたTシャツを着ていた。「もちろん、情報源や情報の入手方法は明かせないが、確かな筋からの情報によると、反政府派はよからぬ方角から支援を受けているらしい。つまり、ペルシャ湾の向こうから」

ふと、ジミーとは対照的に物静かな妻のグレッチェンと目が合った。ジミーも、特に外国人がまわりにいるときは政府関係者とのつながりを宣伝するべきではないとわかっていたはずだが、中途半端な洞察と曖昧な話で注目を集めたことは喜んでいるようだった。

「道路が閉鎖されようとされまいと、これからは〈リッツ〉へ行くわ」ポピーはそう言いながら、結い上げたブロンドの髪を子どもをあやすように撫でた。「いまのサロンのせいで、髪が傷んでしまって。カラーリング剤がダメなのよね。それに、いつも待たされるし」

提督の妻が肩をすくめた。「〈リッツ〉なら大丈夫よ」

開け放たれたガラス張りのドアを抜けて従軍牧師の妻もバルコニーに出ていった。

「〈リッツ〉？　あそこのブランチはすばらしいわ。ベルーガのキャビアが出てくるのは、あそこだけよ。アメリカでは輸入が禁止されてるし」彼女はヘナでタトゥーを入れた自分の手を見つめてから、提督の妻に見せた。「いいでしょ？　週に一度、入れ直してるの」

ポピーがグラスのなかの飲み物をこぼしながら手を振った。「気をつけてね。地元の女性のなかには黒いヘナでタトゥーを入れている人もいるけど、取れなくなることがあるんですって。きちんと確かめて買うのならいいけど、何が混ざっているかわからないから」

どの女性の髪もピアノの鍵盤のように艶やかで美しく、触れてもらいたがっているようだった。駐在員の妻は、なぜか髪に特別なこだわりを持っていて、まるで髪に永遠の命が宿っているかのように大事にしているのは私も知っていた。彼女たちは茶色い髪や金髪や黒髪をうしろに払いのけて椅子の背もたれに垂らしたり、たてがみを揺らして疾走するポニーのようにマナーマの風に髪をなびかせながら颯爽とカフェに入ってきたりしていた。爪にも同じぐらい気を遣っているようで、ネイルを施していない手と握手をしたことはなかった。おそらくパッケージプランの一部なのだろう。女性は、この国にいるかぎり、狭い家や、皿洗いが原因のあかぎれや、ウールのカーディガン、それに芝生の手入れから解放される。この国にいるかぎり、金のスプーンで食事をしながらミケランジェロについて語ることができるのだ。

フィリピン人のメイドが揚げたての春巻きをのせたトレイを運んできて、窓ぎわで女性と一緒に座っていた提督に差し出した。提督は、制服より私服のときのほうが上品に見えた。五十三歳で長身の提督を、人々は威厳があると言っていて、髪は白いものの、ふさふさとしているし、もともと筋肉質だった体は、歳をとって少し痩せたせいか、ますます引き締まって見えた。オールドオーバーホルト・ウイスキーのラベルに描かれた男性のように優雅に年を重ねた彼の顔が日に焼けて赤銅色に染まっていたのは、一日中ペルシャ湾で訓練をしていたか、セーフハーバー号と名づけた三十フィートのヨットで遠出したかのどちらかだ。彼はイラクに対する重要な阻止攻撃を率いた湾岸戦争の英雄で、そのときの功績が認められて海軍司令官の座に就いたのだと言われていた。

「あそこに家が見えるでしょ？」提督のとなりに座っている女性が入り江の向こうにある

ドーム型の大邸宅を指さした。「所有しているのは王族ですが、マイケル・ジャクソンがひと夏あそこに住んでいたのはご存じ？」

「ほんとうに？」提督は、料理を食べながら目を細めてその邸宅を眺めた。

「ずうずうしいと責められます？　あそこにいればパパラッチは来ない。プライバシーは守られる。それに、ドアの外にはビーチが広がってるんですから」

タバコの煙に耐えられなくなって、私もバルコニーに出た。バルコニーでは、誰かが――おそらく提督の妻だと思うが――虫除け代わりにレモングラスの香りのするキャンドルを置いていた。この国ではほとんど植物が育たず、虫さえ棲みつこうとしないのだから、滑稽な話だ。しかし、提督の妻は両国の関係向上にかこつけて独自の旅行ガイドを作成し、ここは熱帯の楽園だと宣伝した。そのうえバーレーンを〝光り輝く微笑みの国〟と呼んで、自分の主張を裏づけるためにいつも笑みを浮かべていた。雨が降らず、絶え間なく舞い上がる砂塵が美しい夕焼けを作り出す国であるのは確かなのだが。

バルコニーで話をしていた男の声が大きくなって、耳障りだと思っていると、ジミーがべつの男と反政府派を批判しているのがわかった。「あいつらは、アラブの自由戦士を気取っているだけの無知な輩だ。イランの手先だ。無能で自滅的な、自称革命家にすぎない」ジミーはポピーより酔っぱらっていて、ポロシャツの下に隠れた腹は、マリーナに横付けしようとしているヨットのように揺れていた。ふたりともげらげら笑い、罵りに近いジョークを連発していた。「事態が悪化したら、桟橋からモーターボートに飛び乗るよ。反政府派に何ができる？　ペルシャ湾まで追いかけてくるのか？　やつらはボートを持ってないだろう？　持ってるのなら、デモなんかせずに国を出ていきゃいいじゃないか」彼らは笑って、ウインクを交わした。

一艘の艀《はしけ》が、青いライトをエメラルド色の水に溶け込ませながら目の前を通りすぎていった。あちこちからグラスを触れ合わせる音も聞こえてきた。フローティング・シティーの家の色のバリエーションは数種類しかないことに、私はそのときはじめて気がついた。どの家も、白かベージュか黄土色だということに。まるで、誰もが風景から、あるいはまわりの人たちから乖離したくないと思っているかのようだった。

「よかった《サラーム》！　やっとあらわれたな！」提督が大きな声でそう言うと、餌を求める鳩のようにみんながドアへ向かった。「ホイットニー！　よく来た！　待ってたんだぞ！」「報告書を作成してたので」ホイットニーは遅れた理由をみんなに説明して、すまなそうにジャケットを指さすと、温かい飲み物と燃え盛る暖炉が待つわが家へ帰ってきたかのようにジャケットを脱いで、ぼってりとした手で握手を交わした。

そして、驚いたことにいきなり大使官の職員に話しかけた。長身でブルネットのその女性はタイトな黒いドレスを着てチェリーレッドのハイヒールを履いていた。可哀想に、ホイットニーは幼児のように顔をピンク色に染めていた。ジミーも私も彼は童貞なのかもしれないと思っていて、ある日の午後に賭けをすることにしたのだが、そこまでするほどのことではないと気づいてやめた。私は、彼が誰かいい人を見つけてくれることを心から願っていた。スパイの仕事は過酷で孤独だが、支局長はさらにつらい。

それにしても、運命は残酷だった。提督がそばに来ると、大使館の女性職員は遠慮して席をはずした。それで、提督とホイットニーは、ビールを手に部屋の隅に移動した。ふたりの身長差があまりに大きいせいで、コメディを見ているような気がした。私はしばらくふたりを眺めていたが、急にもう一杯酒を飲みたくなった。

「コリンズ！」ホイットニーが私を見つけてそばに来た。提督もあとをついてきた。「会えてよかった。木曜の夜は助かったよ。よくやった」

「残念ながら、成果はなかったが」

「じつは、いま提督とその話をしていたところなんだ」ホイットニーはうっすらと笑みを浮かべながら提督を見て、教師に謝る高校生のようにお辞儀をした。「御自身の口から話してください。私では、うまく伝わらないおそれがあるので」彼はそう言って私の肩を叩いた。

「わかった」提督は真剣な面持ちで頷いた。「きみはすばらしい仕事をしてくれているよ、コリンズ。きみだけでなく、支局全体が。きみたちの報告書の一部は国防長官に直接届けられて、作戦の立案に役立っている」提督は顎をこわばらせて、湾のほうへ目を凝らした。「ただ、ひとつ問題があって。北の隣国がサプライチェーンの一翼を担っているという情報がさまざまな経路から入ってきてるんだ」

私の視線は提督の金色のカフスボタンに引き寄せられた。アジアの国の文字が刻まれているのを見て、第七艦隊の副司令官として太平洋に派遣されたときに手に入れたものなのだろうと思った。提督は海軍兵学校の派手な指輪もはめていた。一九八二年の卒業だとみんなに知らせるために。

「さまざまな経路とは？」

「きみも機密区分管理の重要性は理解してるよな、コリンズ。残念ながら、私にはすべての情報源を明らかにする権限はない。私が受け取る情報は……それに、ホイットニーが支局長として受け取る情報も、かなりインパクトの強いものなので、きみの情報収集に支障をきたすおそれもある」

「カテゴリーは？　通信傍受情報ですか？」

提督は、ウイスキーのラベルに描かれている男にそっくりな唇を嚙みしめた。「追加情報が入ったということだけわかっていればいい。いまの話を工作に活用してくれ。情報を集めたり人に訊いたりするときの指針にすればいい。それがきみの仕事だ」

「フォーティーン・フェブラリーはさほど警戒する必要はないと思いますが」

提督が私のほうへ一歩踏み出した。「私の仕事は何なのか知っているか、コリンズ？」

提督の声は、砂利道を猛スピードで走る装甲車のタイヤの音のようだった。「私の仕事は湾岸諸国の安全を守ることだ。この国の千キロ北には、ヒズボラに資金を提供して、核兵器の開発も進めている抑圧的な専制国家がある。私はそのことをきわめて真剣に受け止めている。もし、そのような国が隣国の革命を煽っているという情報が入れば、もちろん全力で阻止する。わかるか？」

「わかります」

提督は踵《かかと》に体重をかけて体をうしろに反らした。「それなら、われわれの考えは一致しているようだ」提督はホイットニーの肩に腕を回して、彼の撫で肩をぎゅっとつかんだ。「チーフの指示に従うんだぞ、コリンズ。この男がきみを正しい方向に導いてくれる」

通りの突き当たりにあるプライベートビーチへ行くと、ポピー・ジョンソンが全裸で仰向けに寝ていた。スパンコールをちりばめたドレスは無造作に丸めて脇に置いてあり、結い上げたブロンドの髪はほどけて、扇のように広がっていた。唯一身につけていたのは真珠のネックレスだけだった。もはや若くはなく、サロンで焼いた肌がじわじわと進む中年の衰えを際立たせていたにもかかわらず、遠目には充分に魅力的だったし、小さな胸も、重力に屈することなく上を向いていた。私にとって、彼女はもっとも有望なターゲットのひとりだった。夫にも子どもにも相手にされなくなって不満を抱いている典型的な人妻で、さしたる小細工は必要なく、ラシードを落とすのより簡単だった。必要なのは、大使主催の延々と続く退屈なパーティーとライチ・マティーニ数杯と、屋上のデッキだけだった。

「このあいだ言ったことを忘れたのか？」私はそばに座って、彼女が集めた貝殻の山を崩した。

ポピーは拗ねた子どものようにあたりを見回した。「どういう意味？　私はあなたに言われたとおりの場所にいるわ。バートには、飲みすぎたから外の風に当たってくると言ったの」彼女の息は、何杯も飲んだらしいフルーティーなカクテルのにおいがした。

私は建設中の家のほうへ顎をしゃくった。「あそこの裏側へ行ってくれと言ったはずだ」

「ここだって、誰にも見えないわ」ポピーの声がうわずった。

「おれはいい。けど、きみには失うものがある」ポピーは散らばった貝殻に悲しげな視線を向けた。ビーチには小さな波が静かに打ち寄せていた。彼女は、これ見よがしにそっと真珠のネックレスに触れた。

「ダンナからのプレゼントか？」

ポピーは満足げに口をすぼめた。「ううん。自分で買ったの」

「市場《スーク》で？　ひとりで行ったのか？　メイドを連れずに？」

「ラタは連れていったけど、私が運転して行ったの。彼女は荷物を運ぶのを手伝っただけ」ポピーはマスカラをたっぷり塗ったまつ毛を伏せた。「外交官の妻なんだから、これぐらいの贅沢は許されると思って……それに、バーレーンは世界でいちばん有名な真珠の産地だし」

バーレーンの天然真珠産業は日本の養殖真珠の打撃を受けてほぼ百年前に衰退したので、彼女のネックレスはおそらく偽物だと言おうとしたが、黙って笑った。「よく似合ってるよ」

ポピーが鼻筋に手をやった。「真珠をつけても鼻が治らないのは残念だわ。ここに突起があるでしょ……見える？　ここ――」彼女は私の手をつかんで自分の顔に引き寄せた。

「そんなの、何でもないよ」

「それに、胸も……」今度は頭を上げて胸を眺めた。「子どもをふたり産むと、こうなるのよ」

「きみのおっぱいはすばらしいよ」

「駐在員の妻はみんなドクター・ピエールの信奉者なの。広告を見なかった？　スターのお抱え医だから〝ドク・ハリウッド〟と呼ばれるんだけど、フランス屈指の医学校で研修を積んで、短期間だけ中東を訪れてるんですって。値段も、アメリカの半分以下なの」彼女は真剣な面持ちで私を見上げた。「牧師の奥さんも、彼に豊胸手術をしてもらったのよ」

「きみには必要ないよ、ポピー。そのままでいい……きれいなんだから」

「バートがそう言ってくれたらいいのに。彼は仕事の話しかしないの。いつも、仕事、仕事で。家にはほとんど帰らずに、しょっちゅう提督と一緒にあちこち行ってるの。先週はシンガポールへ行って、その前の週はタイかどこかへ。フェノム……フェノメナルペンだったかしら」

「プノンペンだ、カンボジアの」

「帰ってきたときにヌードルのにおいがしたのよね。スーツケースもヌードルのにおいがしたの。だから、誰がテイクアウトを注文したのか、バートに訊いたわ」ポピーは引きつった声で笑った。

私はタバコに火をつけた。深い関係になるのはまだ早いというのはわかっていた。まずは彼女に興味を抱いていることを伝え、信頼される友人になって、何でも打ち明けてくれる関係性を築くつもりでいた。情報提供者を口説くのと同じだ。長いあいだ品行方正を貫いてきてようやく手に入れたのが水臭いカクテルと偽物の真珠と貧相な胸だと思うと、苦々しさと怒りが込み上げてきた。

ポピーは何度もかぶりを振った。「あなたは仕事の話をしたことがないわよね。あなたの仕事はバートの仕事より重要なのに」彼女の虚ろな青い目に欲情の光が宿った。「だって、スパイなんでしょ？」

手にしたタバコが、とつぜん邪魔な小道具のように思えて、砂の上に投げ捨てた。ポピーの向こうに目をやると、提督のパーティーに来ていた白人が数人、潜ったり泳いだりしているのが見えた。真夜中の海水浴だ。あと数週間もすれば、水が冷たくなって海でたわむれることなどできなくなるはずだ。そのさらに向こうへ目をやると、ムハックのあたりで薄い雲のような煙がたなびいているのが見えた。腰を上げて目を凝らすと、建物の影から立ち昇った炎が夜空を焦がしているのが見えた。くぐもった爆発音も聞こえた。あちこちで火炎瓶が爆発しているのだ。海水浴を楽しんでいた者たちは、桟橋のはしごを駆け上って建物のなかに逃げ込んだ。

ポピーも腹這いになって、怯えたようにそれを見ていた。私は、ポピーがパニックに陥ってあれこれ質問をはじめる前に彼女の口を手で覆った。ほかのゲストも、物見高く屋上のデッキに出てきた。遠くの炎を背にして浮かび上がった彼らの姿は、滅びゆく文明を見つめる神々のシルエットのようだった。誰かが階下から椅子とカクテルを運んでくると、屋上は見物会場に様変わりした。マンハッタンで開かれる洒落《しゃれ》たイベントにでも参加しているようなつもりで、タバコの火やグラスの脚をきらりと光らせながら手すりから身を乗り出している者もいた。頭をわずかにうしろに傾けて心地よい風を楽しんでいる者もいた。

私はポピーの服を拾い上げて、彼女をコンクリートブロックのほうへ押しやった。「誰かに見られる前に、あそこへ隠れろ」

屋上の連中は、硫黄島に星条旗を掲げた海兵隊員らの真似をしているのか、体を寄せ合ってムハックのほうを眺めていた。朝は二度と訪れないと思っているかのように遠くの炎を見つめていた。

3

〈リッツ・ホテル〉の片隅にある〈トレーダー・ヴィックス〉はオープンしてまだ十年ほどしか経っていないが、ポリネシア風の素朴な木像やパイナップルをモチーフにした装飾や燭台の形をしたランプのほのかな光が古めかしさと落ち着きのある雰囲気を醸し出していた。料理やサービスは平凡だが、外国人のあいだでは、なぜか圧倒的な人気があった。外国のエリートたちがそこまで贔屓《ひいき》にしていたのは、運と偶然と立地、それに、おそらくオリジナルのカクテルのせいだ。かつてイギリスの外交官をボンベイの〈エルフィンストーン・クリケットクラブ〉に、サイゴンのジャーナリストを〈マジェスティック・ホテル〉に引き寄せたのと同じ暗黙の力が働いていたのだろう。自慢できるようなことではないが、排他性や仲間意識や、誰もが同じブランドのパンツを穿いてジョークと青春時代の思い出を共有しているという安心感に近い気持ちが。マナーマでは、数年前からもっと洒落た店があちこちにオープンした。〈パンチ・パンチ・パンチ〉や〈ボリバー・ロイヤルコロナ〉、それに、十五ディナールで伝説の葉巻、コイーバ・マドゥロ5が吸える〈コッパー・チムニー〉や〈ザ・ミート・カンパニー〉が。それでも、外国人駐在員は〈トレーダー・ヴィックス〉を見捨てずに、年老いた祖父母を訪ねるような思いで足繁く通っていた。

ジミーがテラスにいるのは、姿を目にするより先に葉巻のにおいでわかった。彼はガーデンプールのまわりに目をやって、風になびくヤシの木がベリーダンサーのように幹をくねらせているのを眺めながらミモザのカクテルをすすっていた。すでに汗をかいているようで、シャツの袖をまくり上げていた。彼の腕は太くて短く、腋の下にはクモが脚を広げたような汗染みができていた。

提督のパーティーで飲みすぎたせいか、店の入り口に吊り下げてある木製のビーズどうしがぶつかってカチカチと鳴る音が頭に響いた。店に入るなり、王室が無料で発行している《ガルフ・デイリーニュース》を二部手に取った。アラビア語版は〝シーア派居住地区で厨房火災によりレストランが全焼〟と報じ、英語版は〝シーア派の暴徒が仲間のレストランを破壊〟と報じていた。私はジミーのとなりに座り、タバコに火をつけて煙で新聞の見出しがぼやけるのを眺めた。

ジミーが灰皿に手を伸ばすと、イバラの花輪とSemper Fiの文字がシャツの袖の下から顔をのぞかせた。ただし、海兵隊のモットーである〝つねに忠誠を〟を意味するそのラテン語は〝つねに前進を〟と続くので、未完成のクロスワードパズルのように物足りなく思えた。シャツは、いつものようにぴたりと体に張りついていた。以前は引き締まった体をしていたのに、バーレーンへ来てから太ったのだ。本人は仕事の付き合いで飲む機会が増えたせいだと言って、細身服でごまかそうとしていたが、まったく功を奏していなかった。

プールの反対側では、真っ白なトーブを着たふたりの男が瑪瑙《めのう》の数珠をたぐりながらウイスキーのグラスを傾けていた。ふたりの手首のロレックスの文字盤を、朝日がまばゆい金色に染めている。私は彼らのほうへ顎をしゃくった。「アッラーが海上橋《コーズウェイ》のこっちにまで目を光らせてなくてよかったよ」

ジミーがグラスを掲げた。「バーレーンが飲酒を禁止しないように──隣国のサウジアラビアのためにも、おれたちのためにも」

「原罪の発祥の地に」

「コーヒーはいかがですか？」ウェイトレスがジミーのスクランブルエッグを運んできた。

「もらうよ」私は新聞を脇に置いた。「ブラックで」ぴったりとしたトロピカルな制服を着た小柄なフィリピン人のウェイトレスはわれわれのテーブルを離れ、アバヤと呼ばれている民族衣装とヒジャブで全身を覆い隠したバーレーン人の女性三人のところへ行った。女性たちはひとつのケーキを分け合って食べていたが、ベールで覆った口にフォークを運ぶところも、口を動かしているところも人に見られないように苦労していた。

「慎み深さは飢えにつながる」と、私は思わずつぶやいた。

ジミーは、スクランブルエッグを口に入れたままニヤリと笑った。「アバヤの下に何が隠れているか考えたことはあるか？」

「いや、ない。あれはレンガの壁のようなものだからな。無駄なことはしたくない」

「けど……なんとなく神秘的じゃないか。面白いかもしれないぞ。もちろん、外国人の女はトラブルのもとだが」ジミーはそう言って葉巻をふかした。「まあ、面倒なことになるのがいやなら、メイドとやればいい。そのほうが、はるかに楽だ。給料はすでに払ってあるし、パスポートも取り上げてあるし――あと片づけもしてくれるし」

ウェイトレスがコーヒーを持ってきてパラソルの向きを変えようとしたが、日射しを遮ることはできなかった。私は、持ち歩いているスキットルのなかのウイスキーをマグカップに注いだ。

「あんたが心を痛めているのはわかるよ。たいへんな夜になってしまったから」ジミーは内緒話をするかのように身を寄せた。「いいことを教えてやろう。ボスと、あのかわいい大使館の女はデキてるんだ」彼は、その女性を自分のものにできなかったことを悔やんでいるように舌打ちした。

「大使館員と？　どういうことだ？」

「うまくやったんだよ。そういう男だとは思ってなかっただろ？　いまごろ、一緒に朝食を食べてるはずだ」

「彼女が基地のドーナツを気に入るといいんだが」

「いやいや……」ジミーが手を振った。「それはないよ」

「ペニーローファーを履いて、甲の切れ込みにコインを入れている男だからな」

ジミーは鼻で笑って、皿の上に残っていたスクランブルエッグをフォークでかき集めた。大きな音がしたからか、アバヤを着た女性のひとりがこっちを見た。唯一あらわになっている彼女の目が、サーチライトのごとくわれわれに向けられた。小賢しい女子学生か怒りに燃えた神のような、詮索と非難に満ちた視線が。つぎの瞬間、シャンパンのコルクを飛ばしたような乾いた爆発音が朝の空気を切り裂いてテーブルを揺らし、コーヒーカップをガタガタと鳴らした。

車を運転していた者は、迫りくる竜巻に気づいたかのようにオサマ・ビン・ザイード通りに車を乗り捨てた。あたりには救急車のサイレンが鳴り響いた。商人《あきんど》らは腕を組んで粗末な店の前に立ち、中東の各地で勃発している惨事の波紋を冷めた暗い目で眺めていた。店に並べてあったイラクの工芸品や肉の串焼き機や埃をかぶったモロッコの骨董品も、店主の好奇心のせいで置き去りにされた。

爆発は、歩道に絵が描いてあって、キャンドルの明かりの下で食事ができるレストランや流行のギャラリーが並ぶ、洒落た（ファッショナブルだとも言われていたが）アドリヤ地区で起きた。アドリヤは庶民のカルチェラタンで、外国人に人気があった。「適当に変装して鎮静部隊に同行してくれ」ホイットニーは、前夜のパーティーで着ていた、よれよれになったシャツをだらしなくズボンからはみ出させて私に指示した。「あんたはアラビア語がわかるので、状況を知らせてくれ」彼は私たちがその日の朝〈トレーダー・ヴィックス〉にいたのを知っているかのように、私とジミーに咎めるような視線を向けた。

煙は、強い西風によってエキシビション・ロードのほうへ流れていた。ラシードは、自己中心的なとんでもない革命家だ。外国人が出入りする地区で大規模な作戦を仕掛ける計画を立てていながら反政府派の戦術転換を知らせず、私に警告もしなかった。それに、無事かどうか尋ねる電話さえかけてこなかった。私がアドリヤのカフェでコーヒーを飲んでいたかもしれないのに。

アドリヤ地区の入り口には壁画がある。ツインモーターのヴァンを運転していたスミッティーという名の技術官はまだ若く、ニキビだらけで体も華奢だったが、文字どおりほかの車を押しのけながら進んで狭い路肩に車を駐めた。提督の補佐官を務める、髪を短く刈り上げてやけに気取った中尉は慌ててコカコーラを飲みほすと、鞄を手に取ってジュノービーチに空挺降下するような勢いで車を降りた。

そこは、大仰に〝芸術地区〟と名付けられた界隈で、目の前には、この地区の旗艦ギャラリーである〈アール・リワク〉があった。普段は恵まれた階層の若者がギャラリーのテラスに座り、さまざまな種類のコーヒーをすすりながら中東もほかの世界と何ら変わりないという空想に浸っていた。が、もはやテラスには誰もいず、ミニマリストの描いた絵と絡み合った金属の彫刻が窓越しに外を見つめていた。

最初の爆発は〈カフェ・リルー〉で起きた。カフェの錬鉄製の手すりとワインレッドの日除けは無事だったが、窓がふたつこなごなに割れて、金文字で店の名前を書いた看板はよろめいたダンサーのように窓枠に寄りかかっていた。パティオには、割れたコーヒーカップがひとつ転がっていた。たったひとつだけなのは、爆発のせいではなく客が腹を立てて放り投げたからのようにも見えた。食べかけのチョコレートケーキは、あるじが戻ってくるのを緑色のミントの飾りとともに静かに待っている。私はふと、ポピー・ジョンソンがこの店のキャラメルフランを絶賛していたのを思い出した。カフェの裏手の路地は、警察が二カ国語で〝立入禁止〟と書いた黄色いテープを張って封鎖していた。

路地には、建ち並ぶ店の食用油や乳香やタバコのにおいとともに、古い革を思い起こさせる死と破壊のにおいが漂っていた。爆発による粉塵はまだ収まっておらず、土と混ざり合ってあたりを不気味な茶色に染めていた。建物の壁の一部は強烈な熱で焼け落ち、日除けは安物の蠟細工のようにぐにゃっと曲がり、金属片や瓦礫は通りの角まで飛んでいってゴミ箱を突き破り、窓を割っていた。しぶとく生き残ったヤシの木もわずかに傾き、幹は焦げて樹皮が剝がれ落ちていた。見慣れた通りが廃墟と化したのを目にするのも、幾度となく訪れた〈カフェ・リルー〉や〈ココ〉や〈ミノス〉の破壊された姿を裏側から見るのも、妙な気分だった。外国人の憩いの場は、まさしく煙のように消えてしまった。

非常線の向こうでは、ひと目で治安部隊の幹部だとわかる青い制服を着た男が数人の部下に型どおりの指示を出し、数秒ごとに無線で上司に連絡を入れていた。男は離れたところにひとりぽつんと立って、近寄りがたい雰囲気を放ちながら自分が現場の責任者であることをアピールしていた。

私は非常線の下をくぐり抜けてアラビア語で自己紹介をした。ただし、名前を告げただけだった。向こうは私のことを私服の海軍捜査官だと思ったに違いない。

男の名はワリド・アル・ザインで、目は小さいうえに濁っていて、含み笑いをもらしているように見える不揃いな太い口ひげを生やしていた。私は何が起きたのだと尋ねた。

「アメリカ人だな？」ワリドは、訛りの強い英語で訊いた。

「ああ」

ワリドは、ほんとうかどうか確かめるかのように、じろじろと私を見た。「一発目の爆弾は」そう言いながら、彼は私のうしろを指さした。「〈カフェ・リルー〉の裏のゴミ箱のなかに仕掛けられていた。二発目は――」

「二発目？　爆弾は全部で何発仕掛けてあったんだ？」

「五発だ」ワリドは冷たく笑った。「聞こえただろう？」

「爆発音が聞こえたのは一度だけだ」

「最初の爆発だな。音がいちばん大きかったので」

「ほかの爆弾はどこに？」

「わからない。不埒な連中が路地のあちこちに仕掛けたんだろう」ワリドは悲惨な現場を力なく指さした。六十前後で、若い革命家を取り締まるには歳をとりすぎているように思えた。

「死者は？」

「いる。そこにひとり」

そう言われてはじめて、地面に死体が転がっていることに気づいた。死後それほど時間が経っておらず、むき出しになった肉片から真っ赤な血がしたたり落ちていたが、体の中心部は血に染まっておらず、ほぼ無傷だった。胴体の三分の一ほどの、胸と腹部は。まだ身元は判明していないが、おそらくアジア系だろうとワリドは言った。気の毒に、ゴミを捨てようとしてゴミ箱を開けたとたんに一発目の爆弾が爆発したらしい。ほかにもアジア人がふたり死亡したという。おそらくインドかフィリピンから来た労働者で、アドリヤの高級レストランでコックや皿洗いとして働いていたのだろう（ワリドは、どうせ不法労働者だと言った）。爆弾のうちふたつは、爆発したものの死傷者は出ていないとのことだった。情報は乏しく、大半は目撃者の証言で、皆、すでにその場を去るか、事情聴取のために内務省へ連れていかれていた。具体的な手がかりは何もなかった。「幸い、アメリカ人はひとりも死んでいないようだ」とワリドは言って、同意を求めるかのように私の目を見た。

私は、手持ち無沙汰な様子で路地の隅に突っ立っている治安部隊員のほうへ顎をしゃくった。「彼らは爆弾の残骸を見つけたのか？　電池とか？　爆薬とか？」

「いいや。爆発ですべて吹き飛んだので」ワリドはタバコに火をつけた。可燃物が散乱している場所でタバコを吸うことに、何の抵抗もないようだった。ワリドに続いて、隊員もふたり、タバコに火をつけて、大きな声で雑談をはじめた。彼らはウルドゥー語で話していた。治安部隊には職を得るために帰化した外国出身のスンニ派が大勢いると、以前にラシードから聞いていたが、街を警備させるのなら、パキスタン人やヨルダン人やシリア人のほうがシーア派よりましだ。

「あんたらはいつここに来た？」

「最後の爆弾が爆発した十分か十五分後だ」ワリドはタバコを持ったまま、片手で小さな手帳をチェックした。「最後の爆発は九時四十五分だったので……たぶん、九時五十五分ごろだ」

「到着したときは、ほかに誰かここに？」

ワリドは急に苛立ちをあらわにして手帳を閉じた。「いいや。わかっているのはそれだけだ。もうすべて話した」彼は、エプロンをつけた痩せたインド人から話を聞くのに苦労しているスミッティーに鋭い視線を向けた。「われわれにも専門家がいるんだ、ミスター・コリンズ。鑑識も、テロ対策班も。だから、助けは必要ない。皆、厳しい訓練を受けている。バーレーンは第三世界の国ではないので」

地元の警察幹部はいずこも同じだ。頑固で、縄張り意識が強く、中年で、たいてい太っ私はうっすらと笑みを浮かべた。

「おれたちはあんたらの友人《ハビビ》だ。何があったのか知りたいだけだ」

〈カフェ・リルー〉の裏のゴミ箱はもっともひどい損傷を受けたようだった。爆発でゴミ箱の両側がギザギザに裂けて、なかは空になっていた。入っていたゴミは木っ端微塵になって遠くへ飛んでいったか、ワリドの部下が片づけるかしたのだろう。ゴミ箱の周囲を一周して路地を横切ろうとすると、半身を吹き飛ばされた死体につまずきそうになった。〈カフェ・リルー〉のナポレオンケーキやチョコレート・トリュフが転がっているすぐそばの溝にはまり込んだその死体は、贅沢なスイーツを呪うハンバーグのようだった。よく見ると、肉片には赤と紫とこげ茶色の部分があったが、どれも死体の特徴的な色だ。私は鞄からカメラを取り出して写真を撮った。ホイットニーに見せるために。

昼近くなると、果敢にスモッグを突き抜けた太陽が路地のあちこちを気まぐれに照らして、コンクリートブロックを熱した。悪臭と蒸し暑さに耐えられなくなった私は、〈レットゼムイート・ケーキベーカリー〉の日除けの下に逃れて顔と首の汗を拭った。あと何枚か撮ったら引き揚げることにして、割れた陶器の破片や歩道のアート作品の残骸や、ぐにゃっと曲がって垂れ下がっている、明かりの消えた〈クチーナ〉のネオンサインや、なぜか紫色に染まったゴミと瓦礫の写真を撮った。

車に戻り、ここなら大丈夫だと思ってタバコに火をつけた。商人たちは店に戻り、被害状況を確認して商売を再開した。通りはあらたな喧騒とにおいに満たされたが、彼らは、昼寝のためにまた店を閉めた。私は背中に痛みを感じた。スミッティーは車に爆弾が仕掛けられていないか、排気管や車体の下やタイヤを確認した。一緒に来た中尉が乗り込んできたので、しぶしぶタバコを消したが、ふとズボンの裾に目をやると、土や泥や、誰ののかわからない血で汚れていることに気づいた。血は、固まって茶色くなっていた。

帰り道で最後の爆発音を聞いた。遠くからかすかに聞こえてくる太鼓の音のようだった。そのとき、奇妙なことが起きた。少なくとも、私にとっては忘れられないことが。

「いまの六発目はおまけみたいなものだな」私は、スミッティーが道路脇に車を停めるのを待ってそう言った。

となりに座っていたのに、そのときはじめてまともに顔を見た頼りなさそうな中尉が、「あれは五発目だ」と言った。「数え間違えてるぞ」

私は笑みを浮かべた。「治安部隊の幹部が爆弾は五発仕掛けられていたと言ったんだよ」

「基地の当直士官が爆発音を録音してたんだ」と、提督の補佐官を務めている中尉が言い張った。「で、それをわれわれのところに送ってきた。朝のうちに爆発したのは四発だ」スミッティーがルームミラーで私の目を見た。「たいへんな一日だったから、間違ったのかも」

私は、五発でも六発でもいいじゃないかと言わんばかりに肩をすくめた。ワリドが五発だと言ったのは、無惨にも体の半分を吹き飛ばされた男が二度と歩けないのと同じくらい確かなことだったが、もしかすると、歳をとってくたびれはてたあの官僚もこの国の捜査機関と同じくらい混乱していたのかもしれない。歳をとると勘が鈍り、体力も衰えて、ぬかるみに足を踏み入れてしまうのだ。

爆発の回数はともかく、最後の爆発は、例の路地から二ブロック離れた場所にあるゴミ箱を点検していた危険物除去班が引き起こした犠牲者のいない爆発で、警察も細事として処理していたことが四時間後にわかった。そのあとでふたたびアドリヤに足を運ぶと、まだワリドがいて、捜査を尽くしたがあらたな証拠は見つからなかったので、バーレーンの善良な市民の安全のために地区全体をきれいに清掃したと私たちに告げた。

そういうわけで、支局に戻っても報告することはほとんどなかった。爆発が起きて大騒ぎになりはしたものの、事件としてはさほど重大なものではなく、その日の朝調べたかぎりでは反政府派に関する目新しい情報も得られなかった。フォーティーン・フェブラリーはあらたな場所でけっこう威力のある爆弾を爆発させたわけだが、あくまでも素人仕事の域を出ず、路地のゴミ箱がいくつか壊れただけだった。アメリカ人に死傷者はおらず、壊滅的な被害も免れたし（外国人居住者は金をもてあましているので、アドリヤのレストランはすぐに営業を再開するはずで）、交通渋滞も復活する。瓦礫のなかからイラン人の指紋は検出されず、煙さえ消えれば、マナーマはふたたびのんびりとした街に戻るはずだった。

その晩、家に向かってアワル通りを車で走っていると、アドリヤにかかっていた濃い靄《もや》が街中を覆うスモッグに呑み込まれているのがわかった。いつもの車の騒音が戻り、白い地平線も、砂塵のフィルターがかかった美しい夕焼けでピンクゴールドに変わった。夕刻の祈りの呼びかけは、暑い街中に粛然と響き渡っていた。

4

アドリヤ爆破事件として知られるようになった暴動の翌日には、予想どおりお決まりの警備態勢が敷かれ、ドライドック・ハイウェイとヒッド橋には装甲車を配置し、上空をへリコプターがさかんに旋回して、急ごしらえの検問所も設置された。そういった光景は暴動が激化するたびに目にしてきたが、外国人駐在員の妻を不安に陥れ、そうでなくても耐えがたい交通渋滞をさらに悪化させただけだった。

基地内の警戒態勢は、もっとも厳格なデルタに引き上げられた。私は、タクシー乗り場のそばで神にわが身の不運を訴えているかのようにぶつぶつと意味不明な祈りを唱えている物乞いに、数ディナールめぐんでやった。録音されたトランペットの音が一般職員の始業時間を告げると、要塞のような壁のなかでアメリカの朝がはじまった。

ジミーは、すでに机について書類仕事をしていた。もしかすると、前日の朝、現場に行かなかった罪滅ぼしをしているのかもしれなかった。ジミーも私も、つらい子ども時代を過ごしたために無作法でわがままな性格になったが、どういうわけか、彼は私と違って大事だと思う人たちに気に入られる方法を学んでいた。

私は、コーヒーを淹れてジミーのそばへ行った。蛍光灯のせいか、ジミーの禿げ頭はいっそうてかてかと光って、まばゆい光輪に包まれていた。彼は、定期的に行なっている防諜要因のチェックをほぼ終えたようだった。こちら側の協力者が裏切っていないかどうか、厳しく確認する作業だ。ジミーは、疑惑と金という、CIA内のもっとも深刻なふたつの課題のうちのひとつを扱っていたので、仕事が尽きることはなく、いつも忙しそうにしていた。

「神の代理を務めてるんだな」

ジミーは顔を上げて、締め切りがどうのこうのとつぶやいた。私がワリドの話を――コメディアンのグルーチョ・マルクスにそっくりな口ひげをはやしている話を――しようとすると、ジミーが遮った。「あんたの情報提供者はポリグラフ検査をパスしたんだよな?」

彼は、SCROOPと書かれたファイルを私に見えないように持ち上げて、ページをめくった。

「おまえもとなりの部屋で見てたじゃないか。パスしたのは知ってるはずだ」私はにやりとした。「やつは、おれより簡単にパスしたよ。一時間とかからずに」

ジミーは一枚の書類に目をやり、「検査結果がないんだ」と言ってファイルを閉じた。「まあ、大騒ぎするほどのことじゃない。そのうち送られてくるだろう」

「おまえがなぜそんなことを言いだしたのかはわかっているつもりだ。スクループに会ってくるよ。できれば今日中に。任せてくれ」私は、ホイットニーのオフィスのほうへ顎をしゃくった。「チーフは来てるのか？　早く来いと言ってたよな？」

「状況を説明しに提督のところへ行ってるんだ。午前中いっぱいかかるらしい」ジミーは意味ありげにウインクした。「もしかすると、大使館の女に会いに行ってるのかもな。今朝、ドーナツスタンドで見かけたような気がするんだ」

いきなりドアが開き、ホイットニーが部屋に入ってきて、私たちを見ながら大きく頷いた。顔は汗まみれで、きれいにひげを剃った肌はティーンエイジャーのように輝いていた。

「やあ、ボス」ジミーはただちに背筋を伸ばした。「例の物はデスクに置いておきました」

ホイットニーは、大げさな身振りで自分のオフィスを指さした。「ちょっと来てくれ」

ホイットニーの机の上には、ボトルシップや、丸いフォルムの万年筆を立てたカップや、外交官だった両親の写真を入れた額が整然と並んでいた。壁ぎわの本棚には、中東に関する一般向けの解説書やきれいな表紙に覆われたハードカバー、裕福な白人が読んで充分な知識を得たと思い込むベストセラー、フランスの文芸評論家シャルル・モーラスやイギリスの哲学者トマス・ホッブズの選集などが並んでいた。

「いま、提督のオフィスから戻ったところだ。アドリヤでの出来事について話してきた」ホイットニーは机に肘をついた。「昨日起きたことは、非常に深刻だ。知ってのとおり、外国人が標的にされたのはこれがはじめてなんだよ。反政府派が、高性能の手製爆弾を一度に複数使用したのもはじめてだ」

「しかし、まったくの素人仕事だった」

ホイットニーが私を見つめた。「いや、甘く見てはいけない。ちょっと試しにやってみたというような話ではない」彼は私からジミーに視線を移した。「今後数カ月は、われわれも態勢を強化する必要がある」〝強化〟というのは、ラングレーの会議室でよく使われる、CIAの辞書のなかでも、もっとも威力のある言葉で、とくに長官室のある七階で好まれていた。

「イランは、第三者を使って非対称テロ攻撃を仕掛けるのが得意なんだ。ベイルートのヒズボラやイラクのカタイブ・ヒズボラ、イエメンのフーシ派などを使って。今回の件は、間違いなくイランの仕業だ」ホイットニーはミサの侍者のように両手を組み合わせた。

「現実を直視しよう。イランはこういったことに長けている。自らの目的のために集団を操る術を心得ている。やつらは狡猾な人形遣いだ。覚えていると思うが、9・11以前は、イランの影響下にあるヒズボラが、他のどのテロ組織よりも多くのアメリカ人を殺害してたんだ」

私はホイットニーの机の上のボトルシップを手に取った。ジミーと私は、そのくだらない代物をチーフの帆船《スクーナー》と呼んでいた。しかし、間近で見ると、金色のラインの入った帆にもエッチングを施した木製の船体にも、優れた職人技がうかがえた。子どものころに誰かにもらった湾岸諸国の土産か、特に印象的だった任地か、親の赴任先の思い出の品かもしれない。

「9・11？」私は苦笑を浮かべて、ジミーをちらっと横目で見た。「ジミーも私も、あの日のことはよく覚えている。ふたりとも、それなりに歳をとってるんだから。ベルリンの壁の崩壊も覚えてるよ。あんたの両親だって、よく覚えているはずだ」私は目を細めて頭のなかで計算した。「9・11のときは……あんたは何をしてた？　大学に行ってたのか？　いや、十七歳だったはずだから……高校生だ」

「私が言いたかったのは――」

「どっちだったんだ？　高校生か？　それとも、大学生？」

「大学生だった。プリンストンが飛び級で受け入れてくれたので」

「プリンストンだったのか。なぜか、イェールだと思ってたよ」私はボトルシップを机の上に戻した。

「コリンズ、私の話を聞いてくれ。じつは、スクループのことなんだが、彼はなぜアドリヤの爆破計画を前もって知らせてくれなかったんだ？」

ホイットニーが独自の状況分析をぺらぺらと話しはじめたときから、こういう話になるのはわかっていた。午前中の時間を無駄にした理由の半分はラシードにあると言いだすのは。だから、あらかじめ考えていた説明をした。ラシードは爆破計画のことを知らなかったのかもしれないと。が、そう言ったとたんに、その説明の本質的な問題点に気づいた。ラシードが自分のグループの計画を知らなかったのなら、意図的に話さなかったのと同じぐらい致命的なことだと。

「スクループのことを、彼がどういう男なのかということを、われわれはどれだけ知っている？」と、ホイットニーは続けた。「スクループに金を払っているのは、われわれだけではないのかもしれない。いったい、どうやって生計を立ててるんだ？」

「彼はエンジニアだ」

「どこで働いている？」

私は肩をすくめた。「あちこちで機械を修理している」

ホイットニーがジミーのほうを向いた。「イランとつながりがあるのか？　親戚がいるとか？」

ジミーは不安そうに私を見た。「言われてみれば、そのあたりが曖昧で」

「この国のシーア派の半数はイランに親戚がいる」と、私は言った。「だからといって、イランの情報保安省のために働いているとは限らない」

「しかし、その可能性を否定することはできないはずだ。それに、もうひとつ――もし、スクループが爆破事件に関与していたら？　その可能性は皆無なのか？　そこは調べる必要がある。で、もし関与していたことが判明したら、ただちに解雇しないといけない。それはわかっているはずだ。アメリカ人に血を流させた情報提供者を雇い続けることはできない」

「アメリカ人の血は流れてない」

「しかし、流れていたかも――」

「写真を見るか？　アジア人の労働者が数人、犠牲になっただけだ。アジア人の不法労働者が」

「コリンズ――」

私は、とつぜんもっともらしい巧妙な説明を思いついた。「スクループは、おれたちが彼らの計画をスンニ派に知らせるのではないかと恐れていたのかもしれない。おれたちのことを信用できないと思っていたのかも」

ホイットニーはかぶりを振って私の意見を退けた。「もちろん、わかっていれば知らせただろう。爆弾はアドリヤに仕掛けられてたんだから、アメリカ人が犠牲になる可能性もあった。地元の情報機関との協力を含め、あらゆる手段を使ってアメリカ人の命を守るのがわれわれの任務だ。それに、あんたの仕事は、たとえそれが相手のためにならなくても、情報提供者にわれわれを信用させることで――」

「二十五年もやってきたんで、自分の仕事が何かはわかっているつもりだ」

ジミーが割って入った。「スクループのファイルはクリーンだ。イランに親戚がいるかどうかはわからないが、疑わしい情報はない。コリンズはすでに会う約束をしてるんだ。じっくり話せば、疑いが晴れるだろう」

ホイットニーは私から目をそらそうとしなかった。「スクループが身の潔白を証明しなければ、切るしかない」

「わかった。もういいか？」

「もうひとつだけ。バーレーン国防軍の最高司令官が非常事態宣言を発令した。二二〇〇《フタフタマルマル》時以降の外出禁止令を。私は特別許可証をもらったが、あんたらの許可証はもらえなかった。だから、気をつけてほしい。夜は外出しないように。言わなくてもわかっているだろうが、情報提供者と一緒に捕まるのは非常に危険だ」ホイットニーは私に鋭い視線を向けた。「とにかく、アドリヤの爆破事件に関する正式な報告書を提出してくれ。本部がせっついてくるだろうから」

5

私はラシードと会わずに、車でダウンタウンへ行って〈シーシェル・ホテル〉にチェックインした。このホテルの利用は禁止されているので同僚と顔を合わせることはなく、避難場所としては最適だった。〝チャーリー〟と名乗る太ったレバノン人のオーナーも内緒にしておいてくれた。

三日間の休暇の二日目の午後には、数週間前に、とある大使館のフォーラムで知り合ったシーア派の非暴力政治〝団体〟アル・ウィファークの新進気鋭の活動家、ラハットと会った。団体と称しているのは、国王が数年前に政党の設立を禁止したからだ。ラハットに会ったのは、休暇中の行動をホイットニーに報告する際の口実作りのためでもあった。ラハットとは、アドリヤにありながら爆発の被害を免れた、〈モンスーン〉というけばけばしい中華料理店の中庭で塩辛いヌードルを食べながら退屈な話をした。国会進出が進んでいないことや、王族が手がけている事業に対するボイコット運動の計画など、重すぎず、過激すぎることもない話題に同調するふりをして関心を示し、協力関係を築きたいと思わせるように仕向けた。本部への報告書に記せばおおいに評価されるはずの話をした。フォーチュンクッキーを割りながら、テヘランにいる遠い親戚に会いたいという嘘までついて（幸運なことに、私は黒い髪と浅黒い肌のおかげで先祖の出身地があやふやだったので）、マナーマでイランのビザを取得できる方法を知らないかと訊いてみた。マナーマにイラン大使館はなく、テヘランに駐在していたバーレーンの臨時代理大使も数カ月前に追放されていた。ラハットは知らないと言った。コネもない、と。私は微笑んで、クッキーのなかの紙片に記された運勢を読んだ。〝今日はあなたの靴があなたを幸せにします〟。昼食後は、まっすぐ〈シーシェル・ホテル〉に戻った。

休暇を終えて、金曜日に二日酔いの状態で支局に行くと、アドリヤの爆破事件によってバーレーンに海外の注目が集まっているのがわかった。《オブザーバー》、《ル・モンド》、《南ドイツ新聞》といった、どちらかと言うと左派系の一部の新聞が事件を報道し、本部もネズミのように鼻をひくつかせて大量の情報のなかから真相を嗅ぎわけようとしていた。

日曜日の午後五時に、使い捨ての携帯を使ってラシードに暗号化されたテキストメッセージを送り、三時間後に指定した場所で会うことにした。

七時以降は開いている店があまりないので、カモフラージュのために〈シーフ・モール〉に立ち寄り、高速道路から少し離れた、観光客に人気の見晴らしのいい場所へ行ってライトアップされたスカイラインの写真を撮った。かすかな不安が、すでに背筋を粟立たせていた。情報源のラシードを失うわけにはいかなかった。彼は私がスカウトした唯一の情報提供者で、彼なしに私の仕事は成り立たない。スパイ稼業の悲しい点は、情報提供者がしくじった場合でも、責任を負わなければならないのはハンドラーだということだ。ただし、片方が失脚すれば、もう片方も失脚する（たいていは完全に赤の他人であるふたりが、全面的かつ完全に、まさしく恋人のように強く結びついていて、ひとりの運命がもうひとりの運命を決するというのは、諜報活動の非常にユニークな特徴だ）。

私は、八時前にスラム街とは反対側にあるバーレーン要塞の北側に車を駐めた。あたりはすでに暗くなっていたので、広大な要塞の全容を眺めることはできなかった。はじめてこの国に来たときは要塞がライトアップされていたが、数週間後に、目に見えるものは破壊の標的になるということで、政府が中止した。少なくとも、暴動の勃発以前はここも貴重な観光スポットで、政府が発掘と保存に消極的だったにもかかわらず世界遺産に指定された。この要塞の最上層はポルトガル人入植者が作ったものなのだが、政府にとってそんなことはどうでもよく、中国の万里の長城に匹敵する古代の遺跡ででもあるかのように、世界遺産の指定を過剰な誇りをもって受け止めた。

ラシードには、南西の角にある区画で会おうと伝えてあった。そこはバーレーン国旗が掲げられた胸壁の真下だったこともあって、わかりやすいはずだった。しかし、その日はアッラーが月も星も隠してしまって、文字どおり漆黒の闇夜だったので、通路の入り口はほとんど見えなかった。見えたのは、先人が営々と作り上げた堅牢な壁だけだった。この国は多くの民族に支配されてきたせいで独自の技術を育むことができず、私は一瞬、そのことにかすかな同情を覚えた。それと同時に、支配の手法を確立できなかった侵入者が愚かに思えた。

とつぜん、物音が聞こえた。足音と咳払いが。ラシードだ。彼も、私と同様に不安に苛まれていたのかもしれない。ゴミを吹き飛ばす風の音も聞こえた。誰かが、眠れなくてふらふらと散歩にやって来たのかもしれないし、空耳かもしれない。それとも、警察の徒歩巡回か。いや、ただ怯えているだけかも。慌てて要塞のなかに潜り込んで壁に体を押しつけた。

ラシードがテヘランのために働いているとか正体を偽っているなどとは、それまで一度も考えたことがなかった。彼のことは反政府派の一分子に過ぎないと――フォーティーン・フェブラリーの作戦立案者のひとりにすぎないと――思っていた。しかし、彼に対する疑念は、びっくり箱からホイットニーの優越感に満ちた顔が飛び出してきたのと同じぐらい私に衝撃を与えた。ラシードは、裕福な湾岸諸国を、あるいは、そういった国々が仲よくしているアメリカを敵視するイランの手先なのか。私は、根拠のない空想をめぐらせて暗闇のなかで苦笑を浮かべた。これではジミーと同じだ。

とりあえず、いったん外に出た。前方の雲は薄れて、低い建物の不均一な輪郭と、真っ暗な空に立ち昇る黒い煙の筋が見えた。煙が上がっているのは、いつもデモ隊の終着点となる南のスラム街だ。

胸壁に目をやると、狼の牙を連想させるバーレーンの国旗が、綱から逃げようともがく獣のように激しく揺らめいているのが見えた。玉ねぎ型のアーチを抜けて、ふたたびなかに入ったが、ラシードの姿はなかった。

風が、死人の笑い声のような不気味な音を立てながら要塞を吹き抜けた。私はタバコを取り出した。要塞のなかはじめっとしていて、かすかに糞尿のにおいがした。ペン型の懐中電灯をつけようかどうか迷ったが、つけたところでさして明るくはならず、注意を引くだけだと思ってやめた。そもそも、何を見たいのだ？　見えるのは、浮浪者の糞の山とネズミの死骸だけだ。ライターをつけてあたりを見回すと、アドリヤへ行ったときについた血痕がまだ袖口に残っているのがわかった。洗濯したのに、赤茶色の筋が生地に染み込んでしまっていた。

「どうしてこんなところにしたんだ?」ラシードは、タバコを手に大きな声でそう言いながらそばに来た。以前の彼とは違って見えた。顔を覆う黒い無精ひげはニキビを隠しているものの、ひげのせいで十歳は老けて見えた。全身黒ずくめで、道ですれ違っても、おそらく彼だとはわからなかったはずだ。

「そっちも、ここでいいと言ったじゃないか」私は自分の腕時計を見た。「十五分遅刻だぞ。おれが帰らずに待っていたのは幸運だと思え」

「この要塞のことは知っている。けど、そのなかにある一区画を見つけるのは時間がかかるんだ。特に夜は。だって……英語では何と言うんだっけ? そう、干草のなかに落ちた針を見つけるようなものなんで」

「だから、待ち合わせするのには都合がいいんだ」

ラシードが苦笑した。「つぎはおれが場所を指定する」

私はラシードのタバコのほうへ顎をしゃくった。「タバコを吸いながらここへ来たんじゃなければいいけど。光るビーコンだからな」

「わかってるよ」

「途中で誰かに会わなかったか?」

「いいや。なぜだ？」

「今夜、きみが外出していることを知っている者は？」

「妻のウダだけだ。けど、妻は何も訊かない。彼女は、おれが革命のために昼夜を問わず大事な仕事をしているのを知っているから」ラシードはタバコを吹かして、空いているほうの手を尻のポケットに入れた。

私は、とっさにラシードの細い腕をつかんで締めつけた。ラシードはびっくりして私を見た。動じずに腕をつかんだままでいると、ラシードの皮膚がやわらかいパン生地のようにへこんでいるのがわかり、痣ができるのではないかと気になった。ラシードは、いたずらを咎められた子どものように、そっと手を広げた。彼はタバコの箱を握りしめていた。青リンゴの絵がついたカナリー・キングダムを。「タバコを勧めようとしただけだよ、ハビビ」彼の黒い目は傷ついているように見えた。

私は彼の腕から手を離した。「悪かった《アーシフ》。ありがとう《シュクラン》」

「何かまずいことでも？」

「ああ。非常にまずいことになっている。なぜアドリヤのことを隠していた？」私は近づいてラシードを見下ろした。「テヘランのことも」

ラシードは困惑しているように目をしばたたかせた。「アドリヤ？　テヘラン？　誰がそんな――」

私は肩をすくめた。「今月の手当を払えない理由はわかるはずだ。それどころか、きみは二度と米ドル札を目にすることはないかもしれない。きみはもう、こっちが必要としている情報を入手できないんだろうというのがおれの上司が下した結論だ」

ラシードは挑むように顎を上げた。「そんなことはない」

「そっちの事情や理由はどうでもいいんだ。われわれが必要としているのは、重要な情報を入手できる人間だ。テヘランが何か言ってきたら知らせてくれ。情報を流してくれさえすれば、きみがどちらの側の人間なのかは気にしない。われわれの側じゃないのはわかってるんだが」

あたりは静まり返っていて、ラシードのタバコの火が消えると、たがいの顔も見えなくなった。ラシードはとつぜん笑ってかぶりを振った。「誰かがあんたにホラを吹き込んだんだな」

「そうなのか？　じゃあ、ほんとうのことを教えてくれ」

「そう言ってくれてうれしいよ。知ってるんだとばかり思ってたんだ」ラシードの顔から笑みが消えた。「アドリヤの爆破事件を仕組んだのは誰なのか知りたいか？　国王に訊いてみろ」ラシードの声には苦々しさがにじんでいた。「あんたらアメリカ人は王室の人間を信用しすぎている」

ラシードの言葉は、じわじわと私の脳に突き刺さった。私は彼の顔を、引き結んだ口元を見つめた。あり得ない話だと思った。馬鹿げた話だと。

「国王と、ご立派な内務省の役人に訊けばいい」と、ラシードが繰り返した。「同じようなことが何度も起きている。数週間に一度の割合で」

「きみは、いったい――」

「いつものは、今回のような小さな爆弾じゃない。アドリヤにあんな爆弾を仕掛けたのには驚いたよ。だが、内務省には……何と言うんだっけ？　煽……そう、煽動者がいるんだ。革命派のふりをして暴動をお膳立てする人間が。爆発はおれたちが暮らす街のど真ん中で起きて、近所のレストランや家が全焼した。なのに、やつらはおれたちの仕業だと言う」ラシードの顔に悲しげな笑みが広がった。「あんたはわかってるはずだ。アドリヤを爆破したのはおれたちじゃない。あんたらの友人だ」

風が吹いているにもかかわらず、要塞のなかは息苦しくなってきた。私は、ふたたびラシードの腕をつかんで揺さぶりたくなった。この男は私を馬鹿だと思っているのだ。

それでも平静を取り戻して、鷹揚な笑みを浮かべた。「わかった。つまり、国王の息のかかった人間がスラム街のレストランを燃やしたり群衆に火炎瓶を投げ込んだりしているということなんだな。いいだろう。それはあり得る。面白い仮説だ。数分なら、きみの話を詳しく聞いてもいい。だが、アドリヤの爆破は違う。国王がアドリヤを爆破するとは思えない。外国人が、アメリカ人が頻繁に訪れる地区を標的にするとは。国王も馬鹿ではない。おれたちを怒らせたくないはずだ」私はにやりとした。「プロパガンダの基本その一。信憑性のあるものでなければならない」

「確かに。けど、あんたもいま言ったじゃないか！」ラシードがとつぜん顔を真っ赤にして身を乗り出すと、脂ぎった巻き毛が額に垂れた。「爆破はあんたらを怒らせる！　わからないのか？　そこがポイントだ。気に入っていたコーヒーショップが破壊され、洒落たアートギャラリーが焼かれたのを見たあんたらアメリカ人は、国王を助けることにして、この国から暴徒を追い出すために必要なものをすべて与えるはずだ！」

私が大きな声で笑うと、ラシードがにらみつけた。「信じないのか？　おれの予言を聞いてくれ。そのうち取り締まりが厳しくなるだろう。政府はアドリヤの爆破事件を理由にして、おれたちの仲間の誰かを逮捕する。いや、おそらくひとりだけじゃないだろう。連中は適当に証拠をでっち上げて、犯人に仕立て上げるんだ。そうに決まっている。もしかしたら、ジュネイドが獄中から指示を出したと言って、刑期を一年延ばすかもしれない。けど、アメリカは……アメリカは傍観を決め込んで何も言わない。なぜなら、いまやおれたちはアメリカにとっても脅威だからだ」ラシードは歪んだ笑みを浮かべた。「もしかすると、あんたの国は禁輸措置を解除して国王に武器を供与するかもな。すべて、国王の目論見どおりに」

かぶりを振りながらあたりを歩きまわっているうちに、反論が浮かんだ。

ラシードは声を落として先を続けた。「おれたちがあんたらの目の前で爆弾を爆破させると思ってるのか？　なぜ、おれたちがそんなことをする？　おれたちはあんたらを必要としてるんだ。アメリカの禁輸措置のおかげで、圧政者の手に武器が渡らずにすんでるんだから。西側の新聞や政治家は、おれたちが苦しんでいることを世界に伝えてくれる。なのに、なぜ味方を襲うんだ？　唯一の味方を！　ほかに誰がおれたちの闘いに手を貸してくれる？　テヘランか？　テヘランはとうの昔におれたちを見捨てた！　連中は恐れてるんだ。自国にも革命家がいるからな。わかってくれよ《ヤ・サラーム》。おれたちはアラブの兄弟たちにも見捨てられたんだ。残ったのは、あんたらアメリカ人だけだ」

しかし、それはあり得ないと思った。国王がアドリヤを爆破するなどということは。私は、ラシードの話を振り返って辻褄の合わない箇所をさがした。どこかおかしいところがあるはずだと思って。

向こうも率直に話してくれたのだから、こちらも率直に話すことにした。怒りをぶちまけるのではなく、理性的に。「きみたちがわれわれを必要としているのはわかっている。だが、きちんと色分けされた世界に住んでいるふりをする必要はない。フォーティーン・フェブラリーがアドリヤに爆弾を仕掛けたのは、われわれが国王と手を結んでいるからだ。それはきみも知っている。おれも知っている。この国にはアメリカの海軍基地があり、アメリカ人はガソリンを大量に消費する大型車を運転するのが好きで、サウジアラビアや、そのとなりにあるこの島国とも仲よくしている。それがどのような関係かはおれも知っている。今日はきみらの背中を掻いてやったとしても、つぎの日には彼らの背中を掻くような関係だ。アメリカの政策はめちゃくちゃだ。腹を割って話そう。ほんとうのことを言ってくれ」

が、ラシードは何も言わないので、ついに我慢の限界に達した。「たまたまきみが売春婦とよろしくやっていて、だから知らせることができなかったというのならかまわない。頼む、正直に話してくれ！　ほんとうのことを話してくれれば協力できる。おれは寛容な人間だ。一緒に解決策を見つけよう。だが、クソみたいな嘘をつき続けるのなら、こっちにも考えがある」

ラシードが身を寄せてきた。顔も近づけてきたので、脂ぎった毛穴まで見えた。「シェーン、よく聞いてくれ。アメリカ人をやっつけたかったら、基地を爆破してたよ。あるいは大使館を。アドリヤに爆弾を仕掛けることはなかったはずだ。けど、国王なら……頼むよ《ミン・ファドラック》、よく考えてくれ」ラシードは暑い息を吐きながら迫った。「国王にとって、アドリヤは完璧なターゲットだ。国王はアメリカの大使館や基地は攻撃しない。アメリカ人に避難勧告が出て、大使館も閉鎖されることになるからな。それはまずい。あんたが言うように、彼はアメリカ人を必要としてるんだ。だが、アドリヤなら……当然、アメリカ人は怒るだろうが、国に帰ってしまうほど怒りはしない」

糞尿のにおいが漂う要塞でラシードと顔を突き合わせていたときは、彼の話の矛盾を突き止めることができなかった。話の辻褄は合っていた。いま振り返っても、彼の論理の組み立てや、さりげない話の継ぎ穂や、じつに明快な根拠に驚嘆を覚えずにはいられない。彼の話は、説明に多くの仮定は必要ないと言った哲学者、オッカムの上を行く代数的な対称性を持っていた。だが、私はそれに気づいていなかった。

遠くでパトカーのサイレンが鳴っているのを耳にして、夜間外出禁止令が出ていたのを思い出した。最後にもう一本タバコに火をつけると、ライターのカチッという音があたりに響いた。「どうして、おれが無事かどうか電話をかけて確かめようとしなかったんだ？」

一瞬、ラシードは理解に苦しむような表情をしたが、すぐに笑みを浮かべた。「無事だとわかってたからだよ、ブラザー。あんたは不死身だ。タイタニック号に乗ってたとしても、真っ先に救命ボートに飛び移っていたはずだ。違うか？　それに、こっちから電話するのはまずいんじゃなかったっけ？　あんたがそう言ったんだぞ」

私はしぶしぶ頷いて、ポケットから数百ドル取り出した。「いいだろう。今月分の報酬だ。嘘をついているのがわかったら、国王にきみの住所を教えるからな」

ラシードはぞんざいにお辞儀をした。「ありがとう《シュクラン》、ハビビ」そして、胸に手を当てた。「いずれ、おれがほんとうのことを言っているのがわかるはずだ。おれたちは友人だ。おれは嘘をつかない」

6

オペラハウスの完成を祝う記念公演が開催されるので、ホイットニーが私たちにも出席するように求めた。そういう催しに顔を出すのも仕事のひとつで、ほかの国の大使館員と仲よくなったり、マナーマの有力者と知り合ったり、アドリヤの事件のことでショックを受けている市民に連帯を示したりする、絶好の機会だった。

記念公演が開催されたのは、私がバーレーンに来て三カ月目の記念日だった。三カ月というのは、どんな外国人にとってもひとつの転換点だ。暗くて長いトンネルの入り口に差しかかるときでもあるし、それまで感じていた目新しさや異国情緒が薄れていくときでもある。こっちは異国の地に馴染もうとしているのに、嫌われ、拒絶され、アイデンティティを否定され、外国人駐在者の社会に閉じ込められて、無人地帯に隔離されたような気分を味わう時期だ。

外国人がたいてい十五分遅れてやって来るのは、欧米の時間厳守と時間にルーズな中東の習慣の理想的な妥協の産物だった。観客の多くはまだホールのなかには入らずにロビーに飾られた砂岩の彫刻のまわりをうろついていて、さまざまな言語の話し声が元気のいい鳥のように飛び交っていた。この催しは、アドリヤの惨劇を乗り越えたことを示す試金石だった。女性たちのドレスがより華やかで、おしゃべりがよりにぎやかなのも、暴徒に対する集団抵抗行動のようなものだった。

　完成したばかりのオペラハウスは三方を水に囲まれていて、まるで海の上に浮かんでいるように見えた。中庭は巨大な平屋根に覆われていたが、その屋根は金属製の細い柱で支えられていて、痩せた奴隷が主人を抱きかかえているかのようだった。あたりが暗くなると、水面に映った建物の影が傾いたギリシャ神殿のように変形して、実際の倍ぐらい大きく見えた。建物をライトアップするための何本もの白い光は、オープニングを祝うかのように空中で踊っていた。

　ロビーでは、招待客がシャンパンを片手にプラシド・ドミンゴの話をしていた。ドミンゴが歌う『アマポーラ』や『見よ、恐ろしい炎を《ディ・クェラ・ピーラ》』や『おお、心が痛む！《オー・ミオ・リモルソ》』についてそれぞれの知識を披露し、この冬は彼がどのアリアを歌うか予想し合っていた。国王が大金を積んでドミンゴにバーレーンのビーチリゾートで休暇を過ごさせようとしているという噂を口にする者もいた。ディナールの威力だ、カタールやクウェートではドミンゴの歌を生で聴くことはできない、マドリードやパリにいるのと同じだなどという声も聞こえた。

オペラハウスのオープンを記念して、文化省は国王が自ら選んだ自国の作家の美術作品をロビーに展示していた。〝文化の秋《フォール・オブ・カルチャー》〟と題したポスターが街中に貼られ、まるで文化とイベントは同義語だと思っているかのように、展示の案内やドミンゴの今後の公演予定も併記されていて、それを見るたびに皮肉な思いが込み上げてきた。〝フォール・オブ・カルチャー〟には〝文化の崩壊〟という意味もあるからで、少なくとも、私の頭のなかには文化がマナーマの高層ビルの上から転がり落ちて粉々に砕けるイメージが浮かんだ。

ロビーのほぼ三分の一の空間は、ベルサイユ宮殿を彷彿とさせるシャンデリアに占領されていた。ヴェネツィアンガラスやチェコのクリスタルガラスがまばゆい輝きを放つ、豪華なシャンデリアに。白い柱はギリシャやローマの古代建築を模したのかもしれないが、精巧なアラベスク模様は代々この地に受け継がれてきたもので、ここがどこかを思い出させてくれた。タキシード姿のウェイターは招待客にキャビアをのせたクラッカーをふるまい、弦楽四重奏団はヴィヴァルディの『四季』を情感豊かに演奏していた。

きらっと光る値打ちのあるものを探査棒のように瞬時に見つけるのもスパイの仕事のひとつなので、私はスカウトできそうな人物を見つけて報告できるようにあたりを見回した。

ロビーの片隅には、予想どおり上流階級の人たちが集まっていた。国会議員や首相、それに、王族を友人に持ってこの国の主要ビジネスを牛耳っている大富豪のユーシフ兄弟が。思ったとおり、髪をきれいに撫でつけてピカピカに磨いた靴を履いたホイットニーは彼らのそばにいた。たまたまエジプト大使がひとりで立っていたので、話しかけようかと思ったが、世間話をするには表情が深刻すぎたのでやめた。重い話は酒を飲んだときにしかできない。ロビーには正装した提督もいて、国防大臣と話をしていた。いつものように、安全面の配慮から国王は来ていなかった。

ジミーとグレッチェンは、ロビーの真ん中に掛けてあるモスクの絵のそばに立っていた。ジミーは、誰かに声をかけられたときに備えてウォーミングアップをしているかのように、かすかに口を動かしていて、私が肩を叩くと、ほっとしたような表情を浮かべた。

「おやおや」ジミーはじろじろと私の服を見た。「めかし込んでるな」

「そっちにも同じことを言えるといいんだが、まあ、細君がきれいだからいいか」私がグレッチェンを見てウインクすると、グレッチェンは頬を赤らめてうつむいた。私は、ほっそりとしていて控え目で、時代遅れのプラスチックの眼鏡をかけていること以外にこれといった特徴のないグレッチェンが、なぜか気に入っていた。

それから、まわりの作品に目をやった。「ヌードの絵が二、三点あるといいんだけどな。

胸とか尻を描いた絵が。国王も、奥さんが四人いたって飽きることもあるだろうし――」

ジミーは、私の話を遮ってグレッチェンに時間を尋ねた。私は、素面のときのジミーが病的なほど神経質なのを忘れていた。彼に限ったことではない。新人は怖がりで、信じやすいわりに理解するのに時間がかかり、すべてのポケットに盗聴器が隠されていて、すべてのカーテンのうしろに目があると思っているのだ。下手をすると国外追放になる可能性もあるので、人前では虚勢を張りながらも、彼はここでの恵まれた生活とキューバ産の葉巻と、裏庭にプールのある家を失うのをひどく恐れていた。

「何だ、これは？ 英雄同盟か？」とつぜん、バート・ジョンソンの大きな笑い声が聞こえてきた。背が高いだけで頭は空っぽなアスリートのようなバートは、妻のポピーのとなりに突っ立っていた。顔は赤いが、酔っているわけではなく、彼の日に焼けた肌と取ってつけたような明るさは、大嫌いだったすべての体育教師を思い出させた。それに、彼の言葉はいつも大げさで、わざとらしかった。

「アドリヤであんなことがあっても、バーレーン人の精神が打ち砕かれずにいてよかったよ」バートはそう言ってぐるっとあたりを見回した。「彼らは、生きる喜び《ジョワ・ド・ヴィーヴル》を知ってるんだよな」

ポピーが身を寄せてきた。「アドリヤのこと、あなたはどう思う？ 私はぞっとしたわ。

たまたま〈カフェ・リルー〉にいたので……」

「確かに、あれはひどかった。不幸な出来事だ」私はポケットからタバコを取り出して、ふたりのそばを離れた。

弦楽四重奏団が休憩を取るために演奏を中断すると、ロビーはふたたび招待客の話し声に包まれた。私は、退屈な美術作品の前をぶらぶらと歩きまわった。白いトーブと黒いアバヤを着た男女が距離を置いて立っているのは、中東における男女間の支配と従属を物語る光景だ。そのうち、大きなモザイク画の前でふと足を止めた。なだらかな斜面に一本の木がぽつんと生えている明け方の風景を描いた作品だった。釉薬《ゆうやく》を施した何百枚もの茶色いタイルが幹を形作り、枝は、何かをつかもうとしているかのように遠くまで伸びている。朝日はまばゆく光る白いタイルで表現されていて、緑色の小さな葉は艶々と光っていた。その豊かな色彩の呼び名は思い浮かばず、いまごろになって、エメラルド色やライム色、翡翠色などと名づけようとするものの、そんなことをしたところで意味がないのはわかっていた。

絵のタイトルを見ると、『命の木』と書いてあった。

「行ったことがありますか?」

私は声をかけられたことに驚き、続いてとまどいを感じた。女性の声とは思えない、低い声だった。強い訛りがあるのは確かなのだが、どこの訛りかわからない不安が雪崩のように襲いかかってきた。いや、不安に襲われたのは訛りのせいではなかったのかもしれない。振り向くと、顔に傷のある人に遭遇したときに芽生える警戒心と好奇心と不快感が込み上げてきた。その女性の左の頬には切り傷があったのだ。しかも、小さな傷ではなく、顎から目の下まで、頬の半分近くに走る異様に長い傷が。いや、少なくとも、そう見えた。端整な顔をしているので、よけいに傷が目立つのだ。彼女の服装にも目を奪われたような気がする。伝統的なアバヤとヒジャブを身にまとっていたのだが、どちらも黒ではなく、明るい色のペイズリー柄で、派手すぎず、かと言って地味ではない服装を心がけているように見えた。歳は私より二十歳くらい若そうだった。

いまにして思うと、最初の出会いはそれほど特別ではなかったような気がする。アメリカの外交官が文化的なイベントでバーレーンのモザイクアーティストと出会うというのは、よくあることなのかもしれない。そのアーティストは顔に傷があり、低い声をしていたというだけのことなのかも。しかし、人でごった返したオペラハウスのロビーで私が体験したのは、もっと重大な、いまだにうまく説明できない何かだった。

彼女は美人ではなかった。少なくとも、私の知り合いの男性の多くが美人と呼ぶような女性ではなかった。女性的だが、めりはりのある顔立ちで、鼻はやけに細長くて、顎も、顔から逃げ出そうとしているかのように突き出していた。目はアーモンド形で、モザイク画の木の葉や、午後遅くの木洩れ日を浴びたシダの色に似た、明るい緑色だった。ヒジャブの下からはカールした鳶色《とびいろ》の髪がかすかにのぞき、眉は黒くて太かった。首は鳥のように細くて、頭を支えるのがたいへんそうに見えた。肌は——肌だけは——ほぼ議論の余地なく美しかった。太陽の光をたっぷり浴びたオリーブを思わせる褐色で、国籍も出自も判別できなくしていた。

「命の木です。行ったことがありますか？」彼女はそう繰り返して私の顔を見つめた。

「あなたはアメリカ人ですよね？　あの木は人気の観光スポットなんです」

私は、顔に傷のある彼女の視線を避けるためにふたたびモザイク画のほうを向いて、作品の下に貼ってあるプロフィールに視線を走らせた。そこには、〝ヨーロッパで学んだ〟と書いてあった。バルカン諸国の、それも、おそらくアルバニアの出身に違いないと勝手に思い込んでいたが、プロフィールには〝ヴェネツィア・ビエンナーレに出展〟とも書いてあった。

「いや、行ったことはない。マナーマからだとけっこうかかると聞いたので」

「車で一時間ほど南に走った、砂漠のなかにあるんです」顔を見ずに声だけ聞いても心がざわついた。もはや強い訛りは消えて、欧米人が英語をしゃべっているようだった。

「見るだけの価値はあると？」

「ええ。あの木は水のない砂漠でも育つんです。あたりに何も生き物がいないところでも。つまりは……自然の果敢な抵抗です」彼女は〝抵抗〟という言葉を強調した。語学に堪能な外国人が無意識にアクセントをつけて自分の思いを伝えようとするやり方だ。「四百年以上ものあいだ、砂漠で生き続けてるんですから」

私は彼女に視線を戻した。「すごいな」

「豆科の木です。プロソピス・シネラリア」彼女はそのラテン語を、もう千回ほど口にしたかのように完璧に発音した。そして、はじめて笑みを見せた。私は、彼女の口元も美しいことに気がついた。もちろん唇はふっくらとしていて、歯は真っ白で、この国の天然水に含まれる高濃度のフッ素による染みもなかった。しかも、目にはいたずらっぽい光が宿っていた。「この木のことに詳しいのは、作品の題材にしたからです。そうでなければ、植物の種類や学名なんて知らないままだったわ」

弦楽四重奏団がとつぜん演奏を再開したので——今度はワーグナーの勇ましい曲だったのだが——私たちの会話は急にしぼんでしまって、彼女は硬い表情で私を見上げた。「で、購入を検討していただけるのかしら？」

私はちらっと値段を見た。千五百ディナールは高い。「いや、そこまでの余裕は」と、素直に認めた。が、購入を断わった罪滅ぼしのようなつもりで、「話をしているうちにこの木を見たくなったので、明日にでも行ってみようかな」と言った。

「道順を教えます」彼女の表情がやわらいだ。「木を見てもらえるのは、作品を買ってもらえるよりうれしいわ」

私は、それが本心かどうか疑いながらも笑って彼女を見つめた。「じゃあ、木を見てから作品を買おう」

彼女はうっすらと笑みを浮かべて唇をすぼめた。現金でなければ困ると言ったが、アトリエへ作品を受け取りに行ったときに払えばいいとのことだった。

彼女は、その命の木への道順と自分の名前と、アトリエの住所を教えてくれた。記憶に残ったのは住所だけだった。いまでも、彼女のフルネームを思い出すにはしばらく時間がかかる。彼女には似つかわしくない平凡な名前だったので、すぐ忘れてしまうのだ。

私は、バーレーンを離れた数カ月後にモディリアーニの『アルジェリアの女』、または『アルマイサ』と呼ばれている絵に出会った。その絵のモデルも彼女と同じセム系のようで、同じく、きりっとした個性的な顔をしていた。美術館でその絵を見た瞬間から、私の心のなかではそれ以前の彼女もアルマイサになった。私は、絵画から借用したその名前が彼女にぴったりだと思うようになった。なぜなら、彼女は多くの意味で私の想像の産物だからだ。彼女にはさまざまな一面があって、私の思い込みと実態には乖離があったが、それは、私の秘めた芸術的な才能が期待も含んだ独自の解釈にもとづいて彼女を自分の心のなかに描いていたからだ。

夜間外出禁止令が発令される時間が近づくと、招待客はオペラハウスをあとにした。私も、買うと決めたモザイク画をもう一度ちらっと見てからジミーとグレッチェンに別れを告げて、出席したことを評価してもらえるように、わざわざ提督のそばを通って出口へ向かった。途中でホイットニーとすれ違ったが、彼は大使館員と仲よく話をしていて、古代ディルムン文明のジオラマの横に立っていたからか、やけに背が高く見えた。めかし込んで立っているふたりは、背後に貼ってある〝文化の秋〟というバナーのついたポスターのモデルのようでもあった。ホイットニーがついに職務より性的な満足を優先したのは喜ばしいことだった。私が手を上げると、彼は頷いて、有能な外交官の証しのひとつである作り笑いを浮かべた。

車でアムワージ島へ戻ろうとしていると、蜂蜜色の月が空にぽっかりと穴を開けているのが見えた。窓に黄色い明かりの灯った高層ビルが林立する海岸沿いには穏やかな風が吹いていた。どこの街でも、夜に車を走らせると、コンクリートもガラスも直線的なスカイラインも、まるで魔法をかけられたように霞んで見えるのだが、その日の夜景はやけにくっきりとしていて、引き込まれそうな気がした。

7

私がこれまでに関わった女性たちについて述べておこう。

写真はあまりないが、思い出深い女性の写真は残してある。ときどき、その写真を見て、そこに写っているものと写っていないものについて考えることもある。

何枚か、母の写真もある。光沢のある白黒写真で、いつのまにか角が反り返ってしまっている。母は教会へ行くためにめかし込んで、硬い笑みを浮かべている。カールした黒い髪を、まだ毛の生えていない幼い私の頭の上に垂らし、幸か不幸か、この先どのようなことになるのか知らないまま私を抱きしめている。飲酒の影響を隠せなくなったのちの写真では目がとろんとして、肌は染みだらけになっている。その点は父と同じだが、父と違って私に暴力をふるうことはなかった。

母は美人だった。いまならそう思うが、子どもは大人にならないと母親の美しさに気づかないものだ。母は私を家から追い出そうとした。父と、父のウィスキー臭い息と、絶え間ない暴力と母自身の目のまわりの痣と、ニュージャージー州の荒れた地区から私を追い出そうとした。母が私の将来を託すことができると考えた唯一の場所は、近所にある軍の徴兵事務所だった。しかし、母の望みもむなしく、私は親の借金や自分の〝少なくない〟非行歴に門を閉ざされた。が、募集担当者はある場所の電話番号を教えてくれた。大学の学位は必要なく、私のような人間に適した場所だと、その担当者は言った。だから結局、母は私を追い出すことに成功した。

別れた妻のマーリーンの写真も数枚ある。ふたりでバンコクにある涅槃像の脇に立ってにっこり笑っている写真では、マーリーンの明るい赤毛が風に吹かれて乱れている。分厚いマフラーを巻き、落書きだらけのベルリンの壁の残骸のそばでたがいの体に腕を回してVサインをしている写真もある。幸せだったころの写真を見るのは、あまりうれしいものではない。だからなのか、めったに見ない。それに、写真を見ると、もはや若くはないマーリーンの顔が何かを告げにきた幽霊のように写真のなかにあらわれて私の顔と重なり、そのせいで私の肌はますますくすんで老けて見えるし、自分のしたことがより罪深く思えてくる。

マーリーンはスパイの妻に向いていなかった。気が弱くて神経質なうえに、世間知らずで、何事も無批判に受け入れるところがあった。私はそんな彼女に嫌気が差して、それがさらに彼女を苦しめた。スパイは人の弱みを見つけてそそのかし、丸め込むように訓練されているので、その習性が、毒のように、いつのまにかじわじわと生活の隅々にまで染み渡っていくのだ。仕事のせいだと、マーリーンは私を責めた。帰りが遅いのも、酒も、女も。スパイは人を騙すのが仕事だ。人を騙して意のままに操るのは何物にも代えがたい快感で、陰鬱で孤独な諜報活動を続けていると、麻薬のようなその快感にいともたやすく溺れてしまう。誰も見ていない。神はおまえの味方だ。国はおまえに秘密を託して国を救えと命じた。おまえは神だ。そう思い込んでしまうのだ。神がいい夫になれるわけがない。いまなら、それがわかる。

アルマイサの写真もある。彼女は、私が深く関わった三番目の女だ。おそらく最後の——いや、考えようによっては最初の女かもしれない。彼女の写真がいちばん多い。カラフルな写真ばかりだが、彼女は硬い表情をしている。トレードマークの華やかなアバヤを着ているのに、笑っていることはあまりなく、ほかのことを考えているように見える写真もある。頬に傷があるからか、いつも横を向いているので、顔もよく見えない。それでも、彼女の緑色の目は際立っていて、自分の存在とその意味を訴えかけているような気がする。ほかの色の目はそんなことがないそうだが、緑色の目は色が変わることがあるという。

アルマイサの写真を見ても、彼女のすべては思い出せない。手足は思い出せるが、体は思い出せない。モザイク画のほうが彼女の多くを語っている。購入した『つながる輪』や『赤い抽象画』、『仮面の蝶』という題名の小品は残しておくことができた。どれもティッシュペーパーを重ねて丁寧に包んで、クローゼットにしまってある。取り出して眺めると、ほんとうの彼女が見える。そこには、彼女のルーツや世界観や人間性が繊細に表現されていて、私を即座に彼女のもとへ、暑くて埃っぽいマナーマへと誘う。

8

彼女のアトリエはスラム街にあった。オペラハウスの薄暗い明かりのなかで彼女が教えてくれた住所には馴染みがなく、私にとっては、名前のない数字の羅列と同じだった。しかし、地図で調べると、ブダイヤの西の端にある、アブドラティフ・アルドサリモスクの近くだとわかった。彼女は、貧しいシーア派住民の居住区にアトリエを構えていたのだ。国王が主催する美術展に出品できるのはスンニ派の芸術家だけだと思っていたが、そうではなかったことによってアルマイサと国王のどちらに対する印象が変わったのかはよくわからなかった。が、変わったのはおそらくアルマイサに対する印象のはずだった。

アル・マクシャで高速を降りると、スラム街が虫食い穴のある巨大なキルトのように目の前に広がった。カリアと呼ばれているその地区は、地区自体が国のようなもので、私は狭い路地まで知りつくして、いつのまにか予期せぬ第二の故郷となった。道端には、積み上げられたゴミがむなしくそびえていた。路地にはぎっしりと家が建ち並び、どの角にも薄汚いファストフード店やよろず屋があって、貧しい住人相手にほそぼそと商売をしていた。あたりに高層ホテルはなく、〈リビエラパレス〉とか〈オリエンタル・リトリート〉などという、わざと誤解を招くような名前をつけた、シャッターの壊れた小さなホテルがあるだけだった。もっとも目につく特徴は、タトゥーを入れた体にさらにタトゥーを入れるようにあたりを覆う落書きだ。消灯令によって夜間のデモが禁止されると各地でデモへの参加の呼びかけが行なわれるという、皮肉な悪循環が生じていた。結局、消灯令はほとんどの地域で撤回された。落書きに覆われた壁の上や家々の屋根の上ではシーア派の黒い旗が風になびき、その数はバーレーンの国旗をはるかに上回っていて、反政府派はその唯一の勝利にしがみついていた。

五二一五号線に入ると、速度を落としてゆっくり車を走らせた。スラム街だというのはわかっていたが、アルマイサのアトリエのある通りは見るも無惨な状態で、高さも材質も形もまったく違う建物がひしめき合っていた。通りの角では、男たちがたむろしてタバコを吸っていた。どこのスラム街でも見かける、金も職も希望もなくした怠け者たちだ。彼らは怒りのこもった目で私の車をにらみつけた。デモの際に燃やすつもりなのか、通りの端の雑草に覆われた空き地には古タイヤが薪のように積み上げてあって、汚らしいハトが地面をついばんでいた。

建物の住所は読み取れず、番地がわかったのは、旧型のテレビやコンピュータを改造して売っている電気店だけだった。店に入って道を尋ねようかと思ったが——頬に傷のある女をさがしていると言えばすぐにわかるはずだったが——考え直してやめた。アメリカ人の男がスラム街をうろついているだけでも目立つのに、怪しまれるに決まっている。それに、アルマイサに——私をアトリエに招いてくれた、勇気のあるほっそりとした女性に——アメリカ人と関わりがあるという噂が立つのは防ぎたかった。

それは、その界隈でもっとも古びた建物だった。私は消去法で彼女のアトリエを見つけた。すべての窓に目をやって、住宅か事務所か、あるいは空き家かを判断した。そこは、古いことは古いものの、かなり大きな建物で、何年ものあいだに、ふとした思いつきで増築や減築を繰り返した跡が見て取れた。一階は、かつてイギリス人がマナーマに建物を建てたときと同じ砂岩ブロック造りで、最上階は、のちにスラム化したときに乱雑に積み上げたコンクリートブロックでできていた。窓も、明らかにあとからはめ込んだようだった。細かい格子で仕切られた窓で、まったくなかが見えないほど汚れていたが、泥棒をそそのかすかのように窓枠の下に旧式のエアコンの室外機を取りつけてあるところもあった。合板を打ちつけてある窓もあった。建物の入り口のドアにも合板が打ちつけてあったが、そばに寄ると、かつてはステンドグラスがはめ込まれていたのがわかった。合板の下からステンドグラスの残骸が顔をのぞかせていて、その鈍い輝きは古きよき時代への哀歌のように思えた。

ノックをすると、アルマイサはすぐにドアを開けた。私は、なぜかそれに驚いた。ノックの音が聞こえたからといってすぐにドアを開けていいような場所ではないからだ。けれども彼女はドアを開け、緑色の目で私を見つめ返した。そのときも明るい色のアバヤを着ていて、微笑みながら私をなかへ招き入れてくれた。

アルマイサのアトリエは二階にあった。内装は未完成で、あちこちにイーゼルや絵の具や絵筆が置いてあった。テーブルの上にはモザイクタイルが噴水の形に並べてあって、作業中だったのか、そのまわりには仕事道具が置いてあった。タイルの隙間を埋める、固くなりかけたグラウト材やペンチ、大きなナイフ、それに、カメラとフィルムも。セメントとテレピン油のにおいに混じって、彼女の香水のスパイシーな香りがした。ジャスミンか竜涎香《りゅうぜんこう》か、あるいは麝香《じゃこう》の香りが。

「ここですべてが生まれるんだな」私はそう言って微笑んだ。

アルマイサは壁ぎわに立てかけた作品のなかから何かをさがそうとしているようで、キャンバスを一枚一枚手に取るたびに、そのうしろの作品が見えた。ちらっと見えただけだったが、どれもすばらしい作品で、私をとてつもなく魅惑的な世界へ誘った。

「ここが私のアトリエです。迷いませんでした？」覚えていたとおり、彼女の声は低くてなめらかだった。

「ああ。大丈夫だった」私はふらふらと部屋の反対側へ行った。床は白い埃で覆われていて、埃のない部分は彼女の動線の跡だった。窓の外では、男がふたり激しく言い争っていて、犬が唸り声を上げていた。アルマイサが窓の外に目をやると、顔に太陽の光が当たって、肌が作りたての陶器のようにすべすべになり、傷痕もただの引っかき傷のように見えた。彼女は完全なアラブ人ではないと――おそらく、ほかの血が混じっていると――思ったのは、それが二度目だった。

「美術の勉強はヨーロッパで？」

「ええ。フィレンツェの美術アカデミーで」

「イタリアで？　それはすごい」

彼女は挑戦的な態度で私を見上げた。「驚いてるんですか？」

私はぶつぶつと言いわけを口にしながら、彼女がアトリエに招いてくれたのは、アメリカ人が美術品を買うためにスラム街にやって来るかどうか、それだけの勇気があるかどうかを見極める実験か審査のようなものだったのかもしれないと思った。彼女が私のことをほかの外国人と同じだと思っているのは明らかだった。けっして安全とは言えない、名前もない薄汚い通りを恐れて、このような貧しい地区に芸術家がアトリエを構えていることに驚いているはずだと思っているのは。

「イタリアでは絵画を学んだだけなんです」と、彼女は言った。「モザイク画をはじめたのは、バーレーンに戻ってからで」

私は彼女の誤解を解こうとした。「なぜ、モザイク画を？」

「モザイク画はわたしたちのものだから。モザイク画の発祥地はメソポタミアなんです。もちろん、ご存じだと思うけど、イラクかシリアが。中東には、至るところに有名なモザイク画があるんです——エルサレムの岩のドームにも、パレスチナのウマイヤ朝の宮殿にも」

「ああ。ヨルダンでもモザイク画を見たし——」

「私がモザイクを好きな理由はほかにもあるんです。説明するのはむずかしいんですが、モザイク画はたくさんのパーツが合わさってできているからかも。つまり……複雑《モアカード》だから。すべてのタイルが収まるべき場所にきちんと収まって、はじめて美が生まれるんです」

「いずれにせよ、きみは芸術家として成功を収めたわけだ」私は彼女を褒めた。「国王主催の展覧会に出品できたんだから」

アルマイサは、怒る理由があるかどうか探るかのようにしばらく黙って私を見つめていたが、ついに肩をすくめて屈託のない笑みを浮かべた。「私の作品はヴェネツィアやブリュッセルでも展示されたんですよ。国王は私の作品を気に入って、ほかの人たちも気に入るだろうと思ってくださったようで」

アブドラティフ・アルドサリモスクから正午の祈りの呼びかけが流れてきた。が、アルマイサは祈ろうとせず、客が訪ねてきていることをとつぜん思い出したかのように、何か飲むかと訊いた。

ふと窓の外に目をやると、男がひとり路地に立っているのが見えた。「きみはここに住んでるのか?」私は、蛇口から流れる水の音に掻き消されないように、大きな声で訊いた。

彼女は私のそばに来て、水を入れたグラスを差し出した。爪は、マニキュアを塗らずに短く切っていた。手は荒れてかさかさで、私が毎日目にしている、念入りにケアをした手とは別物だった。顔も化粧っけがなく、口紅や頬紅も塗っていなかった。「いいえ」と、彼女はそっけなく答えた。「ここはアトリエです」

私は水をひと口飲んだ。「出身はマナーマ?」

「それは、出身地の定義によるかも」

水はまずく、第三世界の水道水特有の鉛っぽい味がした。ほとんどのアメリカ人は水道水を飲んで腹を壊していた。これも、私を試すテストだったのかもしれない。

アルマイサが壁ぎわに戻って作品の上に身を乗り出すと、世の中を嘲るかのようにヒジャブの下から髪がのぞいた。オペラハウスで出会ったときもそうだった。彼女はいくつもある作品のなかから私が買うことにした一枚を取り出そうとしているようだったので、手伝いに行った。私は、見つめられているのに気づいて、まだ金を払っていなかったのを思い出した。

「すまない《アーシフ》」現金を手渡すと、アルマイサはにっこり笑った。

彼女のアトリエを出ていこうとしていると、壁にピンで写真が留めてあるのに気づいた。半分はイーゼルで隠れていたが、それでも子どもを写した白黒写真だというのはわかった。黒い髪を短くカットした、片方の頬にえくぼのある女の子で、白い無地のシャツとズボンに身を包み、カメラを見上げて恥ずかしそうに微笑んでいる。奇妙なことに、写真はそれだけだった。ほかの写真は一枚もなかったので、思いきって訊いてみた。「これはきみか？」

顔中に警戒の色を浮かべたアルマイサは、なぜかより美しく見えた。「いいえ」と、彼女はそっけなく言った。

私は、抱えていたモザイク画を床に下ろして彼女の目を見つめた。「ありがとう《アルフ・シュクル》。命の《シャジャ》木は私の家で美しく育つだろう《ラトル・ハイヤ・ハットクーン・ジャミラ・フィ・ベイティ》」

私の秘密兵器は効力を発した。彼女の表情はたちまちやわらいで、芸術品のように輝いた。

「どういたしまして《アフワン・ヤ・サディキ》。また会いましょう《インシャッラー・ハシュファク・ターニ》」

面白いことに、体験と理解は別物だ。その日の夕方遅く、しばらくモザイク画を見つめていてはじめて、私は彼女についてほとんど何も知らないことに気づいた。アトリエではほとんど彼女が話していて、そのときの会話は書き写したかのように一言一句覚えていたが、私が持ち帰ったのはモザイク画だけだった。

何百枚もの緑の葉が私の家の居間を見下ろしていた。何百個ものアルマイサの目が、独身男の小さな家を見下ろしているような気がした。モザイク画の隅には、赤い字で何か書いてあった。彼女のサインか、サイン代わりのスタンプだろうが、何と書いてあるのかはわからなかった。もしかすると、私は彼女の作品を買った最初のアメリカ人だったのかもしれない。

そのモザイク画を本棚の上に掛けたとたんに、部屋ががらりと変わったのには驚いた。たんに寝に帰るだけの味気ない部屋が魅力的な空間に変わり、くすんだ色合いも明るくなって、まるで水を浴びたようにきらきらと輝きだした。そこはもはや歳をとってくたびれはてた男の家ではなく、世知にも洞察力にも長けて、世界を股にかけながらどこかの国の内部に潜り込むことのできる優秀なスパイの家のようだった。

9

アルマイサのアトリエへ行ったつぎの日曜日に、反政府派のリーダーだったサイード・アル・フセインが治安妨害と不服従とアドリヤで起こしたテロ行為容疑で逮捕された。《ガルフ・デイリーニュース》は、治安部隊がブダイヤにある彼の家のドアを叩き壊してベッドから引きずり出したと報じていた。妻と子どもたちは羞恥心と屈辱で目を覆っていたらしい。

逮捕はたいてい日曜の朝に行なわれた。労働者にとっては、仕事に明け暮れる一週間がはじまる日なので、暴動を起こす余裕などないからだ（威嚇や脅しや、罪悪感を掻き立てたりおだてたりするのは古くから使われている手法だが、それと同じくらいタイミングが有効な心理操作術になるのは私もよく知っていた）。しかし、国王は万が一の場合に備えて全検問所に注意をうながし、政府の施設や空港、港に加えてドライドック刑務所の警備も強化した。ジュネイドは、テロ行為を間接的に支援・煽動したとして、欠席裁判で二百五十回の鞭打ち刑の宣告を受け、治安維持を理由にいかなるデモも禁止された。アメリカ大使は、異議を唱えるどころか、長年にわたる米国海軍の駐留への理解と安全確保のための永続的な努力に対してバーレーン政府に感謝の意を表する声明を発表した。クウェートは、耐地雷・伏撃防護車両を百台、バーレーンに提供した。すべてラシードが予想していたとおりになった。

最初のうちは私もハンドラーとしてラシードを信用していたが、時間が経つにつれて自信が揺らいだ。電話で話をした時点では、半ば的中した予想以外にラシードの関与を証明するものは何もなかった。だが、きわめて要求水準の高いわれらがチーフのホイットニーがラシードの話を信用しないのはわかっていた。もしかするとサイード・アル・フセインはスケープゴートではなく実際の首謀者だったのかもしれず、ラシードはあんたを騙したのだ、なぜ上司の意見よりはぐれ者の情報提供者の話を信じるのだ、とホイットニーにねちねち責められるのはわかっていた。テヘランの手先からは何の情報も得られないはずだ、契約解除を考えるべきだと迫られるのもわかっていた。

考えれば考えるほど、ラシードから得た情報は報告しないほうがいいように思えた。アドリヤの爆破事件に関する私の報告書など、誰が読むのだ？　たとえラシードから聞いた驚くべき話は伏せて、爆破事件に関する当たり障りのない説明をでっち上げても、結局は何の違いもないはずだった。ラングレーでデスクワークをしている連中が私の報告書に目を通して悲惨な状況に驚いたとしても、〝反政府派工作〟というラベルのついたフォルダーにはさんで朝のコーヒーの残りをすするのは目に見えていた。報告書など書いても、何もいいことはない。情報は、有効な使い途が見つかるまで取っておいたほうがいいのだ。何の役にも立たないかもしれないし、もしかすると重要な役目を果たすことになるかもしれないが、少なくとも、ホイットニーは何も知らない。この業界では情報がすべてで、誰も知らない情報のほうが価値が高い。提督もホイットニーも情報を鍵のかかった引き出しにしまっているのだから、私もそうすることにした。それがこの業界の掟で、皆それに従っていた。

ラシードの信用度を確かめる最後の手段として、監視官の記録に目を通したが、まったく役に立たなかった提督の補佐官の意見が書いてあるだけだった。爆発は計五回起きたとされていて、それぞれの正確な時刻も記されていた。鎮静部隊の報告書も役に立たなかった。死傷者は三名で、犯人は不明。現場に決定的な証拠は残っていなかったが、手口と動機から反政府派の関与が疑われ、今後、外国人が標的とされる可能性もあり、その際の詳細な調査はわが国が行なうこととすると書いてあるだけで、最後に、三位一体を象徴するホイットニー・オールデン・ミッチェルとバート・ジョンソン、それに提督の承認済みの署名が記されていた。

「水タバコはいかがですか？」

「いや、いらない。コーヒーをブラックで。それと、串焼き肉《シャワルマ》のサンドイッチも。ありが《ミン・ファド》とう《ラック》」私は、カウンターの向こうにいるみすぼらしい身なりをしたアラブ人にディナール紙幣を数枚渡した。彼の名前はファルークだと数カ月かかって知ったが、名前を呼んだことは一度もなかった。

〈エアポート・カフェ〉の店内は、タバコの煙が天井に向かってもうもうと渦巻いていた。そこが何かの戦いの場になったわけでもないはずなのに、壁は一度も拭いたことがないのか、あちこちに原因不明の茶色い染みがついていた。人に勧められるような特徴はなく、マナーマ国際空港に到着する飛行機が見えるというのが唯一の売りだったが、現地に滞在している外国人が来ないこともあって、私はその平凡なカフェが気に入っていた。

店の壁には王族の写真が何枚も飾ってあった。タバコの煙とバーレーンの乾燥した空気のせいでセピア色に変色したその写真は、誰も見てくれないことを嘆くかのように空いている椅子やテーブルを見下ろしていた。王族の顔がどれも同じに見えたのは、全員が口ひげを生やしているのと、結婚相手を選ぶ際に多くの制約があるために遺伝子の多様性が損なわれているせいだ。ラシードは、王家が秘密にしている遺伝や遺伝子の変異による障がいについて――鎌状赤血球症や身体の一部の変形について――いつも生々しい話をしていた。

私はジャシム国王の写真の前まで歩いていった。この男が自国民に、それも、何の罪も犯していない自国民に爆弾を投げつけるようなことをするだろうか？　厳かな雰囲気を放つ国王の写真を眺めていると、アドリヤでの爆破事件は彼が仕掛けたのではないかという、アラブ諸国にありがちな陰謀の可能性は薄れた。しかし、なぜか国王の目つきが気になった。国王は、抜け目のない、意志の強そうな目をしていた。この国の油田はとうの昔に枯渇したが、庇護と排除の巧妙な駆け引きで王位にしがみついている、したたかな男だ。彼は異を唱えただけで市民を迫害し、暴動の火の手が王宮に迫ると、これまでは歯牙にもかけなかったサウジアラビアに魂を売り渡して銃と戦車の支援を求めた。四人の妻といくつもの宮殿を持ち、自国民が苦しい生活を強いられているというのにサウジの王子と鷹狩りに出かける男だ。シーア派が多数を占める国の頂点に君臨するスンニ派の支配者だ。

パティオに出ると、誰かが置いていった《ガルフ・デイリーニュース》が目についた。そこには、〝アドリヤ地区を爆破したテロリストの捜索、続行〟、〝イラン経済、崩壊寸前〟という見出しが躍っていた。空港の周囲に目をやると、あらたにパンジーと芝生が植えられているのがわかった。空港に到着した外国人に国中が青々とした緑に覆われているような錯覚を与えるために国王が考え出したマジックショーで、街の各所に優雅な響きの名前がつけられているのと同じだ。マナーマでは、珊瑚礁や海のそばでもない公園がコーラル・ベイと、家電量販店が建ち並ぶ通りはエキシビション・ロード、痩せこけたエミューが檻に入れられているだけの空き地がジンジガーデンと名づけられていた。

みすぼらしい身なりをしたアラブ人がコーヒーとサンドイッチを運んできて、何も言わなくても新聞から遠ざけてテーブルの上に置いた。エアポート・ロード沿いではヤシの木が風に揺れ、夕闇がじわじわと空を覆いはじめていた。もうすぐ六時で、そろそろマナーマがふたつにわかれる時間だった。六時になると街の半分は暗くなり、通りは路地のように静まり返って、建物の窓の明かりも静かに消える。その一方で街のもう半分は活気を取り戻し、高層ビルや高級ホテルではネオンがまたたき、秘密のドアの向こうでは人と熱気とオイルマネーが渦巻く。労働者は家に帰って夜の日課にいそしむ。私は、コーヒーをすすりながら遠くに見える街の明かりを眺めた。夕日の赤い筋は、空につぎつぎと新しい傷ができたかのように増えていった。

爆弾は五発仕掛けられていたとワリドは言ったが、記録によると、私が到着する前に確認されたのは四発だった。ワリドの確信に満ちた口調が脳裏によみがえるのと同時に、単純な疑問が頭をよぎった。ワリドの勘違いではなかったとしたらどうなる？　もし彼が——おのずと事情が見えてきたのだが——うっかり言い間違えたのだとしたら？　ワリドは何発爆発することになっているのか知っていたが、混乱していたので、五発目は計画どおりにいかなかったことを忘れていたのだ。何らかの不手際で爆発が遅れ、われわれが基地に戻る途中で奇妙な爆発音を聞くことになったのだ。とつぜん、すべての謎が解けた。彼の部下がろくに捜査をしていなかったのも、目撃者があらわれなかったのも、ワリドが私たちを邪魔者扱いしたのも、最後の爆弾は無関係だと思わせようとしたことも。ワリドは、最初から最後までこの大胆な企てに関わっていたのだ。〝幸い、アメリカ人はひとりも死んでいないようだ〟と、ワリドは言った。

もっと早く気づくべきだった。ワリドは内務省の管轄下にある治安部隊の幹部ではなく、作戦を監督する任務を負わされた、私と同じ諜報員だったのだ。足元に置いた鞄からカメラを取り出して、撮影した写真のなかにワリドの身元を突き止める手がかりをさがした。支給品ではない靴を履いたり制服に記章をつけていなかったりすれば、変装している証拠だ。路地で撮った写真には警官が数人と爆破されたゴミ箱と、誰かの上半身の一部と道端に並んだプランターのうしろに散乱する瓦礫が写っていた。ワリドの写真はなく、ふたたび瓦礫の写真を見つめた。ふと空にカメラを向けると、夕日の赤い筋が先ほどよりはっきりと見えた。

車に乗り込んだときには、すでにあたりが暗くなっていた。高速道路の脇では、仕事を終えて家に帰るインド人の建設作業員らがヒッチハイクをしていた。皆、だぼっとしたよれよれの服を着て、防塵マスク代わりにしていた布をだらしなく頭に巻いている。不法移民だ。アドリヤの犠牲者はすべて外国人労働者だった。彼らは湾岸諸国に出稼ぎに来てアリのようにせっせと働き、たとえ踏みつけられても誰にも気づかれないのだ。

私は車を寄せて窓を開けた。「ダウンタウンへ行くのか？」

彼らは疑わしげに顔を見合わせて、ひとりがためらいがちに近づいてきた。「いいえ、トゥブリに戻るんです」

「乗れ。送っていくよ」私がそう言うと、仲間とともにさっさと後部座席に乗り込んだ。

「車を洗ってくれたら、洗車代を払うよ」

10

翌朝はジミーからの電話で目が覚めた。車が故障したので迎えにきてほしいとのことだった。寝室の窓からは朝日が射し込んでいた。私は、ナイトスタンドに置いてあったグラスのなかのブランデーを飲みほした。

ジミーは、街の反対側のリファーにある、アムワージ島よりさらに高級なゲート・コミュニティに住んでいた。そこには鮮やかな赤紫の花が咲き誇り、ユーカリの木が生い茂っていた。なだらかなゴルフコースの向こうには、豪華なバルコニーと広々とした芝生の庭がついた、白い漆喰塗りの真新しい家が並んでいた。東洋の美意識と欧米の郊外住宅の機能性を兼ね備えた住宅で、住んでいるのは、政府の高官や王族と関係のあるスンニ派や、外国人エリートたちだ。リファービューズと名づけられたその住宅地には、鉄の門と石の壁で囲って警備員を配置するという、厳重なセキュリティが施されていた。

ジミーから聞いていたのか、警備員は何も言わずに門を通してくれた。住宅地のなかに入ると、ていねいに剪定されたブーゲンビリアの息詰まるほど濃密な甘い香りが漂ってきた。近くのトゥブリにある下水処理場のにおいをごまかすためにブーゲンビリアを植えたのだろう。スラム街の端にある下水処理場のにおいは近くに住むシーア派の住民を悩ませていたが、強い北風が吹いたときはリファービューズの高い壁を越えてくる。

ジミーの家は、ゴルフ場が見渡せる小高い丘の上に建っていた。ゴルフ場の芝生は、オズの魔法使いが住むエメラルドの都のように一年中緑色に輝いていたが、この砂漠の国では奇跡に等しい光景で、コースの周囲にずらりと並べられた輸入物の蘭とともに、条件の悪い土地でなんとか生き延びようと奮闘していた。

私のランサーはガタガタと音を立てて私道を上っていった。ジミーはブリーフケースを手にして待っていた。彼は意味ありげな笑みを浮かべながら私の車に乗り込んで、朝のうちに花に水をやっておいてくれとフィリピン人の家政婦に指示した。家政婦は、お辞儀をしながら「はい、ご主人さま」と返事をした。ジミーの妻のグレッチェンはカーテンの隙間から顔を出して手を振った。

「ありがとう、コリンズ。いい友だちだ」ジミーはそう言って私の肩を叩いた。

「車はどうしたんだ？」私は、ジミーが着ているアロハシャツに目をやった。相変わらずアイロンが効いていて、しわひとつなく、油やグリースはついていなかった。

「それが……エンジンがかからなくて。バッテリーが上がったんだと思うんだが、ブースターケーブルが見つからないんだよ。グレッチェンが子どもたちのおもちゃと一緒にガレージにしまい込んだのかも」

車は、花の咲いていない曲がりくねったハイビスカス・レーンに入っていった。「チーフはここに住んでるんじゃなかったっけ？ 確か、ハイビスカス・レーンだった気がする」

あの二十八歳の若造は、大物の隣人たちと同じ広さの家にひとりで住んでいたのだ。荷物はそれほどないはずなのに、そんなに広い家が必要なのか？ 半分の広さがあれば充分なのでは？ がらんとした家で、毎晩何をしているのだ？ 裸でうろつきながら、大使館員かドーナッツスタンドの店員か、あるいは、たまたまその日出会ったほかの女性のことを思い浮かべて、心の奥にある上品で控えめな欲情を掻き立てているのか？

私が畳みかけるように問うと、ジミーは肩をすくめた。「顔を合わせることはめったにないんだ。ときどきプールサイドでバーベキューをするんだが――」

「独身なのに、どうしてこんなところに住めるんだ？」

ジミーは指先をこすり合わせた。「支局長だからな。かなりもらってるんだろう。やる気が出るだろ？ 十五等級になったらいい家に住めるとなれば」

「おれも十五等級だ」

ビラド・アル・カディームのあたりまで来たときに、ジミーが座席の下をのぞいているのに気づいた。彼はグローブボックスも開けた。

「何をしてるんだ？」

「確認しているだけだ」ジミーは如才のない笑みを浮かべた。「用心に越したことはないからな。この車でスクループに会ってるんだろ？」

「盗聴器をチェックしてるのか？」

「それとも発信器《ビーコン》か。万が一ってこともある。忠実に職務を果たしているだけだ」ジミーは確認を終え、満足した様子でシートにもたれかかると、膝の上に置いた革のブリーフケースを撫でた。「で、スクループは何と言ったんだ？」

「とくに何も」

「アドリヤの件については？」

私はまっすぐ前を見つめた。「やつは数日間ホテルに籠もっていたらしい。売春婦と一緒にいたんだと。どうだ？　おれはやつを疑っていた。けど、何もないんだろう。あいつはまだ若い。わかるよな。そういうこともあるさ」

ジミーは顔をしかめた。「しかし、事前に知らせることぐらいできたはずだ。数日前に警告するぐらいのことは。やつは内部情報を把握してなかったのか？」

私は肩をすくめた。「断片的な情報しか。当然、情報は小分けしてるだろうから。全容がわかるまで知らせるのを待っていたのかも」

ダウンタウンに近づくと、ジミーがとつぜん〈トレーダー・ヴィックス〉で朝食を食べようと言いだした。これには驚いた。アドリヤの爆破事件以来、ジミーは靴の紐を二重結びにしてボタンを全部留める慎重さと用心深さを示していたので、こんなに早く宗旨替えをするとは思っていなかった。

彼はにんまりとした。「いいじゃないか。車が故障したんだ。正当な言いわけになる」

ウェイトレスが、エッグミモザと一緒にミントレモネード二杯とシンガポール・スリングを一杯運んできた。〈トレーダー・ヴィックス〉の薄暗い店内は昼夜の区別がない宇宙の真空空間のようで、時間や場所の感覚を麻痺させた。バーのカウンターでは、イギリス人の男がふたり、冷たい飲み物をかき混ぜながら大きな声で石油価格の話をして、サウジアラビアまで通勤しないといけないことをぼやいていた。

「飲まないのか、ジミー？」

「ああ、今日はやめておく」

私がレモネードをかき混ぜると、氷がぶつかり合ってミントが緑色の渦のなかに沈んだ。

「おまえは海兵隊員だよな」と、思いきって訊いてみた。

「ああ」ジミーは急に背筋を伸ばした。二年間の兵役中に彼が戦闘を経験したことはないが、それでも戦争のことは知りつくしていると思っているようだった。

「爆発物を扱ったことはあるか?」

「もちろんある。ありとあらゆる武器を――」

「紫色になるやつは?」

ジミーはきまり悪そうに含み笑いを浮かべると、ハバノを一本取り出して、わざとらしくにおいを嗅いでから、めずらしいものにでも出くわしたかのように金色と緑色の包み紙を撫でた。「紫色になるやつ? 何のことか、さっぱり」

「爆弾だ。紫色の残留物が残る爆弾のことだ」

「なるほど」ジミーは葉巻に火をつけて、ちらっとカウンターに目をやった。バーテンダーはチーク材のカウンターをせっせと磨いていた。洗車機のように、同じところを何度も。

「紫色の残留物?」ジミーが身を乗り出すと、葉巻の甘い香りが漂ってきた。そこから先は声を落とした。「悪いことは言わない。忘れろ。いまの話は――」

吊り下げてある木製のビーズがカチカチと音を立てて入り口のドアが開くと、琥珀色の闇に光が射し込んで真空状態が解消された。店に入ってきたのはひとりの男で、われわれの斜め向かいのテーブルに座った。浅黒い肌をした若い男で、ぴったりとしたズボンを穿いてピンク色のシルクのネクタイを締めていた。ヨーロッパ系の——おそらくフランス系の——アラブ人だ。男はコーヒーだけ注文した。ジミーはその男を見つめて、さきほどまで爆弾の話をしていたことも、とつぜん脅すように私の話を遮ったことも忘れたかのように、悠然と葉巻を吹かした。

「おれもあんな格好ができたら……」ジミーは苦笑を浮かべて結婚指輪をいじった。「もっと女にもてたかも」

私はシンガポール・スリングをすすって、無理に笑った。「けど、海兵隊は除隊させられてたかもしれないぞ」

「たぶん……」ジミーは、男を見つめたまま途中で言葉を切った。「それに、グレッチェンには逃げられてただろうな」

彼は最後にもうひと吹かしすると、葉巻を灰皿に押し込んでウインクした。「帰りはチーフに送ってもらうよ。近所に住んでるんだから。あんたに行きも帰りも遠回りさせるのは悪いし」

11

命の木を見に行ったのがアルマイサとの初デートだったのは、当然のなりゆきだったような気がする。あれをデートと呼べるかどうかについては多少の疑問が残るものの、私はデートだったと思っている。どんな返事がもらえるかわからないまま、わざわざアトリエまで誘いに行ったのだから。が、案ずるより生むが易しだった。彼女は喜んで国の宝を見せてあげると言った。もしかすると義理を感じていたのかもしれない。モザイク画の代金として、私はおそらく彼女のひと月分の収入を支払ったのだから。しかし、いまでも義理を返すためだけに誘いに応じてくれたのではないと確信している。そう思わなければ私の自尊心が傷つくし、彼女はそのときもそのあとも、誰かに義理を感じるタイプには見えなかったからだ。ほとんどの人間が持っている、人によく思われたいという欲求もまったくなかった。

彼女が現地で落ち合おうと言ったので、私はひとりで車を走らせた。あの有名な木はバーレーンの南部にあった。ブーゲンビリアが香水のような香りを漂わせているリファービューズを抜けて、トゥブリにある下水処理場の前も通りすぎた。前菜が銀の皿に盛られて出てくるロイヤル・ゴルフクラブの先には、バーレーンが貴重な石油を豊富に生産していた時代にハーケン・オイルが作業員のために建てた住宅があったが、もはやほとんどが空き家で、ゴーストタウンのような状態になっていた。

そこから南には何もなかった。そんなところまで来るのは、はじめてだった。見えるのは、干上がった海のような砂漠と果てしなく続く白っぽい空と、陽炎が揺らめく道路だけで、あたりは地面がすべてを呑み込んでしまったかのように平らだった。

車はようやくジャバル・アル・ドゥカンに着いた。ジャバル・アル・ドゥカンとは〝煙の山〟という意味で、標高はバーレーンでもっとも高いが、実際は砂の山だ。国王も反政府派も興味を示さない未開の土地だ。それも、はじめて目にするバーレーンの一面だった。

命の木は、見たとたんに期待はずれだと思った。私が目にしたのは自然が生み出した奇跡ではなく、神々しくも何ともない、ただの荒れた木の姿だった。葉も色がくすんで生気がなく、幹には落書きの跡があって、左側の枝は地面すれすれまで垂れ下がっていた。木のまわりには、贔屓のチームが負けて腹を立てたファンが捨てたかのようにゴミが散乱していた。ロマンチックな神秘性は、すぐそばに駐車場があることや、裸同然の格好をしたインド人が一ディナールも取ってミネラルウォーターを売っていることで、さらに打ち砕かれた。しかし、いちばんがっかりしたのは、命の木の近くに同じくらいの高さの木が何本もあることだった。命の木は唯一無二の存在ではなく、よく似た木が、まるで人を惑わすようにあちこちに生えていたのだ。ほかにはない特別な木だというのは幻想だった。

アルマイサは、私のランサーより年季の入った韓国製のキアに乗ってやって来て、大きなフィルムカメラと食料品の袋を手にして車から降りてきた。彼女のアバヤはいつもどおりあでやかだった。縁にフリルのついた明るい紫色のアバヤで、荒涼としたモノクロの景色のなかにひと筋の光が射したように見えた。私は、開口一番、「きみの命の木のほうがよかったよ」と言った。彼女はにっこり笑って、インド人からミネラルウォーターを二本買った。

そして、さっさと命の木の前の斜面の下に三脚を立てると、角度を調整してレンズの焦点を合わせた。写真を数枚撮ったあとは、首をかしげて目を細めた。「どうしようかしら……この木のモザイク画をもう一枚作ったほうがいいのかどうか」

「いや、一点物だからこそ値打ちがあるんだ」私が斜面を上って撮影の邪魔をしたので、アルマイサはカメラから目を上げた。風が吹くと、おてんばな鳶色の巻き毛がヒジャブの下から顔をのぞかせて、私を誘惑するかのように彼女の額の上で軽やかに踊った。

「ここには、ほかにもにも同じような木が生えてるんだな」

「ほかには木がないと言った覚えはないけど」

「いや……きみはそれと同じようなことを言った。『あたりに何も生き物がいないところでも育つ』と。確か、そう言った」

アルマイサは唇をすぼめていたずらっぽい笑みを浮かべると、手で砂埃と日射しを遮りながら、木に向かって頷いた。「片側に傾いてるでしょ？」

「ああ。あと何年かすれば倒れてしまうかも」

「そこがいいの。枝が地面に触れそうになっているところが。なんだか……」彼女は言葉をさがしながら私を見た。「モタワデアで。英語では何と言うのかしら？」

「〝けなげ〟だ」

「そう、けなげだと思うの。砂漠で何年もひとりで孤独に耐えて生きてきた人のように」

彼女は両の手のひらを上に向けて、天秤のように上下に動かした。「それに、形がいびつだし。反対側の枝は空に向かって伸びてるでしょ？　片方は上に、片方は下に。私はそこが気に入ってるの。だから、いいモザイク画ができるんです。芸術の世界では、完全なものより不完全なものが好まれるので」

風はしだいに勢いを増し、渦を巻いてアルマイサのアバヤを紫色の波のようにうねらせた。水を売っているインド人はマスクをつけて、避難の許可を求めるかのようにわれわれを見ていた。木の枝は地面のほうへ大きくたわんだ。それでもアルマイサはじっと木を見つめていた。しかも、彼女の姿は南部の砂漠に溶け込んで、砂丘や木と一緒に風景の一部となっていた。彼女が斜面の上から見下ろすと、彼女の姿は完璧な対称形ではなかった。いまではもはっきり覚えているが、私は彼女を美しいと思って、はじめて全身をまじまじと見た。彼女は自分の車のほうへ顎をしゃくった。「行きましょうか？　もうひとつ、あなたに見せたいものがあるの」

どういうわけか、彼女は裏道を通っていちばん近い油井へと車を走らせた。そこはありふれた油井で、私はまたもやがっかりした。看板がなければ、南部の砂漠のあちこちに点在する閉鎖された油井のひとつにすぎず、よほど物好きな観光客以外は足を運ばない場所のはずだった。ところが、その油井は、バーレーンが中東史に刻んだ唯一の幸運な奇跡に対するひそかなオマージュだった。一九三二年の六月一日に石油が発見されて、最初の流量は一時間あたり四百バレルだったと書いてある銅板を目にすると、壊れたポンプを見てそのときの興奮を想像しろと強いられているような気がした。遠くにパイプラインも見えた。もちろん、何も流れていないが、さして傷んではいないようで、交差しながら何キロにもわたって伸びている光景は巨人用のチェッカーボードのように見えた。そこは、世界中の生命線をその手に握って好景気に沸いていたマナーマの巨大な墓場だった。

アルマイサはしばらくその場にとどまりたいようだったので、私は彼女の車のなかにあったボロボロの毛布をボンネットの上に広げて座った。彼女は浜辺で夕日を眺めているかのように何かを見つめていた。何を見つめているのかはわからなかった。私にとっては、何の意味もない不毛の荒野にすぎなかったが、荒野に幻影や幽霊を見る人もいる。たまま街で知り合ったスタンダード・オイルのベテラン従業員らは、懐かしそうに昔のバーレーンの話を聞かせてくれた。七〇年代にはじまった採掘や精製技術の話や、砂漠からふんだんに湧き出る原油と富の話や、同時期に行なわれていた共産国との戦いと同じくらい自分たちが重要な任務を担っていた話を。彼らは失われた世界の話をしているようだった。野心をむき出しにした超大国が他国を出し抜いて先陣争いを繰り広げ、毎日のように砂のなかから高層ビルが出現していた、夢のような時代の話を。まさに、砂のなかから国家が出現したようなものだったのだろう。

「私がバーレーンに来たのは、両親が亡くなったからなんです」と、アルマイサは唐突に切り出した。「おじがこっちにいたので、引き取ってくれることになって」

私は驚いて、なんとか悔やみの言葉を口にした。

「十五年前の話よ。私が十三歳だったときの」おかしなことに、アルマイサは食料品を入れてきた袋に手を伸ばした。「どうぞ。ゴールデン・アップルよ。バーレーン産の。あなたたち外国人は、ここでは何も採れないと思ってるんでしょうけど」

「おれも両親を亡くしてるんだ。きみの両親はなぜ亡くなったんだ？」〝得るためには与えよ〟。これは人心操作の基本だ。

アルマイサはリンゴをかじって目を伏せた。「両親はイラクでサダム・フセインの部下に殺されたんです。政治犯として捕らえられ、国家の敵だと決めつけられて」

猛烈な風が砂丘のあいだを吹き抜けて、目を開けていられなくなった。口のなかにも砂が入ってきた。とうてい長居できる場所ではなかった。「車に戻ったほうがいい《カリーナ・ナジリス・ビ・シャルティク》」手を差し出すと、アルマイサが私の手を握った。

それで、アルマイサの車のなかに避難した。彼女は、風が怒りをぶつけるかのように容赦なく叩きつける車のなかで身の上話をはじめた。これまでの人生を、まるでおとぎ話でもするかのように低い声でよどみなく語った。アトリエでは口数が少なかったが、いまや彼女は（あるいは私が）隠しスイッチを押して堰を開いたかのように、言葉が溢れ出てきた。

アルマイサの父親はスンニ派のイラク人で、母親はイギリス人だった（彼女の肌の色と英語の訛りは、それで説明がついた）。ふたりは、父親が医学部の学生で母親が学校で詩を教えていたときにロンドンで出会った。彼女自身は、近代的なビルが建ち並んで美しい広場もあるバグダッドのアルバヤー地区で何不自由ない少女時代を過ごした。英語とアラビア語が話せて、どちらも流暢だったが、ネイティブと呼べるほどではなかった。

彼女は子どものころから東西の摩擦に不安を覚えていた。母親は、外国人特有の優越感を抱いていて（ここで彼女は私に微笑みかけたのだが）――溶け込んでいるふりをしながらも、内面では地元の人を軽蔑していて――一方、クラスメートや地元の人たちも、同じように二面性のある態度で彼女に接した。彼女の鳶色の髪とほかの人たちより白い肌はめずらしがられた。母親は娘のために精いっぱいのことをしてくれたが――ダンスやフランス語や絵のレッスンも受けさせてくれたが（絵だけは最後まで続けたが）――彼女はしだいに父親のようになりたいと思うようになった。尊敬する父親のような医者になりたいと思うように。ヨーロッパでは多くの女性が医者になっていると、彼女は怒ったように言った。

両親は共通する信念を持っていたが、彼女はよくわかっていなかった。ただし、彼女も自分が寝たあとで両親が夜遅くまで話し込んでいたことや、ちょくちょくおかしな時間におかしな理由で出かけることには気づいていた。十二歳の誕生日を迎える前の晩に（本人の話から、当時の彼女はまだ幼くて、そうとう驚いたようだったが）、総合治安情報局《ムハバラート》の職員ふたりが家のドアをノックし、両親に手錠をかけて、待たせていた車に押し込んだ。ひとりは金髪、もうひとりは黒髪で、車のテールランプは、街灯がとつぜん切れたように夜の闇のなかに消えた。秘密警察官らしいふたりの表情は最悪だったと彼女は言った。ビドニ・ハッサース。要するに、完全に無表情だったらしい。両親を連行されて少女がひとり取り残されることになっても何とも思わないのは、秘密警察官ならではの冷酷さだ。

そのあと、アルマイサはがらりと表情を変えておじ《アーム》の話をはじめた。両親がいなくなったあと、彼女はバーレーンにいる父方のおじと一緒に暮らしはじめた（イギリスにいる母方の親戚は呼び寄せてくれなかったと、彼女は苦々しく語った）。おじはその数年前にイラクを離れ、急成長を遂げる石油産業で生計を立てようと、マナーマに移り住んで、バーレーンにある製油所の半分以上を所有しているアメリカの大企業でエンジニアの職を得ていた。そして、こつこつと金を貯め、労働者の多くが住んでいるブダイヤに小さな家を買った。当時のマナーマはちっぽけな町だったと、おじはよく話していたそうだ。高層ビルはなく、木や草が生い茂っていて、それほど埃っぽくもなかったと。

しかし、アルマイサが来たときには、すっかり変わってしまっていた。彼女は、吹きすさぶ風の音に掻き消されないように、急に声を張り上げて現代のバーレーンの話をした。小さな村々がいかにして醜い大都市に変わっていったかを。マナーマの街は突如としてショッピングモールや大邸宅で溢れ返って、大邸宅の数は人口より多くなったという。青々とした草地は消えて、コンクリートに取って代わられ、バーレーンは、若さと目的を奪われた老人のようにひっそりと減衰していったらしい。

不思議なことに、アルマイサの言葉がラシードの言葉と重なった。ふたりは同じ話をした。同じように悲惨な結末を迎える話をした。おとぎ話とは真逆の、富が貧困に、信頼が裏切りに、苦悩が最初ではなく最後に来る話を。ふたりの声が――一方は現実で、もう一方は記憶のなかにある声が――同時に車内に響き渡った。

国民の暮らしは確実に苦しくなったと、その声は言った。大型店舗の増加にともなって、街角の小さな店は立ち行かなくなった。石油は国民のすべてではなく、ごく一部の人たちだけに富をもたらした。インフラは急ピッチで整備され、高速道路は、人目にさらしたくない場所を避けて旅行者を光り輝く街からべつの街へとすばやく運んだ。脇道や途中の村々は覆い隠された。

アルマイサは袖をまくり上げた。ヒジャブからはみ出した髪は額に張りついていた。やがて油井は干上がり、掘削は停止されたと彼女は言った。ついにポンプも止まった。おじは運がよくて、解雇されたのはしばらく経ってからだった。

生き延びたのは特権階級だけだったらしい。王族や、王族とつながりのある者や親しくしていた者、それに、スンニ派。おじもスンニ派だったが、同盟部族の閉鎖的な輪の外にいる下層階級だった。だからスラム街でひもじい思いに耐え、雑用をして食いつなぎながら、稼いだ金をすべて姪のアルマイサのために使った。自分はひもじい思いをしても野良猫に餌を与えていたやさしい人だったと、アルマイサは目を伏せて言った。

苦労を強いられたにもかかわらず、アルマイサのおじはバーレーンが気に入っていた。強風でヤシの木がたわみ、砕いたダイヤモンドのような埃が砂丘に舞い上がっても、油井が干上がってしまったあとも地面に塩辛い石油の香りが漂い、スラム街に人がひしめき合っていても。

おじさんは健在なのかと訊くと、徐々に体が弱って死んだとアルマイサは言った。癌だったのかもしれないが、きちんとした病院で診てもらったわけではないのではっきりしたことはわからないようだった。おじさんが亡くなってからはどうやって暮らしていたのかと訊くと、彼女はこわばった笑みを浮かべた。困ったときはおたがいさまだということで、近所の人たちが助けてくれたらしい。それに、絵も彼女を助けた。作品を買ってくれたのはあなただけじゃないのよ、と彼女は言った。

そして、肩をすくめた。どうやら話は終わったようだった。

けれども、それは単なる話ではなく、内面をさらけ出した告白だった。取り繕うことのない、生々しい告白だった。私は、二十五年にわたって十カ国以上で諜報活動をしてきたが、人の話にこれほど真剣に耳を傾けたことはなかった。アルマイサの言葉からは、気持ちを探り合ったりくだらないジョークを交わしたりするカクテルパーティーでは感じることのできない親しみと率直さが伝わってきて、すっかり惹きつけられた。

別れる前に電話番号を尋ねると、彼女はすんなり教えてくれた。私は自分に祝福の言葉を投げかけた。私の態度の何かが彼女の自信を掻き立てたようだった。こっちとしては、自分の身の上話をせずにすんで、ほっとしていた。少なくとも、しばらくのあいだは自らの忌まわしい世界を秘密にしておけることに。その安堵感と、彼女が思いがけずすべてを打ち明けてくれたことに対する喜びが、それには何かわけがあるのではないかという直感から私の意識をそらせた。

12

スラム街に囲まれていて、暴動鎮圧のためのゴム弾が飛んでくる可能性のあるスリーパームズは、リファービューズよりもさらに高い壁に囲まれていた。ブダイヤの街の真ん中にゲート・コミュニティがあるのは奇妙な気もするが、バーレーンでは、外国人でも金さえ出せば豪邸を手に入れることができるのだ。床に本物の大理石を敷きつめて、運がよければオリンピックサイズのプールまでついている大豪邸を。緑も歩道もなく、犬や子どもを散歩させるには問題があるものの、住人はみなすばらしい住宅地だと言う――ジョンソン夫婦も、牧師とその妻も、ほかの外国人居住者も。地理的な近さと心理的な近さは違うものの、スリーパームズの住人に自分たちが別世界に住んでいることを思い出させるにはスラム街がちょうどいい距離にあって、じつに小気味よかった。

スリーパームズに来るのは気が進まなかった。セキュリティ上のリスクがあると、私はポピー・ジョンソンに何度も言った。いずれ警備員が感づいて、金や便宜供与を求めて誰かに話すかもしれないからだ（ポピーは警備員が小説の登場人物のような強い忠誠心を持っていると思っていたのか、あるいは、世の中には金に興味のない人間もいると思っていたのか、彼はぜったいにそんなことをしないと無邪気に言い返した）。それに、どこどこの男の髪が薄くなったとか、どこどこの女が太ったなどと、窓からこっそり監視している住人もいる。もし誰かに感づかれたら、われわれの仲は夜陰にまぎれて逃げる難民にも負けないすばやさで外国人居住者のあいだに広まるはずだとも言ったが、ポピーは手を振って無視した。たとえテロリストが私の家の前に車を停めても、近所の人たちは誰も気づかないわと言って。

スリーパームズは、ラヴィアンローズ、ヴュドーン、トンキリテといったフランス語の名前がついた地区に分かれていた。私はポピーの家から数ブロック離れたところに車を駐めて、通りに誰もいないことを確かめてから歩いて行った。彼女は漆喰の壁と瓦屋根と小さな窓が特徴の地中海風の家に住んでいたが、所詮は模倣にすぎなかった。白い手すりのついたバルコニーは（「モナコのようでしょ」とポピーは甘えた声で言っていたが）向きがいまいちで、あまり眺めがよくなかった。私が設計ミスだと指摘するとポピーは腹を立てたが、彼女の妄想は、庭のブーゲンビリアと同様にときどき芽を摘んでやる必要があった。〝人生は楽しまないと〟。彼女と、彼女の多くの浮気相手は、たがいにそう思っていた。

私は、ポピーがドアを開けたとたんにいつもと様子が違うことに気づいた。両腕はショールで覆われ、顔は赤みを帯びてむくんでいた。しかも、片方の腕はネグリジェに押しつけている。胸だ。ショールで隠していても、わかった。やけに大きくて、蹴り飛ばされたビーチボールのような形をしていた。

「やったんだな」笑みを浮かべながら彼女の肩を叩いた。彼女が何をしようと驚かないと伝えるために。

退屈な夜になるのはわかっていた。ポピーはサテンのシーツの上に体を横たえて、くだらない話をはじめた。ヨガのクラスは生徒が多すぎる、バートはまた出張に出かけた、姉妹でお泊まりパーティーに行った娘が砂漠で迷子になる夢を見た、というような話を。おまけに、住み込みのメイドのラタが夜中にいなくなったらしい。まるで映画のようだ、とポピーは言った。内務省は半年に一度の一斉検挙を実施して、パスポートや労働ビザを持たないメイドを全員、国外追放したのだ。もちろん、ラタはちゃんと書類を持っていたと、ポピーは慌てて弁解した。自分たちが違法な労働者を雇うはずがないと。けれども、書類はバーレーンの仲介業者に取り上げられていた。湾岸諸国の典型的なゆすりの手口だ。ラタに金を渡して書類を買い戻すことは考えなかったのか、と訊いた。するとポピーは、まるで国王の暗殺をほのめかしでもしたかのような目つきで私を見て言い返した。給料を払ってるのに？　ラタは、うちで働けるだけでラッキーだったわ——前の飼い主は彼女をレイプしたのよ、と。

たがいに裸になったものの、私の性欲はほとんど失せて、歪んだ好奇心しか残っていなかった。ポピーの胸は間近で見るとかなりグロテスクで、形もいびつなうえに、へこんだり青くなったりしているところもあって、傷ついた獣のように哀れに思えた。彼女は涙ながらに詳しい事情と不満をぶちまけた。医者は、ただの腫れなのですぐに収まるはずだと言って、さっさとフランスに帰ったそうだ。あるいは、どこか別のところへ。〝ドク・ハリウッド〟は評判のいい医者で、主だった病院には必ずパンフレットが置いてあるらしい。まったく不公平だと彼女は嘆いた。「外国から手術をしに来る医者にちょっとした〝調整〟をしてもらった駐在員の妻は——足したり引いたり掛けたり割ったりしてもらった人は——大勢いて、みんなうまくいっているのに、なぜ私だけうまくいかなかったの？」と。おそらく、私にではなく、彼女だけを罰した神に尋ねていたのだろう。

九時前になると、私は脱出計画の立案に取りかかった。すぐに脱出すれば、外出禁止令が出る前に家に帰れるし、ダウンタウンの〈シーシェル・ホテル〉に泊まることもできる。しかし、ズボンを穿こうとするとポピーに止められた。彼女はバスルームに行って、スークで買った箱をふたつ持って戻ってくると、はにかんだ笑みを浮かべて差し出した。そして、ふと思いついたかのように髪を下ろした。髪は、ゆっくりと悲しげに肩に垂れた。

箱のひとつは〝バージニティ・ソープ〟と書かれたカラフルな紙箱で、〝時間を巻き戻して乗り気でない男性をもその気にさせる〟という宣伝文句が書き添えてあった。もうひとつは、同じくカラフルなボトルに入った〝膣の再生パウダー〟だった。石鹸の箱は、何年もショーウィンドウに飾ってあったかのように色あせていて、パウダーは不吉な緑色だった。冗談半分で買ったのだろうと思って笑ったが、ポピーは真剣な表情を崩さず、期待の色さえ浮かべていた。

「なんだよ、ポピー。こんな代物を信じてるわけじゃないだろ？」

彼女は首を紅潮させて肩をすくめた。

「これは地元の女性用だよ」私は目にすることにさえ嫌悪感を覚えて、その怪しげな代物を払いのけた。「夫を喜ばせるために生きているアバヤを着た従順な女性は、迷信やら呪術やら、第三世界のくだらない風習を信じてるんだ。こんなもの、きみには必要ない」

ポピーは石鹸とパウダーを拾った。「オペラハウスで見かけた、あの若い女のせいなの？」

あの晩、アルマイサと出会って言葉を交わしたのは私の空想の産物ではなく目撃証人がいたのだと思うと、とまどいと同時に妙な喜びが込み上げてきた。それで、やさしい気持ちか、あるいは同情心が芽生え、私はポピーの髪に触れながらそうではないと言った。彼女のモザイク画を買っただけだと。

ポピーは疑わしげに私を見つめながらも「ベッドへ行きましょう」とつぶやくと、睡眠薬を飲んでシーツに潜り込んだ。私の頭のなかを罵り言葉が駆けめぐった。外出禁止令の発令時刻はすでに過ぎていた。

誰もいない真夜中の部屋は無理やり裸にされた女性のように無防備で、人に知られたくない秘密をあらわにする。ジョンソン家の居間はガラクタに占領されていた。ありきたりの木の棚に置かれた金色の燭台、けばけばしい花瓶、美しくもない田園風景を描いた絵画、床を覆う毛足の長い真っ赤な絨毯。ヨーロッパでは赤い絨毯が富の象徴だと、以前にポピーが話していた。アラブではかつて紫が高貴な色とみなされていたのと同じだと。私はそれを聞いて、赤は売春宿の色だと反論した。キャビネットの上には額に入った写真が並んでいたが、どれも子どもたちとの家族写真だった。ビーチに作った砂の城や、観覧車のゴンドラから手を振っている写真、アメリカ人がよくやる、わざとおかしな顔をした写真や、裾の長いウェディングドレスを着て蘭の花束を持ったポピーの写真もあった。

居間のとなりは水タバコを吸うための部屋で、凝った装飾を施した水ギセルのまわりにクッションが並べてあった。もちろん、壁には中東らしいのどかな風景を――つまり、ヤシの木とラクダを――描いたタペストリーが掛けてあった。明らかに観光客向けのそういったタペストリーは、スークの入り口にあるいちばん大きな店で売られている。そういう店のおかげで、外国人も迷路のようなスークの奥にまで足を踏み入れることなくほとんどの買い物をすませることができた。

一階にはバートの書斎もあった。気取った雰囲気の部屋で、棚には一生かけても読みきれないほどの本が並び、壁には剥製にした野生動物の頭が飾ってあった。ヌー、インパラ、クーズーと、わざわざラベルも添えて。バートは狩猟家で、ただし、彼が好きなのは安全な車のなかから獲物を仕留めることだった。

書斎の机の上にはコンピュータが置いてあった。起動させると、うれしいことに、コンピュータはすべてをさらけ出した。パスワードは必要なかった。ロックのかかったファイルもなかった。バートは、いくら頭がよくてもスパイにはなれなかったはずだ。彼のコンピュータには多くの写真が保存されていた。ほとんどは出張先で撮った彼自身の写真で、ポピーと子どもたちが写っているのは数枚だけだった。もちろん、提督と一緒の写真もあった。第五艦隊の司令官を努める提督は白い軍服に身を包み、きりりとした威厳のある姿で写っていて、バートはピンストライプのスーツを着てブロンドの髪をうしろに撫でつけている。ふたりとも、なかなかハンサムだった。カジュアルな私服を着たふたりの写真もあった。背景はぼやけていて、どこで撮ったのかよくわからなかったが、ペンキのはげた手すりや、暑い気候の土地であることを示す泡立つ緑、貧しい暮らし、あちこちの壁に漆喰で書いてある東洋の文字、得体の知れない料理を入れた丼を描いた看板——おそらく、アジアのどこかだ。図体も態度も大きい中国人らしき男が提督の肩に腕を回している写真や、少しぼやけてはいるものの、提督とバートがクリスマスパーティーに参加してサンタクロースの助手に扮した女性たちと一緒に撮った写真もあった。ほかに、赤いタトゥーが服より肌の多くの面積を覆っている痩せたアジア人の若い女性がにぎやかな通りに立って、世界中の売春婦と同じように、あっけらかんとした、おまけに計算高い目でカメラを見つめている写真もあった。私は不承不承ながらもバートに脱帽し、少しばかりポピーに同情した。睡眠薬の助けを借りて二階でぐっすり眠っているあいだは、豊胸手術の失敗も、もう元には戻せない現実も頭の奥に埋もれて彼女を悩ますことはなかった。

数時間後に夢を見た。爆破事件以来、アドリヤの夢を見るのは三度目だった。最初はポピーが〈カフェ・リルー〉でキャラメルフランをおいしそうに食べていたのだが、やがて、体の半分を吹き飛ばされた死体とカフェのほかの客の姿が醜い染みのついた壁紙のように背景を覆い、薄れかけた記憶のなかにあるバグダッドのぼんやりとした光景が――前進してくる戦車を兵士が手を振りながら大声で叫んで止めようとしている光景が――浮かび上がってくる夢で、目を覚ましたときはびっしょりと汗をかいていた。私はバグダッドで爆発物処理部隊のロドリゲス軍曹と知り合い、一本の酒と引き換えに軍のお荷物になっているひとりの情報提供者を譲り受けた。その男を始末して、わずかな手柄のひとつに加えたいという口実で。ロドリゲスなら、なぜ現場に紫色の残留物が残っていたのか知っているはずだと思った。

汗をかいたせいでぶるぶると体を震わせながら、ロドリゲスと連絡を取る方法を考えた。バーレーン当局に盗聴されているので自宅から電話をかけるわけにはいかず、ホイットニーが聞き耳を立てているので、職場からかけるわけにもいかない。ブラインドから射し込む光が朝の訪れを告げると、ポピーが目を覚ましたので、彼女の頭の靄が晴れないうちにと思い、情報提供者に会いに行くと嘘をついてベッドを抜け出した。

すぐ近くのマカバにある小さなスークでチーズとヨーグルトの簡単な朝食を食べて、使い捨ての携帯電話を買うと、尾行の有無を確認するために猛スピードでしばらく走りまわってから、空き地に車を駐めてロドリゲスの衛星電話に電話をかけた。最後に電話をかけたのはずいぶん前だが、番号は覚えていた。が、彼は電話に出なかった。もう軍をやめたのかもしれない思ったとたんに、それなら連絡の取りようがないことに気づいた。セメント造りのアパートの裏から白っぽい太陽が昇り、太陽のまわりには、長い眠りから目を覚まして伸びをする動物のような形をした薄い雲が漂っていた。

携帯電話が鳴った。かけてきたのは、私がかけた番号だった。そして、聞こえてきたのは、取り立てて理由がなくてもつねに怒っているロドリゲスの声だった。「あんたはいったい誰だ?」

「バグダッドで会ったコリンズだ」

「何だ、コリンズか。で、どこからかけてる?」

「べつの砂漠からだ」

ロドリゲスは鼻を鳴らすような笑い方をした。

「まだバグダッドにいるのか?」

「もっとひどいところだ。ジャララバードにいる。バグダッドは地獄への入り口だった。いまは地獄のなかにいる」

「じつは、教えてほしいことがあるんだが」

「何だ?」

「そこいら中を紫色にする爆発物はあるか？」

長い沈黙のあとで、ロドリゲスは無実を主張する男のように自信に満ちた口調で答えた。

「過マンガン酸カリウムだ。酸化すると紫色になる。一般的な消毒剤で、入手は簡単だ。グリセリンか硫酸かアルコールと混ぜれば発火物質を作ることができる」

「確かなのか？　間違いないんだな？」

「ああ。おれがイスラムのやつらを殺すためにここにいるのと同じぐらい確かだ。紫色に変色する爆発物なんて、そうないからな」

過マンガン酸カリウムだったのだ。

13

内務省は、マナーマ墓地の向かいにある古いマナーマ要塞のなかにあった。要塞の分厚い頑丈な壁には覗き穴ほどの大きさの窓しかなかったが、屋根に立っている衛星通信と地上通信用のアンテナは中世の建物がいまでも使われていることを示す証しだった。私は、高い鉄の門の前で警備員に海軍証を見せた。警備員は黙ってそれを見つめて、なかに入れと手招きした。こういうときは堂々と振る舞えばいいのだ。軍人のように振る舞えば軍人に見えるし、他人の知らないことを知っているふりをすれば知っていることになる。

おもむろにロビーに入っていくと、受付に座っていた役人が私を見た。きびきびと歩く足音が聞こえてきたかと思うと、内務大臣が痩せたお付きの者を従えて部屋へ向かうのが見えた。大臣はちらっと私を見て、どこかで見た顔だと思ったのか、軽く会釈をした。

「サラーム・アレイコム、マイ・アメリカン・フレンド」ワリドの英語の訛りは聞き間違えようがなかった。振り向いて彼の満面の笑みを見ると、アドリヤの件に関するわだかまりは消えて、すべてを忘れた。

「サラーム」私は手を差し出した。「調子《キーファク》はどうだ？」

ワリドのオフィスは広くて、革張りのソファもあったし、机のまわりにはアームチェアが等間隔に並べられ、部屋の隅にはエキゾチックな観葉植物が置いてあった。内務省の中級職員にしては豪華な部屋で、壁は王族の写真で埋めつくされ、そのなかにはワリドにそっくりな男性の写真もあった。

「国王は……あんたの……」

「従兄弟だ」

見た目も体臭もひどいアラブ人がカップに茶を注いで、ぎこちない手つきで私とワリドに差し出した。私は、男が慌てて部屋を出ていく前に礼を言った。

「で、基地のみんなは？」ワリドは茶をすすり、タバコに火をつけて椅子にもたれかかった。「何も変わりなければいいんだが。暴動に怯えているということは？」

「いまのところは、まだ」私はそう言って笑みを浮かべた。「もう少し近くで爆弾が爆発しないことにはな。いや、皆それぞれの要塞に立てこもっているから大丈夫だろう」

「なら、よかった。暴動がその要塞へ及ばないことを祈ろう」ワリドは、イギリスのソブラニー・ゴールドの箱を手に身を乗り出した。「よかったら《イトファッダル》」彼の口ひげは、以前よりきれいに整えられていた。私はタバコを受け取って礼を言い、彼がライターを差し出す前に自分で火をつけた。

ワリドは自分自身を指さした。「何か訊きたいことでも？」

「ああ。このあいだの爆破事件に関する報告書をまとめているところなんだが、こっちに何かあらたな情報がもたらされてないかと思って」

「もう一度教えてくれ。あんたはどの部署に所属してるんだ？　秘書があんたの名前を調べてくれたんだが、米国関係者の名簿には載っていなかった」ワリドは目を細めて煙越しに私を見た。

「中東分析局だが、数カ月前に着任したばかりなんだ。名前が名簿に載るまでには、しばらく時間がかかるんだよ。われわれもあんたらと同じ官僚組織なので」私は足を組んで背もたれに寄りかかった。「サイード・アル・フセインを逮捕したと聞いたんだが」

「そのとおりだ《ナーム》。情報提供者が導いてくれたんだよ。アッラーの思し召しで。やつの家のトイレは爆発物でいっぱいだった」ワリドは、都合よく机の上に置いてあったファイルを手に取った。「これを見ればいい《ミン・ファドラック》。われわれの報告書だ。ここにすべての情報が載っている」彼はタバコの灰をクリスタルの灰皿に落とした。親指には、国王のように金の指輪をはめていた。「じっくり目を通してくれ」

私は書類をめくり、みすぼらしい身なりをした男たちが一列に並んでいる写真を見つけて手を止めた。「トイレで爆発物を見つけたんだな。で、どんな種類の爆発物を？」

ワリドは肩をすくめて書類を指さした。「そこに書いてあるはずだ」

ふたたび書類に目を走らせると、屋外トイレに保管されていたという五キロのキャンバス地の袋の写真がキャプション付きで載っていた。「硝酸アンモニウム？」

「ああ。検査でそう判明した」

「証拠を見せてもらえるか？」

ワリドはタバコを消して立ち上がり、写真を飾ってある壁と私のあいだに立った。「いや、それはできない」

「なぜ？」

「テロ事件の調査はわれわれの仕事だからだ」ワリドが私を見下ろした。「あんたが心配しないといけないのは自国民の安全だ。アメリカ人は安全だ。あとはこっちに任せてくれ」

「貴重なアドバイスをありがとう」私は念のために持ってきたノートを取り出して、大げさにポケットを探った。「何てことだ。わざわざ話を聞きに来たのに、ペンを持ってくるのを忘れるなんて。貸してもらえないか？」

ワリドは私を見つめて頷いた。「もちろん」彼は机の右上の引き出しを開け、ざっとなかに目をやって視線を止めた。べつの引き出しをさがそうかどうか迷っているようだった。そして、他人のオフィスに忍び込んでいるのを見つかってしまった優秀な諜報員のように、うまくごまかした。「これを使ってくれ」そう言いながら、ポケットからペンを取り出した。そのペンには内務省の銀色のマークが描かれていた。

私は頷いて感謝の気持ちを伝えた。「サイード・アル・フセインについて教えてほしいんだが」

「彼は反政府派のリーダーで、ジュネイドの友人だ。ジュネイドのことは知ってるか？国王を中傷する詩を書いている男だ。暴動を煽っている最大の国賊《シャヤティン》だ。あの老いぼれた詩人に平和を願う気持ちなど微塵もない」

「ジュネイドのことは知っている。詩も読んだことがある」

ワリドはこわばった笑みを浮かべて、オフィスの隅に置かれた重厚なテレビを指さした。

「あの日の朝の監視カメラの映像を入手したんだ。〈カフェ・リルー〉の防犯カメラの映像を。犯人の特定におおいに役立ったんだが、見るか？」

「もちろん」

ワリドがスイッチを入れると、すぐに再生がはじまったので、ぼやけた白黒の映像に目を凝らした。画面の右下のデジタル時計には7時24分と表示されていた。画質が悪く、画角も狭い映像だったが、平均的な身長で髪の黒い痩せた男が大型のゴミ箱によじ登って、なにが混じっているかわからないゴミのなかに潜り込むうしろ姿がぼんやりと見えた。それから数分間は何の動きもなかったが、やがて、その男がふたたび姿をあらわすと、髪が黒いわけではなく、目出し帽をかぶっているのがわかった。男は軽やかにゴミ箱から出て、さっさとカメラの視界から消えた。すると、とつぜん9時18分の映像に切り替わって（その間は何も興味深いことが起きていないと、ワリドは私に請け合ったが）、ゴミ箱にゴミ袋を投げ入れるアジア人の男の姿が映し出された。のちに発見されたその男の死体は小柄だったが、ビデオではけっこう大柄に見えた。まばゆいばかりの白い閃光が走り、ゴミ箱は瞬時に炎に包まれて、映像は一瞬揺れてから真っ暗になった。

「衝撃で防犯カメラが壊れてしまって」と、ワリドが言った。「われわれが入手したのはこれだけだ」

「この映像で犯人を特定できるのか？　あんな感じの男は街に大勢いるはずだ」

「先ほども言ったように、われわれには情報提供者もいる。もちろん、判断は、ひとつの証拠ではなく多くの証拠にもとづいて行なうのだが」

ワリドが私を見つめた。「われわれは、この国に平和と安定を取り戻したいと願ってるんだよ、ミスター・コリンズ。みんなのために――すべてのバーレーン人のために」彼はそう言って窓のそばへ歩いていった。「国を破壊しようとする者たちを取り締まる必要があるのは、もちろん理解してもらえるはずだ。あんたはアメリカ人だ。テロリストはアメリカの建物も破壊しようとした」彼が振り向くと、隠そうとしているにもかかわらず怒りが顔にみなぎって、濁った目に火がついたのがわかった。外国人があれこれ質問するのは我慢も理解もできないらしい。外国人は揺るぎない同盟者だと思っていたのだろう。自分の役目を果たすことしか頭にない、傲慢な男なのだ。

「内務省の何が問題か、わかるか？」ワリドはまだ窓のほうを向いていた。「ここは低すぎるんだ。国は、内務省を二階建ての古い要塞に移した。もう一階継ぎ足すとか、ほかの建物に移すことだってできたはずなのに、そうしなかった。それはなぜか？　ここの難点は眺望が利かないことだ。海を眺めることも街を眺めることもできない。ウォーターガーデンとアンダルス公園は見えるが、それ以外は何も見えない。高層ビルからなら――つまり、その、すべての出来事を眺めることができる。私の言っていることがわかるだろ？　それがわれわれの問題だ」白っぽい陽光がワリドの浅黒い顔を照らしていた。

私はペンとファイルをワリドの机に戻して、彼のいる窓辺へ行った。そこからは駐車場が見えた。「あんたの言いたいことはわかる。確かに、ここからの眺めはよくないな」そう言って、手を差し出した。「時間を割いてくれて、ありがとう《シュクラン・アラ・ワクタク》。話ができてよかった《マア・サラマ》」

ワリドは机のほうへ顎をしゃくった。「報告書のコピーは？」

「いや、いらない」

「こちらこそ、礼を言う。わが国とアメリカとのパートナーシップは非常に重要だ。末永く友好関係が続くことを祈ろう。インシャッラー」

〝神の思し召しのままに《インシャッラー》〟と誰かが言うのを聞くと、いつも苛立ちを覚えていたが、やっとその理由がわかった。彼らは皆、神は自分の味方だと決めつけているからだ。

私は鞄を手にした。「なぜ爆発は五回あると知ってたんだ？」

ワリドは驚いているようだった。「何を言いたいのか、わからないんだが」

「現場で会ったときに、爆発は五回だと言ったはずだ。だが、あのときはまだ四回だけだった。なぜ、もう一度あると知ってたんだ？」

ワリドは冷やかに笑った。「これは何だ？　あのとき、あんたに何を言われたかさえ覚えてないよ」急に声がとげとげしくなった。「たいへんなことが起きて、やらなきゃいけないことがいっぱいあるときに、細かいことまで覚えているのは無理だ」

外は風が吹き荒れて、国旗が柱に叩きつけられていた。

「なるほど。時間を割いてくれてありがとう」

ワリドは思案顔で私を見つめた。「アラビア語の〝ハーザ・マセロカ、ラン・ユファリクカ〟という表現を知ってるか？」

「いや、知らない」

「〝それが宿命なら逃れることはできない〟という意味だ」

私は笑みを浮かべた。「宿命を決めるのは誰だ？」

ワリドは何も言わなかったので、そのまま部屋を出た。

14

ワリドに会ったことをホイットニーに報告しておいたほうがいいというのは、数日後に大使館から速報が届いたときに気づいた。国王は、イギリス人女性教師の寝室でシーア派の黒い旗が見つかるなり、テロリストを支持している証拠とみなして彼女を国外追放したという。そのせいで、もしかすると私も好ましからざる人物《ペルソナ・ノン・グラータ》に指定されて強制退去を命じられるかもしれないという不安が、とつぜん頭をよぎった。彼女のほかにも多くの外国人が国外追放処分を受けていた。西側のジャーナリスト、活動家、人道支援者、それに、国にとって目障りな者や、うるさいことを言う者たちが。至るところに密告者がいたのだろう。ただし、私の場合は密告者など必要なかった。いざとなれば、王族の顔に唾を吐きかけてやるつもりでいたからだ。

同僚でペルソナ・ノン・グラータに指定された者も何人かいた。ひとりはロシアで陸軍大将の妻を寝取った男で（その妻は売春婦のような女性で、ほかの国でなら何の問題もないことだったのだが)、もうひとりは、真っ昼間にベルリンの路上で情報提供者と会うというヘマをしでかした――いわゆる外交的な〝摩擦〟を引き起こした――男だ。ふたりとも生き延びて、後者はその後の経緯を打ち明けた。一年ほど本部での勤務を命じられ、もらえるはずだった海外赴任手当と、ベルリンでの実績とそれなりのプライドは失ったものの、結局はわずかな傷を負っただけでキャリアを続けることができた。かつては国外退去を命じらた同僚を羨ましく思うこともあった。彼らは、公式、かつ正式に赴任先の国から敵視されるほどその国に深い足跡を残したからだ。

しかし、五十を過ぎて引退する日が近づきつつある私にとっては、マナーマが最後の任地だった。本部も、気楽な任地から追放された肝不全の局員など必要としていない。本部に戻ったところで窓ぎわに追いやられ、運が悪ければ解雇されて、唯一残された大事な退職金を受け取ることができなくなるかもしれない。特別な才能があるわけでもなく、家族もいない私にとっては、ほかに選択肢はなかった。私にできるのは、これまでの任地と同じように、残りの任期を勤めあげることだけだった。はなばなしい手柄も立てず、失敗もせず、臭いヘドロの海にひっそりと浮かんでいればいいのだ。それは、さしてむずかしいことではない。

だから、ホイットニーには話しておく必要があった。たとえ内務省の役人がやって来ても、ホイットニーならコネと独善性を発揮して守ってくれる――力になってくれる人をさがして巻き込んで、私の罪を消し去ってくれる。宿命を決めるのはホイットニーだ。ホイットニーはけっして自分の部下を失望させない。彼はゆったりとしたローブをまとってペニーローファーを履き、罪深い楽園で美徳の松明《たいまつ》を掲げている。もしかすると、神なのかも。

「何を考えてるんだ？」ホイットニーは、朝食を入れてきた紙袋をくしゃくしゃにしてゴミ箱に投げ込んだ。少し痩せたのか、顔が引き締まって、腹もわずかにへこみ、肌も焼けていた。女ができて、裸を見せないといけなくなったからかもしれない。

「今朝、デモのなかを車で通り抜けたんだ」私はホイットニーの机の前に座った。「国王はすべてのデモを禁止したと思ってたんだが」

「アワル通りか？　宮殿とグランドモスクのあいだか？」

「ああ」

「親政府派のデモだ」

「だから、クラーク・ゲーブルに似た国王の写真を掲げて『イランを叩き潰せ』と叫んでたんだな」

オフィスの隅の小さなテレビは音が消してあったが、米軍放送が流れていて、イラン領海内に米空母が侵入したことをテヘランが抗議していると、テロップで伝えていた。

「じつは、内務省にとんでもないやつがいるんだ。ワリド・アル・ザインという男なんだが、ちょっと脅しておいてやった。もちろん、どういうことかはわかるはずだ。ほんとうはあんたの仕事なのに、あんたは何もしないから」

ホイットニーは、詳しい情報を引き出す有効な方法を考えているかのように私を見つめた。「何があったんだ？」

「それが……アドリヤの爆破事件に関する内務省の報告書にいくつか矛盾点が見つかって。われわれの調査と一致しない点が」

「われわれの調査？」

「おれの調査だ」

「あんたが独自に調査をしたのか？」

「ああ」

「どういうことだ？　報告書すら提出してないじゃないか」

「まだ完成してないので」

「で、矛盾点とは？」

「使用された爆発物の種類についてだ」

「どんな爆発物が使用されたか、わかってるのか？　爆発物に詳しいのか？」

「それなりの知識はある。バグダッドに一年いたので……」

「バグダッドにいたのは知ってるが」

ホイットニーは呆れたように口を開けた。彼の歯は真っ白で、しかもきらきら光っていた。長年、念入りに手入れをしてきた成果だ。一種の特権とも言える。私は、奥歯が二本とも金歯だ。

「あんたは教養のある人間だ。アイビーリーグの卒業証書が壁に掛けてある。爆弾を仕掛けたのは反政府派ではないと考えたことは？」

ホイットニーは両手に額を押しつけて、太い指をもじゃもじゃの髪のなかに埋もれさせた。顔を上げたときには怒りを煮えたぎらせていた。「それもスクループの戯言《たわごと》か？」

「街には情報が溢れている。おれは毎日、そういった情報に耳をすませてるんだ。スラム街やカフェに足を運んで。アドリヤの事件の背後に、あの老獪な国王がいるという噂もある」私はわざと笑った。「自ら格好の口実を作ったわけだ。アドリヤでの爆破を反政府派のせいにすればサイード・アル・フセインをさっさと刑務所にぶち込めるし、抗議活動を禁止することもできるんだから」

「そんな、馬鹿な話が――」

「わかってるよ。単なる噂だ。みんな疑心暗鬼になっていると言いたいんだろ？　ただし、これはスクループからの情報ではない。彼もアドリヤのことは何も知らなかったんだ。しばらく姿をくらましていたようで」立ち上がって、椅子を元の位置に戻した。「やつがどこにいたか知ってるか？」

「いいや」

「〈シーシェル・ホテル〉だ。やつは女を買うのが好きなんだよ。信じられないだろ？　この国の革命家は偽善者だ。どいつもこいつも。だが、こっちは奴の弱みを握ることができてよかった」

ホイットニーは部屋を出ていこうとする私を目で追った。「本部からの最新の指示は見たはずだ。スクループには正式に警告が出された。二週間以内に信頼性の高い情報を提供しなければ契約は解除される」

ホイットニーは、うんざりしたようなため息をつきながら机の上の電話に手を伸ばした。「内務省から電話がかかってくるかもしれないと、大使館の武官に伝えておくよ。あとは私が対応する。ご苦労だった」

15

二週間。ラシードから詳しい情報を聞き出すのに二週間ある。ますます激しくなってきた政府による不当な弾圧もシーア派に対する経済的な差別も、修正憲法の公付も、嘆いたところで意味がない。とにかく、確かな情報が必要だった。とりあえず使い捨ての携帯電話でラシードにメッセージを送り、午後四時に倉庫へ荷物を取りに来てくれと伝えた。そのあとで、紙切れにアラビア語でメモを書いた。〝ボスがきみをお払い箱にしたがっている。至急、情報がほしい。確かな情報が〟。そして、それを真っ赤なメッカ・コーラの缶に押し込んだ。

海岸沿いを車で走っていると、ガラーリ地区が朝の光に照らされて今シーズンはじめて飛来した白いフラミンゴが浅瀬に群がっているのが見えた。ルームミラーをチェックしたが、荷台の囲いに痩せた労働者がもたれかかっている、錆びたトラックしか見えなかった。この時間のおなじみの光景だ。尾行を撒くために、朝から酒が飲める〈リッツ〉と、あと何軒か高級ホテルに立ち寄ってからグダイビヤ通りの絨毯屋へ行った。どこかへ立ち寄るたびにアルマイサのことを考えた。命の木を見に行って以来、彼女とは連絡が取れなくなって、しばらくしてからアトリエを訪ねてドアをノックしたが、人の気配はなく、路地にいた雑種犬がけたたましく吠えただけだった。

ぶらぶらとダウンタウンを歩いて、スラム街の目と鼻の先にある、黄色い高層マンションが建ち並ぶひと気のないマン・ビン・ザイダ通りへ行った。二ブロック先では十代の少年たちがバイクのスタントをしていたが、離れているので、とくに気にしなかった。彼らの顔や細かい動きは見えず、彼らにもこっちの顔は見えないはずだ。ゴミの山を避けて、コーラを飲むふりをしながら通りを進んだ。ひとつ、ふたつ、三つ。あの窓だ。鉄格子が湾曲したその窓には汚れたレースのカーテンが吊るしてあった。が、カーテンはいつも閉まっている。私はコーラの缶を窓枠に置いて立ち去った。

路地の突き当たりを右に曲がり、八百メートルほど歩いて、赤くもなく特にフランス風でもないのに気取った名前をつけた〈カフェ・ルージュ〉へ行った。太陽はすでに空の真上まで昇っていた。外のテーブルに座ってムール貝を注文したが、硬くて、ひどく塩辛かったので、食べずにビールを注文した。アルマイサはどこへ行ったのだ？

数日後、非表示の番号から品物の用意ができたというメッセージが届き、ラシードが提案した辺鄙な場所で会うことになっていた。私たちは、前回の接触時にラシードが私のメモを受け取ったことがわかった。トゥブリ湾とシトラの中間にある鬱蒼としたマングローブの沼地で、迷うことはないが人目にはつきにくいと、ラシードが保証した。ラシードに接触場所を選ばせたことは一度もなかったが、彼が悩んだ末に選んだのだから、花を持たせて、信用されている、頼られていると思わせることにした。

ラシードが言ったとおり、そこは人目につきにくい場所だった。沼地は湾まで何キロも続いていて、マングローブ以外には何も育たない不毛の土地だった。あたりには、沼地から発生するガスとトゥブリにある下水処理場の排水が混じった、えも言われぬにおいが充満していた。十年後には完全に下水に埋もれてしまっていそうな気さえした。車を駐めて南のほうへ五十歩ほど進むと、オレンジ色の嘴《くちばし》をしたオニアジサシの群れが生息する、三方をマングローブの茂みに囲まれた小さな島があった。

ラシードがあらわれたときにはすでに私の靴は泥まみれになっていて、オニアジサシはどこかへ飛んでいってしまっていた。「これは仕返しか？」私は泥のなかにタバコを投げ捨てた。

「おれはルールに従っただけだ。あんたが教えてくれたスパイ技術に」ラシードは、またひげを剃ったようで、顔に若々しいひたむきさが戻っていた。

「それにしても、ここはひどい。座る場所もないし、メモを取ることもできない」

ラシードは肩をすくめた。「気に入らないなら、ほかへ行こう」

「じゃあ、そうしよう」

彼は私の車までついて来た。彼の車は見当たらなかった。

「完璧な場所がある」ラシードが後部座席に滑り込んだ。「そんなに遠くない。見せたいものがあるんだ」

「何か情報があるんだと思って来たんだが」

「おれを信用してくれるか？」

「いや、無理だ。信用できない」

イーサタウンとジュルダブを抜けて見慣れた景色を目にしたときにはすでにリファービューズの南にある四十九番街まで来ていた。「どういうことだ？」私は車のスピードを落とした。「知り合いが何人かここに住んでるんだ。外国人やこの国の役人が」

ラシードがかぶりを振った。「あんたは間違っている。たしかにここにはうだつの上がらない役人がけっこう住んでるが、外国人はほとんどアムワージ島に住んでいる。それぐらい知ってるよ」

「ここに住んでいるアメリカ人の家も知ってるのか？」

「ここには誰が住んでるんだ？」

「おれのボスもここに住んでいる」そう言って、鉄の門の向こうにちらっと見えるハイビスカス・レーンのほうへ顎をしゃくった。

ラシードが首を伸ばした。「立派な家ばかりだ。あの通りの先だ」

「本人が思っているほどではない」

「おそらく……突き当たりのいちばん大きな家だ」

思わず笑ってしまった。「そうだ。突き当たりのいちばん大きな家だ」白い漆喰造りの家がつぎからつぎへと車窓を通りすぎていく。ルームミラーを覗くと、ラシードが憧れと驚きの混じった遠い目をして外を眺めているのが見えた。

ジミーの家があるリファービューズの東の端に近づくにつれて、苛立ちが込み上げてきた。「いったい何を見せたいんだ？ ここは暑いから、ほかへ行こう」

「工事現場を見せたいんだ」ラシードは淡々とした口調で答えた。「国王が新しい宮殿を建てるらしい」

それを聞いて、急ブレーキをかけた。「馬鹿馬鹿しい。国王の城を見に行って捕まるのはごめんだ」

ラシードは、道路の突き当たりにある空き地をぼんやりと眺めていた。「あそこだ。見る物は何もないな。工事はまだはじまってないようだ」

私は、腹を立てて車をUターンさせた。

マングローブの沼地に戻って車を駐めると、ラシードがうっすらと笑みを浮かべた。

「悪かったな、ハビビ。あんたにわかってほしかっただけなんだ……わが国の君主は……国王は、身を隠すためにあちこちに宮殿を建てていて、毎晩、違う宮殿で寝ていることを。国王は自国民を恐れてるんだ」

顔を横に向けてラシードを見た。「国王が宮殿をいくつ持っていようが、どうでもいい。何か情報があるのか？　ないのなら、きみをクビにしなきゃいけないんだ」

「わかってるよ、ハビビ。すまなかった《アーシフ》」ラシードはいったん言葉を切ってカナリー・キングダムに火をつけた。「来週、車を爆破する。ナイーム警察署の近くで。人を傷つけるつもりはない。脅すだけだ。おれたちは罪のない人間を殺さない。国王のようなひどいことはしない」

その情報の重大さに驚いて、すばやくメモ帳から顔を上げた。「どこの通りで？」

「スワイフィヤ通りの九百番地で」

「車種は？」

「キア・ピカントだ。シルバーの」

「ナンバーは？」

「ナンバープレートはついていない」

「その情報はどうやって手に入れた？」

ラシードがとつぜん笑った。「地位が上がったんだ。あんたらの言う昇進ってやつだ。いままでは作戦の詳細がわかる。すべてではないが、これまでよりは」

「それはよかった。おめでとう《マブルック》」背筋がゾクゾクした。期待以上の知らせだった。

それで、さらに尋ねた。「その作戦の責任者は誰だ？」

ラシードはいくつかのコードネームを挙げて、本名はわからないと言った。

私はからかうように眉を吊り上げた。「きみは？　昇進したのなら、コードネームをつけてもらったんじゃないのか？」

ラシードが目をそらした。「いや、まだだ」

嘘だと思ったが、気にしなかった。誰にでも秘密にしておきたいことはある。

シートにもたれかかってラシードを観察した。「おれに話しても大丈夫なのか？　爆発する前に警察が爆弾を見つけたらどうする？　きみの仲間は情報が漏れたことに気づくはずだ」

ラシードが手を振った。「確かに場所が悪い。それは仲間にも言ったよ。警察署の近くはまずい、事前に発見される可能性が高いと。彼らは警察に自分たちの力を見せつけたいのだろうが、リスクも大きい。この話を友人のアメリカ人にするのは、彼にはこの情報が必要だからだと、おれは自分に言い聞かせている」ラシードの表情が険しくなった。「ここまで愚かなら、爆弾が発見されてもしかたがない」

「きみは正しい」と、私は穏やかに言った。「われわれは同じ側にいる――アメリカと反政府派、つまり、きみとおれは。われわれへの情報提供は、きみたちの運動の助けになる」これは、スパイなら誰もがいざというときのためにポケットにしまっている、相手の気分をよくするための決まり文句で、私も祈りの言葉よりよく知っていた。「また何かあったら知らせてくれ」そう言ってメモ帳をしまった。「ボーナスが出るかもしれないから」

地元警察の爆発物処理班は、翌週の火曜日にナイーム警察署の近くにひっそりと駐まっていたナンバープレートのないシルバーのキアを発見した。スワイフィヤ通りの九百番地ではなかったが、警察署のすぐそばだった。爆発物処理班のメンバーは、アメリカの協力も得て制御処理を行なった。負傷者は出ず、その日はみな早く家に帰って温かい食事にありつけた。

ホイットニーは興奮し、ジミーは驚き、当然、提督は喜んだ。「強力な情報だ、コリンズ。よくやった」と褒められたが、私はスクループのおかげだと謙遜した。ラシードと私は――情報提供者とハンドラーは――一心同体で、体内には同じ血が流れ、成功も失敗もふたりのものだ。ラシードはCIAの保護下で安全に――いや、安全にというだけでなく、かなりの好待遇で――暮らし、私の身の安全も、少なくとも当分は保証されることになった。

本部は、人的被害を未然に防ぐ情報をつかんだことを評価する電信を寄越して、私を優秀業績賞の候補に挙げた。たいしたことではなかった。最下位の賞で、賞状とわずかな報奨金がもらえるだけだったが、これまで一度も受賞したことはなかった。

この事件は政治的に利用され、国王の息がかかったメディアは、過激化する反政府派の手口や爆破計画の失敗、それに警官の優秀さについて、これでもかと言わんばかりに書き立てた。事件が報道されるとすぐ、しばらく前に情報提供者としてスカウトしたばかりのアル・ウィファークのラハットが電話をかけてきて、彼の仲間は未遂に終わった車両爆破計画を公式に非難したことと、ムハッラクとリファーにも拠点を広げるためにアル・アサーラ・イスラム協会との連携を模索していることを教えてくれた。私がそれを伝えると、ホイットニーは太い親指を突き立てて、バーレーン政府の、さらにはアラブの春の動きを予測するのに上層部が必要としているすばらしい〝ソフト〟情報だと言った。損得勘定に長けたホイットニーにとって、私はとつぜん小石ではなくルビーを拾ってくる部下へ、反抗的な厄介者から有能な戦力に変わったようだった。もう少し若ければ、期待の星だと思ってくれたかもしれない。

ついにアルマイサから電話がかかってきた。彼女は、ローマにある現代美術館で開かれている展覧会を観るために、直前の格安航空券を手に入れてイタリアへ行っていたのだと、驚くほど自然な口調で言った。古い友人を訪ね、あらたなファンを開拓し、やっと地元のギャラリーで売れた作品の代金を受け取ってきたらしい。電話越しに聞こえる彼女の低い声はなめらかで心地よく、言葉のひとつひとつが極上のワインのように体に染み入った。

16

アルマイサと私は毎週末を一緒に過ごすようになった。

彼女は私をバーレーンの〝隠れた名所〟へ連れていってくれた――観光客はけっして目を向けないものを見に。漁村や木造のダウ船、かつては盛んに真珠の採取や売買が行なわれていたパールトレイル、古い手工芸品市場の近くにある崩れかけた青いタイルの家などを。ただし、どれも退屈で面白みがなく、それを見たからといってこの国の魅力を知ることにはならないと思いながらも、私は満足している観光客役を演じた。彼女が私にバーレーンの魅力を知ってほしいと思っていることだけでなく、彼女のバーレーンに対する理解と愛情の深さを知って、私は驚きに近い感情を覚えた。アメリカはバーレーンよりはるかにいい国のはずなのに、私自身は自分の祖国に対してさしたる愛情を抱くことができずにいた。

一緒に過ごす時間が増えると、アラビア語で話すことも多くなったが、彼女との関係に大きな親展はなかった。相変わらずそれぞれの車に乗って出かけていたし――彼女が私と一緒にいるところを見られるのをいやがっているのはわかっていたのだが――ただの知り合いか見も知らぬ他人のようによそよそしく振る舞うこともあった。生来の率直さが表に出て、尋問するような口調で私につぎからつぎへと質問をぶつけることもあった。こんなにアラビア語が上手なのはなぜなのか、どんな仕事をしているのか、なぜ語学の才能を隠していたのか、ほんとうは大物なのではないか、どうやって外交官になったのか、外交官なら、アラブの春でどちら側が勝つかわかっているのではないかといった質問を。

そのあいだ中、私は自分を偽り、消し去り、卑しめていた。職業を利用して自分をアピールするのはもうやめようと、はじめて思った。スパイという職業に特有の神秘性や謎めいた雰囲気をにおわせて、デートやセックスやその他、自分のほしいものを手に入れようとするのはやめようと。それどころか、私は正体を明かすのを避けていた。明かせば、彼女が離れていくのではないかと思ったからだ。少女時代に、私と同じ諜報員が真夜中に両親を連れていったことを彼女の口から聞いていたからだ。

はっきり言って、アルマイサは何を考えているのかわからない、扱いにくい女性だった。アメリカの女性のようにくだらない話をしたりこびを売ったりすることはなく、ヨーロッパの女性のように上辺を取り繕うこともなかった。気分屋で、しょっちゅう議論をふっかけてきたが、特定の宗教や思想に傾倒していたわけではなく、たまたま頭に浮かんだ疑問を私にぶつけているだけのようだった。ただし、けっして妥協しないこだわりがいくつかあって、それ以外のことには無頓着だった。が、彼女のこだわりは、いいかげんで、かつ自分に甘い私にはとうてい理解できなかった。アルコールと豚肉は口にしない、肌は見せない、しかし、毎日の祈りはさぼって、バーレーンからマレーシアまでのあいだの誰よりも華やかでみんなの注目を集めるアバヤを着る、というものだったのだから。車を運転し、仕事を持ち、アメリカ人の男とあちこちに出かけ、結婚はせずに、服従と束縛に甘んじている大多数の中東の女性の運命に身を委ねることを拒んだ彼女をフェミニストと呼べないこともない（ただし、本人はそう呼ばれるのを嫌っていた）。イスラム教徒の男性は私を縛りつけるはずだと、彼女は何度も言った。彼女には東洋と西洋の血が混じっていて、その組み合わせはしばしば東西の対決と同じくらい大きな摩擦を引き起こしているようだった。

さまざまな障害があるにもかかわらず、いや、それゆえに、私は彼女を自分のものにしたいと思った。その気になればできると思った。女性を口説くのも情報提供者を口説くのも、似たようなものだ。相手の欲求や要求を知り、弱点を見抜いて寄り添い（相手が摩擦を好む場合は距離を置き）、自分を不可欠な存在にして隙間や溝を埋める。これを続けて、自分のことより相手のことを――相手が自分自身のことを理解しているよりも深く――知ることができれば、答えはおのずとイエスになる。

私はアルマイサにシナトラのことを教えた。シナトラの名前は母親が口にしていたことがあると彼女は言った。私は、シナトラがバーレーン人にとってのジュネイド以上の存在だったニュージャージーでの子ども時代の話をした。何十年も箱に入れたままになっていた旧式のレコードプレーヤーを古いレコードと一緒に彼女のアトリエへ持っていって、一緒にその横に座って聴いたりもした。『あなたはしっかり私のもの』や『夜のストレンジャー』などを。彼女のお気に入りは『ムーン・リバー』だった。私は彼女に、意外性はないがいい趣味だと言った。

独学でギターを学んだ話をすると、彼女は信じられないと言いたげに私を見つめて、弾いてくれとせがんだ。これには少しばかり抵抗したが、私に音楽的な才能があろうとなかろうと、弾いてやれば彼女も喜ぶだろうし、もし好意を抱いてくれれば間違いなく目標に近づくことができると思って、応じることにした。そういうわけで、古いギターを引っ張り出してきてストーンズやスプリングスティーンの曲を弾いた。思った以上にうまく弾けた。彼女の前でギターを弾くのは緊張したが、その音色は自分の奏でる音をはじめて聴いたかのように新鮮で、いつのまにか喜びから日課へ、そして、なくてはならないものになっていくウイスキーの最初のひと口のような感じがした。

「シナトラ」アルマイサは、その名前を心に刻み込もうとするかのように繰り返した。「あなたはシナトラになりたかったのね」彼女はそう言って私を見た。「でも、なれないから外交官になったのかも」

私の家で彼女のために夕食を作ったこともあった。

気温も、ようやく何とか耐えられるレベルから快適なレベルにまで下がったので、デッキに出て食事をした。私は、母が近所の人から習ったレシピでスパゲッティ・ミートボールを作って、キャンドルまで灯した。そんなことをするのは久しぶりだった。

アルマイサは、なぜか機嫌が悪かった。私は、彼女がときどき心のなかに埋め込んでいる地雷を踏むのを恐れて、カクテルパーティーのつまみ程度の話しかしなかった。せっかくここまで漕ぎ着けたのに、ほんのささいなミスで台無しにしたくはなかった。

食事が終わりに近づくと、アルマイサは何も言わずに目を細めて地平線を見つめた。顔には困惑の色が浮かんでいた。「見て。空のあの光。見える？」虫の羽音に似た音がしだいに大きくなってきたのがわかった。

私は肩をすくめた。「ヘリコプターだ。誰かが脱獄したのかもな。すぐ近くにドライドック刑務所があるから」

「ソジャナのこと？　囚人？　そう呼ぶんだった？」アルマイサが目を光らせた。「つまり、囚われた人《カーラ》という意味よね！　そんなふうに呼ぶのはよくないわ。罪を犯して罰を受けているわけじゃないから」

私は、彼女がとつぜん怒りをあらわにしたことと色気のない話になってしまったことに苛立ちを覚えて、ワインをあおった。彼女の胸がふくよかなのはアバヤの上からでもわかったし、それがまた刺激的だった。

「ドライドック刑務所に収容されている人たちが何をしたか知ってる？」

私はさらに苛立ちを募らせた。「それは、まあ、お決まりの罪を犯したんだろう。殺人とか、窃盗とか、麻薬とか。それに、イスラム法を犯した者もいるはずだ。預言者を中傷したり、イスラムの教えを批判したりした者も。それぐらいじゃないか？」

「ううん、それだけじゃないわ」アルマイサが私を見つめた。「ドライドック刑務所には、何もしていない人がいっぱい収容されてるの。男も女も、子どもたちも――子どもたちもよ――悪いことなんて何もしてないのに。彼らがなぜそんな目にあったかわかる？　自由と正義と食料を求めたからなの。街頭デモに参加して、あからさまに王政を批判したからなの。国王はそれをハルタカと呼んでるわ。英語では何と言うの？」

「異端行為とか、背教行為とか」

「そう、背教行為」彼女は、口にするのもおぞましいと思っているかのように繰り返した。

私はフォークを置いて、感情的になっている情報提供者を落ち着かせたりなだめたりするときのように、深く頷きながら平静を保とうとした。「確かに、国王はいささかやりすぎだ。負傷したデモ隊を治療したというだけの理由で何人もの医師を逮捕したんだから」

アルマイサは驚いたように私を見た。「ええ、そのとおりよ。あなたは……わかってるのね」

「彼らは、医師としての務めを果たしただけなのに」

私を見つめるアルマイサの目には感謝の思いがこもっていた――それに、愛情も。私は笑みを浮かべて腰を上げた。「エスプレッソを飲むか？　イタリアの豆があるんだ」

「ここに掛けると映えるわね」アルマイサはそう言ってモザイク画の前に立った。そばにいると、アバヤ越しに彼女の温もりを感じ、スパイシーな香水の香りを嗅ぐことができた。

彼女はゆっくりと部屋のなかを歩きまわって、勾配のついた三角天井や、フローティング・シティーのどの家にも標準装備されている五層のクリスタル・シャンデリアを眺めていた。私は見かけ倒しの内装が恥ずかしくなった。大理石風の床はただタイルに色を塗っただけで、壁の塗装も、触れただけで剝がれてしまうほどお粗末なものだったからだ。まやかしよりありのままの美しさのほうがいいと思わずにはいられなかった。くたびれた革のソファも、彼女が指先で撫でると、高級で座り心地がよさそうに見えた。

「あなたは幸せね。好きな本が読めるんだから」アルマイサは本棚の前で足を止め、軽く地球儀を回して金色で描かれた赤道をなぞった。「きれいね。こんなきれいな地球儀は見たことがないわ」

「ありがとう」私は一瞬ためらった。「息子にもらったんだ」

アルマイサが振り向いた。「息子さんがいるの？」

「ああ」

「何歳？」

「二十五、いや、二十四だ。大学を卒業したばかりなんだ」

「それで、彼はこれからどうするの？　父親のように世界を股に掛けた仕事に就くの」

「さあ、どうかな。いまは就職難だから」

アルマイサが私を見つめた。「息子さんとは、あまり話をしないの？」

「エスプレッソのお代わりは？」

アルマイサは、とつぜん気づいたかのように眉を上げた。

「結婚してるの？」

「いや。離婚した」

地球儀の回転が止まった。「なるほど。あなたたちアメリカ人はみんな離婚するのね」

私は彼女のそばに寄った。夕食のワインが血管を駆けめぐり、体が心地よくほてって、気持ちが大きくなっていた。彼女の前に立つと、痛いほどの昂りを感じた。ふたりのあいだの隔たりが原始的な欲望を燃え上がらせ、しかし、その隔たりを埋めるのは至難の業だと思うと、なおさらそそられた。彼女は純粋で、素朴で、奔放な雰囲気を漂わせていた。

私は両手を伸ばして彼女の細い腕をつかんだ。大きな手で、アバヤの襞の下に隠れた彼女の腕をさがし当てて、つかんだ。そして彼女を引き寄せて、いささか乱暴にキスをした。もはや自分を抑えることはできなかった。彼女のやわらかい唇は、しぶしぶ私のキスを受け入れた。が、わずかにあとずさったので、私は足を踏み出し、ふたたびそばに寄って彼女の頭に手を伸ばそうとした。が、途中でやめて、腕を下ろした。「スカーフをはずしてくれ」

両腕を脇に垂らしていた彼女は、私を見つめてゆっくりとヒジャブのうしろを引っ張った。緑色のヒジャブがバサッと床に落ちると、一日中ヒジャブに覆われていたせいでわずかに乱れた鳶色の髪がなまめかしく波打って、毛先が、彼女のほっそりとした肩に液体のようになめらかに垂れた。彼女の髪は、体がやけに小さく見えるほど豊かだった。頬の傷もあらわになった。その瞬間に、彼女は私のものになった——間近で傷痕を見たことによって。

彼女はまったくの別人だった。ヒジャブがなければ、より自由で、より魅力的に見えた。しかし、従順だと言ってもいいほど素直な一面があることにも、そのときはじめて気がついた。

いまでも、そのときの彼女の姿が目に浮かぶ。両手を脇に垂らして私の家の居間に立っていた彼女の姿が。緑色のアバヤが殺風景な背景を切り裂き、弱々しい月の光が彼女の体の半分を照らしていた。彼女は、降伏を迫られてさらなる指示を待っているかのように私を見つめていた。

17

　十月に入ると、夜は涼しくなって、サウジアラビアのジェットスキーヤーもビーチから姿を消した。政府と反政府派は、犠牲者を出しながらも絶えず衝突を繰り返していた。ラシードは、諜報部や内務省や外務省だけでなく、すべての省庁からシーア派が排除されていると不満を漏らした。政府に対する抗議活動は禁止されていたにもかかわらず、シーア派はデモを続けた。マナーマのスモッグは砂も混じってますますひどくなり、雨雲のように街の上空を覆っていた。政府も反政府派も、それぞれ相反する情報を流して、あらたに発生した犠牲者は自分たちの側の人間だと主張した。一方、外国人は相変わらず楽しく暮らしていた。ポピー・ジョンソンの姿は公式行事の場で何度か見かけたが、もともとあまり評判がよくなかったこともあって、さかんに彼女の噂話をしている者もいた。

　アルマイサとはずいぶん親しくなった。私は彼女の暗号を、つまり、彼女の思考と行動の非対称的なパターンをほぼ解読した。彼女の気持ちを尊重しながら操る技も、束縛しなから突き放す技も身につけた。結局は、従わせる側と従う側がしばしば入れ替わる、情報提供者との巧妙なギブアンドテイクと同じだった。

私たちの関係は順調に進んでいた。譲歩できるところは私が譲歩したからだ。その美しい髪をみたまにはヒジャブなしで外出するよう、私はアルマイサを説得した。アバヤからグッチのパンツスーツに着替えるのを何度も見ていたので、きわめて保守的な女性でさえ、華やかな格好をして、それを人に見せたいという願望を持っているのは知っていた。（アルマイサも、アメリカの女性はどこで買い物をするのかと何度も尋ねていたではないか？）ヒジャブをかぶるのは単なる習慣にすぎず、アルマイサの母親は一度もヒジャブをかぶらなかったという話を持ち出して、巧みに彼女を説得した。コーランにも何も書かれていないし、宗教的な信念からというよりはみんながかぶっているからかぶっているだけのことだと認めさせもした。アルマイサは欧米の道徳観を軽蔑して、アメリカの女性のようになるのを嫌がっていたが（アメリカ人の女性を、快楽主義者だ、露出狂だとけなしていたが――まあ、それほど的はずれだとは思わなかったものの）、結局は折れた。

そのうち、私と一緒に車に乗るようにもなったし、私の家に遅くまでいるようにもなった。ワインもひと口飲んだ。たちまち顔をしかめて、二度と飲まないと言ったのだが。

まだ最後のハードルが残っていたが、それを越える方法はわからなかった。セックスにはもっとデリケートなアプローチが必要だ。いまいましいことに、彼女とのセックスはいつまで経っても幻影の域を出ず、見えたと思ったら、いつもすぐに消えた。

それでも、私はゲームを楽しんだ。それがスパイの本領で、五十二になっても、まだ魚を網に誘い込むことができた。肝心の能力も衰えてはいなかった――相手を悦ばせながら、ソフトスポットとハードスポットを見つけて、なかに入り込む能力も。

18

アルマイサのアトリエへ行ったある日の午後に一枚の写真を見て、そこに写っている少女は彼女だと気がついた。少女はアルマイサと同じウェーブのかかった鳶色の髪をしていて、目鼻立ちも、同じようにくっきりしていた。しかも、顔は少女らしく丸みを帯びていたものの、年齢のわりには険しい、思い詰めたような表情を浮かべていて、ひどくしっかりした子どもだという印象を受けた。

アルマイサは、私が写真を見つめているのに気づいてそばに来た。「それは私じゃないわ」彼女はそう言ったが、本人も信じていないような、説得力のない否定だった。

「サナアという名前の子なの」アルマイサは指先でそっと写真に触れた。「私のお気に入りよ」

「お気に入り？」

「ええ。施設の生徒なの」アルマイサはそう言って作業台に戻った。「養護施設で絵を教えてるので」

「それは知らなかった。話してくれなかったから」私は、その子がアルマイサのアーモンド形の目とは違って、丸い目をしていることにようやく気づいた。

「私も、おじに引き取られるまでの二年間はバグダッドの養護施設にいたの。いろんな書類が必要だったから――両親のせいで、いろいろ問題があったので」アルマイサがイーゼルを動かそうとしたので、そばに行って手伝った。

「私のような子どもたちを助けたかったの」アルマイサは挑むように私を見上げた。「コーランにも、『孤児を追い払うのは思いやりのない人間だ』と書いてあるわ」

「その施設はどこにあるんだ？」

「ここからそう遠くないディラーズ通りよ」

「行ってみたいな」

「それなら、連れて行ってあげる」彼女はつま先立ちになって、真正面から私の口にキスをした。「そう言うと思ってたわ。あなたはやさしい人《アンタ・ラジョル・タイブ》だから」

見た目はごく普通の建物で、〝あらたなはじまり《ベダヤト・ジャディダ》〟と書かれた小さな看板が掛かっていなければ、そこが養護施設だとはわからなかっただろう。壁に波打つ金属板を張りつけた平屋で、錆や落書きが目立ち、あちこちにひびが入って下地の漆喰があらわになっていた。正面には窓がなく、車の通る道路の向かいの家とのあいだに張られた洗濯物を干すロープが軒先に垂れ下がっていた。

建物のなかは暗いうえにじめっとしていて、消毒液のにおいがした。玄関の床のタイルは端が欠けていて、その上に色あせたペルシャ絨毯が敷いてあった。それでも通りで生活するよりはましなのだろう。建物の奥は玄関より明るくて、ガラスのドアから陽光が射し込んでいた。ドアの向こうの裏庭は子どもたちの遊び場になっていて、おもちゃが散乱していた。

アルマイサは、ここが食堂よと言って、誰もいない部屋の電気をつけた。その部屋には、細長いテーブルと安物の折りたたみ椅子が置いてあった。ハイチェアも何脚かあって、雰囲気が明るくなるように、壁には黄色いペンキが塗ってあった。食堂のとなりにある調理場は狭くて、食べ物もそうでないものも、生鮮食品も日持ちするものも缶詰も、それに、トイレットペーパーやおむつまで棚に押し込んであった。廊下の奥の片側は女子用の、反対側は男子用の寝室になっていた。空気が埃っぽくて外で遊べないときのためにカーペットを敷きつめたプレイルームもあって、壁には地図や絵が貼られ、天井からは手作りの星がぶら下がっていた。アルマイサは、窓のついたドアを指さしてここが教室だと教えてくれた。子どもたちは行儀良く机の前に座って、アバヤを着た大柄な女性が数字についてあれこれ話すのを聞いていた。算数の授業なのだろう。ここでは二十二人の子どもたちが暮らしているのよ、とアルマイサは誇らしげにささやいた。いちばん下は二歳で、いちばん上は十四歳。片腕の肘から先がない少女もいるらしい。

大柄な女性が授業の終わりを告げると、子どもたちはさっさと教科書を閉じて立ち上がり、耳障りな音を立てながら椅子を机の下に押し込んだ。アルマイサは警告するように私を見た。「そんなに近づかないで。子どもたちに見られたら困るわ」

私は、いたずら好きな子どものような笑みを浮かべた。「で、おれは誰だと言えばい い?」

「そうね……」アルマイサは頷いて手を組み合わせた。「あなたは、どうせほんとうのことを言うでしょうね。バーレーンの養護施設を見学に来たアメリカの外交官だと」

それがいいと思った。〝自己紹介は簡潔に〟というのがスパイ稼業の鉄則だ。

「わかった」私はウインクをして、彼女のほつれた髪をヒジャブの下に押し込んだ。

しばらくすると、子どもたちが餌をさがす蟻のようにぞろぞろと廊下に出てきて、うれしそうな声をあげながらアルマイサのアバヤを引っ張ったり抱きついてきたりした。子どもは正直で、彼女が大好きなのか、前日に授業があったにもかかわらず、数カ月ぶりに会うような歓迎ぶりだった。子どもたちはアルマイサを〝母さん《オンミ》〟と呼んだ。アルマイサは甘ったるい声で子どもたちに話しかけたが、早口で、しかもくだけた話し方だったので、完全には理解できなかった。私のことは簡単に紹介しただけだったが、好奇心旺盛な子どもたちも、それで満足したようだった。不揃いな茶色い歯を見せて笑いながら私に握手を求めてきた子どもも何人かいた。子どもたちの手はざらざらしていたが、温かかった。アメリカ人が訪ねてくることなどめったになく、しかも、私のことを大統領か俳優のような有名人だと思ったのか、彼らはうれしそうに「アメリカ人《アムリーキ》！」と叫んだ。痩せっぽちの少年は、サインを求めてノートを差し出した。

　すると、うしろのほうから片腕の少女があらわれて、恥ずかしそうにアルマイサに近づいてきた。それが、写真に写っていたサナアだというのはすぐにわかった。幼いころの丸顔はずいぶん引き締まっていたが、鳶色の巻き毛と丸い大きな目はそのままだった。あとになってわかったのだが、あの写真は、片腕だというのがわからないように斜めから撮ったものだった。サナアは片腕でアルマイサに抱きつくと、ふたりだけの世界に浸るかのように目を閉じて、しばらくじっとしていた。アルマイサはそっとサナアの巻き毛を撫でながらほかの子どもたちと話を続けて、授業のことや野生動物公園への遠足の日取りを尋ねたりした。

私もアルマイサも、子どもたちと一緒に昼食を食べた。メニューは、冷たい鶏肉とライス、茹ですぎてくたくたになった野菜だった。食事はおいしくなかったが、好奇心旺盛な子どもたちは食事などそっちのけで私を質問攻めにした。私も、アメリカのポップカルチャーに関する豆知識を披露して子どもたちを楽しませてやった。自分の国と彼らの国との違いは知らないことにしたりよくわからないふりをしたので疲れたが、演技力と忍耐力を鍛える、いい練習になった。食事の途中で停電したので、暗闇の中で食事をするはめになったが、そういうことはよくあるようで、普段は制限の多い生活に不満を抱いている子どもたちも、見知らぬ客が自分たちの国の特殊な事情を経験しているのを見て、面白がっていた。

施設には夕方までいて、車で帰るときには夜のとばりが降りようとしていた。「来てくれてありがとう」アルマイサが私の手に自分の手を重ねた。「養護施設がどんなところか、わかったでしょ？」

「子どもたちは施設が気に入ってるようだったな。それに、きみのことも」

「私が言いたかったのはそういうことじゃないの」アルマイサが私のほうを向いたとたんに、彼女の鋭い視線が突き刺さった。「あの子たちは、ほかの児童養護施設《ドゥル・アル・イタム》の子どもたちとは違うのよ」

「どう違うんだ？」

「わかってるはずよ。あの子たちの多くは革命孤児なの。政府との闘いで両親を失ったの──亡くなるか、投獄されるかして」

「いや、知らなかった」

「それだけじゃないわ。外国人《アジャニブ》の子どもたちもいるの。ネパールやフィリピン、それにスリランカから来た女性の子どもたちも。母親はあなたたちの家で働いてるわ。知ってるでしょ？　バーレーンで何年か働いているあいだに子どもを産む人もいるのよ。もちろん、自分で育てることはできないのよね。雇い主に妊娠させられて、赤ちゃんを手放すように強要されることもあるの」

「じゃあ、子どもたちは施設で暮らすしかないんだな」

彼女は私に鋭い視線を向けた。「そのとおりよ」

大きな通りには明かりが灯り、路地は暗闇に包まれた。私はアルマイサのアトリエのある通りに入っていった。「サナアはどうして片腕を失ったんだ？」

「アル・ガンガリーナよ。壊疽《えそ》を起こしたの。デモの最中に流れ弾《シャザヤ》が当たって。両親は死んだわ。医者に行くべきだったんだけど、行かなかった。両親以外に医者に行けと言う人はいないから」

「彼女を養女にしようと考えたことは？」

アルマイサは眉根を寄せて顔をそむけた。「無理よ」

「きみなら――」

「いいえ。私は若いし、未婚だし」

ようやく彼女のアトリエに着いた。住んでいるのはどこなのか、彼女はまだ明かさず、尋ねても、アトリエからそう遠くないアル・サテル市場の近くにあるアパートの二階だとしか言わなかった。恥ずかしかったのか――芸術家は儲からないので、崩壊寸前のアパートに住んでいたのか――そうでなければ、古い道徳観に縛りつけられていたのだろう。スラム街の住人は、外国人ほど未婚の男女の交際に寛容ではないのだ。

アルマイサは不安げにハンドバッグを握りしめた。「シェーン、お願いだから、ベダヤト・ジャディダで暮らしている子どもたちのことは内緒にしておいてね。外見上はほかの養護施設と変わりないけれど、実際は――あの施設の存在を国王が許すはずないから。彼は、反政府運動に対する弾圧で親を失った子どもがいるのを認めてないの。もしかすると、閉鎖を命じて、あの子たちを刑務所に入れるかもしれないわ。だから、誰にも言わないで」

私は誠実な笑みを浮かべた。「秘密は守る」

19

一瞬、ラシードがしかめ面をやわらげた。カナリー・キングダムを吸っているあいだも、彼は満面に作り笑いを浮かべていた。私は彼に手当が増えることを伝えたばかりだった。月に五百ドル増えることを。例の自動車爆破計画と、国王の弟で、改革の必要性を叫んでいる王子に接近しようとしているという情報をラングレーが喜んだのだ。それに、計画立案者にすぎなかったラシードがフォーティーン・フェブラリーの幹部に昇進したことも評価された。

私たちは、はじめてラシードの車のなかで会った。私の車よりもひどい、年季の入った車のなかで。彼は自分の車で私を拾うと提案してきた。普段はそんなことをさせないのだが、それによってラシードが自分の立場と価値が高まったという安っぽい満足感に浸っているのは明らかだった。彼が有益な情報を提供してくれるようになるにつれて、ハンドラーとしての私の評価も上がった。それが諜報活動の不文律で、ホイットニーがよく口にするウィン・ウィンの関係だ。

中東独特のメロディーがラジオから静かに流れてくると、安全信号代わりに丸めてダッシュボードの上に置いてあった《ガルフ・デイリーニュース》がリズムに合わせてかすかに揺れた。ラシードは新しいおもちゃを手にした子どものように札束に触れた。

「一度に全部使い切っちゃダメだぞ」

ラシードは笑いながら札束を掲げて、とつぜん、からかうように私を見た。「あんたの顔つきが変わったような気がするんだが」

「何も変わってないよ。もし何か変わったことがあったのなら、きみに知らせる」

「もしかして……」ラシードはシートにもたれかかって首をかしげた。「いい人ができたんじゃないか？　いい女が」

女性との出会いや別れはつねにあると、私は適当にごまかした。しかし、ラシードの勘のよさには驚いた。革命のことしか考えていないのだとばかり思っていたのだが。

「女ができたのなら、めでたいことだ」と、ラシードは言った。「男にはちゃんとした女《モータラマ》が必要だ。〈ディルムン・クラブ〉に出入りしているような、だらしなくて罪深いアメリカ人の女はダメだ。肌に張りつくような服を着て、いつも違う男と一緒にいるような女ではなく……」彼は、説教じみた話を中断して遠くを見つめた。家々の明かりが消えるのは合図で、時には危険を知らせる警告のこともあるという話だったが、郊外の村では毎日のように停電しているので、気にする必要はなかった。スモッグのせいで、空も暗かった。

「うっかりしていた。デモは九時からだったんだ」

「それがどうした？」

「ハビビ」ラシードは、苦笑を浮かべながら私を〝友《ハビビ》〟と呼んだ。「おれも行きたかったんだよ」

私は腕時計を見た。「きみは運がいい。そろそろ戻ろう。まだデモに間に合うかもしれない」

ラシードは車のエンジンをかけて高速道路のほうを指さした。「あんたを送っていくのは無理だ」

デモのせいでブダイヤ・ハイウェイの東行きは完全に封鎖され、長い渋滞が発生していた。

高速道路の北側に車を停めると、前年の夏に国王がパール・モニュメントを破壊したことによって反政府派の結集地となった〈ビーン・コーヒー〉がよく見えた（ラシードは、国王がやけになって、宮殿や軍の兵舎もろとも、ダウンタウン全体を破壊するのも時間の問題だと冗談を言っていたのだが）。私は〈ビーン・コーヒー〉の前を何十回となく通り、尾行の有無を確認するために、一、二度立ち寄ってコーヒーを飲んだこともあった。魚市場のロータリーに近いので車の排気ガスと騒音の影響をまともに受けるうえに、近くの路地にはゴミが積み上げられていたので、その悪臭がコーヒーの香りと混じり合って、店には独特なにおいが漂っていた。しかも、テラスの壁は、落書きを消すために政府の命令で真っ黒なペンキが塗られていた。

ラシードは、カフェのテラスに集まった反政府派グループのメンバーを指さしながら自分が評価している順に名前を教えてくれた。フォーティーン・フェブラリーのメンバーも、アル・ウィファークやその他の団体のメンバーもいた。彼らは、〝反乱《タマルド》〟に向けて、しばらく前にひとつにまとまっていた。反政府運動をタマルドと呼びはじめたのは、独裁的な大統領の退任を求めていたエジプトの活動家たちだ。ラシードは、一ブロック先に停まっている車のほうへ顎をしゃくった。エンジンを切って、ただそこに停まっている、ごく一般的な茶色いオンボロ車のほうへ。「監視だ」

「どうしてわかる？」

「おれたちも監視は得意だからな。街中に監視の目《ガビィン》がある。それに、組織の内部にも」ラシードはそう言ってにやりと笑った。「馬鹿なやつらだ。スラムを監視するときは、いつも同じ車を使ってやがる」

大きな音とともにゴミ箱がひっくり返されると、デモ隊は、あっという間に当初の二倍以上に膨れ上がった。何百人もの群衆が、ひそかな呼びかけに応じてどこからともなく集まってきて、カフェの前で扇形に隊列を組み、そのまわりを、軌道をはずれた衛星のように小さなグループが取り囲んでいた。

タイヤの山やゴミ箱やキアの車体に火がつけられたせいで、高速道路は激しく渋滞した。なにもかも、いとも簡単に燃えて骸骨のような骨組みだけが残り、煙がもくもくと立ち昇って薄っぺらいヤシの葉を呑み込んだ。何ブロックにもわたって灰が降り注ぎ、薄汚い地区をさらに薄汚くして、ラシードの隙間だらけの車のなかにも焦げ臭いにおいが充満した。ラジオからは、相変わらず中東独特のメロディーが流れてきていた。すぐ近くで炎が上がっていたので、ここにいるのは危険かもしれないという漠然とした不安はあったが、なぜかそれほど真剣には考えなかった。いま暴動が起きているのは、高倍率の双眼鏡でしか見えない何キロも離れた場所のような気がしていたからだ。このような陰惨な状況を見せつけたことに対する埋め合わせのつもりなのか、ラシードがタバコを差し出したので、しぶしぶ受け取った。

機動隊員を乗せた装甲輸送車が続々と到着したのを見て、夜を盛り上げる何かが起きるのを待った。火を広げて警察の動きを止めるために、道路にはたっぷりと油が撒かれていたので、覆面をした男たちは滑らないように注意しながらせわしなく歩きまわって火にタイヤやがらくたを投げ込んでいた（やり投げの選手のように、優雅なフォームで）。男たちはみながりがりに痩せていて、汗や汚れの染み込んだ、だぼだぼの粗末な服を着ていた。やがて、ぱりっとした青い制服を着て防弾チョッキとヘルメットをつけた機動隊員が、ぞろぞろと車両から降りてきた。デモ隊のなかには、バリケードの上にさらにコンクリートブロックを積み上げている背の高い男もいれば、皆が待ち望んでいた救世主のように両手を広げて機動隊に近づいていく長身の男もいた。シーア派の旗を高く掲げて抵抗の意思を示そうとしている男もいた。

シュプレヒコールは曳光弾《えいこうだん》のごとく空を切り裂いた。石油は、われわれみんなのものだ！　平等に分配せよ！　自由な選挙を！　雇用を増やせ！　デモ隊は、煙と絶叫でかすれた声が騒音に掻き消されないように、さらに声を張り上げながら、ひるむことなく装甲車に向かっていった。そして、そのうち、〝マフヌーク！〟と叫びはじめた。アラビア語で〝息が詰まる〟という意味だ。やがて、エジプトの反体制派がタハリール広場で叫んでいた、〝パンを寄越せ、自由を寄越せ、われらに尊厳を！〟という声が聞こえてきた。デモ隊は傷を負った多頭獣のようにゆっくりと立ち上がり、怒りの炎を燃え上がらせなから無秩序なうねりとなって道路を突き進んだ。装甲車はデモ隊を包囲しはじめた。機転の利く数人の男たちがその外側から火炎瓶を投げると、数分に一度は装甲車のそばに落ちて、小さな爆発音と小さな炎が上がった。装甲車の輪はますます厚く、かつ狭くなって、地獄の輪の内側を覆い隠すようにデモ隊と機動隊員との衝突の光景を遮った。

やがて、パチパチと弾けるような散弾銃の音が耳をつんざき、それに続いて怒号と悲鳴とうめき声が聞こえた。ずらりと並んだ装甲車の隙間に目を凝らすと、トウモロコシ畑の脱穀機のように激しく動く警棒と腕が見えた。二度目の一斉射撃は殴打だった。

「警察は、体格のいい屈強そうな男を最初に殴るんだ」ラシードは消沈した様子でダッシュボードにタバコの煙を吹きかけた。「もちろん、そういう男は非常に危険だ。うしろにいる警官が見えるか？　写真を撮ってるんだよ。それを公開すれば、われわれの側には大柄で屈強そうな男が大勢いるように見える。で……わかるだろ？　つぎは弱そうな男たちで、女性、子どもたちと続く」彼は、そこでいったん言葉を切った。「どういうことになるかは、そのうちわかるよ」

機動隊員が車両から大きな黒い缶を降ろした。缶はずいぶん重そうだった。そして、三度目の一斉射撃がはじまった。湾岸諸国の政権が暴動を鎮圧する際にこぞって頼りにする最終兵器を、私も一般の外国人同様に避けようとした。それはどこからともなく忍び寄ってきて、気づくのは、何千本もの針に目を突き刺されたような痛みを覚えてからだ。「催涙ガスだな」と、小さくつぶやいた。

ラシードがかぶりを振った。「いや、催涙ガスは無臭だ。待て。これは……においがする」

数秒後には、腐った卵のようなにおいが車内に充満した。強烈な刺激臭が。目をしばたたかせて咳をしたが、効果はなかった。「何だ、これは?」

ラシードはタバコを吹かしながら肩をすくめた。「わからない。新兵器かも」

われわれは、数週間前に大使館付きの海軍武官経由でバーレーン政府からある文書を受け取っていた。内務省から送られてきた〝国際法及び国際規範の遵守〟という題名の文書で、バーレーン政府が反政府派や国家の転覆を狙う者に対して採用している合法的かつ防御的な手段が(彼らはつねに防御的だと言うのだが)、〝暴力性が低い〟とか〝完全に準拠している〟などといった言葉で説明されていた。確か、まだ試用段階ではあるが、数カ月に及ぶ反政府派との戦いのなかで独自に開発した〝暴動鎮圧剤〟だと書いてあった気がする。催涙ガスより人道的だとも書いてあった。

涙が出て、息を止めずにプールに飛び込んだときのように鼻の奥がヒリヒリした。暴動鎮圧剤を少しぐらい吸ったところで深刻な害はないと、われわれ外国人はたがいに言い合っていた。ブダイヤに住むポピーは、催涙ガスがテラスでのディナーや子どもたちのスポーツの試合を台無しにしていると、悪天候を嘆くかのようにぼやいていた。

「さあ、いよいよ逮捕だ」と、ラシードはこともなげに言った。

警察は、ラシードが名前を知っている男性数名と元気よくタイヤを転がしていた三人の子どもを含む二十人近くを一斉に逮捕した。彼らは、手錠をかけられて警察車両に押し込まれた。空に昇った上弦の月を、有毒なガスが灰色の霧のように包み込んでいた。

「彼らはドライドック刑務所に連れていかれることになる。保釈も裁判もない。戒厳令が出ているからな」

「子どもたちは?」

「ほかのみんなと同じだ」

つぎの瞬間のことは、いまでもはっきり覚えている。ほかの部分はぼんやりしているのに、衝撃と事態の深刻さのせいで、そこだけ切り取られた夢のなかのワンシーンのように。その有毒なガスは肌の毛穴をすべてふさいで喉の奥まで入り込み、首や背中、それに腕にまで汗が川のように流れだしたのだ。顔は赤くなり、心臓は狂った太鼓のように激しく脈打った。

デモ隊の一部は大事な縄張りを守るオオカミのようにその場にとどまり、なおも火のなかに物を投げ込みながら夜空に向かって権利と平等をむなしく叫んでいた。ぶつぶつと独り言を言いながらシートの下に手を伸ばして何かをさがしていたラシードが、とつぜん厚手の黒いフェイスマスクをふたつ取り出した。「ほら」と、彼はそっけなく言った。「これをかぶれ」

得体のしれない化学薬品の影響をもろに受けていた私は、マスクですっぽり顔を覆った。ラシードは這うようにして車のうしろへ回り、トランクのなかをかき回してガラス瓶を手に戻ってきた。ガラス瓶のなかにはボロ布が詰めてあって、布の端が瓶の口から垂れていた。

頭に靄がかかっていた私は、「それはトランクに戻せ」としか言えなかった。マスクのせいで、声がくぐもった。「そんな……」喉が焼けるような痛みに襲われた。「そんなものを持ち歩くわけにはいかない。検問所で……検問所で捕まったらどうなるか、わかってるだろ？」

ラシードは、乾杯するかのように私のほうに向けてボトルを持ち上げた。「ここからが最高の見せ場だ」彼は身を乗り出して助手席のドアを開けると、私の肩を軽く押した。「降りろ。見せてやるよ。国に帰ったときの土産話になる」

ラシードは、低いセメントの壁に向かってゆっくりと歩いていきながら私を手招きした。

私は身をかがめて彼のあとに続いた。マスクをしていても暴動鎮圧剤のにおいは強烈で、止血帯のように肺を締めつけた。息苦しくて、めまいがした。ラシードは私に瓶を持たせて、ポケットからライターを取り出した。私が瓶から手を離すより先にラシードが火をつけると、金色の火花が勢いよく飛び散った。「投げろ！」

いまにして思うと、なぜためらわなかったのか、なぜすぐに投げたのか、不思議でならない。おそらく、何であれ、手にした物を投げつけたいという――たとえそれが違法な行為であっても気にすることなく投げつけたいという――幼児の反射反応に似た抑えがたい衝動が沸き起こったのだろう。誰だって、しがらみを断ち切れば自分に何ができるか試してみたくなることもある。自分の体に熱い血が流れていることを思い出すために。悪事を働くことにはひそかな楽しみもあるし、善悪の境が曖昧になって、知らないあいだに反転していたことに気づいたときの興奮はたまらない。誰も見ていないし、神はこっちの味方だと思った。

瓶は装甲車の手前に落ちて、ガシャンという音がするのと同時に炎を上げたが、あっという間に消えてしまった。けが人はいなかった。そのときの光景を、何十回、いや何百回と頭のなかで再生したので、それだけは確かだ。私はわざと手前に投げたのだが、装甲車の向こうに落ちていたとしても、おそらく誰にも当たっていなかっただろう。たいていの場合、火炎瓶はただの威嚇だ。もっとも、ラシードが投げていたら誰かがけがをしていたかもしれない。彼なら、誰かを狙って命中させていたはずだ。だが、私はそうしなかった。機動隊は、私の投げた火炎瓶が爆発したことにすら気づいていなかった。

もっと鎮圧剤が必要だと思ったのか、隊員はふたたび車両から缶を降ろした。ラシードと私は急いで車に戻った。機動隊は、環状交差点の周辺の商店めがけて、徹底的に、かつ効率的に鎮圧剤を散布した。あたりの建物はつぎつぎと分厚い靄に覆われ、なかにいた者はゴキブリのようにぞろぞろと外に出てきた。皆、何がどうなったのかわからないまま、よろめいたり、咳き込んだり、唾を吐いたりしていた。近くの小さな店の店主らしい、赤いバンダナを巻いたフィリピン人の女性は、悲鳴を上げて顔を掻きむしりながら飛び出してきた。

鎮圧は成功し、最後まで残っていたデモ隊も現場を去った。タイヤもすべて燃えつきた。死んだのか、昏睡状態なのか、とにかく大勢が地面に横たわっていた。自力で逃げることができた負傷者は近くの仮設診療所に向かうはずだ、とラシードが言った。

監視に来ていた車も路地から出てきて茶色い景色のなかに消えた。

20

その晩は、しかたなくラシードの家に泊まった。外出禁止令が発令される時間が迫っていたし、帰り道で捕まる危険を冒すわけにはいかなかった。知らなかったが、反政府派の活動家は考え得るかぎりの緊急事態に備えて対策を立てていたようで、ラシードも自分の家の敷地に地下シェルターを作っていた（スラム街にあるほとんどの家には裏口や避難路が設けてあると、ラシードが教えてくれた）。シェルターと言っても、コンクリート製の地下室にすぎず、すぐに警察に見つかってしまいそうだったが、専用の入り口があるので、彼の家族に見られることなく出入りができた。

ただし、その地下室は狭くて、土とネズミの糞のにおいがした。部屋の隅には丸めた礼拝用の絨毯が、ぼろぼろになったコーランと革命に関する数冊の本と（マルクスやアセフ・バヤト、ラシェッド・ガンヌーチなどの本と）一緒に置いてあった。テヘランで出版された、『隷属《アル・イバダ》』という、アラビア語で書かれた小冊子もあった（明らかに禁制品で、所持しているのが見つかったら投獄の対象になる危険な冊子だったのだが）。ラシードはしょっちゅう誰かの説を引用して革命を哲学的に語るので、うんざりさせられることもあったが、これでネタ元はわかった。

疲れていたのに私はほとんど眠れず、虫食い穴のある薄いマットレスの上で何時間もじっと横たわっていた。デモの光景や、アパートで寝ているアルマイサのやわらかな体が脳裏に浮かんだ。もちろん、アルマイサのアパートへは、まだ行ったことがなかったのだが。少女時代のアルマイサの姿も目に浮かんだ。家に押し入ってきた諜報員が両親を壁に押しつけて手錠をかける光景も。もしかすると、彼女も押し倒されたのかもしれない。そのときに顔に傷を負ったのでは？　欺瞞と暴虐に毒されながら、陰で暗躍していたスパイに傷を負わされたのかも。

まだ真夜中で、あたりは静まり返っていたが、用を足しに起きたついでに新鮮な空気を吸いたくなって、こっそり外に出た。近所の家と同様に、ラシードが住んでいるのもセメント造りの四角い小さな家だった。裏庭には、幼いふたりの息子のために錆びたブランコが置いてあった。ラシードは教育のある男だけに、海外でなら、いや、おそらくマナーマでも、家族で営んでいる機械修理業で得る収入よりはるかに多くの金を稼げるのにと思わずにはいられなかった。オックスフォードかケンブリッジで得た学位は（どっちの大学だったのかは忘れたが）お飾りではない。しかし、誇りか信念か愛国心のせいか、彼は故郷にとどまり、粗末な家に住んで抑圧された同胞とともに反政府活動を続けていた。

またこっそり地下室に戻って、ようやくうとうとしたものの、不吉な夢を見た。スラム街にある穴ぼこだらけの空き地で夜を過ごしているうちに、腰まで地中に埋もれて足を動かすことができなくなる夢だった。じめっとした地下室でびっしょり汗をかきながら目を覚ますと、自分が火炎瓶を投げたことを、とつぜん思い出した。あれは明らかに規律違反で、ホイットニーに報告しなければならないのはわかっていたが、報告するつもりはないことも、同じぐらいはっきりわかっていた。そのときの記憶に本能的な喜びを掻き立てられながら、スキットルに入れていた酒を飲みほして、ふたたび眠りについた。

外出禁止令が解除されたときはまだ夜が明けていなかったが、錆びた蛇口からちょろちょろと出てくる水で罪悪感と汗と酒のにおいを洗い流した。ラシードは、私が車を駐めていたダウンタウンまで送ってくれた。車のなかで、留学していたのはオックスフォードかケンブリッジのどちらなのかと尋ねた。オックスフォードだと彼は言った。工学奨学金をもらって留学したのだと。

報告書を作成するのであれば目撃したことだけを書けばいいのだと、はたと気づいた。

ここのところ手柄続きで、ついでに書き加えた反政府派に関するくだらない情報も、大半はそれなりに評価された。ラシードも本部からこの地域の代表的な存在だとみなされて、上級情報提供者に昇進した。私はその状態を維持していきさえすればよかった。

報告書には『バーレーン政府の戦略』というタイトルをつけて、機動隊が使用した武器の詳細（催涙ガスの代わりに使用した鎮圧剤の特徴と科学的な考察）や、逮捕された人物の名前、ラシードが提供してくれた情報局の公用車や監視用の車両のリストも書き添えた。反政府派も政府関係者に対して能動的及び静的な監視を実行し、内部に仲間を潜入させているというラシードの告白も付け加えた。

しかし、書き終えたあとで迷いが生じた。反政府派が政府内に工作員を潜入させているという情報を含めるのは裏切り行為になるのではないかと思ったのだ。ホイットニーが政府の連絡官に報告書を見せるのは、ほぼ確実だった。だとすると、当然、徹底的な内部監査が行なわれ、バーレーンの諜報部は反政府派の工作員を一掃して、その者たちをドライドック刑務所に送ることになる。そして、ラシードの正体も暴かれる。しかし、その可能性はきわめて低いと、自分に言い聞かせた。そのようなドミノ倒しが起きるわけはないと。本部も、さして深刻には受け止めずに〝単なる仮説〟と捉えるはずだ。たとえその仮説が現実になったとしても、ずいぶん先の話で、私はすでにバーレーンを離れている。騒ぎになるころにはアメリカで引退生活に入って、ビーチでシンガポール・スリングをすすっている。いずれにせよ、危険なのはラシードで、私ではない。彼もそれは充分にわかっていた。

ところが、ホイットニーは私の報告書を却下した。目的に合致していないと言って。われわれの最終目的は、つまり、本部にとって、それに、もちろんわが国にとっての真の狙いはイランだと、彼はわざわざ念を押した。私の報告書は戦術レベルでは有益で、情勢は的確に把握できているが、わが国の優先要件を満たしていないと。彼は、いいことを教えてやろうと言いたげに身を乗り出して、テヘランが怪しいという情報を外部から得ているのだと明かした。そして、「このあいだワシントンで起きたサウジアラビア大使の暗殺未遂事件はイランの仕業だというのを知らなかったのか？」と、私に訊いた。ただし、格付けの関係で、詳細や情報源は教えられないとのことだった。「とにかく、その調子で頑張ってくれ。いずれ何かつかめるはずだ。目的から目をそらすな」と、彼は言った。

それから、もう一度私の報告書をぱらぱらとめくって、顔をしかめた。「政府内にモグラがいるとはな。名前をつかめなかったのは残念だ。利用できたかもしれないのに」

21

そのうち十一月になった。これまで赴任したほぼすべての国では、十一月に海兵隊のダンスパーティーが開かれていた。海兵隊のダンスパーティーは、間違いなく一年でもっともリラックスできるイベントだ。アメリカ人にとっては、任地のわずらわしい束縛や制約を気にせずに思いきり羽を伸ばして楽しめる、またとない機会だ。

最後に出席した正式なパーティーは大使館が他国の大使を招いて開いたレセプションだったが、不愉快な思いをした記憶しかなかった。私はポピー・ジョンソンが身支度を整えるのを彼女の寝室で酒を飲みながら待っていて、ポピーが夫のバートはほとんど家にいないと愚痴ったりアメリカ人のほかの妻たちに負けるわけにはいかないなどと話しているのを上の空で聞いているうちに、かなり酔ってしまったのだ。その日は抗議デモのせいで道路が封鎖されてしまったので、ポピーはすこぶる機嫌が悪く、「メイクアップ・アーティストが間に合わなかったら、デモ隊を殺してやる」と喚いた。彼女は怒りをぶちまけながらつぎからつぎへとドレスを試着して、鏡の前でポーズを取ったり向きを変えたりして見栄えをチェックしていた（なかなか気に入らないのは、アングルのせいではなく鏡に近づきすぎていたからのような気がするのだが）。そしてついに、提督の妻のお気に入りの宝石店に特注したという金のイヤリングをつけて身支度が完成した。そのイヤリングは、何時間も値引き交渉をして、かなり安く手に入れたらしい。結局、牧師の妻が電話をかけてきて、自分のメイクアップ・アーティストに頼んでやると申し出てくれたので、ポピーの気分は上向いた。「よかったわ！　あちこちでタイヤが燃えていても私たちの楽しみは何の影響も受けなくて」

アルマイサとはすでに二カ月近く付き合っていたので、海兵隊のダンスパーティーにはぜひとも彼女を連れていきたいと思った。アルマイサは、意を決したような奇妙な表情を浮かべて誘いを受け入れた。アメリカ人コミュニティの金色の壁の向こうにどのような獣が待ち伏せしていようと退治すると覚悟を決めたかのようだった。パーティーにマーリーン以外の女性を連れていくのはそのときがはじめてで、私は自分でも驚くほどうきうきしていた。この先どうなるかわからないので、アルマイサとの関係はまだ内緒にしておいたほうがいいような気がしたものの、ついにおおっぴらにできるのがうれしかった。彼女は私のものだと、世間に知らせることができるのが。

暖かい夜で、招待客はコートを着ず、毛皮のショールもまとわず肌をあらわにして、紫や緑や青の甘ったるいアイスキャンディーのしずくのようにぽつりぽつりと〈ディプロマット・ホテル〉に入っていった。男性はタキシードを着込み、女性はスリットの入った洒落たドレスに身を包んでいたが——いい歳をした高官の妻にはタイトすぎて、スリットも深すぎたのだが——中東の厳しい陽光の下ではなくボールルームのなかでなら数センチ余分に脚を見せても大丈夫だと思っていたのだろう。ポピーの話によると、バーレーンにはフィリピン人の縫い子が大勢いて、仕立て代も安いので、《ヴォーグ》やハリウッドの最新イベントの写真を参考にしてドレスを注文するのが流行っているとのことだった。そのせいもあってか、自分を美しく見せたい、目立ちたいという思いが衝突して、女性は皆、肌の露出の多い色とりどりのドレスを着ていたので、見ているうちにめまいがしそうになった。

アルマイサはけっして《ヴォーグ》に載ることのないドレスを着ていたが、それでも私がそれまで目にしたなかではもっとも魅力的なドレスだった。ピンクのレース地で仕立てた、ほどよく体にフィットしたロングドレスで、長い袖とウエストからケープのように垂れ下がったシフォンの生地が優雅な雰囲気を醸し出し、胸の膨らみもかすかにわかるし、空に浮かぶ雲か、あるいは渦巻きのようなレースの模様もドレスをいっそう引き立てていた。その日はヒジャブをかぶらずに、豊かで艶かな髪をカールさせて、化粧もしていた。薄化粧だったが、ふだんはノーメイクなので、すぐに気づいた。化粧をすると、なぜか傷痕が目立ったが、それがかえって彼女のエキゾチックな雰囲気と素朴な美しさを際立たせていた。その場にいた男はみな彼女がいちばん魅力的だと思ったはずだ。

ホテルの警備員は、車に爆弾が仕掛けられていないかどうか、念入りに調べていた。現地の上流社会に属する者たちのプライバシーを不当に侵害するおそれがあるので——ボディーチェック用の金属探知機は、特権階級のプライバシーを不当に詮索、または侵害するおそれがあるので——使用されなかった。たとえ大きな危険が迫っていたとしても、完璧に整えた服装を乱したり颯爽とボールルームに入っていく喜びを奪うわけにはいかないからだ。ボールルームのガラスのドアの手前でアルマイサの手を取ると、苦労して成果を挙げたときのような達成感が込み上げてきた。

予想どおり、ボールルームの装飾はすばらしかった。海兵隊とその隊員の栄誉を称えるのと同時に、犠牲について考える場にふさわしい威厳と謙虚さ、それに華やかさと落ち着きが見事に表現されていた。真っ白なクロスで覆ったテーブルの上には真っ赤なユリを生けた上品な陶器の花瓶が置いてあって、クリスタルのシャンデリアは神々しい光を放っていた。青い制服を着た海兵隊員はボールルームの入り口に立って、礼儀正しく、かつ手際よく招待客をテーブルに案内していた。

アルマイサと私が案内されたテーブルにはまだ誰も座っていなかったので、私はほかの招待客の席札に目をやった。そこは、わが中東分析局専用のテーブルで、ジミーとグレッチェン、ホイットニーと同伴者のジョーダン・クレンショーの席札が置いてあった。例の女性大使館員の名前がジョーダンだというのは、そのときはじめて知った。ホイットニー好みの、教養があって洗練された外交官にふさわしい、いい名前だと思った。

アルマイサは部屋を見回して、アラビア語で「この豪華なパーティーにお金を出すのは誰？」と訊いた。私は肩をすくめて、「アメリカの納税者だ」と答えた。

しばらくすると、ジミーが妻のグレッチェンを連れて姿をあらわし、肘に片手を添えてみんなと握手を交わした。ジミーのタキシードは普段の服装と同じく見るからに窮屈そうで、腹が異様に大きく見えた。グレッチェンは、疲れはてた召使いのようにジミーのうしろに控えていた。ふたりは、ひときわ目立つセンターテーブルに王族気取りでどっかりと腰を下ろしている提督夫妻に挨拶した。テーブルの真ん中に飾ってある花はいちばん豪華で、その立派な花は、提督と提督が招待した内務大臣夫妻のほうに向けられていた。

ようやく私たちのテーブルの手前まで来たジミーは、ふと足を止めて臆面もなくアルマイサを見つめた。「水臭いじゃないか、コリンズ。これまで、おれたちに何も言わないで」

私は、立ち上がって手を差し出したアルマイサを紹介した。ジミーは、喜劇役者にも負けない大げさな笑みを浮かべながら腰をかがめてアルマイサの手にキスをした。

グレッチェンは顔を赤らめて私の肘をつかんだ。「きれいな人ね。ほんとうにきれいだわ」

バーテンダー役の若い海兵隊員が作ったシンガポール・スリングはあまりにひどかったので、私は「マティーニをくれ」と言った。

「おれはラム・コーラを」ジミーがとなりに来て、カウンターの奥へ金を滑らせながらバーテンダーの制服に目をやった。「入隊して何年になる?」

「まだ三年です」海兵隊員が私にグラスを差し出した。

ジミーは親指を自分の胸に向けた。「おれは、まだ二年だ。人生で最良の時期だよ」そう言って、海兵隊員と一緒に笑った。

私がカウンターから離れようとすると、ジミーが腕をつかんで止めた。「行くなよ、アラビアのロレンス。慌ててどこへ行く? 訊きたいことがあるんだ」

あれこれ訊かれるのはわかっていた。詮索好きのジミーに質問攻めにされるのは。

彼は目を細めて私を見た。「みんな驚いてるよ。イスラム教徒と付き合うとはな！　あんたが、イスラム教徒と！　地元の女か？」

「ああ」

「恥ずかしがる必要はない。悩む必要もない。ここにいるあいだだけの関係だろ？」ジミーは私が詳しい話をするのを待っていたが、諦めて背中を叩いた。「あんたには脱帽だよ。この国の女はみな全身を覆い隠して固く膝を閉じてるんだと思ってたんだが」

「話はそれだけか、ジミー？」

とつぜん、ジミーが負け惜しみの強い子どものように絡んできた。「まったく、さかりのついた犬と同じだよ、あんたは！　あれは、怪しげなホテルに出入りしている女だ！　どこかで見たことのある顔だと思ったよ！　すぐにはわからなかったんだが。あんたがいかがわしい女と寝て、いい思いをして、それをおれたちに面白おかしく話して聞かせてくれるのなら、それでいいけど」

私はジミーの手を振り払った。「彼女は売春婦なんかじゃない。売春婦に見えるか？　いいかげんにしろ！」

ジミーは言い返さなかったが、顔には子どもじみた表情が——私が否定したことに対する困惑と敵意と、秘密をつかんだという優越感が――にじみ出ていた。

なぜあのようなことになったのか、いまだによくわからない。私がテーブルに戻ると、ホイットニーとジョーダンはすっかりその場に溶け込んで会話を楽しんでいた。ジョーダンはホイットニーの右側に、アルマイサは左側に座っていた（ほんの数分前に席札を確認したのに、彼らの席がとなり合っていることに気づかなかったのだろうか？）。ジョーダンはアルマイサと話をしていて、すでに自己紹介や社交辞令的な会話は終えたようだった。アルマイサは身を乗り出してジョーダンの話に耳を傾け、彼女自身も、いつものように細い手を大きく振りながら明るい声で話をしていた。私はとなりに座って、わざと大きな音を立てて彼女とのあいだにグラスを置いた。

「コリンズ！　よく来たな！」ホイットニーがアルマイサの向こうから手を伸ばすと、腕が彼女の袖に触れた。ショールカラーのついたホイットニーのタキシードは、いささかフォーマルすぎる感じがした。

ジョーダンはハンドバッグを引っ掻き回していた。筋肉質の小麦色の肩を露わにした黒いドレープドレスを着たジョーダンは、ホイットニーのとなりにアルマイサが座っていても嫉妬する様子もなく、きらきらと目を輝かせていた。間近で見ると、けっこう魅力的で、前々から想像していたホイットニーの好みのタイプに近かった。いかにもアメリカ人らしい肌の色をして、昼間はカーディガンを着て真珠を身につけ、夜は濃い口紅を塗ってタイトなジーンズを穿くような、ニューイングランド人の純粋さと罪深さを併せ持った女性だった。育ちはいいものの、名門の出というわけではなく、家族の受けもいいが、議論をするときや寝室では、はっきりと自分の意見を主張するような。二十八歳の童貞にとっては悪くない相手だった。それに、数カ月前に赴任してきたばかりにしては。もちろん、彼女をものにできたのは、ホイットニーが支局長だからだ。それに、外国で暮らしているという特殊な事情が感覚を歪め、判断力を鈍らせて、ついついおかしなものを選んでしまうこともある。もしホイットニーが本部にいて、明るい蛍光灯に照らされた部屋であくせく働いていたら、ジョーダンのような女性が興味を示すことはなかっただろう。

タキシードを着るのは高校のプロム以来だと、ホイットニーが冗談めかして言うと、全員が笑った。さして面白くもないのに、局長に気を遣って笑ったのだ。プロムが何のことかわからないはずのアルマイサでさえ笑みを浮かべて、ホイットニーと私は一緒に働いているのかと尋ねた。「ああ、そうだ。幸運なことに、コリンズは私の下で働いてくれている」と、ホイットニーが答えた。

インド人とフィリピン人の給仕が夕食を運んできた。ピスタチオのテリーヌのあとのメインディッシュは、サーモンのグリルかローストチキンを選ぶことができた。どちらにもローストポテトが添えられていて、ラズベリーを浮かべたシャンパンも供された。スピーカーからは静かな音楽が流れてきた。アルマイサは、地元の人間しか知らないとっておきの話を楽しそうに披露していた――新鮮なコリアンダーはどこで買えるかとか、スークで金製品を安く手に入れるにはどうすればいいかなどという話を。ジョーダンとジミーの妻のグレッチェンはアルマイサの話を興味深そうに聞いていた――ジョーダンは外交官らしく興味があるふりをしていただけで、主婦のグレッチェンはアルマイサの話を疑ってかかっているようだったのだが。ホイットニーは中東にまつわるきわどいジョークを口にしたり、これまでの任地と比較してバーレーンをけなしたりした。メインディッシュが下げられると、ホイットニーはバーレーンのために乾杯しようと言ってグラスを掲げた。ほかのみんなもそれに続いた。メインディッシュのあとの口直しには、ミントを添えたライムシャーベットが出てきた。私は確実に酔っぱらっていた。

「この素敵な女性の話では、オペラハウスで出会ったということだったんだが」ホイットニーは、シャーベットを食べ終えてそう言った。「それにしても、アーティストとは！すごいじゃないか！」

「シェーンは私の作品をひとつ買ってくれたんです」アルマイサの低い声は、じつに魅惑的だった。

「あの晩、コリンズにオペラハウスへ行くようにすすめてよかったよ」ホイットニーはシャンパンをすすりながらアルマイサのほうを向いた。彼の顔は赤らんでいた。「いまは、どんな作品を？」

「オペラハウスに飾るモザイク画の製作を打診されてるんです」

ジョーダンがグラスを勢いよくテーブルに置いた。「すばらしいわ！　よかったわね！」

私は、「知らなかったよ」とつぶやいた。

「国王の肖像画ですか？」ジミーがテーブルの反対側から訊いた。

「それはない」ホイットニーは笑いながらかぶりを振った。「コーランは人の姿を描くのを禁じてるから」

「千夜一夜物語をテーマにしようと思ってるんです」

「それはいいわね！」ジョーダンはうれしそうに手を叩いた。

「どの話にするの？　愛の物語？　それとも、復讐？　精霊が出てくる話？」

「まだ決めてないんですが」

「ひとつ頼みがある」ホイットニーは身を乗り出して、アルマイサに顔を近づけた。「赴任中に、ここで何か購入しようと思ってるんだ。思い出のひとつとして。ちょっとした伝統のようなものなんだよ――外交官の家庭で育った者の。とにかく、アドバイスをもらえればありがたい。いや、それより、あなたの作品を見たいな。コリンズがアトリエへ連れていってくれればいいんだが」

アルマイサは少女のようにうれしそうな顔をした。外国人がみな、とつぜん彼女に興味を示すとは、不思議な気がした。お世辞や愛情表現は大の得意なこんがりと日に焼けた外国人が地元の芸術家を絶賛するとは。〝本物〟志向の裕福な旅行者が現地でしか手に入らない物を土産に持ち帰りたがるのと同じだ。彼女は私だけのものではないのだと思った。

デザートはホワイトチョコレートを添えたラズベリー・パブロバで、皆、口を揃えて満腹だと嘆きながらも、おいしいと言って平らげた。給仕たちは皿を下げてそっと姿を消した。

「海兵隊には、長年にわたって培われてきた誇り高い伝統があります。今宵、われわれがここに集ったのは、それを称えるためにほかなりません」大使のかすかなテキサス訛りを耳にすると、緊張がほぐれて心が和んだ（大使は政府の代表で、軍人ではないために、親しみやすい人物であることをアピールする必要があるのだ）。彼は顔も広く、話し方も穏やかで、町を離れているときは隣人が喜んで芝刈りを引き受けてくれるような人物だった。

「海兵隊員の英雄的な勇気と犠牲がなければ、今日《こんにち》のアメリカはなかったでしょう」きらびやかなシャンデリアに一部遮られているものの、大使の背後にある巨大なスクリーンには、塹壕を這い進み山を登って国旗を掲げる海兵隊員たちの映像が映し出された。「ですから、われわれは、わが国のもっとも優秀な兵士たちに、厳粛に、かつ真摯に感謝の気持ちを伝えたい」すると、会場から爆竹を鳴らしたような拍手が湧き起こった。

「それと同時に、バーレーンの政府関係者にも謝意を伝えねばなりません。バーレーンの理解が得られなければ、われわれはここに海兵隊を駐留させてわが国の国益を守り、さらには増進することができなかったはずです。その感謝のしるしとしてバーレーン政府の内務大臣を今宵の集いにお誘いしたところ、快く承諾してくださいました。

多くの方はご存じないかもしれませんが、内務大臣のサイーフと私は同窓の徒でもあります。ともに、テキサス州にあるセント・エドモンズという小さな大学で学びました。それはさておき、バーレーンというこの美しい国を、バーレーンの人々だけでなくわれわれにとっても安全な国にしてくれたきみの計り知れない努力に感謝するよ、サイーフ」内務大臣が笑みを浮かべて恭しくお辞儀をすると、ふたたび拍手が起きた。

ＤＪがアメリカの最新ヒット曲をかけると、下士官のカップルが踊りだした。ホイットニーとジョーダンもダンスフロアへ向かった。思っていたとおり、ホイットニーはダンスが下手で、動きが不自然でぎこちなく、取ってつけたような笑みを浮かべているのも滑稽だった。一方、ジョーダンの動きはなめらかで、色気がひしひしと伝わってきたが、ホイットニーはそれに気づいていないようだった。

アルマイサが私を見た。彼女が踊りたがっているのはわかっていたし、普段なら私も誘いに応じていただろう。女性の誘いを断わるわけにはいかないし、黙って女性を抱き寄せて踊れば、もっとわくわくするお楽しみが待っているのは確実だ。が、とつぜんその場のすべてに嫌悪感を覚えた私は、タバコを吸ってくると彼女に声をかけた。

外に出て、タバコを吹かしながら靄のなかに浮かぶダウンタウンの明かりを眺めた。もうすぐ夜の十二時になろうとしていたが、ダンスパーティーの出席者には外出禁止令の適用が除外される特別な許可が出ていて、うるさい警官に見つかっても、車のフロントガラスに貼った小さなステッカーが免罪符になる。しかし、アルマイサを私の家に誘う口実は思いつかなかった。彼女の薄くて繊細なレースのドレスは、チャンスさえあれば簡単に脱がすことができるはずだが、女性を口説くのにこれほど時間がかかるのは、はじめてだった。

二本目のタバコを吸っていると、〈シーシェル・ホテル〉の売春婦より濃い香水をつけたポピー・ジョンソンがそっと近づいてきて、自分のタバコを取り出しながら火を貸してくれと言った。彼女はタイトなドレスをたくし上げて、真っ黒に日焼けした脚を見せていた。

「思ったとおりだったわ」ポピーは私に煙を吹きかけた。「あの若い女。あれは……地元の女？」

ポピーの顔が最後に会ったときからずいぶん変わっていたのには驚いた。鼻筋がおかしかったのだ。腫れて、幼虫が這っているのかと思うほど凸凹していて、鼻孔もマッシュルームのように膨らんでいたし、ピンク色だった肌はぞっとするほど黒ずんで、毛細血管が蜘蛛の巣のように顔中に広がっていた。苦笑を浮かべずにはいられなかった。「ドク・ハリウッドが戻ってきたのか？」

ポピーが目を見開いた。「何の話か――？」

「ポピー」私は彼女の背中に手を置いた。「楽しかったよ。思い出を汚さないうちに終わりにしよう」

男には、いつまでも忘れられないことがいくつかある。顔を殴られたときの痛みや、童貞を捨てたときの思い、はじめて飲んだ酒の味とそのあとのことや、苦労して勝ち取ったスポーツでの勝利。そして、好きな女性がほかの男と踊っているのを眺めるときの心境。

会場にはゆったりとした曲が流れていた。パーシー・スレッジかエルヴィスの曲で、踊っている客は少なくなったが、ホイットニーは彼女を抱き寄せていた。礼儀正しく距離は取っていたが、それでも彼女を抱き寄せて、ピンク色のレースのドレスに、彼女の腕に、彼女の背中に触れていた。やつが何か言うと、彼女は微笑んでいた。ふたりはごく自然にターンを繰り返しながら、なめらかな動きで滑るようにフロアを横切っていた。私は、ふたりが同い年だということに、ふと気がついた。やつにとって、ダンスの相手としての相性はジョーダンよりアルマイサとのほうがよさそうだった。

私は、マティーニのお代わりを手にテーブルに戻って、ホイットニーとアルマイサが踊っているのを眺め続けた。ジョーダンとグレッチェンは、日曜日のピクニックに来ているような感じで話をしていた。照明が暗くなったので、薄暗いなかでマティーニをかき混ぜていると、じわじわと汗が出てきた。何でもそつなくこなすアルマイサはダンスも上手だったが、初対面の男と人前で踊ることに抵抗を感じないのは、西洋の血が流れているからだろう。ダンスが上手いというのは察しがついていた。

「あんたが彼女を放っておいたからだよ」ジミーがくすくす笑いながら私を責めた。「ボスは、彼女が泣きだす前にダンスに誘ってやろうと思ったんだ」

アルマイサの動きはより官能的になってきた。完璧に音楽と同調し、リズムを奏でるように体を動かしている。長いあいだ見ていると、彼女が体を動かしていることすら忘れてしまった。気のせいだろうか？　ほかの客もじっと見入っている。彼女は気にしていないようだった。注目されるのが気に入ったのかもしれない。

「ボスの昇進の話を聞いたか？」ジミーがふたたび耳元でささやいた。

「いや」

「イランの支局長に内定したらしい」ジミーはそう言ってかぶりを振った。「たいした若造だ」

曲が終わると、回転灯の黄色い光がアルマイサを捉えて、またもや彼女にみんなの注目が集まったが、ついに彼女もホイットニーもダンスフロアを離れた。

「戻ってたんだ！」と、ホイットニーが驚いたように言った。彼は汗だくになっていた。アルマイサはにこやかな笑みを浮かべていたが、彼女も汗をかいて、化粧が崩れていた。ジョーダンは、身を乗り出してホイットニーのネクタイの歪みを直した。「楽しそうだったわね」

私はアルマイサの手を取って立ち上がらせた。彼女は小走りにあとを追ってきた。「踊るの？」

「いや、帰ろう」

べつの場所でべつの時間にべつのレンズを通して眺めれば、ダンスパーティーのあとの出来事も違って見えるかもしれないと、私は何年ものあいだ自分にそう言い聞かせてきた。現実は捉え方次第で変わるというのがスパイの世界の常識だ。それでも、あの晩のことは頭から離れなかった。思い出すと眠れなくなった。屋根裏部屋の隅の暗闇を見つめていると、そこに潜んでいる何かにではなく、存在しない何かに怯えてしまうのと同じだ。

彼女は私の家に来た。アトリエまで送ってもらえるとは思っていないようだった。帰りたいと言っても無駄だとわかっていたのだろう。彼女はずっとしゃべり続けていて、居間に入ったあとも、おいしかった料理や豪華な花の飾りつけについてあれこれ話していた。私はほとんどしゃべらなかった。彼女は平静を装って、パーティーも、最高だったとは言わないまでもけっこうよかったと思っているようなふりをしていた。私は電気をつけずにカーテンを閉めた。それまで一度も閉めたことのなかったごわごわとした長いカーテンに手を触れると、埃が舞った。彼女は部屋の真ん中に立っていた。暗がりのなかで見ると、ピンク色のドレスが白っぽく見えた。彼女が私の家に来るのは二度目だったが、前回とは別人のように見えた。前回より小柄で、頼りなげで、叱られることはわかっていても叱られる理由はわかっていない子どものようだった。

そのあと何が起きたのか、はっきりとは覚えていない。どちらの手が先に動いたのか、どんな思いが頭をよぎったのか、それに、理性的な判断ができる状態だったのかさえわからない。彼女のレースのドレスが裂けた音は覚えている。デザインが複雑で、簡単に剝ぎ取ることはできなかったが、あの晩は意地に似た強い思いがあったからか、手が勝手に動いて、知らぬ間に力が入った。彼女の見事な裸体があらわになったときは、おおいに満足した。手を触れたことのなかった彼女の体が思っていたより色白だったのは、ずっと布で覆い隠していて、太陽の光をじかに浴びたことがなかったからだろう。老いの影もごまかしもない、若々しい体だった。彼女の長い髪が、わずかにたゆんだなめらかな乳房の上に広がり、その下から茶色い大きな乳首が顔をのぞかせていた。私の望んでいたすべてのものが目の前にあった。

寝室に連れていくこともできたはずだが、自分が何を考えていたのか、何をしたのか、なぜ居間にい続けたのかはわからない。さらに言えば、なぜ、彼女をソファや、ほかのもっとやわらかい場所ではなく床に寝かせたのかもわからない。なぜ、冷たい大理石の床に――本物の大理石ではなく、大理石っぽく見えるように色を塗ったタイルの上に――寝かせたのかも。

ただし、満足感を味わったことだけは覚えている。彼女はその間ずっと黙っていた。たがいに目は合わせなかった。彼女の首にほくろを見つけたのと、彼女の体が見た目よりもやわらかくてしなやかだったのも覚えている。私が両腕をつかんで押さえつけると、彼女は首をそらせて目を閉じた。髪をつかむと、絹のような感触と温もりが伝わってきた。彼女の顔が紅潮すると傷痕が目立った。

ことを終えると、私は体を引き離した。彼女はそのまま床に横たわっていた。髪が汗で顔に張りついていた。模造大理石の上に血がついているのを見て、私はふたたび彼女を抱きしめた。

22

その後、数週間はアルマイサと話をしなかった。私は家にいるのがいやで、なるべく外で時間を過ごした。カーテンを開ける気にもならず、部屋の空気はよどんでいた。アイリッシュ・ウイスキーを飲んでも、これまでと違って眠気は訪れず、エアコンをつけていても、毎晩、大量の汗をかいた。少しずついい方向へ進んでいたのだから、もう少し待ちさえすれば、うまくいったはずなのに。

気温が下がって肌寒くなってきても、彼女とはまだ話をしなかった。日が短くなるにつれて砂埃に悩まされることも減り、どこの浅瀬でもフラミンゴの姿を見かけるようになった。スラム街の闇診療所が電気配線の不具合と薬の不適切な保管によって全焼したという記事が新聞に載った。子どもがふたり死んだらしい。

私は四六時中ほろ酔い状態で、平日の夜は〈シーシェル・ホテル〉で過ごし、週末は〈ドラゴン・ホテル〉でジョンソン夫婦やバコウスキー夫婦と一緒にブランチを食べた。

タルタルサーモンとカットステーキのオージュソースや、フルーツタルトのクリーム添えを。〈ドラゴン・ホテル〉ではジャズシンガーが『魅惑の宵』を情緒豊かに歌っていた。ホイットニーとジョーダンはダンスパーティーのあとのイベントにも一緒に出席し、ジョンソン夫婦は仲のいいふりを装い、ポピーは整形した顔を堂々とみせびらかし、バートは誰かの肩を叩きながら意味のわからないジョークを連発していた。私も、しばらく遠くから眺めていた憂鬱な世界に戻った。外国人がますます贅沢に耽り、太って、ゆっくりと死に向かっている世界に。

そのうち、クリスマスのお祭り騒ぎがはじまった。〈トレーダー・ヴィックス〉では店を電飾で飾り、酒をたっぷり入れたエッグノッグを飲んで酔っぱらった客がクリスマスキャロルを歌っていた。バーレーンにクリスマスがやって来たのだ！　海軍基地には、国王の農場から特別に貸し出された、ひどいにおいのするラクダが連れてこられた。背中に派手な布をかぶせられたそのラクダは、礼拝堂の前に設置されたキリスト降誕場面の展示の一部として、訪れる者にいやいや愛嬌を振りまいていた。ひとりの無神論者がそれに抗議すると、ポピー・ジョンソンがそのことを全員に知らせ、兵士の妻たちが団結してその男を基地から追い出した。提督夫妻はふわふわの人工雪の上で屋内スキーを楽しむためにドバイへ行き、ほかの外国人も、バリ島やイビサ島の抗いがたい魅力に屈してバーレーンを離れた。ジミーはバーレーンにとどまると宣言した。休日手当をためてポルシェを買うのだと言って。バーレーンが地震に見舞われたのは、寒い日の朝だった。私はまだ寝ていたが、大きな揺れに驚いて目を覚ました。ほどなく広報車が猛スピードで通りを走りまわって、震源地はテヘラン近郊だと告げた。

アルマイサは私のもとに戻ってきた。ある晩、とつぜん私の家にやって来た。それを見ると私が弾いたギターの曲を思い出すのだと言って、青と金色のタイルを張り合わせた小さな鉢を手にしていた。私たちは、前々から約束していたかのように夕食を食べに出かけた。彼女は、養護施設への物資の援助や寄付を募るためにあちこちに行っていたのだと言った。食事のあとは、一緒に私の家に戻って泊まっていった。私の誘いを拒みはしなかった。

ダンスパーティーの夜のことは、たがいに口にしなかった。まるで、何もなかったかのように振る舞った。だから、もしかすると何もなかったのかもしれないと思った。少なくとも、私が気にしているようなことは。私たちはいとも簡単に元の関係に戻り、欧米人なら当然感じる罪悪感や不安を掻き立てた行為も、徐々に心のなかで薄れていって、時間が経つにつれて、それほどひどいことではなく、どちらかと言えば望ましい自然なことのように思えてきた。私が手を触れると、アルマイサも、抵抗するどころか、より寛容に、より積極的になった。私が髪を愛撫すると、彼女は目を閉じてにっこり笑った。そして、自ら私を求めた。

おそらく後悔の念が拭いきれなかったからだと思うが、私はポピーから聞いたスークの宝石店で高価な真珠のネックレスを買った。アルマイサには、養殖ではなく天然真珠だと保証した。バーレーンのダイバーが海に飛び込んで採ってきた真珠だと。「ありがとう」と、アルマイサは言った。「ただ、私の望みはほかにもあるんだけど」

夜も更けて、私たちは私の家の居間に立っていた。

彼女は私を見上げた。「お酒をやめてほしいの」

私は驚いて、声を上げて笑った。「おれはイスラム教徒じゃない。もし――」

「そういうことじゃないのよ、シェーン。イスラム教は関係ないの」

アルマイサが私に酒を控えろと言ったことは、それまで一度もなかった。私はタバコに火をつけた。これには動揺した。腹が立ったのではない。私のような仕事をしている者は皆、モルモン教徒以外は肝硬変にでもならないかぎり酒を飲んでいた。動揺したのは、酒を飲まずにはいられないことを見破られたからだ。二十五年もスパイをしていながら、自分の欠点を隠しおおせなかったからだ。

説き伏せなければならないという、職業的な本能にスイッチが入った。それで、きみは勘違いをしている、おれはきみが思っているほど飲んでいない、きみは西洋文化を理解していない（きみの母親もきっと酒を飲んでいたはずだし）、酒が飲めなきゃ外交官は務まらないのだと言った。きみも含め、人間は誘惑に弱く、けっして負けまいとすると、それが延々に続く不幸と絶望の原因になるのだと、きわめて穏やかに、ただし、はっきりと言った。彼女を言葉巧みに言いくるめようとした。それは長年やってきたことで、このときもうまくいった。

私は目の前に立っているアルマイサを見つめた。その凜とした姿を見つめた。彼女はまだ若く、未完成で、歳は私の息子とさして変わらない。そう思うと、とつぜん息子のことが気になった。いまは酒を飲んでいるのだろうか？　最後に会ったときは、私を拒絶したのと同様に酒を拒んだ（息子にとっては、私も酒も忌むべき存在だったのだろう）。しかし、もう何年も前の話だ。あれ以来、誰かが息子に酒を勧めたかもしれない。一杯ぐらい、いいじゃないかと言って。その後、息子はバーに行き、野球を観に行き、デートをして、また酒を飲んだかもしれない。そして、いずれは私と同じようになるのかも。

アルマイサは怒っていなかった。これっぽっちも。それどころか、自分の望みを口にして、ほっとしているようだった。私は、はたと気づいた。このあいだのことは酒のせいだ。彼女はそう思っている。酒のせいだったとしても矛盾はない。それで説明がつく。立派な言いわけになる。悪いのは私ではない。

そのとき、はっきりとわかった。なぜ、それまで気づかなかったのだろう？　彼女は私を愛していて、許すつもりでいたのだ。許す口実が必要だったのだ。

23

酒はやめなかったが、徐々に量を減らし、一日数杯程度に抑えて、アルマイサと会うときは素面でいるようにした。酒は、住み込みのメイドの部屋として作られた、使っていない狭い屋根裏部屋に隠した。アルマイサがわざわざ屋根裏部屋を覗きにいくことはないからだ。私が酒を控えていることに彼女がある種の満足感を――神のごとく人を変えることができた高揚感を――感じているのはわかっていた。そして、その見返りのように、彼女はそれまでより素直で従順になった。気まぐれな一面は影を潜め、定期的に私の家で夕食を作り、私が望めば遅くまでいて、一緒に出かけるときはヒジャブをかぶらなかった。

私も、その見返りとして時間の都合がつくときは養護施設へ行って、重い荷物を運んだり雑用や修理を引き受けた。ふたりでサナアを遠足に連れて行くこともあった。アル・アリーン自然公園ではサナアがダチョウに餌をやり、プリンス・カリル・アル・ジャスリ公園ではボートに乗って、小高い展望台からマナーマの街を見下ろした。ただし、私はあまり深入りしないようにした。アルマイサは、外国人が施設の子どもを養子に迎えても何の問題もなく、手続きに必要な書類は施設が揃えてくれると、時おりほのめかしていたが、聞き流していた。

反政府運動が停滞して、勢いを失うと、地元の新聞にはまたもやシオニストの陰謀だのアラブ世界を弱体化させようとするイスラエルの思惑などといった見出しが躍った。なかには、平和と安定の兆しとなるスンニ派とシーア派双方の合意という、ほっとする記事もあった。国王は、ブダイヤの中心部に文化センターを建設すると発表した。アドリヤで起きたような事件はもう何カ月も発生しておらず、米軍基地の警戒態勢も上から三番目のブラヴォーに引き下げられた。私はアル・ウィファークのメンバーから政府との交渉がはじまるかもしれないという情報を得ていたので、アラブの春が完全に終結するのは時間の問題だと思っていた。

ある晩、ラシードと会ったあとで支局に戻ると、ホイットニーが私の机の脇の仕切りを叩いて「おめでとう」と言った。私がこのあいだ書いた反政府派の長期戦略に関する報告書を本部が大統領日報に掲載してくれたらしい。ホイットニーの話では、非常に好評だったので、ラングレーは私をもう一年マナーマにとどめるつもりでいるとのことだった。私は、官給品の椅子の肘掛けを両手でつかんで喜びを嚙みしめた。たとえここが最後の任地になろうとも、任期が切れたらさっさと国を出るつもりでいたが、もう一年アルマイサと一緒にいられるのだとわかると、なぜかわくわくした。もはや革命が起きる可能性は低く、残りの一年は楽をしていい思いができるはずだった。

ホイットニーは笑みを浮かべながら、木曜日にジョーダンと飲む約束をしているのでアルマイサと一緒に来ないかと誘った。

「彼女は飲まないんだ」

ホイットニーの首がところどころピンク色に染まった。「そうだよな。うっかりしていた」彼は革の鞄を片方の手からもう一方の手に持ち替えた。「じゃあ、来週、一緒にオペラを観に行こう。プラシド・ドミンゴがクリスマス公演に来るんだ。子どものころにスペインで観に行ったことがあるんだが、彼の歌はすばらしい」

私は言いわけを考えた。言いわけは薄っぺらければ薄っぺらいほどいい。が、ホイットニーの顔つきが変わっていることに気づいた。視線が床をさまよい、何日も寝ていないかのような疲れが見て取れた。日に焼けた肌も青白く見えた。ようやく目を上げた彼は、すがるように私を見た。「あんたらが一緒だと、ジョーダンも喜ぶと思うんだ」

「ジョーダンはどうしてる？　最近、見かけないが」

「彼女は――元気にしている」ホイットニーはためらいながら鞄を置いた。

「アドバイスがほしいんだ。私は経験が少ないし……だけど、あんたは……経験豊富だ」

「何が問題なんだ？」

「考えすぎかもしれないが、彼女は、ときどき機嫌が悪くなって――」

「つねに機嫌のいい人間なんていないよ」

「わかっている。でも、それだけじゃないんだ。ここでの任務は……あまり――」オフィスのドアがカチッと音を立てて開いて、ジミーが大きな声で「ただいま！」と言った。ホイットニーは、困ったようにちらっと私を見てからジミーのそばへ行って、帰宅ラッシュを迎えた道路の込み具合について、ふたことみこと言葉を交わした。

鞄を握りしめてふたたび私のところへ来たときのホイットニーの声にはいつもの威厳が戻っていて、信頼して悩みを打ち明けてくれたのだという錯覚は幻のように消え去った。

「とにかく、ぜひ来てくれ。楽しい夜になるはずだ」

私は二十八歳の支局長を見つめた。「考えておく」

アワル通りではヤシの木に赤と白の電飾が巻きつけられて、葉のあいだから光が星のようにまたたいていた。十二月十六日の建国記念日には国王が盛大な祝賀会を開いた。建国記念日と言っても、バーレーンがイギリスから独立した記念日ではなく、前国王が王位に就いた記念日だ。ファンファーレは大西洋の向こう側まで響き渡り、国王は、エンパイア・ステートビルの大株主であるのを利用して、夜になるとビルがバーレーン国旗の色と同じ赤と白でライトアップされるようにした。建国記念日の特赦として、健康状態が悪化していると伝えられていたジュネイドが王立病院で診察を受けることが許可された。ハート形の山車や〝共に明日に向かって〟と書いた横断幕を持った人たちがアワル通りを練り歩く盛大なパレードも祝賀行事の目玉として開催された。

アルマイサは私の膝に手を置いた。「一度、イタリアでパヴァロッティの舞台を観たことがあるの。すばらしかったわ。今夜は誘ってくれてありがとう」

駐車場はランドクルーザーやBMWで溢れ、痩せたインド人の係員が消火活動にあたる消防士のようにせわしなく走りまわっていた。私はアルマイサのために車のドアを開けながら、彼女のハンドバッグのなかからのぞいているヒジャブのほうへ顎をしゃくった。

「それをかぶったほうがいい」

アルマイサは驚いたように私を見た。「どうして？　髪型を気に入ってくれてるんだとばかり思ってたのに」

「もちろん気に入ってるさ。でも、かぶったほうがいい」

「言っている意味が――」

「どうしたんだ？　早くそれをかぶれ。みんなに顔を見せてやる必要はない。世間の連中がどう思うか、気にならないのか？」

彼女は黙ってヒジャブを巻いた。消防車よりも目立つ真っ赤なヒジャブを。オペラハウスの入り口に向かって歩いていると、涼しい風がヒジャブを軽くなびかせて、彼女がいっそう魅力的に見えた。

出会った場所をふたたび訪れるのは感慨深いものがあった。ただし、出会ったときとは違い、手をつないで投光照明に照らされながら建物のなかに入っていった。オペラハウスは相変わらず過剰な装飾が施されていたが、装飾のモチーフは〝文化の秋〟から〝冬の休日〟に変わり、窓には赤いベルベットのリボンをつけたプラスチック製の緑色のリースが、天井からは紙で作った雪の結晶が吊るしてあった。ロビーの片隅には、小さい貧相なクリスマスツリーがぽつんと置かれていた。ただし、本物のモミの木のようで、カーペットの上に細長い葉が落ちていた。バーレーンの砂漠で育ったモミの木のなかからいちばんいいものを持ってきたのだろう。国王は、ヨーロッパやアメリカから呼び寄せた客を喜ばせたかったのだ。前週の《ガルフ・デイリーニュース》は、自国の文化を豊かにした功績を称えて、テキサスのセント・エドモンズ大学から国王に名誉学位が授与されたと報じていた。

壁の一部に機械織りの布が掛けてあるのを見て、私はアルマイサがそこでモザイク画を製作しているのを思い出した。「作品のテーマは教えてもらってないよな」

「完成するまで秘密よ」

私たちが劇場に入っていくと、ホイットニーとジョーダンはすでに席についていた。どういうわけか、アメリカ人はみな固まって座っていた。バートとポピー・ジョンソン、牧師と妻、それに、ジミーとグレッチェンも。私たちも、案内係にプログラムをもらって席についた。ホイットニーとバートと牧師は、わざわざ立ち上がってアルマイサを迎えた。ポピーはアルマイサの一挙手一投足を目で追っていた。ホイットニーはアルマイサのヒジャブを褒めた。「まさに、燃えるような赤だ！」と言って。

VIP用のボックス席のひとつには提督夫妻が座っていて、真っ白なトーブを着たアラブ人と話をしていた。見覚えのある男だった。王族の一員だ。芋虫のような口ひげ、ゆったりとした身のこなし、手すりの隙間から見える、やわらかそうな革のサンダル。ジャミール王子だ。ひと月ほど前だったか、酒に酔って騒ぎを起こしたとしてヒースロー空港で逮捕されたときの写真が《ガーディアン》に載っていた。ファーストクラスのサービスがなっていないと機長に文句を言うためにコックピットに入っていったらしい。提督はポケットから葉巻を取り出すと、明かりにかざして王子と一緒にそれを眺めた。

「すごいと思わないか？」バートがホール全体を指し示した。「バーレーンでオペラが観られるなんて。知ってのとおり、私は七〇年代に石油関連の会議でこの国に来たことがあるんだが、もし誰かが、いつかこの砂漠の真ん中でオペラを観ることになるだろうと言ってたら……とにかく、この国が大きな進歩を遂げたのは間違いない」

「国王が無料コンサートを開いているらしいんだけど……たしか、ブダ……」ジョーダンがホイットニーに目をやった。「ブダイヤだ」と、ホイットニーが助け船を出した。

「そう、ブダイヤで。それも、スラム街で。でも、誰も来ないらしいの。あそこは危険だから——でも、私は一度行ってみたいと思っていて」

牧師の妻がアルマイサの肩に手を置いた。「バーレーンのご出身？　私たちは、この国が気に入ってるの。とってもいい国ね」

「この国の人たちは善意に満ちている。みな、正しい行ないをしようとして、たがいに助け合っている」と、牧師も相槌を打った。牧師は背が高く、引き締まった体をしていて、神を愛し、自らの使命を全うするルイジアナ（本人の発音ではルージアナ）出身の愛国者のひとりだった。妻はミスコンの元女王だったらしい。「うちの家政婦は……何て名前だったっけ、ハニー？　とにかく、彼女は頼まなくても子どもたちの好きな料理をあれこれ作ってくれるんだ。ときどき週末も働いてくれる。クリスマスのあいだは故郷に帰ったほうがいいと言ったのに、ここにいたいと言ってね。どうしてなんだか」

ポピーが身を乗り出すと、大きな胸がドレスからこぼれ落ちそうになった。「私はなぜこの国が好きか、教えてあげるわ。何だって好きなものを身につけることができるからよ！」彼女の息は酒臭かった。

バートは、ポピーが口にしたいかにもアメリカ人らしい皮肉にアルマイサが気を悪くしていないかどうか確かめようと、きまり悪そうにアルマイサを見て、わざとらしく笑った。「まあ、どの国にも独自の伝統があるからな。料理にも、建築にも、ファッションにも。どっちがいいというわけではなく、たんに違うだけだよ」

ポピーは、みんなが誤解するのはわかっていたかのように──自分の話は誰にも理解できないと言わんばかりに──微笑んだ。「私はそんなことを言いたかったわけじゃないの」

ポピーが牧師の妻のほうに手を差し出すと、かなり大きいピンク・サファイアの指輪にシャンデリアの光が当たって、きらりと光った。「だって、これを見て。こんなの、カリフォルニアでは指にはめるわけにいかないわ。アメリカ人は、人が贅沢をしているとあれこれ嫌味を言うから。でも、この国の女性がどんなものを身につけてるか、知ってるでしょ？　シャネルのバッグにプラダの靴！　レストランとか、〈ドラゴン・ホテル〉や〈リッツ〉では、みんな……思いどおりの格好をしてるわ。私にとって、真の自由とはそういうことなの」

「ハニー――」

「もうひとつ、私がこの国で好きなのは――信仰の自由よ！　アメリカでは、もうクリスマスを祝うことさえできないんだから。だって、ユダヤ人や無神論者や、神がいるかどうかわからないと言っている、不可……そう、不可知論者が反対するので。少数派による暴政って言うんでしょ、バート？　そうですよね、牧師さん？　だから、〝クリスマスツリーを片づけろ、イエスの話をするな、政教分離を！〟と叫んでるのよ」ポピーはオペラのプログラムを掲げた。表紙には、ヒイラギの実と艶々光る緑の葉をつけた小枝が描かれていた。「これを見て。アメリカではもう、こんなものを印刷することさえ許されないのよ！　だから……あら、嘆願書はどこへやったのかしら？」ポピーはバッグに手を突っ込んで、くしゃくしゃになった紙を取り出した。「お願い、これに署名して。みんなにもしてもらったの。サンタクロースと幼子イエスが当然の権利として海軍基地を訪れるのを許可してほしいと求めてるの。いまいましい無神論者にクリスマスを奪われてたまるもんですか！」

ポピーは嘆願書を私に突きつけたが、受け取る気がないのに気づいて牧師の妻の膝の上に置き、不機嫌そうに椅子の背にもたれてプログラムで顔をあおいだ。「このあいだ、〈シーフ・モール〉へ行ったら、入り口にサンタがいたわ。ここはイスラム教の国なのに！　とっても寛容だからよね」

照明が落とされると、観客がドミンゴに万雷の拍手を送った。〝迫真の演技、神々しい美声、非の打ちどころのない洗練されたヨーロッパの巨匠〟という宣伝文句は幻想を保つ役目を完璧に果たしていた。舞台が色とりどりの光に照らされると客席は真っ暗になり、ポピーの指輪が暗闇のなかで鮮やかな光を放った。

公演が終わると、ホイットニーが私を脇へ呼んだ。何か大事な話をしようとしているのは察しがついた。

「前々から話したいと思ってたんだが」ホイットニーは、駐車場へ向かいながら私に言った。「建国記念日を祝う最後の行事としてアラブ島から花火が打ち上げられて、赤や白や金色の光の筋がまっすぐ空へと伸びていくのが見えた。

ホイットニーはアルマイサのほうへ顎をしゃくった。「ジミーとも話したんだが、彼女のことを本部に報告しておく必要があると思うんだ」

「なぜ報告しなきゃいけないんだ？」

「規則は知っているはずだ。外国人との親密かつ継続的な接触は承認が必要なんだよ。彼女との関係は密接で継続的だと思うんだが」ホイットニーはそう言って私を見た。

数メートル離れたところではバートがアルマイサを質問攻めにしていて、ポピーは不愉快そうにタバコに火をつけていた。それまで女性との交際を本部に報告したことはなかった。どれもひと晩かぎりかふた晩かぎりの関係にすぎなかったからだ。〝親密で継続的な〟と言われれば、確かにアルマイサとの関係はそうだった。

「月曜日に報告書を送るよ」

ホイットニーは私の肩を叩いて立ち去った。

アルマイサをバートから救い出そうと思っていると、グレッチェンがそばに来て私の腕にぎこちなく手を置いた。なんだか不安そうで――そんな彼女は見たことがなかったのだが――きつくハンドバッグを握りしめていた。「ごめんなさいね……」声も震えていた。「ちょっといい?」ジミーが、小さな子どもを監視するかのようにちらっとグレッチェンを見た。

「いいよ」

「ジミーのことなんだけど。もしかして――あなたも遅くまでオフィスにいたの?」

アルマイサは自力でバートから逃れて私のそばへ来た。「じゃあ、これで」私はすまなそうに言った。「また今度」

その晩はメイド用の部屋に隠していた酒を取り出して、ひとりで飲んだ。アルマイサと私の親密な関係は続いていた。海兵隊主催のダンスパーティーの晩の出来事も、あと一年しかバーレーンにいられないという現実も乗り越えて。

そのうち、ある光景が脳裏に浮かんだ。ラングレーがアルマイサとの交際を認めてくれて、私が彼女に告白する光景が。その気になれば、ほんとうの職業を明かして――嘘やごまかしはいっさいなくして――彼女とともにあらたな人生を歩むことができるかもしれないと思った。もちろん、正体を明かさないまま、過去がくだらない噂話のように消え去るのを待つこともできる。引退する日はそう遠くないので、いまさら過去などどうでもよかった。年金の受給資格を得て引退し、彼女と一緒にニュージャージーに帰るか、いや、彼女にとっては、のんびりと快適に暮らせる外国のほうがいいかもしれない――彼女が愛してやまない芸術とエスプレッソのある、イタリアかフランスかスペインのほうが。彼女には仕事があり、私には彼女がいる。私はヨーロッパ中に多くの人脈を築いてきた。一般人や政府の役人や、諜報部員と。それに、そこそこの退職金が手に入れば、なんとかやっていける。サナアを連れていくことだってできる。一緒に新しい生活をはじめる絶好のチャンスだ。アルマイサが、民主化運動と、彼女が愛してやまないバーレーンの避けられない運命から逃れるチャンスでもある。民主化運動が永遠に続くことはない。それは、誰の目にも明らかだ。アラブの春は悲惨な結末を迎えることになる。すでに破綻しかかっている。それは彼女もわかっていた。はっきりとわかっていた。

私は将来の計画を立てるようなタイプではなかった。計画など立てるのは、プレップスクールの男子生徒や政治家だけに許される贅沢だ。だが、居間に座って、アルマイサの褐色の肌を目に、彼女の声を耳によみがえらせながら、ほんの一瞬、この先の数年間に思いをはせた。

酒を飲み終えると、アルマイサがオペラハウスから帰る車のなかで言ったことを思い出した。彼女の言葉は、風に吹かれて窓を叩く木の枝の音のように意識の隅に引っかかっていた。彼女は私にアトリエまで送ってほしいと言った。養護施設で午前中の授業を担当しているからだと。そして、アトリエの数ブロック手前で私に向き直った。「ホイットニーさんは十カ国以上で暮らしてたそうなんだけど、知ってた？　まだあんなに若いのに。たぶん、私より若いんじゃないかしら」彼女は急にヒジャブを脱いで膝の上に置いた。「彼はファリダのことを知ってたの。私の大好きなアーティストのことを。ファリダは十一年間エジプトの女王だったのよ。彼は、プリンストン大学の美術の授業でファリダについて学んだんですって」

アルマイサは何かをさがすかのように窓の外を見つめた。「ファリダのことを知っているアメリカ人に会ったのは、はじめてだったわ」

24

一月になると、ラシードが政府機関にいる反政府派のモグラの名前を明かした。ハミード・サラビという名の諜報部員だと。昇進したので、ラシードもごく少数のメンバーしか知ることのできない情報に接することができるようになったのだ。彼は、私が信用できる人物かどうかわかるまで黙っていたのだと言った。しかし、双方がふたたび交渉の可能性を探りはじめたのを機に、信用できるのは誰か、反政府派の主張を理解して有益な交渉役となり得る人物は誰なのか、アメリカ側に知らせておきたかったのだろう。その人物を裏切り者とみなすか仲間とみなすかは立場によって異なるが、いずれにせよ、それは金塊ほどの、いや、ダイヤモンドほどの値打ちのある情報だった。運がよければ、傷痕があるとかタトゥーを入れているなどというモグラの身体的な特徴や生年月日、出身地、あるいは所属部署など、少なくとも二種類以上の情報が得られる場合もあった。しかし、名前までわかることはめったになかった。

私はクリスマスの朝の子どものような気分で支局に戻った。ホイットニーのオフィスのガラスの仕切りをノックするなり、招き入れられる前にドアを開けて机の上にメモを放り投げると、ホイットニーは訝しげに目をやった。

「子音だけを逆順に書いておいた。母音は裏に書いてある。わざわざ英語で書いたんだ」

メモを何度もひっくり返しながら黙ってアルファベットをつなぎ合わせたホイットニーは、目を細めて私を見た。「何のことか、わからないんだが」

「それがモグラだ。諜報部員だ」

ホイットニーは、信じていない様子でふたたびメモを見つめた。「諜報部員？　で、反政府派に情報を流してるのか？」

「ああ」

ホイットニーはコーヒーをすすって頷いた。「よくやった。文書にして、関係者に知らせるよ」そう言って、書類の山に視線を向けた。

「関係者に知らせる？　これは極秘の情報なのに」

「心配するな。そう言っておくから。もちろん、情報源は明かさない」

私はホイットニーの机のそばへ行った。「いや、その必要はないかもな。おそらく、そいつは逮捕されるはずだ。政府側がそいつの名前を漏らすだろうから。《ガルフ・デイリーニュース》にだって載るかもしれない。反政府派だって、仲間内にネズミがいることに気づくんじゃないか？　突き止めるまで、どのぐらい時間がかかると思う？　一時間か？　二時間か？　連中はスクループを小部屋に放り込んで、明かりをつけるより先にナックルダスターで殴って吐かせるはずだ。あんたは、こっちの情報提供者を見捨てるのか？　いや、たんにモグラを退治したいだけなのかもな」

ホイットニーは目をしばたたかせ、落ち着き払った様子でマグカップを置いた。「スクループの情報は裏づけがない。情報を共有しなければ、信憑性を確認する方法がない」そう言って、両手を広げた。「これは好機と捉えるべきだと思うんだ。バーレーン政府が確認してくれれば、本部に知らせることができる。スクループに利用価値があることも証明される」

私はホイットニーを見つめた。「スクループはこれまで何度も役に立つ情報をもたらしてくれたじゃないか。ここでは、もっとも有益な情報提供者だ。やつの情報は確かで、それはあんたもわかっているはずだ」

「有益な情報源に対しては、こっちの要求も厳しくなるんだ。いや、もしかすると本部は昇給に応じるかもしれないし、スクループが期待の星になる可能性もある」

「あるいは、殺される可能性も」

ホイットニーはうっすらと笑みを浮かべ、白いナメクジのような指でマグカップを叩いた。

「あんたが情報提供者の身を案じているのはわかるし、それはそれで立派なことだと思うが、われわれの友人には、自分たちのなかに敵が潜り込んでいるのかどうか知る権利がある」

「じゃあ、もう一方の〝友人〟は？　連中には借りがあるんじゃないのか？　それとも、屋上で開くパーティーの余興にすぎないのか？」

ホイットニーは私のメモを大きく振った。「この騒動に関するかぎり、われわれは中立の立場を取っている。アラブの春に関して、アメリカはどちらの側にも立っていない。それはあんたもわかっているはずだ。しかし、われわれとしては、反政府派よりバーレーン政府を頼りにしている。これは、ワシントンから指示された基本戦略だ。本部も、イランこそがわれわれの優先目標だと明言している。国王のことは……」

「テヘランとは何の関係もない」ホイットニーの机に両手を置くと、硬い表面に押し返されるような気がした。「おれたちが裏切り者を突き止めたのなら、あんたの手柄になるよな」

ホイットニーは、これまで見たことのないほど暗い表情を浮かべて椅子から立ち上がった。彼が手を丸めると、私が渡したメモはくしゃくしゃになった。「訓練で学んだ基本を忘れたわけじゃないだろ？　情報提供者を信用しすぎてはダメなんだよ。あんたはスクループのすべてを知っているわけではない。ほんの数カ月前に――」彼は、感情を抑えてメモを撫でた。「あんたは優秀な諜報員だ。スクループもおおいに役に立ってくれた。だが、あんたは守る相手を間違えている。協力者はスクループだけじゃない。代わりはいくらでもいる」

私は背筋を伸ばしてホイットニーの机から手を離した。そして、自分にできるただひとつのことをした。メモを奪い返したのだ。

ホイットニーは抵抗せずに私を見つめて、落ち着き払った声で言った。「このような状況下では、立場が逆になった場合のことを考えるようにしてるんだ。もし、われわれのなかに裏切り者がいるのなら、ぜひ知りたい」

その晩、私は一緒に住まないかとアルマイサを誘った。

彼女は断わった。即答だったような気がする。この国では未婚の女性が独身の外国人男性と一緒に暮らせば世間からうしろ指を指され、罰を受ける可能性もあると彼女は言った。私との仲をあれこれ訊かれたようなことも言ったが、うながしてもそれ以上詳しい話はしなかったので、詮索好きな隣人のことを言っているのか、地元の諜報機関のことなのか、それとも、それ以外のお節介な連中のことなのかはわからなかった。

彼女が帰ったあとで、断わられてよかったと自分に言い聞かせた。一緒に住むことになれば、屋根裏部屋に酒を隠していることも、眠れない夜にこっそり階段を上っていくことも、どう言いわけすればいいのだ？ それに、サナアのこともある。おそらく、サナアも一緒に来るはずだ。となると、いずれはプロポーズせざるを得なくなって、この国を離れるときはサナアも連れていくことになる。私はかつて結婚生活の落とし穴にはまり込み、死に物狂いで這い出した。今回はそういうことにならないという保証はあるのか？

だから、断わられてよかったのだと思って、それを祝うためにアイリッシュ・ウイスキーをたっぷり注いだ。アルマイサの声よりもなめらかで魅力的なウイスキーは、ひと口飲んだだけでたちまち体の隅まで染み渡って、懐かしいやすらぎと解放感を与えてくれた。

25

つぎにラシードに会うと、目のまわりに痣ができていた。最初は訊いてもまともに答えず、息子が誤って物を落としたからだと言って、誰かが後部座席に隠れていないか確かめるかのように車のなかを見回した。ほかには誰も乗っていないと、ラシードがようやく確信したのは、何キロも走ってサールの街はずれの岩山の上に車を停めたときだった。

「じつは、息子のせいじゃないんだ」ラシードはついに認めて、床に視線を落とした。「男たちに……知らない男たちに……路地でやられたんだよ。夜遅くに、ディラーズの街で。会合を終えて、家に帰ろうとしていたときに」

「フォーティーン・フェブラリーの会合か？」

「そうだ《ナーム》」

「仲間にあとを尾けられてたのか？」

ラシードは肩をすくめて弱々しく笑った。「わからない。おれはうしろを見るのが得意なんだが、あんたほどではないので」

「何か盗まれたのか？」

「いや。何も持ち歩かないことにしてるから。それぐらい心得てるよ。連中の収穫はこれだけだ」ラシードはそっと目に触れた。私は、それを見て親近感を覚えた。以前にも同じような顔を見たことがあるという、親しみと不安が入り交じった思いを抱いた。以前に見たのはアルマイサの顔で、彼女の頰の傷とラシードの目のまわりの痣が重なった。

「男たちの顔を見たのか？」

ラシードはかぶりを振った。「覆面をしてたんで」

ラシードの顔には、あらたなしわが刻まれていた。寝不足によるしわではなく、もっと深くて黒ずんだ、彫刻刀で試し彫りをしたようなしわで、頰も、大きすぎる服のように垂れ下がっていた。前を見ていることができないほど疲れているのか、目も伏せていた。どうやって突き止めたのだろう？　私はホイットニーからモグラの名前を書いたメモを取り戻し、ライターで火をつけて燃やしてから家に帰った。暗号で書いたし、ホイットニーも一度見ただけで覚えたはずはない。いや、もしかすると覚えたのかもしれない。

岩のあいだを吹き抜けてきた風がランサーの穴傷や隙間からなかに入り込んできて、車体をかすかに揺らした。岩山の向こうには白い漆喰塗りの壁が臆病な幽霊のように顔をのぞかせていて、その向こうに住宅地が広がっているのがわかった。

「きみは、誰だったと思ってるんだ？」

「たぶん街にたむろしているごろつきだ。金か時計か、何かほかの高価なものを狙ってるんだ」ラシードは、うっすらと笑みを浮かべて時計をつけていない手首を叩いた。彼が体を動かすと、シャツの襟が開いて、首に小さいまっすぐな切り傷がついているのがわかった。ナイフの傷だ。ラシードは薄手のジャケットの袖で顔を覆ったが、そんなことでマナーマの冬の風を防ぐことはできなかった。彼の顔には諦めの表情が浮かんでいた。アラブの春も終焉が近づいていた。

「政府側の人間か？」と、私が水を向けた。

「ああ。国王の手先だ」

ラシードはついに認めたが、私は彼が仲間を疑っていなかったことにほっとした。仲間を疑うのは天地が逆さになるほどの重大事で、最悪の頭痛の種となり、夜も眠れず、つねにバックミラーをちらちらと見なければならないことになるからだ。しかし、ラシードがまだ生きているのは、彼の仲間もすべてを知っているわけではないということだ。まだ何も知らない可能性もあった。

それでも彼には、しばらく身を潜めて移動のパターンを変え、可能なら友人の家に何日か泊めてもらったほうがいいと助言した。何もなくても、用心に越したことはないと。

数日後、ラシードはムハッラクの路地裏にいるチュニジア人の蛇使いにメモを託した。一日中道端に座ってひょうたんで作ったプンギーという笛を吹き、サハラ砂漠に棲む角のある毒蛇をメロディーに合わせて踊らせている、ひからびた化石のような男に。メモには、死の床についているおじの見舞いに行くので二週間ほど国を離れると書いてあった。ラシードの目のまわりの痣のことはホイットニーに話さなかったし、ホイットニーも、私が彼の手から奪い返した紙に書いてあった名前については何も言わなかった。私はラシードから入手した最新の情報を（反政府派の構想や交渉戦術、要望項目などを）報告書にまとめた。ホイットニーはそれを受け取ると、有益なアドバイスをするふりをして、私が支局内で口にしていた政治的な意見を外に漏らさないよう警告した。

26

ついに革命二周年記念日の二月十四日を迎えた。あちこちでパーティーが開かれ、欧米人がハート形のチョコレートやトリュフを味わっている一方で、反政府勢力は冬眠から目覚めて数カ月ぶりに街頭デモを行なった。警察車両が出動し、あちこちに検問所が設けられて大勢が逮捕され、空港は閉鎖された。ジャファーにある海軍基地の目と鼻の先ではパイプ爆弾が未然に発見された。欧米人は、アカデミー賞の授賞式にでも出席するような格好で〈フォーシーズンズ・ホテル〉に押しかけて乱痴気騒ぎに興じた。国王は〝共に明日に向かって〟というスローガンを掲げた肝いりのキャンペーンにあらたな息吹を吹き込んで広場に派手な飾りつけをし、カルテットの演奏で雰囲気を盛り上げてダウンタウンを光り輝くディズニーランドに変えた。

二月の下旬には、ホイットニーから会議への参加が承認されたと知らされた。これは、高度に細分化された情報に通じる窓だと彼は言った。ついに私も、提督がもったいぶって

〝べつのチャンネル〟と呼ぶ秘密の会議のひとつに参加できる権利を手にしたのだ。これで、アメリカがイランを恐れている理由もわかるはずだと思った。

十三階建ての〈ガルフ・ホテル〉の三階にはシャンデリアの明かりに照らされた広いラウンジがあって、ナポレオンパイやバイエルン・シュークリーム、アイシングをかけたジンジャーケーキなどを並べたガラスケースがずらりと並んでいた。グランドピアノもあって、タキシードを着た年配の男性が名前の知らない静かな曲を演奏していた。四十年以上前にこの小さな島国の富と誇りの象徴として、宿泊客専用のプライベートビーチとどの部屋からも海が見えるのを売りに建てられたこのホテルも、いまや当時の華やかさは消え失せて、ただの目障りな建物になりはてていた。窓の外に目をやっても、海や楽園ではなく建て込んだ街並みしか見えなかったが、バーレーンのエリートたちは何も変わっていないかのように――どの部屋の窓からも、いまだに美しい景色が見えるかのように――〈ガルフ・ホテル〉を愛していた。

ラウンジでは、上等なスーツや白いトーブを着た男たちが小声で話をしていた。大理石の床の上には、赤紫色のベルベット地で覆われた、マッシュルームのようにぷっくりとしたソファがコーヒーテーブルと一緒に並んでいた。ソファとソファのあいだにはオベリスクのような大きなオブジェが置いてあって、衝立の役目を果たしていた。だから、となりの客に話を聞かれるおそれはなかった。自分たちの標的がラウンジに大勢いるのを知ったらラシードと彼の仲間たちは大喜びしたはずだと、ふと思った。

バーレーンの情報局長とサウジアラビア情報省の副長官は、すでにコーヒーを注文していた。洗練された黒っぽいスーツを来たサウジの副長官は、立ち上がって私に手を差し出した。「カリム・ナーイフだ。あなたの評判は聞き及んでいる」

私もナーイフの評判は耳にしていた。荒っぽい男で、反政府派には残虐な態度で臨んでいるという話だった。彼は、国王が特に目をかけている三十歳になる息子のムハンマド・ビン・ラシッドが起用した若手強硬派のホープで、バーレーンが革命を阻止できたのはナーイフたちのおかげだった。反政府派が最初の暴動を起こしたときに、サウジアラビア軍が国境を越えて情けない隣国に兵士を送り込んでくれたからだ。密かに機会をうかがい、強烈なパンチを放ってただちに姿を消すボディーガードを。

ジミーはすでにウェイトレスに合図を送っていた。「〈ガルフ・ホテル〉に来たら、無性に甘いものを食べたくなるんです」

バーレーンのアブダル・マティーン情報局長はかぶりを振って、ジャファーのパイプ爆弾についてさかんにぼやいた。「まったく、けしからん話だ」そう言いながら、コーヒーをすった。「反政府派の連中はごろつきだ」

ウェイトレスがコーヒーを運んでくると、アブダル・マティーンはホイットニーを見つめて手首を交差させた。「われわれは両手を縛られている。アメリカの禁輪措置のせいだ。戦おうにも、武器がない」

「もちろん、状況は理解しています」ホイットニーが頷いた。「要望も伝えています。おわかりだと思いますが、われわれも、貴国の内政に関しては中立を保とうとしてるんです。禁輪措置を解除して、わが国が武器や装備品や、その取り扱いのための訓練を提供すれば、貴国の軍隊は専門化されて積極的にテロとの戦いに挑むことになるでしょう。それに、地域紛争の際の備えにもなる。しかし、政治目的に利用されては困るんです」

「わかっています。その点については心配いりません。われわれの唯一の望みは、わが国民と貴国の国民の安全を守ることですから」アブダル・マティーンは笑みを浮かべてそう言うと、苛立たしげにタバコの箱を膝に叩きつけてナイフのほうを向いた。「そろそろ時間だ。話の続きは外で」

ふたりが立ち上がったので、われわれもあとを追った。誰も料金を払わなかったようだった。

ホテルの裏口には黒っぽい装甲SUVが停まっていて、夕日がスモークガラスに反射していた。ラシードが作成した情報局の車両リストに載っていた車で、ナンバープレートはついておらず、うしろのバンパーに小さな凹みがあった。若い運転手は、われわれに気づいて慌ててタバコを揉み消した。ナーイフは前部座席に、アブダル・マティーンは後部座席に乗り込んだ。

「どこへいらっしゃいますか?《ウェイン・ライヒン・ヤ・セイド》」

「第四スポットへ《マクア・ラキム・アルバ》」

われわれは裏道を通って〝第四スポット〟へ向かった。大きな装甲SUVは、住人がブロックを積み上げて造った粗末な家が密集する、あらたに出現したスラム街のビラド・アル・カディームやジェブラット・ヘブシの狭い道を走ったが、裏道は遠距離の移動には不向きで、なかなかスピードが出せなかった。サールの手前まで行くとまわりの景色ががらりと変わり、高層アパートは姿を消して崩れかけた建物ばかりになった。ビーチで丸一日過ごすと体中に黒い染みができるように、急にシーア派の旗も増えた。アブダル・マティーンとナーイフは下を向いていた。スラム街はどこまでも続き、しかも、まわりの家はますますみすぼらしくなったが、とつぜん〈ブリティッシュ・ディルムン・クラブ〉が姿をあらわした。そこは、激しい動乱のさなかでもやすらぎを求める外国人居住者のための会員制クラブで、厩舎と乗馬練習場も併設されていた。

車は〈ディルムン・クラブ〉の手前にあるサール古墳群を通りすぎた。四千年前、この地にはディルムン文明が――寺院や中央広場、民家、それに墓地のある都市が――存在していたが、もはや土饅頭があるだけだった。サール・モスクを過ぎると、車はディラーズを目指して北に向かった。われわれは、私がよく知る敵地のど真ん中にいた。運転手はしょっちゅうルームミラーに目をやっていた。

「ミスター・ミッチェル」ナーイフがホイットニーに声をかけた。「サウジアラビアは、市場での地位を維持するために、来週、原油価格を大幅に引き下げるので、それをあなたに知らせておきたいとムハンマド・ビン・ラシッド王子がおっしゃって」

ジミーがにやりとした。「それはかまわない。アメリカのガソリン価格はさほど高くないので」

車は薄暗い路地に入っていって、廃棄された自動車部品が積み上げてある平屋の建物に近づいた。路地では、骨の浮き出た野良猫がゴミ箱を漁っていた。うずたかく積み上げられたゴミの山の横には、ぼさぼさの眉も骨張った顔も隠そうとするかのように野球帽を目深にかぶった、いかにも神経質そうな痩せた男が寺院を守るスフィンクスのように立っていて、車がスピードを落とすと、涼しい夕方の空気を引きずりながら急いで後部座席に乗り込んで、車が走りだすと帽子を脱いだ。男はタバコと汗の臭いがした。

「カシム、こちらはわれわれのアメリカ人の友人だ」ナーイフは、道路を見つめながらぶっきらぼうに言った。

カシムが会釈をした。「こんにちは《サラーム・アレイクム》、はじめまして《ヤ・セイド》」

運転手はセメント造りのみすぼらしい建物の裏にある空き地まで行って、日除けの下に車を駐めた。ずらりと並ぶ大きなゴミ箱が近くの家からの視線を遮って、空き地も車も傾きかけた夕日の影に埋もれた。

「この男がカシムだ」ナーイフはしばしの沈黙を破って男を紹介し、サングラスをはずしてこっちを向いた。「われわれの取っておきの情報源のひとりで、フォーティーン・フェブラリー内の二重スパイだ。一年ほど前から反政府派に関する情報を提供してくれている。誰も彼を疑っていない。自分の役目をきちんと果たして、連中を喜ばせるためにわれわれに関する情報も提供しているので」ナーイフがカシムを見て小さく頷いた。「私たちに話したことを、もう一度アメリカの友人に話してくれ」

「シーア派は大規模な暴動を計画しています」カシムは床を見つめて話をした。「国中を揺るがす組織的な暴動を起こすつもりです。火炎瓶や車両爆弾、自己鍛造弾《EFP》など、機動隊を制圧できるほどの大量の銃器を使って」

カシムはひどく汗をかいていた。私は二重スパイを軽蔑していた――置かれた立場が違っていれば、自分も二重スパイになっていたかもしれないのに——忠誠心も信念も目的もなく、ただ金のために相手を欺く二重スパイに——いや、だからこそだ。

目を細めてカシムを見た。「大規模な暴動？　このあいだ入手した情報では、交渉のチャンスを探っているということだったが」

カシムが顎をこわばらせた。「計画が変わったんです」

「標的は？」

「わかりません。まだ決まってないので」

「で、いつ決行する？」

「もうすぐです。数週間後かもしれません。遅くとも、夏が来る前には」

「頼む」ナーイフは私たちのほうを身振りで示した。「知っていることはすべてアメリカの友人たちに伝えてくれ」

カシムは両手で膝を押さえつけていた。彼の爪はぎざぎざで、汚れていた。「資金はイランが提供してくれています。丸抱えで。正確な額はわかりませんが、数百万ドル単位かと」

私は笑みを噛み殺した。計画経済の破綻と国際的な制裁のせいで、あの惨めな国に自由に使える数百万ドルの金などない。イランの差し迫った経済崩壊を定期的に報道している

《ガルフ・デイリーニュース》でさえ、カシムほどの確信は抱いていなかった。

ジミーは小さく口笛を吹いた。「金だけか？　それとも、ほかにも何か？」

カシムがはじめて笑った。「ミスター……」彼は、誰に話せばいいのか迷っているようにわれわれを見回した。「びっくりしないでほしいんですが、武器も訓練も装備品も提供されています。先月ひそかに運び込まれた物資のリストがあります」彼はポケットから紙切れを取り出して、誰に差し出すでもなく高く掲げた。ホイットニーはそれをつかみ取り、わざわざアラビア語で「シュクラン」と礼を言った。

「提供された武器や物資はどこに保管されている？」と、私が訊いた。

「わかりません。いま調べているところです」

「それに、どうやって運んできたんだ？　この国では空港も港も国王が押さえているので、そう簡単には運び込めないはずだ」私は、バーレーン情報局のアブダル・マティーンに微笑みかけた。

「イラクからスピードボートで運んでくるんです。武器と一緒に、人も。イランのシーア派はイラクへ行って、人民動員部隊《アル・ハシャド・アル・シャービ》に加わっています。セパのことは――イランの革命防衛隊のことはご存じですか？　人民動員部隊は彼らが支配してるんです。いずれ、連中はバーレーンにやって来ます。私はなんとか……」カシムは先を言いよどんだ。「なんとか詳しい情報を得ようとしてるんです。ここマナーマには、反政府派の内部に、あるグループが……」

どこまで明かしてもいいのか尋ねるかのように、カシムが不安げにナーイフとアブドダル・マティーンを見つめた。が、ふたりとも硬い表情を崩さなかった。

「わずか十人ほどのグループなんですが」と、カシムが続けた。「これは非常に貴重な情報です。そのグループの存在や活動のことは、フォーティーン・フェブラリーのメンバーでさえ知りません。誰も知らない、重要な秘密です」

「その十人の名前を教えてくれ」

「知りません」

「せめて、グループの名前だけでも」

カシムはふたたびナーイフとアブダル・マティーンに指示を仰いだが、またも無視された。「サラヤ・アル・ムフタール。バーレーン解放イスラム戦線です」

私はカシムの前に顔を突き出して、意志の強そうな小さな目を見つめた。

「頼む。教えてくれ。どうやってその情報を手に入れたんだ？」

ナーイフが口を挟んだ。「それは言えない。カシムはわれわれの情報源で、情報の入手経路は守らなければならない。あなたに話せることはすべて話してくれたはずだ」そう言うと、膝の上で両手を握りしめて革張りの椅子の背にもたれかかった。「これで、状況の深刻さは理解できたと思う。じつにに深刻で、日ごとに悪化している。いや、刻々と」ナーイフはとつぜん私のほうを向いた。「ミスター・コリンズ」彼が私を名前で呼んだのは、はじめてだった。「あなたは冷戦時代のことを覚えているはずだ」

ジミーは、自分が話しかけられたかのようにくすっと笑って代わりに答えた。「覚えてますよ。おやじがベトナムで死にかけたんです。足が腐りそうになったのが原因で」

「そのとおりだ。アメリカ人は冷戦を知っている。冷戦がイデオロギーの戦いだったことも。イデオロギーは簡単に広がる。だから、関わるべきでない人間も関わることになる。そして、戦いは間接的になる。つまり……何と言うんだ？」ナーイフが私のほうに首をかしげた。「すまない。私の英語はあなたのアラビア語ほど流暢じゃないので」

私はナーイフを見つめた。彼の細い目と、無表情な口元と、完璧に整えられた、ウェーブのかかった髪を。「代理戦争。あんたが言いたかったのは代理戦争だ」

「ありがとう《シュクラン》。そう、代理戦争だ。アメリカとソ連の対立は代理戦争によって何年も続いた。非常に熾烈で、深刻だった。不幸中の幸い《アルハムドゥリラ》か、核戦争には至らなかったが、その可能性はあった」ナーイフは、握りしめていた両手を開いて笑みを浮かべた。「ミスター・ミッチェル、ミスター・コリンズ、われわれが第二の冷戦を戦っているのはおわかりだと思う。影の戦争を戦っているのは」

「これは、スンニ派とシーア派、つまり、湾岸諸国とイランとのあいだの戦争なんだ」アブダル・マティーンがあとを引き取った。「それに、イデオロギーの戦いでもある。そして、領土と権力の戦いだ。すでに血なまぐさい戦いになっていて、平和裏に終結することはないでしょう。イランは向こうに、バーレーンはサウジアラビアと――われわれの慈悲深い擁護者とともに――こちら側に立たざるを得なくなったんです。そのあいだはない。あいだにあるのはアラビア湾だけだ」

「このあらたな冷戦があなたたちにどのような影響を与えるか、わかりますか？」ナーイフは鋭い声で話の主導権を奪った。「われわれとイランとの戦いは、あなたたちとイランとの戦いでもあるのです。あなたたちもわれわれと同じくらいテヘランを警戒している。テヘランは冷酷で、攻撃的です。近いうちに核兵器を持つことになるでしょう。いまのところ、イランとシーア派はわれわれスンニ派を標的にしています。しかし、いずれアメリカ人に敵意を向けるようになる。だから、あなたたちはどちらかの側を選ばないといけないんです。正しい側を」

ジミーが大きく息を吐いた。「いやはや。それはたしかに恐ろしい」そう言うと、葉巻をさがしてジャケットのポケットを叩いた。

ナーイフは私から視線をそらしてホイットニーを見た。「ラングレーに知らせてください。そうすれば、ラングレーがホワイトハウスに知らせる。われわれにはアメリカの支援が必要なんです。どうしても《モーヒム》。アメリカの支援がなければ、この国は戦いに負けます。アメリカも負けることになる」

外はすでに暗くなっていたが、ナーイフはふたたびサングラスをかけた。「あなたたちアメリカ人は教訓を学ばなかった。一九七九年に。イランにはアメリカを支持する味方がいた。しかし、あなたたちは彼を権力の座にとどめておくことができなかった。必要な援助をしなかったからです。そのせいであなたたちは五十二人もの人質を取られ、アメリカや近隣諸国との戦争も厭《いと》わない残忍な神政政治に苦しめられた。この国がそんなふうになるのを手をこまねいて見ているわけにはいかないんです」ナーイフの顔には蔑むような表情が、そして、口元には苦笑が浮かんでいた。「もしかすると、あなたはアラブの春を信じているのかもしれない。アメリカのような民主主義が実現すると思っているのかも」彼は身を乗り出してきれいな歯をむき出しにした。「言っておきますが、アラブの春など存在しません。あれは幻だ」

ナーイフが運転手に合図を送ると、車はバックで暗がりを出た。アブダル・マティーンは米ドルの分厚い束をカシムに渡して、「ご苦労だった」と短く言った。そして、「カシムはここに置いていく」と運転手に告げた。

27

支局に戻るなり、ホイットニーは反政府派が計画している大規模な暴動に関する情報を〝信憑性が高い〟、〝非常に説得力がある〟、〝差し迫っている〟などという言葉を添えて立て続けに電信で本部に送った。一方、ジミーはリスク評価をまとめて、サウジアラビアとバーレーンの諜報部員や二重スパイによる偽情報の可能性を疑う根拠はないとの結論を下した。そして、〝隠れた動機や欺瞞は確認されず、カシムのフルネームは不明であるものの、不都合な情報はなかった。協力者として、各機関の徹底的な調査も受けている〟と報告した。ラングレーはカシムに正式なコードネームを与えて、履歴書の提出を求めた。本部の専門家らは、バーレーン解放イスラム戦線、サラヤ・アル・ムフタールは一九八一年にイランの資金援助を受けてバーレーン王室の転覆を企てた同名の武装テロ組織の復活だという見解で一致した。

ホイットニーは、対策を練るために毎日数時間オフィスを離れて提督のところへ行っていたが、その週の末までに脅威警戒レベルが最高のデルタに引き上げられて、軍艦は湾岸のすべての港から一時的に退避した。ヨルダンでの海兵隊の演習は中止となり、この地域における軍用機の不要不急の飛行も停止された。地元メディアと一部の海外メディアはそのことを取り上げて、詳細は不明なものの、〝深刻で、かつ信憑性のある〟脅威の存在を報じた。道路には至るところに検問所が設けられ、まぶしいライトが動かぬ拳を振り上げて人々に夜間外出禁止令を守らせた。

ホイットニーは、スクループも暴動の計画を立てたり政治的な画策を企てるのはやめてイランに時間とエネルギーを集中するべきだと言った。フォーティーン・フェブラリーに潜り込んでいるバーレーン解放イスラム戦線《サラヤ・アル・ムフタール》のメンバーから情報を得ることも可能だと思っているようだった。

〈トレーダー・ヴィックス〉は相変わらず外の世界とは無縁のようで、仕事を終えて一杯飲みに立ち寄ると、驚いたことに、店内はまだ熱帯地方のクリスマスをテーマにした装飾が施されていた。綿の上にヒトデを散らした雪山にはさまざまな飾りを吊るしたヤシの木のクリスマスツリーが立っていて、パイナップルをかたどった燭台には赤と緑の電球が飾られ、折り紙で作った雪の結晶と銀色のモールがチーク材の垂木からぶら下がっていた。

私はサモアン・フォグカッターを注文して、カシムから受け取ったしわくちゃになった紙をポケットから取り出した。ホイットニーに翻訳しろと言われたのだ。読みにくい字だったが、武器の種類と数量とおぼしき数字が書いてあるのはわかった。私がいなければ、ホイットニーはカシムから食料品の買い出しリストを渡されても区別がつかなかったはずだと思いながら、紙を明かりに近づけた。

銃（カラシニコフ170）
弾薬（52箱）
弾倉、バラ（30）
ロケット推進式擲弾（12）
迫撃砲弾（93）
107㎜ロケット弾（34）
プラスチック爆薬（?kg）
C-4（?トン）
雷管（63）
ボールベアリング（14）

地対地ミサイル、BM‐21、122㎜多連装ロケット砲（2）
対空ミサイル（3）
ファジル‐5長距離ミサイル（3）
受動型赤外線センサー（41）
手榴弾（10）
成形炸薬弾（?）
硝酸アンモニウム（?kg）

もしこれが事実なら、ラシードがもたらしたことのない、きわめて高度な機密情報だ。もし事実なら。カシムは、後悔の混じったとまどいをあらわにして目を伏せていた。われわれはカシムの何を知っているのだ？　彼の情報が王室の陰謀説の裏付けになるのは確かだが、辻褄の合わない部分もあった。事実だとすれば、莫大な資金が必要になる。それに、あれだけの武器がどうやってこの島に持ち込まれたのだ？　数隻のスピードボートで持ち込める量ではない。

できすぎている。あまりに話ができすぎている。すべてがピカピカで、完璧で、非の打ちどころがない。ラシードはバーレーン要塞で自らの予測を話した。仲間のひとりが逮捕されてアドリヤの爆破事件の首謀者だということになれば、アメリカは禁輸措置を解除するだろうと。

グラスを空にして〈ヴィックス〉を出た。カクテルが脳を刺激したのか、急に頭の靄が晴れた。とつぜん道が見えたのだ。いとも簡単に。真実にたどり着く道が。なぜ、もっと早く気づかなかったのだろう?

28

キングファイサル・ハイウェイではバックミラーにほとんど何も映らなかった。中東が目覚めるには早すぎる時間だったからだ。黒のセダンがはるかうしろを走っていたが、途中でアルジャセル通りに曲がった。方向指示器を出さずに曲がったので、おそらく当局の車ではなかったのだろう。交通法規のない国でも、当局の車は、役人の融通の利かなさを証明するためにどんなときでも交通法規を守っている。用心のためにアルファルダ通りで高速を降りて、タバコをひと箱買った。三月にしては暑い日で、太陽は真夏と変わらぬ強さで照りつけていた。

「コーヒーをブラックで。プレーンのマヌーシェもひとつ。マルボロ・ゴールドのスムースをひと箱」と、カウンターの男に注文した。カウンターのうしろには、ゴールドとグリーンのマルボロの横にカナリー・キングダムも置いてあった。「それから、カナリー・キングダムをワンカートン」と、付け足した。「緑のを」

店内は薄暗くて、第三世界の商品が溢れていた。ハーブフレーバーの歯磨き粉や灰色のティッシュペーパー、昔ながらのキャンディーなどが。カウンターの端には、ほっそりとしたアラブ人が立っていた。店員は、カナリー・キングダムをカウンターの上に置いて、こっちへ滑らせた。

車に戻ってマヌーシェを食べた。スパイスが利きすぎていて、生地の上にまぶしてあるチーズはひからびていた。キングファイサル・ハイウェイでは警官が明けゆく空の下で検問所を設置していて、黒い警察車両が恐竜のようにゆっくりと所定の位置につき、ヘッドライトがスモッグを貫いてあたりを紫色に染めていた。海は穏やかで、灰色に光っていた。ウォーターフロントのキングファイサル・コーニッシュパークの脇を通りすぎたあたりで、カラシニコフを持った警官を乗せた車がうしろを走っているのに気がついた。

私が着いたときにはスークもいつものように賑わっていて、まだ昼にもなっていないのに熱気がクモの巣のようにあたりに張りついていた。バーレーン門のアーチの下には物売りがたむろしていて、そばに行くにつれて呼び声が大きくなった。旦那、ダイヤモンドを安くしておきますよ。奥さんのために。金《ゴールド》もお値打ち価格で！　タガログ語やヒンディー語、それにスリランカのシンハラ語も聞こえてきた。葉が落ちて枝がいびつに伸びた木に鳥が巣を作っていて、その甲高いさえずりがセールストークと混ざり合って耳障りな不協和音を生み出していた。

ひしめき合う店と、サクサクした甘い菓子を揚げるコンロと、風がほとんど入ってこない狭い通路がスークを南部の砂漠をも凌ぐ灼熱地帯に変えていた。スパイスを売る店が並ぶ通路はいつものように刺激的な香りが漂い、客で混雑していて、黄麻布の袋からは真っ赤な唐辛子や黄色いサフラン、ドライクランベリー、銅色のターメリックがこぼれ落ちそうになっていた。ただし、前回訪れたときと比べるとシャッターを下ろしている店が多かった。動乱のせいで売り上げが落ちたのだ。

待ち合わせ場所は、ゴールドスークのはずれにある薄暗い路地だったが、ゴミ箱にふさがれていて入れなかった。ついてない。とりあえず、雑貨屋の日除けの下で額の汗を拭った。太陽は空の真上に達しようとしていて、日除けもまったく役に立たなかった。

三分後にラシードが角の向こうから姿をあらわした。目のまわりの痣は消えていたが、私の命令に逆らって洗濯したての白いトーブを着ていた。彼はさりげなくこっちを見て待ち合わせ場所を確認すると、私のいる数メートル手前で立ち止まり、日除けの下から暗い店内を覗き込んだ。

「久しぶりだな。調子はどうだ？」

ラシードはポケットからカナリー・キングダムを取り出した。「上々だ。何もかも順調に進んでいる。もう、このあいだのような問題はない」

「家族は？」

「無事だ。アッラーのおかげで《アルハムドゥリラ》」

「具合が悪かったおじさんは？　よくなったのか？」

「おじは亡くなった」ラシードは熱気のなかへ煙を吐き出した。トーブの下からサンダルを履いた足をのぞかせた数人の男たちが、笑いながら目の前を通りすぎた。私は彼らが通りの端まで歩いていくのを待った。「フォーティーン・フェブラリーは大規模な暴動を計画してるのか？」

「大規模な暴動？　いいや。いくつか小さな計画はあるが。詳細がわかったら話すよ」

「おれが耳にした話とは違うようだな」

ラシードがわずかにこっちを向いた。「ほかに情報提供者がいるのか？　違う情報をもたらすやつが？」

私は何も言わなかった。

「調べるよ。留守中に多くの会議を欠席したから。もしかすると、おれの知らない計画があるのかもしれない」

「わかった」私はゴールド・マルボロに火をつけた。「テヘランの話をしよう。そのために呼び出したんだ。テヘランのことを教えてくれ」

私は、ラシードが熱せられた石炭を踏みでもしたかのようにぴくっと体を動かしたのを見逃さなかった。「何もないと言ったじゃないか。なぜ何度も聞くんだ？」

「状況が変わることもあるからだ」

ラシードはにがにがしげに笑った。「信じてくれ、ハビビ。もしテヘランが支援を申し出てくれたら、おれたちはイエスと言う。けど、そんな申し出は受けていない」

「あるいは、きみがおれに教えてくれないだけなのかも」

近くのモスクの告知係《ムアッジン》が唱える正午の祈りへの呼びかけがスピーカーから流れてきて、スーク中に響き渡った。ラシードはタバコを投げ捨てて鞄から絨毯を取り出すと、靴を脱いで膝をつき、体をすばやく西に向けた。突っ立ったままでいると目立つので、私もセメントの上にひざまずいたが、歳のせいか、膝が痛かった。

ラシードが急に私のほうを向いた。逆光で、表情はよく見えなかった。「金を払ってくれれば情報を提供する」急に声が大きくなった。「おれは、あんたの言うことなら何でもする。ほんとうのことを話す。おれたちは知り合って八カ月になる。あんたはもう兄弟のようなものだ。兄弟はたがいを信頼しなきゃいけない」彼は、怒りをあらわにして歩道のほうを向いた。歩道の照り返しのように、彼の怒りがじわじわと熱を帯びてくるのがわかった。

祈りが終わると、私はすぐに立ち上がった。ラシードは、わざとタイミングをずらしてゆっくりと立ち上がった。

「ほんとうのことを知りたいか？　なら、話しちゃいけないことも話してやるよ。きみと対等な関係でいるために」私は言葉の重みをラシードに理解させるために、しばらく間を置いた。「われわれの本部は反政府派を見くびってるんだ。いまどき革命なんて時代遅れだと。もう二年になるが、何の成果もない。ゼロだからな」

私はさらに先を続けた。「いいか。アメリカもほかの国と同様に現実的だ。だから、勝つ側につきたい。だが、きみたちは何の成果も挙げていない。つまり、負けているということだ。わかるよな？

そこで、提案だ。きみたちがイランから支援を受けているという噂が絶えず聞こえてくるんだよ――資金も武器も……」

ラシードは冷ややかな笑みを浮かべた。「おれに嘘をつかせたいのか？　ありもしないことを認めさせたいのか？」

「もしイランから支援を受けているのなら、それはきみたちに力がある証明に、きみたちの運動にうしろ盾がいるという証明になる」私は肩をすくめた。「うまくいけば、アメリカの大統領からも、もっと大きな支援を引き出すことができるかもしれない。わかるだろ？」

ラシードはしばらく黙り込んだ。ふたたび話しだした彼の声は低くて、不信感に満ちていた。「イランがうしろについてるのなら、アメリカも支援してくれるってことか？　そんな……そんなおかしな話があるわけがない。意味がわからない」

「いや、話はもっと複雑なんだ。イランは……確かに、アメリカはイランが好きじゃない。でも、こっちでは何と言うんだ？　敵の敵は味方だったか？　まあ、そういうことだ」

「ああ。それは古代サンスクリットの諺《ことわざ》だ」ラシードの口調はしだいに熱く、優越感に満ちてきた。

「なるほど。きみもわかるだろ？　テヘランが何らかの有意義な運動に、金や、もしくは武器を提供したいのなら、すればいい。それどころか、われわれにとっても非常に都合のいい話だ。労せずして改革派を権力の座に就かせることができるんだから。どっちの側につくこともなく。わかるよな？　アメリカがアラブの春を支援していると世界中に知られては困るんだよ」まるで預言者のエゼキエルにでもなったかのように言葉が溢れ出てきた。「約束はできないが、われわれが勝ち馬に乗っているという確証が得られれば、たちまち状況が変わるはずだ」

正午を過ぎると、市場の喧騒もピークを過ぎて、皆が昼寝でもはじめたかのように気だるいざわめきに変わった。ただし猛烈な暑さはそのままで、汗が目に流れ込んだ。私は賭けに出た。負ける公算のほうが高かったが、それでも勝ち負けは時の運で、挑むだけの価値はあると思った。これまで長年やってきたので、賭けの秘訣は自分自身のことよりよく知っていた。

ラシードは私の言葉の意味を考えていた。私は自分の作戦が裏目に出てラシードを失ったのではないかと恐れた。「見せたいものがある」と、ようやくラシードが言った。

「何を？」

「口では言えない。見ればわかる。明日、同じ時間にまたここへ来てくれ」

私のなかでカチッという音がして、エンジンがかかった。これを待っていたのだ。明日、もう一度ここへ来てラシードに会えばきれいに片がつくはずだと思った。テヘランが反政府派に何を提供していても——カラシニコフ五十丁でもパチンコ弾一箱でも——それをこの目で確認して真相を突き止めるつもりでいた。

「わかった。じゃあ、こうしよう。きみは左に、おれは右に向かってここを立ち去る。明日は今日より一時間遅く〈バブ・アル・バーレーンホテル〉の裏へ迎えに行く。人が大勢いたら、そのまま走り去るので、古いシナゴーグまで歩いて来てくれ。そこで拾う」

ラシードが頷いた。

私は狡猾な人形遣いだった。血管にはどす黒い血が流れ、指から絹の撚《よ》り糸が生えていた。人を操るのは、泥棒が人の家に押し入るのと同じだ。泥棒は家の弱点を調べる。照明、錠、死角、住人が留守にする時間帯などを調べて、何を盗むか、どうやって盗むかを考える。私は見事に盗みを働いた。情報を盗み出すには敵を出し抜く必要がある。あれから何年も経ったが、その気になれば、いまでもまだ充分に仕事ができるはずだ。

29

〈バブ・アル・バーレーンホテル〉の裏手の路地に人はいず、ラシードはすばやく助手席に乗り込んだ。その日はスカーフで顔を隠していた。「村へ行ってくれ」と、彼はくぐもった声で言った。

私はブダイヤ・ハイウェイを西に向かって、マルカの出口で降りた。スラム街のど真ん中で。スピードを落として路地に入っていくと、車がガタゴトと音を立てた。いまにも止まってしまいそうな、情けない音を。

アブ・スバ・モスクの裏に建つ傾きかけた二軒の家のあいだに小さな木工所があった。その前は以前に通ったことがあった。店には、直訳すると〝天国から来た大工〟という意味の、一度聞いたら忘れられない名前がついていた。私が店の前に車を停めようとすると、ラシードがかぶりを振った。「近すぎる。一ブロック先へ行ってくれ」

車を降りる前に、ラシードが私の野球帽を指さした。「それを目深にかぶれ」そう言ってから、ちらっと窓の外を見た。「携帯電話の電源は切っておけ」

ラシードが私に命令するのは、これがはじめてだった。まるで、子どもに命令されているような、妙な感じがした。私は思いきり帽子を引き下げた。「これでいいか、ボス？　携帯電話はもう切ってある」

ラシードが頷いた。「いいだろう。じゃあ、なかに入ろう」

驚いたことに、展示してある家具は少ししかなかった。机がふたつ三つと、大きなキャビネットがひとつと、テーブルとセットにはなっていない不揃いの椅子が数脚置いてあるだけだった。木材不足のせいか、どれも安価な合板でできていた。バーレーンでは、外国人や王族を除くほぼすべての家庭で使われているのと同じ複合材で。

髪を短く刈り込んで色あせたポロシャツとジーンズ姿の痩せた男が、慌てて店の奥から出てきた。「いらっしゃい！　何をおさがしですか？　どうぞお掛けください」

「モーシンに会いに来た」と、ラシードが言った。

男がためらいがちに私の帽子とサングラスと鞄に目をやったのを見て、モーシンなどという男は存在しないことがわかった。

店の奥の壁ぎわには安っぽい大きな棚があって、商売道具やガラクタが詰め込まれていた。男は、棚の中段に置いてあった大きな工具箱を押しのけて身を乗り出した。華奢な肩が邪魔をして、何をしているのかよくわからなかったが、錆びた錠に鍵を挿し込んでいるのが、ちらっと見えた。つぎの瞬間、棚のうしろの壁が開いて、棚も一緒に動いた。棚のあったところがむき出しになると、小さな長方形の穴があいているのが見えた。ラシードはそこに手を突っ込んで懐中電灯を取り出すと、男を見て頷いた。「ありがとう《シュクラン》。おれ《タグダル》たちがなかに入ったら閉めておいてくれ《・ツェッカー・アル・バブ・ワラナ》」

私はサングラスをはずした。穴の奥は真っ暗だった。「おれはあんたを信用している《アナ・ボサク・フィーク》」と、ラシードはこともなげに言った。

数歩進むと、コウモリが目を覚ましたかのように、暗闇のなかからとつぜん短い階段があらわれた。私たちは、跳ねまわるラシードの懐中電灯の弱々しい黄色い光を頼りに階段を下りていった。階段を下りると、目の前に長い通路が延びていた。あたりは坑道のようにじめっとしていて、鉄っぽいにおいが充満していた。通路の先にはべつのドアがあった。ラシードはポケットをまさぐって鍵を取り出した。ひとりの人間にすべての鍵を持たせていないのは、彼らもなかなかのものだと思った。

ドアの奥には、土を掘って作った洞窟のような部屋があった。なかは蒸し暑くて、埃っぽかった。明かりは灯油ランプ三つだけだった。ラシードがランプに火をつけると、弱々しい炎が上がり、汚れたガラスをかろうじて通り抜けて土の壁にぼんやりとした光の弧を描いた。ラシードが暗がりのなかでにっこりと笑うと、彼の歯が高価なゴールドパールのように見えた。「革命工場へようこそ」

部屋には数十、いや、数百個のガラス瓶が置いてあったが、高さも不揃いなら色もまちまちで、まるで清涼飲料水の製造工場のようだった。奥の壁ぎわには汚れたぼろ布とガソリン缶が並んでいて、棚の中段の工具箱にはナットやボルトや釘が入っていた。部屋の隅には四十リットルのポリタンクがふたつ置いてあった。

私はそばへ行って、よく見るためにしゃがみ込んだ。「C-4か？」

ラシードがかぶりを振った。「C-4はそう簡単に手に入らない。おれたちはアルカイダじゃないからな。自分たちで作ったんだよ。自家製だ。肥料や剝離剤、それに、あんたらアメリカ人《アムリキーン》が庭のプールに入れる塩素を混ぜて」

まさに、王政の脅威となる恐るべき革命工場だった。ただし、よその国の戦争の残り物や古い知識を寄せ集めて作った、哀れなほど時代遅れで粗末な工場だ。そこに置いてあったのはカシムのリストに載っていた武器のごく一部でしかなく、おまけに、どれも外国から持ち込んだものではなくて、すべて国内で調達した材料で作られていた。この洞窟のような部屋でどんなにせっせと作っても、ちょっとした騒ぎと被害をもたらすだけで、カシムが話していたような、国中を揺るがす組織的な暴動など引き起こせるはずはなかった。

火炎瓶を投げたところで、敵は催涙弾を放つに決まっている。手製の爆弾を爆発させても、敵は自動小銃で応戦する。核兵器にパチンコ弾で応戦するようなものだ。まともに戦えるわけがない。

部屋の温度は三十八度近かったので、私は帽子を脱いで顔の汗を拭った。ホイットニーの予測が見事にはずれたのはいい気味だった。もし彼がこの場にいれば、自分の目を疑って呆然としていたはずだ。

部屋の隅には浅い木箱も積んであった。ひとつ手に取って調べると、店に置いてあった家具と同じ薄っぺらい合板を組み合わせた箱で、細いワイヤーを巻きつけてあるのがわかった。「感圧板か？　起爆装置用の？」

「ああ。そうだ。まだ試作中なんだが」

「指南役は誰だ？」

ラシードは工具箱の引き出しを開けて、ぼろぼろになったマニュアルを取り出した。手製のマニュアルで、いいかげんに綴じてあった。「インターネットだ。それに、メンバーのなかにはイラクやシリアへ行っていた者もいる」その者たちのことを崇めているのか、ラシードは顔を輝かせた。

感圧板は粗雑で、イラクで見たものや、革命を叫ぶほかのグループのものと比べると、はるかに劣っていた。それでも、触っているうちにわずかな敬意が芽生えた。その装置の粗雑さに、彼らの覚悟と強い意志が感じられたからだ。

「何がおかしい?」と、ラシードが辛辣な口調で訊いた。私は自分が笑っていることに気づいていなかった。

「おれたちの武器は貧相だと思ってるのか? 哀れだと思ってるのか?」ラシードの声はうわずり、手はわずかに震えていた。

「そうじゃない」私は箱を指さした。「ハンガリーが一九五六年にソ連軍の侵攻を阻止したときは、こんなものすら使わなかった。彼らはブダペストの通りに磁板を敷いた。それだけでソ連の戦車を食い止めたんだよ」

「そのとおりだ! 彼らは頭を使ったんだ。勇気もあった」ラシードは部屋全体を身振りで示した。「これでわかったはずだ」

「悪くない。フォーティーン・フェブラリーは限られた資金と人手で多くのことを成し遂げた」

「あんたならわかってくれると思ったよ。あんたをここへ連れてきたのは正解だった」

私は部屋をもう一度見まわした。「ここだけか? イランから届いた最新兵器を隠している秘密の部屋はないのか?」

ラシードは冷ややかに私を見た。「あんたは、おれたちが……つまり、力を持っていることを証明すれば、アメリカからもさらに支援が得られるかもしれないと言ったよな。おれがあんたをここへ連れてきたのは、おれたちの力を示すためだ。力があるのは、イランから援助を受けているからではない。この部屋の、この工場のなかにあるものがおれたちの力の源だ。おれたちは、勇気、規律《インディバートト》、献身に加えて、これがあるから強いんだ」彼は、そう言って背後の壁を指さした。

私は、積み重ねた木箱のうしろの壁が写真で埋めつくされていることに、そのときはじめて気がついた。何百枚ものセピア色の顔が、その部屋に置いてある粗雑な武器を見つめていた。光沢紙にプリントした写真も絹目の紙に焼きつけた写真もあったが、どの顔も真の信奉者だけが持つ真剣で悲痛な表情を浮かべていた。壁の真ん中に祭壇の神像のように貼ってあったのは、ラシードが心の拠り所にしている、穏やかな自信を放ちながら革命の同士を見守るジュネイドの写真だった。素人が撮ったとおぼしき古い写真で、写っていたのは、若き詩人として注目されていたころのジュネイドだったが、すぐに彼だとわかった。政府がプロパガンダとして盛んに利用していたので、顔が目に焼きついていたのだ。

私は壁に近づいた。「これは、殉教者と……?」

「投獄されたせいで、もはや大義の実現に関わることができなくなってしまった者たちだ」ラシードは私のそばに来て小さな声で言った。「わかるだろ？　大事なのは人だ。武器ではない。人間だ。これがおれたちの革命だ」

たがいに数分間黙り込んだが、ラシードは命を吹き込もうとするかのようにしばらく写真を見つめて、ようやく口を開いた。「おれたちは闘い続ける。犠牲者も増えるだろう。しかし、政府側の兵士のほうが先に全滅するはずだ。国民が味方についていれば、負けることはない」

そのあとに続いたおごそかな静寂のなかで、私はあることを思いついた。「友よ」そう言って、ラシードの肩に手を置いた。「ここの写真を撮ってもいいか？」そして、すばやく付け足した。「ラングレーにきみたちの実力をわからせたいんだ。きみたちがどれだけのことを成し遂げたか、見せつけたい。きみたちがやろうとしていることを考えると、けっして悪くない話だ。うまくいくかもしれない。きみがおれをここへ連れて来たのはそのためだろ？」

ラシードは一瞬考えたようだったが、結局、かぶりを振った。「ダメだ。ここのことは秘密なので、危険を冒すわけにはいかない。あんたは自分の目で確かめたんだから、見たままを伝えたらいいじゃないか」

「じゃあ、写真は撮らないでおこう。ボスはきみなんだから」私は帽子をかぶって出口に向かったが、途中で足を止めて振り向いた。「ぜったいに外部には漏らさないと約束してもダメか？　支局長以外には誰にも見せないと約束しても？　約束は守る」そう言ったとたん、私はいつのまにか金庫の扉を開けたことに気づいた。金をちらつかせられると、どんなに信念が強い者でも抗えない。

私が写真を撮り終えると、ラシードは小さな感圧板を一枚手に取って、赤ん坊のようにそっと抱きしめた。「これも持って行ってくれ。おれたちは本気だってことをあんたらの仲間にわからせてくれ。おれたちの強い決意《タスミム》を」板と針金を見たところでホイットニーがどう思うかわからなかったが、私はそれを鞄に入れた。

30

〝革命工場〟をあとにしてしばらく走ると、煙が見えた。ブダイヤ・ハイウェイで暴動が起きたのだ。が、限定的で規模も小さく、うまい具合に巻き込まれずにすんだので、引き返して、平行して走る一般道を東へ向かった。すると、前方のスラム街のあちこちで黄色い光が炸裂し、にわかに設置されたバリケードが煙霧のなかにあらわれた。そのそばでは、ひとつの影がべつの影の上にかがみ込んで石油の掘削装置のように激しく上下に動いているのが見えた。警官が人を殴っているのだ。検問所だ。

ラシードが私の考えを代弁した。「車を乗り捨てよう」

警官たちの背後に車を駐めるなり、鞄をつかんでカメラのメモリーカードをポケットに押し込んだ。いざとなったら捨てるつもりでいた。

「こっちから降りろ」私がドアのハンドルに手を伸ばすと、ラシードが命令口調で言った。「少しでもやつらから遠いほうがいい」

私は、そんなことをしても無駄だと思って、くすっと笑った（ラシードにも、見つかるときは見つかるのだと、いつも言っていた）。それでも、サイドブレーキを乗り越えて助手席のドアから外に出た。

ジャングルで戦うアメリカ兵のように匍匐《ほふく》前進で空き地を横切り、セメントの壁のそばまで行ってしゃがみ込んだ。壁の見苦しい落書きがわれわれの午後のドラマのカラフルな背景で、トカゲをはじめとするおぞましい観客が物語の展開を見守っていた。ラシードは壁の端まで行って、身を伏せたままでいた私に親指を立てて大丈夫だと合図した。

検問所は、ハンドラーにとっても情報提供者にとっても最大の悪夢だ。敵か味方かを、そして、ときには運命を——つまり生死を——分かつ関所だ。そのうえ、スラム街の検問所には特有のリスクが伴う。ラシードはいまや反政府組織の幹部なのだから、捕まれば間違いなく見せしめとして晒し者にされて、劣悪な環境の刑務所にぶち込まれるはずだ。家族の暮らしも耐えがたいものになる。いや、それだけではすまないかもしれない。それに、情報提供者と一緒にいるところを見つかれば、私自身も都合の悪いことになる。ペルソナ・ノン・グラータと見なされて、新聞の見出しを賑わせることになるのは確実で、場合によっては投獄されるおそれもあった。

タバコに火をつけると、前日にラシードにプレゼントを買ったのを思い出した。「グリーンアップルだ」そう言って、カナリー・キングダムのカートンを差し出した。ラシードは驚いていたが、うれしそうだった。

暴動鎮圧剤を噴射する、おなじみのポンという音とシューという音がしたとたん、高速道路から聞こえてくるデモ隊のシュプレヒコールがいくぶん静かになった。あたり一面、煙に覆われたが、壁の向こうからは、ユーカリの木がわれわれを誘惑するかのように灰色がかった緑色の葉をこちら側に垂らしていて、有毒な霧のなかでは、なぜかそれがとても美しく見えた。

「あんたはこの国をリゾートアイランドだと思っていたのかもしれないが、それは間違いだ」ラシードはそう言って笑みを浮かべた。

私は肩をすくめた。「あまり期待はしてなかったんだが」

ラシードは考え込みながらタバコを吸った。「たぶん、あんたの問題はそこなんだよ、ハビビ。あんたは何にも期待しない」彼はタバコの煙を手で払いのけた。「あんたは空気と同じだ。つかみどころがない」

「しかし、空気は必要だ」

「確かに。でも、おれは間違っていない」と、ラシードは言い張った。「あんたは、ただ存在しているだけだ。あんたは何も信じない。どちらの側にも立たない」

「なかなか鋭いな。きみの言うとおりだ。だが、おれの仕事はどちらかの側に立つことではない。どちらかの側に立つ者を見つけることだ。見つけて、その者たちに金を払う。そして、それ以上関わらない」

「信じるものがなければ生きる意味がない」

近くでサイレンが鳴った。ラシードと話をしているあいだに、スラム街に夜のとばりが降りてきた。明かりがともった粗末な家々は、怒った人の顔のように見えた。ラシードの目は、白目がムーンストーンのように光っていた。「あんたは、この革命がどうなろうと気にしちゃいないんだ」と、ラシードが言った。

私は視線をそらした。デモ隊のシュプレヒコールは彼方の歌声のよう小さくなって、車の音が聞こえてきた。ラシードの家は、そこからそう遠くないところにあった。妻と子どもたちはおそらく家にいて、彼の所在や安否を心配しているはずだった。

「奥さんは元気か？」と訊いた。

ラシードは、とまどった様子で目をそらした。「いや」

「どこか悪いのか？」

「またお腹の子を亡くしたんだ」

言葉が宙に漂った。私はぼそぼそと悔やみの言葉を口にしたあとで、彼が〝また〟と言ったことに気づいた。

「今回がはじめてじゃないのか？」

「五回目だ」

「五回目……そんな馬鹿な。医者に診てもらったのか？」

「ああ。ガスのせいだよ」ラシードが高速道路を指さした。「おれたちは最前線で暮らしている。ウダはおれと一緒にデモに参加していた。彼女はもともと体が弱かったんで、国王が放った毒で具合が悪くなって、生まれてくるはずの子どもを亡くしてしまったんだ」

そう言って、財布からしわくちゃになった妻の写真を取り出した。服を着ずに、使い古したエプロンだけをつけているのは、よほど料理好きなのだろう。彼女はその控えめでしなやかな体で、食べ物も抱擁も悲劇も、すべてを同じように受け止めていたのだ。

ラシードがとつぜん写真を引っ込めた。「弟のことは、これまで一度も訊かなかったよな。おれの弟が〝怒りの日〟に、革命がはじまった日に殺されたのは知ってたか？」ラシードは唇を震わせた。「母親も死んだ。結核だった。薬がなかったんだ。弟が死んだあとは、おれがひとりで親父と自分の息子たちを食わせなきゃいけなくなった」それまで気丈に振る舞っていた彼の顔がくしゃくしゃになった。「おれが革命に参加した理由を知ってるか？　いまの話が理由だ」

私とラシードのタバコの火は、死にゆくホタルのように悲しく光った。私は、「知らなかった」と、つぶやくように言った。

「検問所は撤去されたようだ」と、ラシードが静かに告げた。「歩いて帰るよ」

私は数分経ってから壁のそばを離れた。空気は澄んでいたが、なぜか重苦しい感じがした。私のランサーは無事だった。

わずか数ブロック走ったあたりでサーチライトの輪が見えた。輪の直径が大きいのは、かなり遠くから照らしているからだ。が、すぐさまスピードを落として、タバコの火を消した。警官はまだデモの参加者をさがしているようだった。おそらく、特定の誰かをさがしていたのだろう。やがてサーチライトが消えて、どこからかガラスの割れる音が聞こえてきた。

カラーナ墓地の脇に差しかかると、ふたたび黄色い光が見えた。今回は、光が車のフロントガラスを直撃した。慌ててヘッドライトを消して、落ち着いた柔和な表情を浮かべながら、さらにスピードを落とした。ラシードは家に帰ったので、さほどの危険はなかった。それに、言いわけは考えてあった。呼び止められたら、ゲート・コミュニティに住んでいる外国の友人を訪ねた帰りだと答えるつもりでいた。それでも相手が納得しなければ、道を間違えたと言えばいい。怪しまれることはないと思った。私は歩いていたわけではなく、車に乗っていたのだから。まともな警官なら、よほどのことがないかぎり、アメリカ人をそれ以上追及したり身体検査をしたりしようとは思わないはずだ。〝革命工場〟の写真が保存されているメモリーカードが見つかることはない。そう思って長年の経験で培った自信を奮い起こし、絶対的な安心感を覚えながら手招きする光のほうへ車を走らせた。

「止まれ！」訛りの強い英語の怒鳴り声が暗闇に響き渡った。私はブレーキをかけて車を停めるなり助手席に置いた鞄に手を伸ばし、なかをかき回して外交旅券を取り出そうとした。それさえあれば、確実かつ即座に解放されるはずだった。感圧板のことはすっかり忘れていた。革命工場から持ち帰った感圧板は、助手席の下の床に滑り出していた。手の震えを抑えるには酒が必要だった。考えた言いわけは稚拙だった。アメリカ人はデモが行なわれているときにスラム街に近づいたりしない。皆、外出を避け、確実に騒ぎが収まるまで家にいる。

外交旅券はなかなか見つからなかった。鞄のなかにあるはずなのに、使い込んでやわらかくなった革に手が触れると、高価なカシミアに触れているような錯覚に陥った。ふと顔を上げて遠くに目をやると、墓地に並ぶずんぐりとした墓石が鮮明になったりぼやけたりした。もしかすると、旅券はサイドポケットに――

「降りろ！」

懸命に手の震えを抑えて車の外に出た。オンボロのランサーに乗っていたせいで怪しまれたのだ。警官は地元の人間だと思ったのだろう。まぶしくて、警官の姿はよく見えなかった。とつぜん、光が顔に当たった。警官も、私が外国人だと気づくはずだ――少なくとも、声を聞けば。だから、笑みを浮かべて道を尋ねようとした。「こんばんは、ハビビ。道に迷ってしまったようで、すまないが――」銃声が闇をつんざいた。

あたりは沈黙に包まれた。スラム街からは夕食の支度をする煙が長いため息のように立ち昇っていた。ドサッという鈍い音がしたかと思うと、黄色い光が地面に落ちて、ゆるやかな弧を描きながら転がっていった。

気がつくとラシードが私のそばに立っていて、拳銃を握りしめたまま簡単に事情を説明した。「やつは武装していた」ラシードは、撃つ仕草をしてかぶりを振った。「向こうから見てたんだ。神経質なやつだった」

ラシードが手から力を抜いたので、拳銃を奪い取って、まじまじと見つめた。足元からは、溺れた人間があえいでいるような声が聞こえてきた。警官はかすかに体を動かしていた。二発目の銃声が轟いた。私は、自分が引き金を引いたことにすら気づかなかった。あたりを見回したが、誰もいなかった。デモ隊のシュプレヒコールは、もう聞こえてこなかった。三月にしては暑い夜で、あたりには硝煙のにおいが漂っていた。「来い」ラシードは、私から銃を奪い返してポケットに突っ込んだ。「死体を何とかしないと」

警官は顔から地面に倒れ、つい先ほどまで体内を駆けめぐっていた血が逃げるように流れ出て黒い血だまりを作っていた。ラシードが言ったとおり、警官は力の抜けた手でカラカル製の拳銃を握りしめていた。ラシードは警官を蹴って仰向けにした。銃弾のうちの一発は、防弾チョッキをつけていない胸に命中していた。制服は引き裂かれ、顔はどす黒い血にまみれて、人相がわからなくなっていた。それでも目は大きく見開いて、まっすぐ前を見つめていた——もちろん、私を見つめて、いまだに私が敵か味方か見極めようとしているかのようだった。ラシードが警官の左手を踏みつけると、金庫の扉のように、手がぱかっと開いた。ラシードは拳銃を蹴り飛ばし、拾って自分のジャケットのポケットに突っ込んだ。それから、警官の携帯無線のスイッチを切った。私はそこまで思いが至らなかった。

ラシードは血だまりに砂を蹴り入れた。空気が乾燥していたので、砂は瞬時に血を吸い込んだ。ラシードは警官に唾を吐きかけて「裏切り者《カィン》！」とつぶやき、天を仰いで意味のわからない祈りを唱えた。祈りが終わると、ひざまずいて警官の脇に両手を差し入れて、足を持てと、私に無言で合図した。大柄な男ではなかった。背も高くなく、痩せていて、骨の寄せ集めにすぎないように見えた。だが、運ぶのは大変だった。誰であろうと、死体は見た目より重い。汗で服が体に張りついて、動きにくかった。ラシードは怪力の持ち主で、楽々と死体を持ち上げたのには驚いた。

私たちはよろめきながら通りを渡った。死体はゆさゆさと揺れて、重いゴルフバッグを運んでいるような――やわらかいゴルフバッグのなかでクラブが動いているような――気がした。ラシードは通りの角に置いてあるゴミ箱のほうへ向かっているようだったので、私は思わず足を止めた。「ゴミ箱に放り込むのか？」

「大丈夫だ。見つかるおそれはない。スラム街じゃ、ゴミが回収されないから」

私は警官の足を下ろした。「ダメだ。こいつの仲間があたりをさがすはずだ」

「ほかに、いい考えがあるのか？」

背後の墓地に捨てるのは悪い冗談のように思えて、視線を転じると、頼もしいランサーが街灯と街灯のあいだにひっそりと駐まっているのが見えた。「海に投げ込んでくる」

「なら、おれがやる」

「いや、車を取りに行くのは危険だ。尾行される可能性が高い。おれに任せろ」

たがいに無言で向きを変えて、よろよろと私の車を目指した。雲が月を覆い隠していたので、私たちのしていることも、うまい具合に見えなくなった。まるで、夜陰にまぎれて盗品を運び去るこそ泥のようだった。「服に気をつけろ」と、ラシードが叫んだ。「汚さないように」

なんとかランサーにたどり着いて、トランクを開けた。「待て」ラシードは、土をつかんで警官の傷口になすりつけた。まだ漏れ出してきている血を止めようとしたようで、警官の姿はますますおぞましくなった。私は、トランクに敷いていた防水シートをシーツの代わりにしようと思って折り重ねた。ラシードは、それでいいと言わんばかりに頷いた。死体は数回、左右に振り、勢いをつけてトランクに放り込んだ。ラシードは黒い目で私を見つめた。「こうするしかなかったんだよ、ハビビ。撃たなきゃ、あんたが撃たれていたはずだ」

グローブボックスに入れていたスキットルのなかの酒を飲みながら、ラシードが家に帰ったと確信できるまで待った。スラム街を通り抜けるまではハンドルを持つ手が震えた。先ほどの黄色い光は網膜に焼きついて、酔っぱらった妖精のように暗闇のなかで揺れていた。スキットルを一気に空にしたせいか、時間の感覚がなくなった。夜間外出禁止令が発令される時間を過ぎているのかどうか、気にはなったものの、なぜか時計を見ようとはしなかった。遠くから、ロバの鳴き声に似た耳障りな音が聞こえてきた。まだデモをしているのだろうか？　いや、国王が所有している二万平方メートルのラクダ農場がすぐ近くにあるからだ。ようやく車を走らせて高速に乗った。

引き受けた仕事をやり遂げるために、静まり返った暗い街を抜けて南へ車を走らせた。外出禁止令が発令される前に目的地に着くのはむずかしそうだった。ハンドルを強く握りしめると、ランサーが競走馬のようにスパートするような気がした。開けた窓から吹き込む風が、顔につぎからつぎへと小さなナイフを突き刺した。車はトゥブリを抜け、ジミーとホイットニーがぐっすり眠っているリファービューズを通りすぎた。さあさあ、車に死体を積んだコリンズさまのお通りだ。そもそも、怪しい男だったから殺したのだ。私はちらちらとルームミラーをチェックした。アワリの南まで来ると、スクラップヤードで光がきらめいているのが見えた。かすかに焦げたような匂いもした。作業員が残業しているのかゴミが燃えているのかはわからなかった。

結局、アスカルで高速を降りた。夜間外出禁止令のことを考えると、それ以上遠くへ行くのは無理だと判断したのだ。低層の建物が並ぶ地区を通り抜けると、岩だらけのひっそりとした海岸が見えてきた。海には数艘のダウ船が浮かんでいて、古びた木製の船体は、まるで眠っている生き物のように上下に動いていた。アドリヤの小粋なレストランにエビを納めているシーア派の年老いた漁師がこのあたりに住んでいるのは知っていた。赴任して間がないころにその漁師と出会い、一、二度、彼をクーリエとして、つまり協力者として利用した。自分で買えないときに使い捨ての携帯電話を買ってもらったりしていたのだ。最後に連絡を取ってから何ヵ月も経っていたので、売れ残りの腐りかけた魚を食べながらまだ生きながらえているのだろうかと、ぼんやり考えた。

それでも、ダウ船が一艘も見えなくなるまで——目に入る唯一の生命体が、水の温かい浅瀬で幽霊のように浮いている鵜の一家だけになるまで——車を走らせた。浅瀬から漂ってくる潮の香りを嗅ぐと、そこから先はマングローブの茂みが広がっているのがわかった。マナーマの街の明かりが届かない真夜中のマングローブの茂みは真っ暗な密林となり、何千本もの枝が絡み合った密林の梢は、弱々しい月明かりに照らされて灰色に光っていた。私のランサーは、タイヤをきしらせながら砂地を走った。

そのまま小さな岬の付け根まで走って、車を停めた。死体はラシードと一緒にトランクに投げ込んだときより取り出すときのほうがはるかに重く(痩せているのに、どうしてこんなに重いのか、またもや不思議に思ったのだが)、足を引っぱると、胴体と頭が同時にどさっと地面に落ちた。私はすばやく警官のポケットをまさぐった。が、何も入っていなかった。どうして、身分証も、小銭も、それにタバコも入っていないのだ？

防水シートは役に立った。血を吸い取ってくれていたのだ。なのに、リアバンパーにぬるっとした血がついてしまった。防水シートを引っ張り出し、ついでにリアバンパーの血を拭き取って、死体の肩から下をシートでくるんだ。これを火事場の馬鹿力と言うのか、死体の腕をつかんで岬の付け根まで引きずっていったが、重いのは制服のせいだと気づいた。防弾チョッキは着ていなくても、警官はホルスターと警棒と無線機を身につけていたのだ。身元の判明につながるおそれはあったが、処分はせず、重し代わりに利用することにした。

波は小さく、ゆるやかだった。うしろ向きに浅瀬まで死体を引きずっていくと、腹をすかせた狼が血のにおいを嗅ぎつけて襲ってくるように、血のまじった水がズボンの裾に迫ってきた。死体が完全に水に浸かって、手からわずかに力を抜いたときには、膝まで水に浸かっていた。肺から空気が抜けて水が入り込むように、死体はつねに顔を上にして水に沈めろと研修で習った。ただし、何のためにそうするのかはわからなかった。人を殺すのがスパイの仕事ではない。ただし、自分の身を守るために人を殺すことはある。これはまさしく正当防衛だった。

私は、服が濡れるのも気にせずに岸からできるだけ遠くまで歩いていった。死体はすぐに沈みだした。ただし、顔は最後まで浮いていた。目は、まだ驚きをあらわに大きく見開かれていて、顔も膨れあがっていたが、愛撫するかのように黒い波が顔のまわりで渦巻いていた。血は薄まって海面に広がり、灰色の水を赤紫色に変えた。死体は枯れ葉のようにゆっくりと沈んでいったが、私は警官がとつぜんしぶとく生き返ろうとするのではないかというかすかな不安に駆られて、しばらく足で踏んづけていた。プシュッと小さな音を立ててようやく完全に沈むと、ゆるやかに傾斜した浅瀬から沖に向かって死体を蹴飛ばした。腐敗して浮き上がってくるまで、少なくとも数日はかかる。制服の重みのせいでもっとかかって、アスカルの海岸から遠く離れたところまで流されていくかもしれない。たとえ誰かが見つけたとしても、死んだ警官とラシードを結びつけるものは何もない。私と結びつけるものもない。

ズボンはミイラを包む布のように体に張りついて、岸まで戻るのは泥のなかを歩くよりも大変だった。ようやく岸に戻ると、精根尽きはてて砂の上に倒れ込んだ。そして、星のない空を見上げた。いつも灰色で、けっして青くはならない空には雲が何層にも重なり合っていて、ゆっくりと南へと流れていく。よかった。死体は島の端まで流れていくはずだ。そこには誰も住んでいない。

気力を振り絞って立ち上がろうとすると、筋肉が悲鳴を上げて、この十年間感じたことのない痛みが走った。這うようにして車まで戻るのが精いっぱいだった。服についた血は海水が洗い流してくれたので、一瞬、そのままにしておこうと思った。濡れた服を脱いで着替える気力はなかった。が、まだリアバンパーに血がついていたので、残っていた力をかき集めてショーツ以外はすべて脱ぎ、脱いだ服でバンパーの血痕を拭き取った。明日にでも、知的障がいのあるあのインド人を雇って洗わせればいい。金を払えば引き受けてくれるはずだ。脱いだ服を丸めて座席の下に押し込んだときには、すでに外出禁止令の発令時刻を過ぎていたので、海岸から離れた安全な場所を見つけて、車のなかで寝るつもりでいた。

アワリでスクラップヤードのそばを通ったのを覚えていたので、そこへ行くことに決め、エンジンをかけて淡々と車を走らせた。途中で、数時間前のことがふとよみがえり、あの警官を殺したのはおれではなくラシードだと自分に言い聞かせた。何かを感じる理由などなかった。あの男はただの警官で、見も知らぬ男で、国家の手先で、武器を持っていて、ラシードが言ったように、おそらく私を撃つつもりでいたはずだ。向こうが悪いのだ。スパイは人に同情する必要などない。紙の上では善悪が存在するが、現実に存在するのは、その中間の曖昧な事象だけだ。私がアメリカ人だということも、充分な訓練を受けないまま危険な地域で単独活動をしていることも、やつは知らなかった。殺すか殺されるかという時と場所に居合わせたら、誰だって引き金を引くはずだ。ラシードが言ったように、選択の余地はなかった。もちろん、私にも選択の余地はなかった。ただし、最初に引き金を引いたのは私ではない。

ブダイヤ・ハイウェイを走っていたときから続いていた手の震えはほとんど気にならなくなったし、動悸も治まった。普段なら、そうとう酒を飲まないかぎり望めない効果だ。なぜか妙な気分だった。ぷかぷかと水面に浮いているか、そうでなければ険しい山道を登って山頂に到達したような感じがした。汗は乾き、脚の痛みも消えた。北に目をやると、マナーマの街の明かりが見えた。月も雲間から顔をのぞかせた。自分のなかで子どもじみた興奮が高まっていくのは否定のしようがなかった。手強い敵を出し抜き、巧みな計略に惑わされることなく、わずか数発のパンチでチャンピオンを倒したような気分だった。一日中、興奮の連続だったので、もう何十年も感じていなかった歓喜が込み上げてきた。〝うなじの毛が逆立つような〟とベテランのスパイが表現するほどの歓喜が。まさに、死にゆく男の最後の晩餐だった。

その晩、奇跡が起きた。埃っぽい大地を潤す激しい雨が降って、夜が明けても、空はくすんだ大理石のような色のままだった。夜明け前に目が覚めたのは、スクラップヤードに駐めた車の屋根に打ちつける雨の音がドラムの即興演奏のように鳴り響いたからだ。しばらくぼんやりしたまま運転席に座って、捨てられた車や、横殴りの雨のせいでできた泥の小川を眺めながら硬直した筋肉をほぐし、裸の背中をシートから引き離した。胃は、酔っぱらって電池を飲み込んだかのように胃酸過多状態になっていた。雨粒が汚れたフロントガラスに飛び散り、私の車を洗い、島全体を洗い、スクラップヤードとアスカルの海岸とスラム街に残した罪の名残を洗い流すのを静かに眺めた。

雨は家に帰るまで降り続いた。この国の脆弱な排水システムは道路や歩道にたまった水に太刀打ちできず、マナーマの街は水浸しになった。そのせいで、ムハッラクの市場は閑古鳥が鳴いていた。私はぬかるんだ空き地に車を駐め、近くの店の日除けの下で雨宿りをしていたインド人に二十ディナール払って着替えとタバコを一箱買いに行かせた。雨で服がずぶ濡れになったと言って。インド人が戻ってくると、着替えてブサイティーンまで車を走らせ、満杯のゴミ箱を見つけて血のついた服を押し込んだ。

アムワージ島に戻ると、雨はようやく小降りになって、そのうちやんだ。埃は洗い流され、何もかもが驚くほど、いや、信じられないほど鮮明でくっきりと見えた。長いあいだ隠れていた色が砂の下からあらわれて、車のフロントガラスの前方に鮮やかな景色を描き出した。路上の砂はタイヤの下でザラザラと音を立てた。家に着くと、もうその必要はないのに、知的障がいのあるインド人に金を払って洗車を頼んだ。インド人が感謝の気持ちを込めて見つめ返してきたので、チップをはずんだ。

その日は日が沈む直前に雲が晴れて、空は透き通ったブルーになった。バーレーンではこれまで見たことのない、美しい空だった。

31

翌朝の新聞でとくに目を惹いたのは、湾岸協力会議による原子力エネルギーの導入促進を評価するという記事だけだった。警官が行方不明になっているという記事は載っていなかった。

支局ではジミーが机に座って独り言をつぶやき、ホイットニーはガラス張りのオフィスでキーボードを叩いていた。コーヒーメーカーはゴボゴボと音を立て、天井の扇風機は低いうなりを上げていた。私が来たことには誰も気づかなかった。私はしばらく仕事をしているふりをしたあとで、革命工場の写真と持ち帰った感圧板をホイットニーに見せた。もちろん、彼は私の行動力に感心したようで、経緯を尋ね、本部に報告書を送って自分にも詳しく説明してくれと言った。場所を明かすつもりはないし、写真も秘匿にしておきたいと私が言うと、ホイットニーは「わかった」と言って頷いた。

「説得力のある証拠だと思わないか？」と、私は主張した。「反政府派にうしろ盾などないはずだ――テヘランから武器の供与を受けているなんてことは、ぜったいにない。先日会ったアブダル・マティーンやナーイフがおれたちに信じさせようとしている話はでためだ」

ホイットニーは肩をすくめた。「そうかもしれない。あるいは、スクループがすべてを把握しているわけじゃないのかも」

私は感圧板をホイットニーの机の上に置いた。「これは土産だ。ボトルシップの横に飾っておけばいい」

湾岸協力会議の共同軍、〝半島の盾〟の高官で、ハリド・アル・ハッサン少将の上級補佐官を務める男がこのあいだの反政府派による抗議活動の翌日から職場に姿を見せず行方不明になっているとの情報が支局に届いた。地位を考えると、身代金目当てか政治的な駆け引きか、あるいはほかの目的があって誘拐された可能性もあるので、彼が一介の警察官を装って対応の指揮を執っていた抗議活動エリアを徹底的に調べているとのことだった。

これには驚いた。あの男が共同軍の高官だったとは、運が悪い。そうでなければ誰も何とも思わず、騒ぎになることもなかったはずだ。私はただちにラシードと連絡を取って、ふたたび身を潜めるように命じた。できるだけ自宅から離れた友人の家にでも泊めてもらえと。

三日後、アスカルの数キロ南にあるアルドゥールの海岸に死体が打ち上げられた。死体は近くのシェイク・イーサ空軍基地の上等兵が発見し、国王の忠実な僕《しもべ》として、彼はすぐさま上官に報告した。死体の顔は損傷が激しくて、変形していた。新聞には識別不能と書いてあったが、共同軍の高官が行方不明になっていることと、それに合致する事実にもとづいて身元が特定された。それと、制服だ。私は制服を脱がせなかった。《ガルフ・デイリーニュース》は、意外なことに頑丈な青い制服が無傷のままだったのは、内務大臣の卓見と実戦の知識の賜物だと書いていた。死体に銃創があったことから、殺害されたのはほぼ確実で、犯行の残虐性に焦点を当てた捜査が行なわれているという。〝犯人がきわめて残虐な方法で殺害して死体を遺棄したのは明らかで、鬼畜の所業としか思えない〟とまで書いてあった。ただし、犯行現場と死体遺棄現場はまだ特定されていなかった。至るところに検問所が設けられ、ヘリコプターが上空を旋回した。

仕事を休んでいた私に、出てこいと言ってホイットニーが自宅に電話をかけてきたのは、その数日後だった。〝重要な案件〟について話し合うためだと、ホイットニーは重々しい口調で言った。今日は病欠を取っていると伝えると、それなら家に行くとまで言った。

「その必要はない」と、こっちが折れた。「〈ヴィックス〉で会おう。二十分後に」

私は、最近〈トレーダー・ヴィックス〉に雇われたばかりの警備員を見て、うっすらと笑みを浮かべた。店の前に立っていた警備員は肩から力を抜いて、銃にだらりと手をのせていた。ドアを開けると、入り口に吊り下げてある木製のビーズが耳障りな音を立てた。ホイットニーが何の話をするつもりでいるのか、わかっていたので、反政府派が例の男の殺害に関与しているという、くだらない作り話まで用意していた。しかし、詳細な情報が入っている可能性もあった。ラシードがデモの現場の近くにいるのを見た者がいるのかもしれないし、目撃者はいなくても、バーレーン側がラシードを名指ししたのかもしれない。いや、あの男は私が車から降りる前に怪しいアメリカ人がいるという報告を入れていたのかもしれない。私はドアを抜けるとすぐに足を止め、まばたきをしながら目が店内の暗がりに慣れるのを待った。バーレーン当局は、パズルのピースをきれいにつなぎ合わすことができるほど優秀だろうか？　ムハッラクの市場にいたインド人が、怪しい男に服を買ってくるよう頼まれたと話した可能性もある。私が服を捨てたゴミ箱がついに回収されたのかもしれない。誰かが私を尾行していたのだろうか？　私の監視探知能力は素人探偵レベルにまで衰えているのだろうか？　もしかすると、ビーチにいるのを、あるいはスクラップヤードに駐めた車のなかで裸で寝ているのを地元の住人に見られたのかもしれない。バーレーンには密告者が大勢いて、ラシードには現場を去ったあとのアリバイがあるが、私にはなかった。

追い詰められたときに頭に浮かぶとんでもない考えが——哀れなほど突飛な仮説が——心をざわつかせた。たとえ最悪の事態に陥ったところで、たいしたことにはならないはずだと思った。もっともらしい言いわけぐらい、簡単に考えつくことができる。あれは正当防衛だったと言えばいいのだ。何が起きたのか、誰も見ていないはずだ。何かを証明することができる者などいない。

ホイットニーとジミーは、少ししかいない客から距離を置いてカウンターの端に座っていた。ホイットニーは、汗ばんだ手でいつになくおざなりな握手をした。「よく来てくれた。もう……具合がよくなったのならいいんだが」

ジミーはロンドン・サワーとハバノの葉巻を注文し、私はハウススペシャルを、ホイットニーはビールを注文した。ジミーはカクテルに口をつけて、親しくなったユーシフ兄弟が安くしてくれると言うのでチェリーレッドのポルシェを買うつもりでいるという話を延々と続けた。葉巻の煙がわれわれ三人を甘ったるい煙で包み込んで、ほかの客から見えなくした。

急にホイットニーの表情が威圧的になった。ジミーは私と目を合わせるのを避けて、ちびちびとカクテルをすすった。バーの奥に並んでいる酒のボトルは、遠く離れた街のように、行き着くことのできない桃源郷のようにぼやけて見えた。

「単刀直入に言うから聞いてくれ。悪い知らせがあるんだ、コリンズ」

私は、ワリドか、そうでなければ、あの青い制服を着たべつの男が私を連行するために待ちかまえているのではないかと思って店内を見回した。アルマイサと引き離されるわけにはいかないと思った。警官をひとり殺したぐらいでそんな目にあうのは理不尽だ。なぜラシードに死体の処分を任せなかったのだろう？　関わらないほうがいいのはわかっていたのに。「本部から連絡があったんだ」と、ホイットニーが言った。「残念だが、例の親密かつ継続的な接触は認められなかった」

ジミーは、私からホイットニーへそっと視線を移した。

「いま、何て言った？」

「すまない。あんたがどれだけ彼女に好意を寄せていたのかはわかっている」

私はようやく意味を理解した。「認められなかった……？　それはない。そんなはずはない」

「しかたないよ」ジミーが私の腕を叩いた。「インテリジェンス・コミュニティではよくあることだ」

客のひとりが大きな声で笑った。私が叩きつけるようにカウンターにグラスを置くと、グラスがするすると滑った。「貴様も本部の連中も、いったい何が問題だと言うんだ？それを、ここでの成果のひとつにするつもりか？」

「話の続きは支局でしょう。書類もあるので――」

「いま教えてくれ。病欠を取って休んでたのに、わざわざ出てきたんだから」

ジミーは背筋を伸ばして咳払いをした。「本部が彼女の経歴を調べたんだ。もちろん、規定どおりに」彼はかすかな笑みを浮かべた。「すると、彼女のおじが活動家だったことがわかったんだよ。本部は何て言葉を使ったんだっけ？　反政府活動家だったか、反……いや、反国王派だ。第三国のために働いていたという噂もある。刑務所を出たり入ったりしていて、結局、獄死したようだ」

「彼は石油会社の破壊工作員だったんだ」と、ホイットニーが口を挟んだ。「アラブ民族主義運動に加わってたんだよ。バーレーン解放人民戦線のことは知ってるか？　七〇年代に活動していた、共産主義者と関わりのある反英組織だ」

カウンターの端をつかんで体のふらつきを抑えようとしたが、チーク材の上にガソリンが塗ってあるかのように手が滑った。「破壊工作員だって？　馬鹿馬鹿しい。どこからそんな情報を得たんだ？　バーレーン政府からか？」言葉が勝手にほとばしり出た。「いずれにせよ、そのことと、いったい何の関係が――」

「残念ながら、議論の余地はない。本部は確信を持って結論を下したんだから」ホイットニーが私を見つめた。「彼らは、あんたらの関係を利益相反行為だとみなしている。向こう側との関係が強すぎると」

「当然、こっちも気をつけないとな」ジミーはなだめるような口調で言った。「知らなかったじゃすまされないので」

「普通の接触ならいいんだ」と、ホイットニーが付け足した。「彼女から絵を買ったり、ときどき一緒にコーヒーを飲んだりするのは」

酒のお代わりが来たので、一気に飲みほした。

ホイットニーは、空になった私のグラスに目をやった。「ついでに、もうひとつ話しておきたいことがあったんだが……ちょっと飲みすぎじゃないか？」

私は穏やかに微笑んだ。「いや、大丈夫だ」

ホイットニーは、身を寄せて声を落とした。「自分が問題を抱えていることは、あんたもわかっているはずだ」バーテンダーが、カウンターを拭きながらそばに来た。布巾で円を描くようにして拭いているのを見ると、気分が悪くなってきた。ホイットニーは、首をかしげて査定するように私を見た。「頼むから、怒らないで聞いてくれ。私は、あんたが自分の能力をフルに発揮するのを見たいだけなんだ。任期はまだ残っている。これを機に行ないを改めて、巻き返しを図ったらどうだ？　仕事に集中するんだ。過ちを正すのに遅すぎることはない」

「ガキのくせに……」何を言っても無駄なのはわかっていた。「あんたは、まったくわかっちゃいない。そもそも……どこで……？　すべてプリンストンで学んだのか？」

ホイットニーは童顔に怒りをにじませてかぶりを振った。「あんたのことは本部から警告を受けていたが、私はチャンスを与えることにした。お荷物だ、頭数合わせだ、退職の日を待っているだけだとも言われた。知らないだろうが、私は何度もあんたを擁護した。しかし、あんたは仕事をせずに街をほっつき歩いて、飲んだくれてばかりいた。あんたには情報提供者がたったひとりしかいない。タイムカードも偽造している。いったい何様だと思ってるんだ？　ＣＩＡも変わったんだ。もうそんなことは許されないんだよ」

私は気持ちを落ち着かせてホイットニーを見つめた。苦労知らずで、年齢による衰えとも無縁で、父親に殴られたことも、誤解によって絶望の淵に追い込まれたこともない男の目を見つめた。そして、「おれから彼女を奪うことはできない」と言った。

「私はあんたのことを思って言ってるんだ、コリンズ」

パイナップルと森の神《ティキ》をかたどった〈ヴィックス〉の照明が消えて、私は真っ暗な穴に落ちた。拳を固めたのも、拳が空を切り裂いたのも、それがホイットニーの顔に当たるまで気がつかなかった。ぽっちゃりとしたホイットニーの汗ばんだ顔はやわらかい果物のような感触だった。何が起きたのか、誰も気づかないうちにホイットニーは床に崩れ落ち、椅子も倒れた。ホイットニーは震えながらぐったりと床に横たわり、手で頬と口を撫でながら、わずかに血が出ているのを信じられない面持ちで確かめていた。ジミーはぽかんと口を開けて私を見た。

それ以上そこにいるわけにはいかず、木製のビーズを大きく揺らしてふらふらと店を出た。

32

「どうしていつも電気を消すの？」

　アルマイサが天井を見上げた。天井は、クモの巣のように広がる亀裂と茶色い染みに覆われていた。部屋には至るところに隙間や穴があって、海風が忍び込んできた。アルマイサが苛立たしげに体を動かすと、薄汚れたマットレスがきしんだ。

「言ったじゃないか。このほうが安全なんだよ。おれたちが付き合っているのを快く思わない人間もいるから、きみの身に危険が及ぶかもしれないし」アスカルの海岸に打ち寄せる波の音が聞こえてきた。「きみも、おれと一緒に住むことはできないと言ったはずだ。危険だからと。おれはきみを守っているだけだ」

　アルマイサはきまり悪そうに壁に視線を這わせた。「あなたの友だちは、私たちが一緒にここにいても気にしないの？　その友だちって誰なの？」

「気にするな。やつには貸しがあるんだ」

漁師は自分の持ち物をきれいに片づけていた。家具がいくつか置いてあるだけで、服も食料も残っていなかった。もしかすると、もともとなかったのかもしれない。そういうわけで、そこは格好の隠れ家になった。エビ漁用のかごを置いてある裏の小屋はウォッカを隠すのに最適だった。一応、金を払って契約したのだが、月に百ドルなら、漁師の月々の上がりより多い。私は自由にそこを利用できて、ドアはつねに錠がかかっておらず、三十分前に連絡を入れるだけで事足りた。隠れ家としては申し分なかった。電気も水道も引かれているし、辺鄙なところにひっそりと建っているので、見つかるおそれはない。迂闊なことをしないかぎり、ジミーやホイットニーに知られることはない。

あんたがしたことは忘れる。あんたが本部の決定に動揺したのはわかっている。こっちも少し言いすぎた。頼むから聞き入れてくれ。彼女と会うのをやめて仕事に専念してくれれば、帳消しにする。過ぎてしまったことをとやかく言ってもはじまらない。われわれの闘いにはあんたが必要なんだ。

提督と一緒に湾岸協力会議に行くので、数日間、留守にする。そのあいだに頭を冷やして、彼女に伝えろ。あんたが協力してくれるのなら、こっちもあんたを助けよう。われわれはあんたに活躍の場を提供することができる。おたがいにウィン・ウィンの関係になる。

「オペラハウスのモザイク画は完成したのか？」

アルマイサが頷いた。

「題名は？　何カ月も前から訊いてるのに、まだ教えてくれてないよな」

「『孔雀と雀』よ。話は知ってる？」

「いや、知らない」

アルマイサは体を起こして説明をはじめた。「孔雀は王さまで、雀は家来なの」

「鳥の話か？」

アルマイサは笑みを浮かべた。「ある日、雀が王さまに、巣の近くに網が――罠が――あるから怖いと訴えるの。王さまは雀に、仕事に出かけるとき以外は家にいて、ほかにはどこへも行くなと言うの。けっして網には近寄るなと。そこまではいい？」

「ああ、まあ」

「だから、雀は王さまの言いつけに従って毎日仕事に出かけ、夜になるとまっすぐ家に帰っていた。で、ある日、仕事に行こうとすると、二羽の雀が喧嘩をしているのを目にするの。雀はとても悲しくなって、心のなかでこうつぶやくのよね。『王様のために働いている私が、家の近所で雀が喧嘩しているのを黙って見ているわけにはいかない。何としてでも仲直りさせなきゃいけない！』と」

「わかった。その雀は、よけいなことをしたせいで罠にかかってしまうんだ」

「違うわ、シェーン。そうじゃないの。確かに雀は罠にかかってしまうんだけど、その先が大事なの。あなたは、雀が王さまの言いつけを守らなかったことを悔やむんだと思っているはずよ。ところが、そうじゃなくて、雀は王さまに腹を立てるの！ なぜだかわかる？

王さまが、仕事に行くだけなら安全だと言ったのに、安全じゃなかったからよ。そこで、雀は教訓を学ぶの。アル・イティヤタット・ベドゥン・フェイダ・ディッド・アル・カダ。どう訳せばいいのかしら？」

「いくら用心しても運命には逆らえない」

「そう、そのとおりよ。雀には、罠にかかったことより、希望を――偽りの希望を――抱かされたことのほうが悔しかったのよね。わかる？」

女性のことなど、いずれ忘れる。任務のほうが大事だ。それが、私が局長として学んだ教訓だ。

私はかぶりを振り、「むずかしい話だな」と言って、アルマイサにキスをした。「でも、きみのモザイク画を見ればわかるかもしれない」

「お披露目のときは見に来てね。お友だちのホイットニーさんも一緒に。彼は芸術に詳しいようだから」

「ああ、都合がつけばな。けど、彼はいつも忙しいんだ。仕事の虫だから」

アルマイサは黙って頷いた。

波の音を耳にすると、完全な静寂に包まれているより心が和むので、私たちは外に出て、砂や小石を素足で踏みしめながらあたりを歩いた。ほぼ四週間を、そうやって過ごした。穏やかで、満ち足りた四週間を。まだ道はある、満足のいく結末にたどり着くことはできるという幻想にしがみつくのは簡単だった。

33

二〇一三年四月十四日の《ニューヨーク・タイムズ》に、〝バーレーンで大規模な武器工場が発見される〞という記事が載った。バーレーン当局が、木工所を装ったブダイヤの建物の奥に大量の武器が隠してあるのを発見したという記事が。カラシニコフ百二丁、C-4及びプラスチック爆薬八十八キロ、対空ミサイル二発、四万ドル相当の油圧プレス機、金属製ラス三枚、長距離ファジル5ミサイル二発、それに、イランがゲリラ戦で好んで使用している爆発成形貫通弾が五十発以上。リストはさらに続き、数十種類を超える武器の詳細とカシムの情報を裏づける写真が数枚添えられていた。

バーレーンのアブダル・マティーン情報局長からの報告書には、暫定的な調査でイランとのつながりが確認されたと記されていた。武器とともに発見された電子機器はイラン軍のコンテナボックスに入った状態で、ペルシャ語の説明書が添付されていた。分析の結果、押収されたプラスチック爆薬はすべてイラン国内の製造施設二カ所で作られたもので、爆薬の一部は、イラク駐留米軍に対する使用を目的としてテヘランがシーア派の武装グループに提供したものと成分が同じだと判明した。押収されたC‐4の量はこれまで発見されたなかでもっとも多く、二〇〇〇年にアルカイダが米艦コールを襲撃した際に使用した量に相当する。押収されなければ、反政府派の攻撃能力は格段に向上していたと思われる。われわれは、反政府派が非武装の自国警察から国外に目標を転じ、バーレーン政府のみならず同盟国相手により効果的かつ致命的な攻撃を計画しているのではないかと危惧している。ただし、そのような方針転換も、外部からの支援、指導、訓練の提供なしには達成できなかった可能性が高い。今回の武器の押収は、イランの見境のない行動がバーレーンや近隣諸国における安全と安定を脅かしていることの証左にほかならない。

ワシントンでは、ついに大統領が沈黙を破って反政府派を非難し、国務長官はバーレーン駐在大使の進言に従って、フォーティーン・フェブラリーの幹部に対しただちに制裁を加えると宣言した。国防長官は、バーレーンへのF‐16戦闘機の販売とサウジアラビアへの戦闘艦艇販売の条件から人権侵害を除外すると発表した。それを受け、イランはNATOへの対抗手段としてロシアの集団安全保障条約機構への加盟提案を受け入れると発表し、ロシアはS‐300ミサイルシステムと十一機のMiG‐29、二十台のT‐72戦車の販売契約とともにイランの加盟を歓迎した。

夜間外出禁止令の発令は一時間早くなったが、警察は市内全域に網を張りめぐらせて警官殺害者の捜索を続けた。いつもの待ち合わせ場所は危険なので、ラシードには隠れ家の位置情報を携帯で知らせた。

何かおかしいというのは、なかに入ったとたんに気がついた。いつもと違うにおいがしたのだ。ハバノの葉巻のにおいが。甘くてスパイシーな、あの独特のにおいは間違えようがなかった。

ジミーはなぜここへ来たのだ？　なぜ、私がここにいるとわかったのだ？　部屋のなかを歩きまわって、ドアのうしろやソファやベッドの下をチェックした。確信はなかったものの、理性が徐々に不安を抑え込んだ。ハバノの葉巻を吸う人間はジミーだけではない。確かにハバノの葉巻は高価で、外国人に人気があるが、地元の人間も吸っている。もしかすると、漁師かもしれない。私はあの男のすべてを知っているわけではない。あるいは彼の友人か、家族の誰かかもしれない。

ドアをノックする音が聞こえた。

「そこにいるのは誰だ？《ミーン・フナク》」

「置いてある道具を取りに来たんだ《ジート・ラキス・クータ・アル・ゲール》」

ドアを開けるとラシードが入ってきて、鼻をひくつかせながらあたりを見回した。「葉巻を吸ってるのか、ハビビ？」

「いや」私はドアを閉めた。「ここの持ち主が吸ってるんだ」

ラシードが上着を脱いだ。彼はまた白いトーブを着ていた。

「尾行されてないんだな？」

「大丈夫だ、ハビビ。尾行されてたら、ここには来てないよ。おれはまだ家に戻ってないんだ。あんたの指示どおり、友だちのところにいる」ラシードはソファに座ってタバコに火をつけた。「革命工場が見つかってしまったのは知ってるよな」

「ああ。だからきみを呼んだんだ」

ラシードは、コーヒーテーブルの上の安っぽいプラスチックの花瓶にタバコの灰を落とした。「もちろん、すべてでたらめだ」

「どの部分がでたらめなんだ？」

「やつらが発見したと言っている武器のことだ」ラシードは、何かを追い払うように大きく手を振った。「爆発成形……正式名称は何だ？」

「爆発成形貫通弾だ」

「そう、それだ。それに、対空ミサイル、カラシニコフ、九十キロ近い爆薬？」ラシードは、くすくす笑いながらかぶりを振った。「九十キロの爆薬を何に使うんだよ、まったく」そう言って私を見た。「あんたもあそこを見たよな。なのに、なぜ?」

「きみは長いあいだ嘘だと言っていた。だが、嘘ではなかった。もしかすると、あの工場にはべつの部屋があったのかもしれない。きみはすべてを見せてくれなかったのかもしれない。おれの上司はきみがおれたちを騙したんだと思っている。新聞には写真が載っていた。化学薬品の入ったドラム缶や白い粉の入った袋の写真が」私はしばし間を置いて、慎重に言葉を選んだ。「アメリカに守ってほしい、助けてほしいと思っているのなら、おれたちはほんとうのことを知る必要がある。きみはおれたちを騙した。世界はおれたちが対抗措置を取るのを望んでいる」

ラシードは静かにタバコを取り出して、あらたに発見された遺物の価値を見極めようとするかのように眺めた。「情報源はわかってるんだ」

「なるほど。で、それは誰だ?　おれがあの工場の場所を漏らしたのかもしれないよな」

「カシムという男だ。知ってるか?　会ったことはあるか?」タバコの煙が円を描いてラシードの顔のまわりに漂った。「おれたちの仲間なんだが、二重スパイなんだ。やつは国王側に情報を流し、おれたちはそいつから情報を得ている。もちろん、得る情報のほうが多い。からくりはあんたも知ってるはずだ」ラシードはポケットに手を入れて紙を差し出した。武器のリストで、カシムが私に渡したものと同じだった。否定しようのない、完璧な証拠だ。

「カシムか……なぜ内緒にしてた？」

「やつのことを知ってるのはほんの数人だけだ。おれたちも秘密を守る必要がある。あんたらは何と呼んでるんだっけ？　情報の区分化か？　けど、例のニュースが流れて、あんたが会いたいと言ってきたんで、話す必要があると思ったんだ」

ラシードの話を受け止めて、カシムを真の革命支持者として、反政府派の仲間としてとらえ直すのに一分かかった。私はカシムのことを欲深くて油断ならない男だと思っていた。平気で安っぽい嘘がつける男だと思っていた。だが、あの痩せた体もぼさぼさの眉も、貧困と二重生活のせいだったのだと、とつぜん気づいた。

「つまり、武器はすべて——爆発成形貫通弾も、ミサイルもカラシニコフも……」

「空想の産物だ。ハリウッドがよく言っているように、ゼロから作り上げたものだ。アブダル・マティーンとナーイフが武器のリストをカシムに渡して、アメリカ人に見せろと言ったんだ。誰だって信じるだろ？　それに、新聞の写真も説得力がある。おそらく内務省の資料写真だろう。あるいは、サウジが写真を提供したのかも。連中はわんさと武器を持ってるからな」

「それにしても、カシムはなぜ革命工場の場所を明かしたんだ？」

「おれたちも、政府側に何らかの情報を差し出す必要があったんだ。カシムが貴重な情報を提供しなければ、お払い箱になってたはずだ。もしかすると、もっとひどいことになっていたかも」ラシードは諦め顔で肩をすくめた。「それがゲームのルールだろ？　けど、このぐらいですんでよかったよ。警察のために一部は残しておいてやったが、大半はべつの場所に移してあったから」

「そんな馬鹿な。信じられない。政府側の作り話だなんて、あり得ない」

「押収された武器を自分の目で見たのか？」

「いや。だが、見ることはできる。内務省の知り合いに電話をすれば」

「じゃあ、そうしてくれ《ミン・ファドラック》。押収された武器を見て、報告してくれ。ついでに、あんたらがそれらの武器を念入りに調べてもいいかどうか訊いてくれ」ラシードはそう言って首をかしげた。「あんたがその気になれば自分の目で確かめることができるのに、おれが嘘をつくか？　考えてもみろよ。武器があれば使うはずだろ？　革命は二年も続いている。おれたちは何を待ってるんだ？　信じてくれ。おれたちが貴重な武器を眠らせておくようなことをするわけがない」

「革命工場はどこへ移転したんだ？」

「それは知らなくてもいい。あんた自身の身のためだ。わかってくれるよな」

「カシムが二重スパイだったとはな。いや、三重スパイか」私はまだ信じられずにいた。

「やつの話は——やつがわれわれに言ったことはすべて嘘だったのか？」

「嘘もあれば真実もある。世の中のすべてがそうであるように」ラシードが薄ら笑いを浮かべた。「自分が弱い側の人間なら、情報を提供しても問題はない。失うものより得るもののほうが多いので」

「で、イランのことは？　あれはほんとうなのか？　テヘランから多額の資金や訓練の提供を受けているというのは？」

「いいや」ラシードの表情が険しくなった。「おれはあんたにほんとうのことを話した。だから、おれたちの革命が成就しそうにないのはわかっているはずだ。おれたちはテヘランから何の援助も受けていない。けど、カシムはアブダル・マティーンとナーイフに彼らが望む話をしてるんだよ。だから、彼らはまた話を聞きたいと言ってくるんだ」

私はラシードの顔を見つめた。ラシードは揺るぎない表情を浮かべていた。「場所を漏らしたのはカシムだったんだな。だから、きみはおれじゃないとわかってたんだ」

「そうだよ、ハビビ。あんたじゃないのはわかっていた。あんたがおれを裏切らないのもわかっている。例の警官の件でもおれを裏切らなかったし。恩に着る《アルハムドゥリラ》。これからも、たがいの秘密は守らないとな」

煙の充満した部屋のなかで見つめ合っているうちに、夕刻の祈りの呼びかけが聞こえてきた。そのときだったような気がする。いまだに確信はないし、詳しく説明することもできず、もちろん、見えもしないのだが、私はそのときにあと戻りできない一線を越えてしまったような気がする。もしかすると、そうではなくて、帰る間ぎわにラシードが口にしたひとことが原因だったのかもしれない。

「じつは、ほかにもあるんだ。あんたに話すべきかどうか迷ってるんだが」

「何のことだ？」

「もしかすると、誰の話を信じればいいのか、どちらの側につけばいいのか決める際に役に立つかもしれない」ラシードはまだ私を見つめていた。

沈みかけた太陽の光が窓から射し込んで壁に反射した。ラシードはまたタバコに火をつけた。「あんたらのなかに情報提供者がいると言ったのを覚えてるよな」

「覚えてる」

「そいつは重要な情報を流してくれた。あんたらの提督について。袖に金色の線の入った服を着てはいるものの、彼はあんたが思っているような人物じゃない」

34

「オアシスという名の絨毯屋を調べてくれ」ホイットニーは日曜の朝に私をオフィスに呼んだ。「反政府派はそこを資金や物資の隠し場所として利用しているらしい。それと、あらたな協力者をスカウトしてくれ。スクループは情報を入手できなくなったか嘘をついているかのどちらかだ」

貧しい者たちにとっては一週間のはじまりであるその日曜の朝に、法務イスラム事項大臣は、治安当局高官死亡事件の捜査が完了してすべての証拠がジュネイドの関与を明確に示唆していると発表した。反政府派の指導者であるジュネイドは、国内にいるイラン人工作員の助言と支援を得るのと同時に刑務所の独房から複雑な犯罪ネットワークを使って作戦を指揮したと、大臣は述べた。アル・ハッサン少将の右腕であった故人は、政権幹部を動揺させるのと同時に精鋭部隊の評判を汚すために暗殺の標的にされたのだと。捜査の詳細は、情報源への配慮と安全保障上の理由で明らかにされなかった。ジュネイドは即刻、国家安全法廷と称する特別軍事法廷で裁判員裁判に付されることが決まった。緊急事態が続いているとの理由で、傍聴人や報道関係者の入廷は禁止された。適正な手続きを公然と無視したその裁判は、軍人一名と法務総監に任命された民間人二名からなる、計三名の裁判員によってリファーにある国防軍の施設で開かれることになった。

審理は迅速に行なわれた。人権擁護団体は、ジュネイドが弁護人に相談することも許されず、国側の証人を尋問したり自らの弁護のために証言したりすることも禁じられたと、世界中の新聞社に訴えた。国は、多くの状況証拠や怪しい証言を提示した。証人のなかには、釈放と引き替えに証言台に立った、ジュネイドと同じ刑務所に収容されている囚人もいたが、皆、本人から聞いたと言って、ジュネイドの活動やイランとの接触や、国民を動揺させたり国を不安定化させたりして政権を転覆させる手の込んだ計画についてぺらぺらとしゃべった。ジュネイドは事件当日に数十人に及ぶ治安部隊幹部の殺害を計画していたが、アッラーの恩寵によって、殺害されたのはたったひとりだったと検察官は主張した。検察官の主張は詳細で、具体的で、かつ説得力があった。ジュネイドの犯行の残忍さは、彼の最高傑作の詩に匹敵するほど並はずれたものだとも述べた。ジュネイドはイラン人工作員の助けを得て数カ月前から計画を立てていて、凶器の調達、逃走経路の確保、実行犯に対する監視及び対抗監視の方法の指導など、周到な準備をし、実行犯が犯行後に被害者の遺体をバラバラにして波高い海に投棄したのだと。

裁判員は加重殺人罪を認定し、全員一致で有罪判決を下した。バーレーンへの武器の持ち込みや外国人の不法入国幇助、外国勢力との協力、立憲君主制の転覆を企てて武装集団を結成し、率いた罪、それに、軍隊の弱体化を図り、軍事作戦に影響を及ぼしたことで敵を利した罪も付与された。量刑はべつの審理の場で決定されるが、当然、死刑になる可能性もあった。


罪悪感を感じる必要はないと思った。だから、その気持ちが揺らがないように、ジュネイドに有罪判決が言い渡されてからの一週間は〈トレーダー・ヴィックス〉と〈エアポート・カフェ〉をはしごして酒浸りの日々を過ごした。アルマイサには仕事が忙しいと伝えた。後悔や責任を感じていてはスパイなど務まらない。私はこれまでずっと、目立たないように、怪しまれないようにと細心の注意を払ってきた。自分だけでなく、情報提供者の正体も見破られることがないように気をつけてきた。その習性は、私の血の、私の体の一部となった。それが私という人間で、自分に対してとつぜん嫌悪感を抱く理由はなかった。

警官が死んでも死ななくても、ジュネイドが有罪判決を受けるのは避けられなかった。

ラシードが会いたいと言ってきたときは、ほっとした。私も無性に会いたかったからだ。

彼は共犯者であるのと同時に、たがいが犯した罪の唯一の生き証人だ。自分には関係のないことだ、新聞の仰々しい見出しどおりだったのだと思えるようになるには、秘密の共有者と胸のうちを明かし合って心の重荷を消し去る必要があった。

35

ドライドック刑務所のずんぐりとした黄色い小塔を沈みゆく夕日がまだらに照らしていた。「米国海軍基地のシェーン・コリンズだ」私は外交パスポートを高く掲げた。

無愛想な門衛は写真と私を見比べた。「どうぞ《タクダム》、ミスター《セイド》・コリンズ」

建物のなかに入ると、仕事熱心なパキスタン人が汚い手で私の身体検査をして、犬が靴のにおいを嗅いだ。私がポケットの中身を取り出すと、パキスタン人はマルボロの箱を手に取って、中身をカウンターにぶちまけた。「タバコはダメ」

「それはあんまりだ」私はにやりと笑った。「一本吸って、正真正銘のタバコだと証明してみせようか？」

パキスタン人は何も言わずにタバコの箱と中身をゴミ箱に捨てて、金属探知機のほうへ顎をしゃくった。そこには看守が待機していた。

私と、その看守の足音がコンクリートの床に響き渡った。そこは警備度の低い棟で、鉄格子の向こうから細い腕や肘や膝が廊下に突き出していた。収容されているのはほとんど女性と子どもで、おそらく医者もいたはずだ。錯乱して、静寂を引き裂く意味不明の叫び声を上げている者もいた。

廊下を通り抜けてべつの棟へ行くと、そこの房には鉄格子ではなく頑丈な扉がついていて、窓代わりの小さな穴もふさがれていた。照明も暗くて、閉所恐怖症に陥りそうな気がした。そこには、麻薬常用者や窃盗犯、反国家主義者、イスラム厳格派《サラフィー》、シーア派の反体制活動家など、アラブ世界のはみ出し者が収容されていた。缶詰のイワシのように狭い房にぎっしり詰め込まれているのは、まさに現代の地獄絵だった。就寝用のマットとコーランだけが置かれた部屋を歩きまわる囚人たちの姿が、わずかな隙間からちらっと見えたが、廊下から足音が聞こえてきても、誰も興味を示したり自分から声をかけたりはしなかった。まるで売春宿のようだと思った。そこには、罪と汗と、溢れ返ったトイレのにおいと、孤独と同時に感じる連帯感と、大声では言えない秘密が充満していた。社会から隔離されて他人への気遣いを失ってしまった者たちの咳や排便や自慰行為などの、あまり耳にしたくない音も聞こえてきた。

ようやく面会室に着くと、看守が私をひびの入ったプラスチックの椅子に座らせた。

「すぐに来ますので」

本人と会ったとたん、見てはいけないものを見たような、妙な感覚に襲われた。革命の顔とも言えるジュネイドは想像していた姿とはほど遠く、期待はずれだった。カリスマ的な指導者は気力と希望に満ちていて、年齢など感じさせないはずだと思っていたのに、彼はすっかり年老いて、弱々しかった。まだ五十代の半ばなのに背中が曲がり、頼もしい感じのするかつての写真ではふさふさとしていた銀髪もほとんど抜けて、顔は骨が浮き出ていた。マナーマの街では、癌が進行してあと数年の余命だという噂も流れていた。反政府派が運営する地下病院での初期治療が不適切で、刑務所の医者もまともに診てくれなかったからだ。しかし、それさえも(《ガルフ・デイリーニュース》がジュネイドの病気を梅毒と呼んだことだけでなく)、反政府派が同情を集めるために、あるいは、政府が病いに侵された反政府派指導者の信用を失墜させて組織を弱体化させるために仕掛けたプロパガンダなのかもしれなかった。ただし、そんなことなど、本人が私の目の前へ歩いてくるまではどうでもいいと思っていた。が、彼は痩せた体を引きずりながら私の顔を見つめて歩いてきた。粗末な囚人服の上からでも、痩せ衰えて骨と皮だけになっているのが、そして、それが何週間にもわたるハンガーストライキの悲惨な結果であるのがわかった。これでは死刑になる前に死んでしまうと、私はほぼ確信した。

ジュネイドがテーブルの手前まで来た。さかんにまばたきをしていたのは、長いあいだ暗いところにいて急に明るいところへ来たときの、本能的な反応だ。囚人服のズボンには小便の染みがついていて、しかめ面をしていたのは、機嫌が悪いせいではなく、いつも同じ表情を浮かべているあいだに顔が歪んでしまったからのようだった。彼は手錠をガチャガチャ鳴らしながら右手を差し出し、握手をして私の正面に座った。癌の進行と全身状態の悪化のせいで死期が近づいているのは一目瞭然だった。革命のカリスマは墓に片足を突っ込んでいた。

私は自己紹介をしたあとで、先ほど没収されたのをころっと忘れてジュネイドにタバコを吸うかと尋ねた。ジュネイドは黙って手を伸ばしたが、数メートルうしろに立っていた看守が慌てて止めに来た。ジュネイドは苦笑を浮かべ、歪んだ口を震わせてつぶやいた。

「ここでは人間性が剥奪されるんだ《アル・タジリード・ミン・アル・インサニヤ》」

私は両手を上げて、看守に何も持っていないことを示してからジュネイドに向き直った。

「調子はどうですか？」と、英語で尋ねた。「待遇は？」

「連中にとって、私はもっとも大事な囚人だからな。特別待遇を受けてるよ」ジュネイドは、また笑みを浮かべようとした。

そこから先はアラビア語に切り替えた。「当局から聞いておられるでしょうが、私はあなたが適切な処遇を受けているかどうか確認しに来たんです。ドライドック刑務所が人権プロトコルを遵守しているかどうかを」そう言って、ジュネイドの上半身、下半身、そして、テーブルの下に隠れた小便の染みに目をやった。「食事は充分に摂れてますか？　よく眠れますか？　とくに問題なさそうに見えますが」私は彼と目を合わせることができなかった。

「アメリカの友人よ、もう一度、名前を教えてくれないか？」ジュネイドは目を細めて私を見つめ、ふたたび手錠をジャラジャラ鳴らしながらテーブルの上に両手を置いた。手には縛られた痕がついていた。膨らんだウジ虫ほどの大きさの痣がいくつもできていて、圧迫されたところとそうでないところが紅白の縞模様になっている。バグダッドでは、内務省が自白や情報を引き出すために電気ショックを加えていたが、ドライドック刑務所にも拷問用の小部屋があるのは間違いなかった。

「コリンズです。シェーン・コリンズ」

私たちは、刑務所での生活についてしばらく当たり障りのない話をした。ジュネイドは、独房の家具のことやトイレに行く頻度や、外に出られる回数と時間について話してくれた。看守はしだいにそわそわしだして、部屋のあちこちに目をやっていた。

これはジュネイドをこちら側に引き込むチャンスだと私が言うと、ホイットニーは仕事を中断して机の上にペンを置いた。「あの男がこれほど窮地に立たされたことは、これまで一度もなかった。やつが国王側につくことがないのは明らかだが、アメリカ側につく可能性はある。われわれが介入すれば、やつは死刑を免れることができる。フルタイムの情報提供者として雇わなくても、情報を手に入れることはできる。テヘランが何を企んでいるのか、この際、はっきりと突き止めたい」ホイットニーはきらきらと目を輝かせた。この仕事をはじめてから耳にしたなかで最高のアイデアだ、と彼は言った。私に、戻ってきてくれてよかったとも言った。さっそく本部に報告し、私が正当な評価を受けられるようにして、ドライドック刑務所とも交渉すると。私は、もっともらしい口実が必要だと念を押した。そういうわけで、私は刑務所を定期的に訪れて収容者の生活環境や国際条約及び軍事プロトコルが遵守されているかどうか確認し、人権団体に適切な手続きが踏まれていることを伝える米国当局者ということになった。たとえ正体を見破られても――見破られるのは時間の問題だったが――不都合なことはなかった。私はジュネイドから情報を得ることができて、それは国王側のためになる（もちろん、情報は共有するつもりだったからだ）。交渉を有利に進めるために、アメリカが武器の禁輸を再検討していることをホイットニーがにおわせるという手もあると話すと、彼は見直したと言いたげな面持ちで私を見つめた。いや、羨望も混じっていたかもしれない。思いつかなかったことを悔やんでいたのだろう。

看守に聞こえるように、私は少しばかり声を上げた。「お話ししないといけないことがもうひとつあるんです、ハビビ」

ジュネイドが眉を上げた。

「単刀直入に言います。あなたは複数の罪で有罪判決を受けています。重大な罪で。あなたも私も、この先どうなるかはわかっています」

ジュネイドは窪んだ黒い目を潤ませて、死刑は免れないという勝手な決めつけを否定するかのように私を見つめた。

「誰もあなたの死を望んでいません」と、私は続けた。「あなたが率いる反政府派も、アメリカも、それに、信じられないかもしれないが、国王も」そこで身を乗り出して、声を落とした。「国王はあなたを殉教者にしたくないんです。あなたが刑務所で朽ちはてようと、殉教者にだけはしたくないんです」

「私が死を恐れていると思うか？　死は大いなる名誉だ。その時になれば、アッラーが迎えにきてくれる」

「なるほど。死を恐れているのならハンガーストライキはしないでしょうから。しかし、あなたは私の言うことを理解しておられないようだ。あなたは自分のことだけを考えていてはいけないんです。多くの人があなたを頼りにしています。いや、国中の人が」私は言葉が熟すのを待った。「それに、あなたは人間だ。私と同じ男だ。だから、わかるんです。男は誰でも、何かを成し遂げたい、名を残したいと思うものです。死んだら何も残りません。これは、あなたにとってチャンスなんです、ハビビ。あなたは何かを成し遂げることができます。生きてください」

ジュネイドは何も言わなかったが、私の話は聞いていた。

「ひとつ提案があるんです。われわれを助けてください。われわれ、アメリカ人を」私はジュネイドの目を見つめた。「国王ではなく、アメリカ人を。われわれは中立です。どちらの味方でもない。欲しいのは情報だけです。信頼してください。われわれが忠誠を誓うのは真実に対してだけです。その代わりに、われわれはあなたを助けます」

「もしかして、きみは……」

「お願いです。よく考えてください。いま決める必要はありません。数週間後にまた来ますので、そのときに返事を聞かせてください」私が看守を見て頷くと、すぐに駆け寄ってきた。看守はジュネイドの腕をつかんで立ち上がらせようとしたが、角度のせいか、乱暴だったからか、年老いた革命家はよろめいてがくんと膝を折り、蝶番のゆるんだおもちゃのように床に倒れた。骨と皮だけになった哀れなスケープゴートは、一瞬、私を見上げた。

彼は反政府派の生贄《いけにえ》ではなく、もはや完全にこっちのものだった。

私は、「よく考えてください」と繰り返した。「死んだら何も残りません《アル・マウタ・レ・ヤトリクン・アサラン》」

36

私とアルマイサの関係に変化が生じた。会う回数が減り、会ってもなんとなく気詰まりで、居心地が悪かった。汚い隠れ家で眠ることの嫌悪感や屈辱感のせいなのか、隠れてこそこそ会うことしかできないからなのかはわからなかった。暴動の影響もあった。空港や港が閉鎖されたために海外からの援助が急減し、施設の子供たちは、赤新月社や国境なき医師団、グローバル・ソサエティなどからのわずかな人道支援物資に頼って暮らしていた。サナアもこのあいだあなたが会ったときとは別人のようになっていると、アルマイサは私に言った。痩せて、顔色も悪いと。路上で暮らしている子どもたちは栄養失調に陥り、デモに巻き込まれて命を落とした子どももいるとのことだった。バーレーンに来て以来、最悪の状況だと彼女は言った。

暴動はアルマイサを蝕《むしば》んだ。一緒にいても、政治の話しかしなくなった。彼女は君主制への反対を声高に訴え、おじは長年に及ぶ王家の圧政と弾圧によって命を落としたのだと繰り返した。彼女の話はあまりに過激だったので、外ではけっしてそのようなことを言わないと約束させた。

はじめて喧嘩をしたのは、そうした話の最中だった。ジャシム国王もサダム・フセインと同じだと、おじや両親を殺した湾岸諸国の暴君らを罵ったあとで、とつぜん私に食ってかかってきたのだ。家族を失うのがどういうことか、あなたにわかる？　あなたは息子さんとさえ話をしないわよね！　いまでも夢に出て来るのを知ってる？　両親を連れ去った諜報員が、夢に。諜報員なんて、大嫌い。バーレーンにもうようよいるわ。彼らはスラム街のすべての家を、すべての動きを監視してるの。ゴキブリみたいにいやなやつらだわ。人々を敵対させて、密告者に仕立て上げるんだから。密告者が私の両親を売ったのよ。諜報員は兵士よりひどいわ。少なくとも、兵士には引き金を引く勇気があるから。

私は、彼女の目が怒りに燃えているのを見て部屋を出た。

ある日の午後、アルマイサはファティマ王妃からの差し入れだと言って料理を持ってきた。国王の四人の妻のひとりであるファティマ王妃に仕えるバングラデシュ出身の料理人が、自分の産んだ私生児を預かってくれている感謝のしるしとして、定期的に施設へ残り物を持ってきてくれるらしい。アルマイサは隠れ家のテーブルに豪華な料理を並べて、召し上がれと言った。

王家には八十人の料理人がいて、三つの厨房でアラビア料理とモロッコ料理とヨーロッパ料理を作っていると、アルマイサが教えてくれた。厨房の床にはイタリア産の大理石が敷き詰められていて、純金の食器やボヘミアのクリスタルグラスがずらりと並んでいるのだそうだ。私は、ザクロを添えたナスのムースと、ニンニクとレモンで風味づけしたホタテ、ラムのミートボールのゴマレモンソース添え、コーンウォール産の鶏のバーベキュー、クルミとカルダモンのクレープ、それにローズウォーター・クリームのパフを食べた（ローズウォーターはパリから特別に取り寄せたものだという話だった）。ひとつの皿に十人分ほどの料理が盛られているので、料理の残りの一部は使用人用に取っておいて、あとはいつも車に積み込まれた。その車はどこへ行くのか？　皇太子とその友人たちの家だ。国王の寛大さを示すために。貧しい庶民や養護施設には何も届かなかった。親切なバングラデシュ出身の料理人が持ってきてくれるもの以外は。

食事を終えると、アルマイサは王族が好むキャビアについて――ベルーガとオシェトラとセヴルーガについて――詳しく説明してくれた。彼女によると、昨年の春に宮殿の近くでデモが行なわれていたときに、使用人がうっかり門を開けっ放しにしていたらしい。それで、デモの参加者がなかをのぞいて、花が咲きみだれる中庭や熱帯樹の木立や、バナナやオリーブの木を目にした。そこへ、ロシア産のキャビアの缶詰を積んだトラックがやって来たという。ジュネイドのことを知ったのは、彼がそのキャビアについて詩を書いたからだとアルマイサは言った。〝私たちはルビーを目にした〟。アルマイサは、ジュネイドの詩を引き合いに君主制の腐敗について話し続けた。

アルマイサが急に過激になったのか、徐々になのか、べつに過激になったわけではないのか、いまとなってはわからない。ただ、静かに座って、左右の合わない靴下のような過去の断片を突き合わせているうちに、彼女の心のなかではつねに革命の火が燃えていたのだということだけはわかった。おそらくそれは、親から受け継いだ抗いようのない運命だったのだろう。いや、私がようやく彼女の話に耳を傾けるようになっただけのことかもしれない。どんな解決方法があったにせよ――完璧な解決方法があったとは思えないが――私たちの関係が変わろうとしていたのは確かで、いつもたがいのあいだにどんより漂っていた答えのない疑問が明確な形を持って、どんどん膨らんで、ついにはまわりを埋めつくした。

37

裏切りに気づいたのは五月だった。五月になると、春の穏やかな気候は忘れ去られて灼熱の太陽が大地を焦がし、海風が砂を巻き上げて空を麦芽色に変え、漁師たちは早朝から古びたダウ船で海に出るようになった。

いつまで経っても日が暮れず、月はジンのしずくのような光の影を海に映していた。その夜は隠れ家でアルマイサとともに過ごした。彼女は私より先に来ていて、隠れ家をあとにするときは、デモがはじまる前に家に帰らないといけないというようなことをつぶやきながら、いつになく慌てて車に乗り込んだ。私は遠ざかっていく車を目で追った。彼女の車から舞い上がる砂埃を見つめていると、彼女は永遠に私のもとを去って二度と戻ってこないかもしれないという思いが頭をよぎったが、私もそのまま家に帰った。

スパイには、スパイ特有の勘がある。一般的には直感と呼ぶのだろうが、そうではなく、長いあいだ正体を偽って追ったり追われたりしているうちに身についた感覚の寄せ集めのようなものだ。誰かがいつもと違うことをすれば、一時停止標識が曲がっているのに気づくのと同じくらい簡単に見破ることができるし、嘘や隠蔽は自ら正体をあらわにする。あの晩も、ギターを置き忘れてきたからではないと自分に言い聞かせた（ギターは関係ないと）。気になるのは、何かほかのことだと。時間のことかもしれなかった。夜間外出禁止令の発令時刻までにアルマイサが家に帰り着くのは、どう考えても無理だった。彼女が外出禁止令を無視したり忘れたりしたことは一度もなかった。警察に捕まるような真似をするとは思えなかった。だから、どこかに泊まる場所があるに違いないと思ったのだ。それとも――もしかすると、隠れ家に戻ったのかもしれないと。ヒッド橋を渡りながら、私はそれまでの数時間を振り返った。彼女はそわそわしていて、落ち着きがなかった。それに、やけに私の機嫌を取ろうとした。危険かどうか見極めるだけの分別はあると訴えもした。

私は車をUターンさせて隠れ家に戻った。心配で、胃がきりきりと痛んだ。ラジオから流れてくるのは、近々開催されるフードフェスティバルの宣伝ばかりだった。有名なシェフを招いてバーレーン湾でクッキングショーが開かれますという、国王のスポークスマンの声だけだった。

わずか数分しかかからなかったような気がするのだが、とにかく猛スピードで島の三分の二ほどの距離を走ると、暗闇のなかから隠れ家が姿をあらわした。あたりは静まり返っていたので、胸を撫で下ろし、ヘッドライトを消して、角を曲がったところに車を駐めた。隠れ家のドアを開けても、電気をつける気にはなれなかった。ソファの上に置き忘れたギターは、我慢強い子どものようにじっと私を待っていた。ギターを手に取る前に寝室へ行って、ベッドを見つめた。アルマイサはその晩、私の求めを拒んだ。

とつぜん玄関のドアが開いた。半開きのままだった寝室のドアの下のわずかな隙間から黄色い光が見えて、光のなかで影が動いた。漁師が来たのかもしれないと思ったが、聞こえたのは低い女の声だった。続いて男の声も聞こえたが、小さすぎて、誰の声なのかはわからなかった。ふたりは何かしゃべっていた。内容は聞き取れなかったが、イントネーションで英語だとわかった。声はしだいに大きくなって、語気も荒くなった。口論しているようでもあった。寝室が宙に浮き、頭がくらくらした。男は大きな声で笑った。まるでそばにいるかのように、はっきりと声が聞こえた。支局長の、みんなも一緒に笑ってくれると確信している笑い声が。吐き気が込み上げてきたが、なんとか抑え込んだ。汗が背中を流れ落ちた。

何か、そこそこ大きなものを持ち上げるような音がしたかと思うと、ギターを――私のギターを――適当に掻き鳴らす音が聞こえた。あの男が私のギターを弾いているのだ。耳障りな不協和音を奏でて面白がる子どものように、弾けもしないギターを弾いているのだ。

女も、それを聞きながら笑った。ギターの音が聞こえるたびに、私の脳は腫れあがった。音が——ひとつのコードが——けたたましい警報のように思えた。私にとっては、耐えがたい苦痛だった。その衝撃は、酔っぱらった父に殴られたときより大きかった。

やがて、足音と衣擦れの音が聞こえた。彼らはすでにギターを置いていた。私の脳の腫れも、もう治まっていたので、寝室に向かっているのだろうと思った。そうでないなら、なにをしにここへ来たのだ？　そっと数歩歩いて、ベッドの上に上がった。マットレスは思った以上にきしんだが、彼らのくだらない冗談と大きな波音が掻き消してくれた。朽ちかけた木製の枠のついた窓を開けると、剝がれたペンキがベッドに降り注いだ。気が逸《はや》っているので、彼らは気づかないはずだ。そう思うと、倒錯した満足感が込み上げてきた。私は狭い窓の隙間から飛び降りて、ドスンという音とともに肩から着地した。痛む肩をさすりながら耳をすました。彼らは話をしながら寝室まで来た。もう寝室のなかに入ったのか、話し声がよく聞こえるようになった。ただし、相変わらず何を話しているのかはわからなかった。ゆっくりと立ち上がり、彼らがまだ寝室に入っていないのを確かめてから、そっと窓を閉めた。エビ漁用のかごが置いてある裏手の小屋のほうへ回り込み、何度も深呼吸をして潮のにおいがする空気を吸い込んだ。ひと息吸うごとに気持ちが落ち着いた。遠くの水平線に彼女の姿が見えた気がした。褐色のなめらかな肌には染みひとつついていなかったが、もはやそうではなく、あの若い男の貪欲な手で汚されていた。

母屋のほうには窓が数個しかなかったが、それでも窓のそばを通るのは避け、闇にまぎれながらふらふらと隠れ家の前に戻って目にした光景に答えを見いだそうとした。そこには、あの男の黒いセダンが駐まっていた。ナンバープレートの数字は読み取れなかったが、監視データを収集するかのようにナンバーの並びと形を記憶した。近づくと、気づかれるおそれがあった。居間から漏れる光が庭を照らしていたからだ。彼女の車は見当たらなかった。通りの先に駐めているのか、あるいは、やつにどこかで拾ってもらったのだろう。帰ると言ったのは嘘だったのだと、ようやく気づいた。彼女は巧妙な手を使ったのだ。私を騙すために、帰るふりをしただけだったのだ。

私はしばらくその場に立ちつくしていた——数分か、あるいはもう少し長かったかもしれない。それから、庭に積み上げてある古いブイや漁の道具のうしろに身を隠しながらあたりをうろついた。その結果、ゴミ箱の下に潜り込むと玄関がよく見えることがわかった。腹這いになって、ひどいにおいのする暑い空気を吸い込むと、また吐き気が込み上げてきた。

真夜中を過ぎたころに、ようやくホイットニーが外に出てきた。見えたのは足だけだったが、鍵をジャラジャラ鳴らして口笛を吹いていた。彼は口笛が上手で、音も大きかった。

ベートーベンの第九を吹いていて、音が闇を切り裂いた。車のエンジンをかける音も聞こえた。彼の車は隠れ家の前をぐるっと一周し、ヘッドライトがあたりを黄色く染めた。ヘッドライトがゴミ箱をかすめたときは彼もこっちに目を向けたが、幸い見つからずにすんだ。私は地面に体を押しつけて、陰の奥へとあとずさった。

ようやくゴミ箱の下から這い出したときは、肩がズキズキと痛んだ。が、新鮮な空気を吸うと、生き返ったような心地がした。ホイットニーの車が通りの端に停まっているのが見えたときは、気づかれたのではないかと不安になった。車を降りて、ゴミ箱のうしろに怪しい人影はないかと律儀に調べはじめるホイットニーの頭にすばやい一撃を喰らわす場面を思い浮かべて、何かないかと地面を見回したが、あるのは砂だけで、棒や大きな石は見当たらなかった。それでも両手が使えるし、目的を果たすだけの力があるのもわかっていた。彼のぶよぶよした首をつかめばいいのだ。うまく不意をつくことができるはずだ。すでにひとり殺しているので、どうということはないと思った。どんなことだって、慣れるものだ。

ところが、彼は私が隠れていることに気づかないまま車で走り去った。私はゴミ箱のうしろから道路に目をやって、こぎれいな黒いセダンがヘッドライトを上下に揺らしながらでこぼこ道を遠ざかっていくのを見つめた。外出禁止令の発令中にどうやって検問所を通過するのだろうと思ったが、おそらく内務省から特別通行許可証をもらっていたのだろう。

隠れ家の明かりが消えた。アルマイサは泊まるつもりでいるらしい。彼女は、ホイットニーのような特別通行許可証を持っていないのだ。なかに入って彼女に問いただそうかとも思った。が、虚無感に襲われ、気力は前の晩に飲んだアルコールのように毛穴から染み出てしまった。だから、スクラップヤードへ行って朝になるのを待つことにした。

彼は芸術に詳しいようだとアルマイサは言っていた。まだあんなに若いのに十カ国以上で暮らしていたそうだとも。

38

常時監視を行なう際は、長期間にわたって生活パターンを観察する。誰も見ていないと思わせて、こっそり見張る。女が鏡の前で唇を突き出して口紅を塗っているときも、男が魅力的な女性の写真を眺めながら鼻をほじったりマスターベーションをしているときも。ひとりでいるときのホイットニーは腑抜けのようだったが、アルマイサは自信に満ち溢れて、潑剌としていた。

私は千ディナール以下の中古車を買って、アル・デイルの人里離れた砂丘に駐めておき、毎朝、そこで車を乗り換えてふたりの監視をはじめた。まずは、毎日リファービューズの近くにあるブライダルショップの駐車場に車を駐めて、酒とタバコの朝食で脳を刺激しながらホイットニーの黒いセダンがシェイク・サルマン・ハイウェイを走ってくるのを待った。砂埃にまみれたフロントガラスの向こうに見えるホイットニーの顔はいつもサングラスで隠れていて、きれいに梳かしてジェルを塗った髪はてかてか光っていた。たいていは彼を追って基地まで行って、怪しまれないように規定の時間まで働き、夕方から尾行を再開した。ホイットニーは対監視の訓練を受けていて、用心のために距離を置く必要があったので、ときどき見失うこともあった。

一週間経っても、ホイットニーの日課はがっかりするほど代わり映えがしなかった。職場と家を行き来するほかは、バーレーン国家安全保障局の会議に出席したり、アムワージ島にある提督の家で食事をしたりしていた。〈トレーダー・ヴィックス〉へも、ときどきひとりで行った。ジョーダンとはもう付き合っていないようだった。

ある晩、仕事帰りにリファーまで尾行すると、ホイットニーがめずらしく途中で何度か寄り道をした。アドリヤで中華料理を買い、雑貨屋にも立ち寄った（彼はタバコを吸わないし、基地内の売店で安くていい品を買えるのに、これは奇妙だった）。それから、自分の家の近くを通ってシェイク・サルマン・ビン・アフメド要塞へ行った。塔のある、その石造りの要塞のまわりにはほかに建物がないので、私は離れたところに車を駐めるしかなかった。汗をかきながら車のなかに座り、いったい何をしているのだろうと思いながらふたたび姿をあらわすのを待った。あたりは暗く、要塞を見物するような時間ではなかった。ホイットニーは四十五分後に要塞から出てきて、車に戻った。私は、安全な距離を置いてふたたびホイットニーの車のあとを追った。ルームミラーに、要塞から出てくるべつの男の姿がちらっと映った。顔はほんの一瞬しか見えなかったが、以前に見たときと同様に口ひげを生やしていた。ワリド・アル・ザイン。アドリヤの爆破事件を指揮した諜報員だ。いや、ほんとうにワリドだろうか？　しかし、つながりが曖昧で、見間違えたのかもしれないと思った。私の知らない人物なのかもしれないと。

尾行は、予想に反してアルマイサのほうがむずかしかった。私は勤務時間中にスラム街へ行って、アルマイサが訪れそうな店を監視した。彼女の姿は何度も見かけたが、尾行するのは至難の業だった。彼女は土地勘のない観光客と違って腹立たしいほど逃げ足が速く、ストリートチルドレンに負けないほど街を知りつくしていたので、スラム街の路地を野ウサギのように走りまわった。彼女が足を運ぶのは、アトリエや児童養護施設など、いつも同じ場所ばかりだったが、道具箱を持ってオペラハウスへ行くこともあった。ただし、長時間にわたって姿を見失うこともあって、そういうときは、行きつけの場所をさがしても車は見つからなかった。

ある日、彼女はアトリエを出るときに私に電話をかけてきた。私は通りの端に車を駐めて見張っていた。彼女は、監視するにはもってこいの、じつにあでやかなアバヤを着ていて、鳶色の髪がスカーフの下から私を誘惑していた。私はどこへ行くにもカメラを持ち歩くようになったので、何枚か写真を撮った（何のために撮ったのかはわからないが、たとえ何かの証拠にならなくても彼女を思い出すよすがになるのはわかっていた）。助手席に置いた携帯が鳴っているのを見ると、懐かしさと、日照りよりもはるかにつらい思いが込み上げてきた。そっと近づいて彼女を車に押し込みたい衝動にも駆られた。それに、轢き殺してやりたい衝動にも。

監視していても、彼女がどこに住んでいるのかは、まだわからなかった。突き止める前に夜間外出禁止令の発令時刻が来てしまうからだ。

一週間ほど経つと当初の疑念が薄らいだ。アルマイサの生活が不規則なのはわかっていたが（それに、仔細に観察すれば、誰の生活にも奇妙なところがあるはずなのだが）、私が目撃した彼女の生活パターンにとりわけ奇妙な点はなく、完全に誤解していたのではないかと思いはじめた。考えてみれば、おかしな話ではあった。ラングレーがアルマイサを防諜上のリスクとみなしているのに、ホイットニーが危険を冒してまで付き合うだろうか？　史上最年少の支局長で、前途有望な彼が、せっかく手にした評価を自らぶち壊すようなことをするわけがない。

あの夜の隠れ家での出来事を思い返しているうちに（何年も経ったいまでもときどき思

い返すのだが)、光景も音もぼやけて、確信が持てなくなった。アルマイサの車はなかった。ホイットニーは、ほかの誰かと一緒にあそこへ来たのだろうか? 聞こえたのは低い声だったので、ジョーダンではないはずだが、低い声の持ち主はアルマイサだけではない。しかし、アルマイサではなかったのなら、ホイットニーはなぜあの隠れ家のことを知っていたのだ?

そもそも、あの晩あそこへ来たのはホイットニーではなかったのかもしれない。あれはほんとうに彼の車だったのだろうか? リファーの近くで張り込んでいたときに目にした彼の黒いセダンは、あの晩見た車より汚れていた。明るかったので汚れが目立っただけなのか、それとも、べつの車だったのだろうか? ナンバープレートを読み取れなかったのが悔やまれた。はっきりと見えたのは靴だけだったが、すでにその記憶もぼやけてしまっていた。茶色だったが(いや、黒だったか?)、とにかく、欧米の男なら誰でも履いているような靴だった。

ということは、隠れ家のなかで話をしていた女性がアルマイサではなく、ギターをかき鳴らした男性がホイットニーではなかった可能性もあるのか? ふたりは英語で話をしていた。それは間違いないが、バーレーンには英語を話す人間が大勢いる。おそらく、あの忌々しい漁師は、金がほしくてべつの気まぐれな外国人に——高級ホテルに泊まるのはもったいないとか人目につくと思っている、淫らな既婚のイギリス人やヨーロッパのスパイや、交際規則に縛られた上級海軍士官にでも貸すことにしたのだろう。世の中にはさまざまな商売が存在し、毎日、地元の市場へ魚を売りに行く漁師には、さがさなくても客が寄ってくる。確信はないが、あり得る話だ。その仮説が頭のなかに広がるにつれて、そうだったのかもしれないと思えてきた。

勘違いだったのかもしれないと思うと、というか、自分で勝手に事実を歪めてしまっていただけなのかもしれないと思うと、慰めと安堵を見出すことができた。

ようやくアルマイサの住まいがわかった。その日、彼女は夜になってから養護施設に行って、〝グローバル・ソサエティ〟と書かれた箱を一時間近くかけて車から下ろしていた。施設の調理場の棚に押し込んであった、寄付された食料品や医療品と同じ箱を。誰も助けに出てはこず、彼女がか細い手で重い箱を下ろしているのを見ているうちに、駆け寄って助けてやりたくなった。彼女がすべての箱を下ろして施設をあとにしたのは、夜間外出禁止令が発令される二時間ほど前だった。私は、あまり距離を置かずに彼女の車を追った。気づかれるのではないかという不安もあったが、彼女を見失いたくはなかった。

バニ・ジャムラ通りの半ばあたりまで走ると、片側に路地があって、もう片側には三本のひょろ長いヤシの木が生えている、古い建物の前にアルマイサが車を駐めた。近くには街灯が一本だけあって、建物の傷みやひび割れをぼんやりと照らしていた。建物の側面には、銃弾でできた黒い穴が縦にいくつか並んでいた。バニ・ジャムラ通りは、二年前に暴動が勃発したときに激しい衝突の場となったのだ。ただし、その建物の損傷はそれほどひどくなく、近くの建物と比べると、まだましなほうだった。二階を取り囲む傾きかけたバルコニーには赤い手すりもついていた。鎧戸が閉まっている部屋もあったが、フレンチドアからバルコニーに出ることができるようになっていて、場違いに思えるほどレトロな雰囲気を呈していた。

アルマイサが建物のなかに姿を消すと、数秒後に二階の鎧戸の隙間から黄色い光が漏れてきた。アバヤを着ているせいでびっくりするほど大きく見える彼女のシルエットは左右に揺れながら鎧戸を開けて、すぐに消えた。私はタバコに火をつけて、長い苦労の末にやっとさがし求めていた情報を手に入れた満足感を味わった。

ルームミラーにヘッドライトが映ったので、シートに身を潜めて車が通りすぎるのを待った。が、その車は少し距離を置いて私の後方に停まったので、床にうずくまったままタバコを揉み消した。やがて、ドアがバタンと閉まる音と足音が聞こえてきた。体を起こして窓を覗くと、帽子をかぶってブリーフケースを持った男がアルマイサのアパートに近づいていくのが見えた。彼女は鎧戸を開け放っていた。私が教えた、安全信号だ。

偶然か、意図的なのか、男は真上から街灯に照らされて、まるで三角コーンの形をした光を背負っているようだった。男が錠のかかっていない一階の入り口のドアを開けたときも、顔は依然として帽子のつばに隠れて見えなかったが、なかに入ろうとしてわずかに体の向きを変えたときに靴が見えた。そのとたんに記憶がよみがえって、はっきりと思い出した。ゴミ箱の下の隙間から見えたのも、同じペニーローファーだったことを。

背の低い男は、あっという間に建物のなかに消えた。こっそり逢い引きの場所に向かう恋人のように、せかせかと。手にはブリーフケースを持っていた。やがて、窓の向こうにふたつの人影があらわれて、くっついたと思ったら、すぐに離れた。

私はよじ昇るようにしてシートに座った。はっきりとは見えなくても、私の車は彼らの視界の範囲内にあったので、その場を離れる必要があった。が、なかなかエンジンがかからなかった。男は太い指のついた生白い手をアバヤの下に潜り込ませて、触れてはいけない、私だけしか触れたことのない彼女のやわらかで温かい肌に触れた。恵まれた環境で育った世間知らずの外国人の若造が、生い茂った森に分け入ろうとしていたのだ。ふたたびふたりの影が見えたとたんに、私のなかで何かが転がり落ちた。とつぜん大きな音がしたのは、野良犬がゴミ箱をひっくり返したからだ。その場を離れたくはなかったが、私はオンボロ車に活を入れ、やっとエンジンがかかると、思いきりアクセルを踏み込んだ。

裏切り者の人形劇を脳裏に焼きつけながら車を運転していると、怒りだけでなく嫉妬さえ覚えていることに気がついた。どちらも、きわめて一般的な感情だが、振り返ると、ほかの思いも抱いていた気がする。もっと深刻で――おそらく、もっと強烈な思いを。それは言うまでもなく、見て見ぬふりなどしていられない、ただちに行動を起こすべきだという切迫感だった。

どちらの側につけばいいのか決める際に役に立つかもしれない。ラシードは隠れ家でそう言った。カシムが作った武器のリストが、無言で私を叱責するようにテーブルの上に置かれていた。ラシードは提督に関する情報を――決定的な証拠を――提供して決断を迫った。チャンスは急速に広がって選択肢が増えた、と彼は言った。国王の側につくか、提督の側か、支局長か――それとも、彼の側につくのかと。三九〇一号線に入って、荒れ果てたスラム街がルームミラーに映ると、答えが見えてきた。

39

下落を続けていた原油価格は、OPECが減産を見送ったことによって六月に記録的な安値に達した。歳入の減少に対応するために、バーレーンとサウジアラビアはお飾りの議会を通じてひそかに補助金のカットと増税を断行した。その影響でバーレーンではガソリン価格のみならず食料品価格も急騰し、零細企業は従業員の解雇を余儀なくされた。地方でも不満が高まって、腹をすかせた住民の抗議活動は国中に広まった。ラシードの報告によると、スラム街の食料不足は深刻で、闇市が出現し、日に日に増えているという。しだいに気温が上昇して、本格的な夏の到来を前に抗議の炎が燃え広がった。砂嵐も吹き荒れて、建物はぼやけて見えなくなった。海軍基地の近くの歓楽街はゴミの収集がとどこおって、悪臭が高い壁を越えて基地内にも漂ってきた。ドライドック刑務所の警備は厳重になり、部外者の訪問が禁止されて、ジュネイドとの面会も延期せざるを得なくなった。バーレーン国防軍の最高司令官は三十五歳未満の男性の出入国を禁止した。アジアとの直行便備の運行も停止された。アジアからやって来るテロリストは少なくないし、現地の空港の警備も不充分だからだ。

私の便に同乗していた他の乗客は、気むずかしそうな高齢のヨーロッパ人と既婚のサウジアラビア人女性だけだった。非情に重要な会議だ。サラエボが雇っている信用できる男が、イランからの大規模な武器輸送に関する情報をつかんだらしい。本部は私に行ってほしいと言ってきたが、提督はここにいてほしいと言っている。いろんなことが起きてるからな。だから、代わりに行ってくれ。あんたなら、なんとかできるはずだ——うまい口実を考えて、接触してくれ。ホイットニーは、何カ月も反目し合っていたことや、私がアイビーリーグ出身の彼のぽっちゃりとした顔を殴ったことに対する恨みなど忘れたかのように私の肩を叩いた。ほんとうは恨んでいるのにそうではないふりをしているわけでも、私を騙そうとしているわけでもなさそうだった。完璧なケースオフィサーがいるのだとしたら、彼がまさにそうかもしれず、期待の星と目されているだけのことはあると思った。

それならそれでいいと、割り切ることにした。この任務を利用するつもりでいたからだ。要するに、巻き返しだ。ホイットニーと提督には彼らの目的があり、私には私の目的がある。彼らがキングを手にしているのなら、私はエースを握りしめていた。

飛行機が敵機を避けるかのようにゆっくり旋回しながら徐々に高度を上げると、島は井戸に落ちたゴミのように小さく見えた。私は、やわらかいクッションにもたれかかって機内食の蓋を開けた。ヨーグルトと蜂蜜をたっぷり使った、バーレーン料理だった。しばらくすると、シートベルトの着用サインが消えた。

ブリュッセルで乗り換えて、十四時間後には目的地に着くことになっていた。

40

カンボジア　一日目

プノンペンの空港は、はじめて訪れたときとは比べ物にならないほど近代化していた。鳴き声を上げる鶏の姿はなく、物乞いは外の歩道に追いやられて、エアコンも効いていた。ターミナルビルにはガラスや花崗岩がふんだんに使われ、スーツを着た人が増えていた。バーレーンと同様に、カンボジアも見た目を気にするようになったのだ。

モンスーンシーズンがはじまって、小雨が降っていたが、相変わらず外の蒸し暑さは耐えがたかった。地面に座り込んだり腹這いになったりしている物乞いがいるのも、以前と同じだった。大半は子どもで、ターミナルから出てきたわれわれ外国人は皆、追い払うように手を振るが、彼らの多くは手や足を失っていた。私の記憶のなかにあるカンボジアは何も変わっていなかった。ただし、以前にこの街で暮らしていたときの私は若い諜報員で、結婚していて、息子は口をきいてくれていた。まだ私の正体を知らなかったからだ。

ターミナルの出入口の隅で痩せたトゥクトゥクの運転手が客待ちをしていたので、値段を交渉して乗り込んだ。〈カビキ・ホテル〉までは数千リエルの距離だった。トゥクトゥクの小さなフロントガラスには一応ワイパーがついていたものの、それで雨粒を払いのけることはできず、雨はドアのない両脇からも吹き込んできた。街の中心部から少し離れたところにある〈カビキ・ホテル〉は、ガイドブックの写真どおり美しかった。チーク材の窓枠が特徴のバンガロー風の建物で、背の低いヤシの木が幹を揺らしながら迎えてくれた。ロビーには、〝われわれはセックス・ツーリズムに断固反対します〟という、ほかでは見ることのない宿泊客への警告メッセージが掲げてあった。

内装も外観同様に美しく、部屋には彫刻を施した木の支柱に蚊帳を吊るした大きなベッドがあって、にこやかな笑みを浮かべた農民や、竹の棒を突き刺した捕れたての魚や湯気の立つヌードルなど、典型的なカンボジアの風景を写した写真がカラフルな額に入れて壁に飾ってあった。ガイドブックには、〝外国人を夢中にさせる新鮮な体験をお楽しみください〟と書いてあった。思ったとおり、部屋から見える中庭もすばらしく、アメリカの外交官が現地の海軍関係者と入港予定や軍事政策などについて話し合うにはお誂え向きのホテルだった。

カンボジア　二日目

　翌朝も、まだ雨が降っていた。公費での出張だったので、エアコン付きのタクシーを呼んで、三時間かけてシアヌークビルへ行った。詮索好きな運転手にリアム海軍基地へ行く目的を尋ねられたので、私はアメリカの外交官で、米軍がこの国の港を利用できるように政府関係者と交渉するのだと答えた。信用させるために、わざわざブリーフケースを持ち上げた。それは、私がホイットニーに提案した、単純だが完璧な口実だった。

　リアム海軍基地の警備員は、外交官身分証明書をちらっと見ただけでなかに通してくれた。輸送コンテナや作業中のクレーンの脇を通って船舶支援事務所に着くと、一時間後にゲートの外でと、タクシーの運転手に指示した。

　事務所長のアンクル・チャンは、その名のとおりというか、少なくとも私が想像していたとおりの人物だった。でっぷりと太った中国人で、日に焼けたあばただらけの顔に顎の下まで伸びる長い口ひげを生やし、黒い髪も、小型車のエンジンオイルほどの量のグリースを塗ってうしろに撫でつけていた。彼は首をかしげて笑みを浮かべ、アジア人にしてはめずらしいまっすぐな歯を見せて私を迎えた。服装は、時間帯や職業にそぐわないものだった。タキシードかと見間違えるような、いかにも値の張りそうなてかてかした黒いスーツを着て、胸ポケットに真っ赤なサテンのチーフを入れていたのだ。白いシャツはいくつかボタンをはずしていたので、胸毛のあいだから大きな十字架のついた派手な金のネックレスが顔をのぞかせていた。

チャンは立派なオフィスに私を案内して、葉巻と酒を勧めた。「コリンズさん、お待ちしておりました！ これをどうぞ。コイーバ・シグロです。ご存じですか？ カンボジアで手に入る葉巻のなかでは、これがいちばんなんです。道中はどうでしたか？ 美しいわが国を気に入ってくださいましたか？」供物のように置かれたケースには、優に二千ドルはする葉巻が入っていた。彼は小型のガスバーナーのようなライターで私の葉巻に火をつけて、私がすごいと言うと、それを買った店のカードを差し出した。七百ドル以上するが、私なら割引いてくれるか、ひとつならただでくれるかもしれないと言った。そして、大きな体を上下に揺らしながら部屋のなかをひょこひょこと歩きまわった。妙な歩き方をするのは、ジャケットの下に拳銃を忍ばせているからだ。

オフィスの壁には、何人ものアメリカ軍の提督からの手紙が額に入れて飾ってあった。便箋の上にめずらしい星座のような星がふたつ三つついたそれらの手紙には、チャンの温かいもてなしと細やかな配慮に対する感謝とともに、つぎのような言葉が書いてあった。

〝乗組員の多くは、いまだに自分たちが体験したすばらしい冒険について話しています。貴殿も、われわれと同様にアメリカ海軍の一員です。われわれは皆、貴殿を仲間と呼ぶことに誇りを感じています〟。写真もあった。チャンが笑みを浮かべて臆することなく歴代の提督と握手をしている写真も。その神殿のような壁の真ん中に掛けてあったのは、第七艦隊を指揮していたころの現第五艦隊司令官がチャンの肩に腕を回している写真だった。肥満体のチャンがとなりにいるので、やや小柄に見えたが、それでも満面の笑みが目を惹いた。「提督がここを去られて、さびしいかぎりです」チャンは、私を見つめてそう言った。「最後に会ったのは数カ月前です。提督は、カンボジアにとっても私にとっても、よき友人でした」

私はにっこり笑い、チャンが勧めてくれた席に座って、提督は元気にしているし、私もカンボジアでの滞在を楽しんでいると伝えた。高価なライターで火をつけてもらった高価な葉巻を吹かし、チャンが注いでくれたコニャックにも口をつけた。そのあとで革張りの椅子にゆったりともたれかかり、カンボジアへ来たのは、第五艦隊司令官の代理として、かつ中東分析局の代表として駐在大使館とインド洋政策全般について話し合うためで、ここへ立ち寄ったのは、カンボジアとアメリカの橋渡しをしてくれているチャンに自己紹介しておきたかったからだと告げた。それから数分間は東西のパートナーシップや数年前から盛んになってきた両国の交流の意義を強調し、リアム基地が閉鎖されても幸運なことにスービック湾基地がその代わりを務めてくれていることや合同演習の成果についても話して、米海軍への燃料や食料の補給に対する感謝の意を伝えたが、話の内容は重要ではなく、私がここへ来たこととその理由を正当化するための緩衝材のようなものだった。

　チャンは身を乗り出して私のグラスにコニャックを注ぎ足すと、海賊を撃退するために武装警備員を――イギリスで訓練を受けたネパールのグルカ兵を――乗船させた巡視船の手配を進めていると言った。提督にも話したように、中東やアフリカ近海を航行する第五艦隊の役にも立つし、ペルシャ湾の航路を塞いでアメリカの船舶に対して妨害や脅迫行為を行なうイランの巡視船への牽制にもなるからと。それに、彼の会社は事業の手を広げて中東各地の港でもサービスを提供するつもりでいると明かした。今年中には湾岸での事業を開始して、マナーマに寄港するアメリカの船舶にサービスを提供できる状態になるだろうとも言った。彼は、そんなふうにセールストークを繰り広げながら露出度の高い服を着た若い女性が運んできたカニの唐揚げとカレーをむさぼるように食べて、少なくとも三回は一緒に食べようと私を誘い、こんなに早く来るとは思っていなかったと、おざなりに詫びた。皿の上に盛られた香ばしそうな茶色い棒状の料理をカンボジアの珍味のひとつである〝虎のペニス〟だと言い、その味と神秘的な効能を褒めあげて私にも食べさせようとした。

そして、ひとしきり話し終えると、「どこに泊まってるんですか？」と訊いた。

「〈カビキ・ホテル〉です」

チャンが口ひげを撫でた。「宿には満足してますか？」

「ええ」

「もっと高級なホテルのほうがいいんじゃないですか？」チャンはそう言って電話に手を伸ばした。「あちこちにコネがあるんです。〈ラッフルズ〉に部屋を用意させましょう」

「また今度お願いします」

チャンは渋々頷いて、受話器から手を離した。「運転手は？　運転手が必要でしょう？」

「トゥクトゥクとタクシーで充分です」

「じゃあ、〈グリルルーム〉で食事をしてください」チャンは財布から数百ドル取り出して、私のほうへ突き出した。彼が太い腕を大儀そうに机の反対側まで伸ばそうとしたときに、きらきら光る金色のカフスボタンが見えた。カフスボタンにはクメール語の組み合わせ文字が刻んであった。

「とてもきれいだ」私がそう言うと、チャンが手を止めた。「何と書いてあるんですか？」

チャンはジャケットの袖から手首を出し、ちらっとカフスボタンを見てうれしそうに微笑んだ。「〝アンクル〟です」そう言って、にやりとした。「それで、おわかりかな？」

「このあたりで作られたものですか？」

「ええ。カンボジアでいちばん腕のいい宝石職人に作らせたんです。一緒に行きませんか？　これが、彼の店の……」

「いくらぐらいするんでしょう？」

チャンが顔をしかめた。「はっきり言って、安くはありません。二十四金ですから。あらたに作るとなると、ひと組で三千ドルはすると思います」

私は公務員の給料じゃとうてい無理だとつぶやき、札束を受け取ってチャンに礼を言った。

「わが国の女性とわが国の料理を楽しんでください。ハニーとバニーとヤミーを。〝幸せに値段をつけることはできない〟。私はいつもそう言ってるんです。〈カビキ・ホテル〉に若い女性を差し向けましょうか？」

「いや、ひとりで街を探索します」

「何を求めて？」

私はためらいながら答えた。「女性です」

チャンは大きな声で笑った。「それなら〈ウォークアバウト〉へ行くといい。五十一番と百七十四番通りの角にあります。もちろん、アンクルに勧められたと伝えてください」

とつぜんチャンの携帯電話が鳴って、リー・グリーンウッドの『ゴッド・ブレス・ザ・USA』が流れてきた。チャンがあとでかけると言って電話を切ったときには、私はすでにドアへ向かっていた。彼はあとを追ってきて、ずんぐりとした手を差し出した。「提督によろしく伝えてくれませんか？　私がよくしてくれたと。それから、ジョンソンさんに彼女が待っていると伝えてください。またこっちへ来ることがあったら会いたがっていると」

「わかりました」私は笑みを浮かべ、とつぜん思いついたかのように持ってきたブリーフケースを叩いた。「あなたが手配しようとしている巡視船について、何か資料はありませんか？　提督が目を通したいと言うかもしれないので。あなたが出向いて説明できるように手筈を整えてもいいんですが」

チャンは喜び、古い友人のような親しみを込めて私の腕を握った。「それはどうも、コリンズさん。それなら……」そう言いながら、革表紙のついた分厚いファイルを取り出した。

「ありがとう」私はそれをブリーフケースに滑り込ませた。「よかった」
タクシーの運転手は、指示したとおり基地のゲートの外で待っていた。私は、ガソリンタンクやタイヤのホイールリムをちらっと見ながら大回りしてタクシーのそばへ行き、乗り込む直前には、うっかりブリーフケースを落としたふりをして下を覗き込んだ。変わったところはなかった。ビーコンも爆弾も仕掛けられていなかった。運転手があたりをぶらぶら歩いたりタバコを吸ったりするために車を離れていた可能性もあるので、油断はできなかった。

ホテルの狭い部屋は、シャワーの湯気でジャングル並みの蒸し暑さになった。私は、服を着替えてトゥクトゥクでダウンタウンへ行った。雨がやむと、プノンペンの街は灰色の霧に包まれた。それは、私の記憶のなかにあるプノンペンそのものだった。気づいてもらえるようにせわしなく点滅するネオン、乗り物の急ブレーキの音、エアコンの効いたバーの窓がすぐに曇るほどの湿気、そして、人々のどんよりとした目。シンガポールや東京やサイゴンなど、ほかのアジアの街よりもみすぼらしくて汚くて、たくましい。それに、大雑把で、秘密を隠すのが下手な街だ。運転手には百三十番通りまで行ってくれと告げた。霧が晴れると、青や赤や黄色のきらきら光る看板があらわれて、夕暮れ時の静けさは、喧騒とプノンペンの夜を生業とする者たちに侵されだした。プノンペンの街は東西の愛憎入り交じった関係が建築にも反映されて、植民地時代の建物の朽ちかけたバルコニーの窓は縞模様の日除けや壊れたシャッターに覆われていた。下着が見えそうなほど短いスカートを穿いた若い女が通りすがりの男を捕まえては、恥ずかしげもなく自分の体を撫でながらとんでもない口説き文句を口にして、需要と供給のアンバランスに打ち勝とうと必死になっていた。大半はベトナム人だ。彼女たちは白い肌と繊細な顔立ちですぐに見わけがつき、売春婦としては、野暮ったいクメール人より自分たちのほうが上だと自惚《うぬぼ》れていた。そこかしこにあるタイガービールの看板が放つ赤い光は売春婦たちをはかなげに、そして、実際よりもやさしく、美しく見せていた。交差点にはかならず色白のアジア人の女性が顔にクリームを塗っているなまめかしい写真が貼ってあって、ポンズ・コールドクリームは魔法の化粧品だと宣伝していた。

通りに漂う悪臭は、カンボジアの衛生状態の悪さを思い出させた。ゴミや排泄物や、腐ったヌードルや野菜くずがあちこちに山のように捨てられていて、一日中日が当たって煮えたような状態になり、子どもが一瞬にして大人になるような感じで腐敗が進行するのだ。ゴミの山のあいだを縫うように荷車を押して、夜食用の魚や牛肉の甘辛炒め《ロックラック》、豚まん、揚げたコオロギなどを売り歩いている者もいる。通りの東側にはトンレサップ川が流れていて、遊歩道のけばけばしいライトが波打つ川を子どものクレヨン箱のような色に変えていた。節くれだった手にカップを持った物乞いが角に立っていて、ちらっとこっちを見た。

私はソーセージの串焼きとタイガービールを買って、歩き食いをした。ひと目で売春婦とわかるベトナム人の女がふたり近づいてきたが、興味を示さずにいると、そのまま立ち去った。ふたりともそこそこ魅力的だったので、甘言を弄して強引に誘う必要はなかったのだろう。子どもっぽい女には手を出さないつもりでいたが、アジア人は小柄で童顔なうえに、皆、子どもじみた格好をしているので、若いのか歳をとっているのか見わけるのは不可能に近かった。ほかにも、イギリス人らしい男が何人かあたりを歩いていたが、おたがいに礼儀と暗黙の了解にもとづいて目を合わせるのは避けた。安っぽいカーニバルのようにネオンをちらつかせたホステス・バーやカラオケ店やビューティーサロンは、みだらな快楽を、欧米人ならけっして口にしない、スパイシー・ガールズやハロー・スウィーティー、ファイトナイトなどという言葉で表現して私を誘った。健全とは言えなくとも、さして罪のない遠回しな言葉で表現して。

さらに数ブロック歩くと、角に〈ウォークアバウト〉があった。薄汚れた赤い日除けのついた店で、テラスはいかがわしそうな客と鉢植えのヤシで混み合っていた。店内でビールを注文してちびちびと飲んでいると、売春婦がスズメバチのように襲いかかってきた。

が、財布をすられないように気をつけながら無視していると、そのうちどこかへ行った。そのあとで、ほかの女たちより少し歳上で、それほど酔っていない様子の女に一杯奢った。女たちはそれを〝レディドリンク〟と呼んでいた。

私は、女が酒を飲み終えるのを待って微笑みかけた。「赤いタトゥーを入れた女をさがしてるんだ。知らないか？」そう言って、指で上腕に人の形を描いた。バート・ジョンソンのコンピュータで写真を見たのは数カ月前なので、女の体重や髪の色など、多くのことが変わっているかもしれないが、タトゥーはそのままのはずだった。

カウンターに座っていた、背は低いが肉感的で、グロテスクなつけまつげをした女が、私を見上げてウインクした。「セックスしたいの？」

「いや、赤いタトゥーの女をさがしてるんだが――」

「あたしも赤いタトゥーを入れてるわ」女はにっこり笑いながら身を寄せてきて、私の脚に手を這わせた。私は女の手を払いのけ、財布を取り出して百ドル札を一枚渡した。

「彼女のことを知りたいだけだ」

女は肩をすくめた。「タトゥーを入れてる女の子は大勢いるわ。赤いのやら、黒いのやら。ほんとうに大勢。でも、あたしだってあなたにいい思いをさせてあげられるのよ。ほら、こんなふうに」女はふたたび私の脚に手を這わせた。

「ひとつだけじゃない。全身にタトゥーを入れてるんだ」私は腕を上下に動かした。

女はかぶりを振った。「その子はもうここにいないわ。入れ代わりが激しいの。あたしたちはフリーランサーだから」

店の奥でシューという大きな音がしたかと思うと、歓声が湧き起こった。クメール人の男が数人、その店の名物のマダガスカルゴキブリどうしの戦いを楽しんでいるのだ。私はビールを飲みほし、女にもう五十ドル渡して店を出た。通りの向かいには〈アンコール・ヌードルハウス〉があって、〝We Love Noodles!〟と書いた緑色の看板が客を誘っていた。看板には、丼から溢れそうなヌードルの真ん中に箸を突き立てた絵も描いてあった。ホテルで見たのと同じ絵が。〈ウォークアバウト〉にはいなかったが、彼女はどこかにいるはずだった。この、煮えたぎる街のどこかに。

トンレサップ川の東側はさらに怪しげで、川の西側では相手にされなかった女たちが流れてきているらしく、ホテルの正面に堂々と掲げられた〝ピンポン玉をあそこに入れる女がいます！　若いピチピチの女が！〟という大胆な広告を見るかぎり、堕落した者たちの楽園のようだった。〈イエローサーペント・ホテル〉も例外ではなかった。黄色ではなく灰色で、蛇が棲んでいる気配もない、日除けがぼろぼろになったアパート風のセメント造りの建物で、いまにも倒れるのではないかと思うほど傾いていた。私は三軒目のホステス・バーでようやく手がかりを見つけた。ビリヤード台に全裸で横たわっていた若い女が、チャンリナだろうと教えてくれたのだ。彼女なら体中にタトゥーを入れていて、〈イエローサーペント・ホテル〉にいると。

ドアをノックすると、痩せた神経質そうなクメール人の男が出てきて、なかに入れてくれた。そこには、十人ほどの若い女が品定めを容易にするために極端に露出度の高い服を着て待っていた。私は全員を見て、「赤いタトゥーを入れている女がいいんだが」と、クメール人の男に言った。

「ここにそんな女はいない」

女のひとりがいきなり顔を上げた。「チャンリナのことかも」

クメール人の男の顔が曇った。「チャンリナならいるが、客の相手をしている」そう言って、女たちを指し示した。「ここには美しい女がいっぱいいる。みんな満足させてくれる」

「待つよ」私はタバコを取り出し、クメール人の男にも一本勧めて腰を下ろした。

「悪いが、ここにいるなかから選んでくれ」男は、うるさい母親のように私のそばを離れなかった。「チャンリナはひと晩中忙しいんだ。人気があるので」

私は、残り少なくなってきた紙幣を男に渡した。

「赤いタトゥーの女がいいんだ」

男が頷くと、女のひとりが階段を駆け上がって二階へ行った。

朝まで待ってもチャンリナは姿をあらわさなかった。鎧戸の隙間から夜明けの鈍い光が射し込んで、ホテルだという偽りの仮面をはがし、そこを古くてみすぼらしい部屋に変えた。しかも、日が昇るとぐんぐん気温が上がり、もともと蒸し暑かった部屋をますます不快にした。男たちはつぎつぎに階段を下りてきて私の前を通りすぎ、犯した罪から逃れてきたことによる自己嫌悪の混じった陶酔感に浸りながら、そっとドアへ向かった。私は、クメール人の男をなだめるのが主な目的で酒を飲み続けた。食器を洗ったあとの水と小便が混じったような味のする、自家製のまずい酒だった。

最後の客が去ったのを確信して、チャンリナはどこにいるのだと再度尋ねた。クメール人の男は肩をすくめた。「彼女は人気者なんだ。そう言ったじゃないか」

目の前には女たちが大勢いた。皆、タバコをくわえて椅子にもたれかかり、疲れはててぐったりとして、若々しいエネルギーと生存本能によって呼び覚まされたはかない美しさは、もはや完全に失われていた。しかも、すっかり老け込んでいた。私は何も考えずに立ち上がって、階段を駆け上がった。

ざっとあたりを見回しながら、売春宿に関してならほかの男よりよく知っていることを思い出した。クメール人の男が慌てて追いかけてきたが、突き当たりにドアの閉まった部屋があったので（ドアが閉まっていたのはそこだけだったのか、それとも勘でそこだと思っただけなのか？）、とにかく、その部屋へ行ってドアのノブを回した。錠はかかっていなかった。おそらく、どの部屋もまともな錠はついていなかっただろう。

マットレスの上で気絶している女がチャンリナだというのは、すぐにわかった。むき出しになった体の大部分はタトゥーに覆われていた。彼女のなめらかでみずみずしい肌には、香とセックスと、部屋の奥にある扉のない汚いトイレのにおいと同じくらいはっきりとした真っ赤なタトゥーが刻まれていた。間近で見ると、彼女はけっこう痩せていた。いや、やつれているという表現のほうが適切かもしれない。何年も前に覚えた麻薬に全身を蝕まれていたからだ。おかしな話だが、それゆえにはかなげで、美しく見えた。彼女は、その店で見かけた唯一のベトナム人だった。私は椅子でドアをふさいで、数分だけ時間をくれとクメール人の男に向かって叫んだ。男はドアを叩き、チャンリナはその音で目を覚ました。

「話がある」私はマットレスの上に腹這いになり、豊胸手術をした彼女の乳首を撫でて、手のひらに紙幣を数枚押し込んだ。「きみがいちばんんだと、友人から聞いたんだ」ノックの音はしだいに大きくなった。あのクメール人の男は、もっと金が欲しいのだ。「おれの友人を知ってるか？　おれと同じアメリカ人だ。歳も身長もおれと同じぐらいだ。髪は銀髪で、おれの髪より白い。とても偉い男だ。ほんの少し前に、ほかの男と一緒にここへ来たはずだ。その男もアメリカ人だ」

おそらく、彼女は何百人もの銀髪のアメリカ人と寝たのだろう。かすかに微笑みながら頷いた。「あなたは提督の友だちなの？　アンクル・チャンに教えてもらって来たの？」

第五艦隊のクソ司令官め。やはりデマではなかったのだ。

「ああ、そうだ、スイートハート」私は取っておきの笑みを浮かべた。「アンクル・チャンに教えてもらった」私は彼女のとなりに体を横たえた。「五分しか時間がないので、さっさとやろう」

そこをあとにしたときは、街も目覚めて、すでに喧騒に包まれていた。栈橋には、早朝から海に出ていた漁師の船を激しく揺らしながらサイゴンからの高速船が到着した。シンガポールからの高速船も着き、明るい色のペンキを塗ったハウスボートからは、暑さにめげずせっせと働く小柄な地元の住民がぞろぞろと出てきた。ホテルからはフランス人の船員たちが出てきて、焼けつくような日射しのなかを気だるそうに歩いていった。そのうちのひとりは、ズボンのチャックを上げながら大声で笑っていた。私は、ライスの上に豚肉をのせたバイ・サッチュルークを露店で買って、朝食にした。露天商はフランス人の船員のほうへ顎をしゃくって、ゆうべシアヌークビルに空母が入港したのだと教えてくれた。

朝食は、川岸を歩きながら食べた。食べ終えてトゥクトゥクを拾おうとしていると、すぐそばに節くれだった手をした物乞いがいて、世間に見放されて貧困にあえぐ者たち特有の鋭い目でこっちを見ているのに気づいた。振り向くと、物乞いは路地に逃げ込んだ。前の晩に見かけたのと同じ男だった。これまで目にしたなかではもっとも行動範囲の広い物乞いか、そうでなければ誰かに雇われて私を見張っていたのだろう。

41

話は逸れるが、大事なことなので、カンボジアへ行く十日前のマナーマに時間を戻したい。例のことを知った直後に。あのときは、何とかしなければならないという思いが全身を駆けめぐった。

事実であってほしいと思った。隠れ家でラシードが明かしたことはすべて事実だと。私は提督が信用できない下劣な男で、得意げに着ている糊の利いた制服に値しないことを知りたかった。善人ぶったホイットニーは、何も知らずに損得だけで間違った側を選んだのだ。ふたりとも同じ穴の狢《むじな》だ。どちらも、中身のない藁人形だ。

ラシードの話がすべて事実であってほしいと思ったのは嘘ではないが、優秀なスパイは自分で調べるものだ。部屋に入るときは、あたりを見回してドアを蹴破るのがスパイの流儀だ。だから、自分で確かめることにした。

確かめるためにダウンタウンへ行ったのだ。売春宿へ行くと人は理性を失うと、かつてある作家が言ったが、〝失うものは得るものほど大きくない〟というのは嘘だと証明してみせたかった。

〈シーシェル・ホテル〉の外見は、マナーマのダウンタウンの貧しい地域にあるボロボロの建物とたいして変わらなかった。同じように壁に煤《すす》の筋がついて、窓は汚れていた。私は、自分がこれまで訪れたさまざまな国の怪しげな裏世界に通じていることに——売春婦や売春宿や麻薬の巣窟など、外国人がけっして足を踏み入れない、あるいは、日記の材料や国に帰ってからバーで話して聞かせるネタにするために一度か二度訪れるだけの場所に詳しいことに——ある種の誇りを感じていた。

〈シーシェル・ホテル〉も、なかに入ると、客はどこの売春宿にもある大きな部屋に案内されることになっていた。部屋は色あせた花柄の壁紙に覆われていて、写真が数枚飾ってあった。歯科医院の待合室にならふさわしい、アジアのどこかの滝や風景の写真が。

でっぷりとして口ひげを生やしたレバノン人のチャーリーは、いつものように吐き気を催すような声で迎えてくれた。「ロバート、会えてうれしいよ！　久しぶりじゃないか！」チャーリーは、ゴミ捨て場から拾ってきたような壊れたプラスチックの椅子を勧めた。ほかの数人の男たちは、たがいにわずかな距離を置いて座っていて、彼らの吸うタバコの煙が長く伸びて、部屋全体に漂っていた。

タイ人、フィリピン人、ロシア人、中国人、ハーフなど、十人ほどの女が一列に座って、カメラの前で緊張している女子学生のように男たちと向き合っていた。あらたに三人の客がやって来た。せいぜい十五、六歳で、パリッとした白いトーブとダイヤモンドをちりばめたロレックスが彼らの出自を物語っていた。夜のお愉しみのために、わざわざ橋を渡ってこのプレジャー・アイランドへやって来たらしい。三人は私のうしろに座って、酒臭い熱い息を私の首に吹きかけた。女たちは、くすくす笑いながら足を組んだり解いたり、口紅を塗った唇に舌を這わせたりしていた。

「彼女にする」私は、椅子の脇で足を揺らしている小柄な中国人の若い女を指名した。彼女の肌は青白く、小造りな、くっきりとした顔立ちをしていた。自然にカールしたまつ毛と、つんとすました人形のようなさくらんぼ形の唇をしていて、その店では間違いなくいちばんの美人だった。

「ダイタイ」チャーリーはうれしそうにその女の名前を呼んだ。

二階にあるダイタイの部屋は狭くて、殺風景だった。彼女がランプの上に赤いスカーフを掛けると、安っぽい葬儀場のような雰囲気になった。廊下の向こうから、勝ち誇ったような雄叫びが聞こえてきた。サウジアラビア人の若造の声が。

部屋にはマットレスのきしみだけが響いた。大半のアジア人がそうであるように、ダイタイの胸は平らで、私が彼女のなかに入っても、休眠中のカブト虫のようにほんの少し体を揺らす程度で、ほとんど動かなかった。彼女の体は細くて華奢で、アルマイサと違って健康的ではなかったし、肌もなめらかではなかった。

翌日の午後に目が覚めたときは、窓にカーテンが引いてあった。殺風景な部屋のなかは、もともと乏しかった色彩が完全に消えて、灰色一色だった。ダイタイは、その日の夜の仕事に備えてハイヒールに足を押し込んだ。

私は一階に下りていき、チャーリーを脇に呼んで、いちばん高い酒を注文した。「訊きたいことがあるんだ、チャーリー。提督がここに来たことはあるか？　提督と鉢合わせする可能性があるかどうか知りたいんだ。ここで会うのはまずいからな――おたがいに」

チャーリーはにっこり笑ってかぶりを振った。「私が客の名前を口にしないことは知ってるだろ、ロバート？　あんたの名前も誰にも言わないよ」

私は物わかりよく頷き、酒をもう一杯注文してチャーリーの汗ばんだ手に数百ドル握らせた。

「提督は月に一、二度来る。相手をするのはいつもダイタイだ。誰にも見られないように裏口から来る。知らない男が連れて来るんだ」

「裏口？　裏口があるとは初耳だ。それは都合がいい」

「いや、VIP用なので」

私はチャーリーに礼を言い、友人を連れて明日また来ると伝えた。


その日の夕方は闇が迫る居間に静かに座って、しだいに影が長くなっていく入り江を眺めていた。

チャーリーが私の気を惹くために嘘をついた可能性もあった。私が望んでいそうなことを言っただけだという可能性も。しかし、無視するには合致する事柄が多すぎて、偶然にしてはできすぎていると思った。すべてがつながって、目の前に一本の道が見えてきた。ラシードの話は私の心の底で執拗に鳴り響いて、先へ進めと急かしていた。提督は〈シーシェル・ホテル〉に通っている。おれたちの仲間が提督を手引きしてるんだ。そして、もちろんおれたちは通りを見張っている。それが取引の一部だ。提督はバーレーンに武器を与え、バーレーンは彼に現金と罪を犯す場所を与える。あんたのところの提督は腐りきっている。あちこちの港で賄賂を手にしているという噂もある。

42

チャーリーと話をした翌朝は夜明けと同時に目を覚まして、ダイタイの香水のにおいを洗い流した。アイゼンハワーの入港は二時間後に迫っていた。

アメリカの艦船はほぼ毎月バーレーンに寄港していたが、ドワイト・D・アイゼンハワー航空母艦がバーレーンに来るのはこれが二度目だった。四年前の最初の寄港は〝歴史的〟と呼ばれ、ニミッツ級の原子力空母がバーレーンの港に寄港するのは、それがはじめてだった。アメリカにとって、バーレーンは海軍の地図に記載するほど重要な国で、アイゼンハワーも湾岸の友人を訪ねるために戻ってくるのだ。動乱のさなかに戻ってくるのは、中東の安定に対する支持を明らかにするのと同時に、バーレーンが主要な非NATO同盟国となった十周年を祝うためだと、提督は公式な声明を発表していた。この、小さいながらもきわめて重要な国との強固な絆を称えるためだと。

シトラ港は東岸沖の島にあるのだが、大気汚染で空がかすんでいたせいか、やけに明るく見える朝日に照らされていた。アイゼンハワーはゆっくりと速度を落とし、エンジンの轟きも弱まって静かなうなりに変わった。上甲板に一列に並んだ兵士らはおもちゃの兵隊のように見えたが、自分たちは地球上でもっとも強力な国の兵士だという誇りを胸に、肩をいからせて気をつけの姿勢を取っていた。港にはアイゼンハワーの入港を告げる重厚なホルンの音が鳴り響いた。

船体の小さな穴から岸に向かって係留索が飛んでくると、黄色と青のベストを着た兵士らが桟橋の係船柱に巻きつけた。ワン、ツー、スリー、引き寄せろ。軍の指揮命令系統に沿って伝えられた、国の指示たる上官の命令一下、兵士らは手際よく係船作業を完了させた。

やがて、船員がぞろぞろと船を下りてきた。下甲板にいた者たちは大きな木箱を降ろしはじめた。ただし、その日は朝からシトラでデモが行なわれていたからか、いつもと様子が違って、真っ赤な口紅を塗った女も、色とりどりの絵やアメリカ国旗を掲げる子どもたちもいず、デモの現場から立ち昇るひと筋の煙だけが船員を出迎えた。バーレーンで反政府運動が繰り広げられていることは事前に知らされていたはずだが、気象予報士が前線の接近を告げるときのように、曖昧で控えめな言葉で説明されていたのだろう。〝天候の急変には注意が必要ですが、暴風雨になる可能性は低いと思われます〟というふうに。一部、立ち入り禁止の区域があることや、地元の習慣を尊重し、過度の飲酒は禁止で（バーレーンは禁酒国ではないのだが）、下品なTシャツの着用は控えるようにという、マニラから沖縄まで、どの港でも受けたのと同じ指示も出されていた。

巧みにバランスを取りながら舷梯を下りてきたキャンベルは、例のロドリゲスから聞いていたとおりの人物だった。ひょろっとしていて、髪は短く刈り上げ、まわりに仲間が大勢いても数歩離れて歩くほど孤独を好む男のようで、船を下りたあとは、地面を蹴りながらひとりでぽつんと立っていた。私が再度ジャララバードに電話をかけて積み荷にアクセスできる者が必要だと説明すると、キャンベルと話をつけたと、ロドリゲスが連絡をくれた。幅広い人脈を持つロドリゲスなら――彼は、バグダッドで情報提供者をさがしていたときも、過マンガン酸カリウムに関する専門知識を必要としていたときも頼りになったので――こっちの頼みに応じて信頼できる人物を紹介してくれるのは間違いなかった。ロドリゲスは、どの港にも、友人か、少なくとも共謀者がいると豪語するタイプの男だ。キャンベルは〝王家の鍵〟を手にしている、と、ロドリゲスが保証した。賄賂はこっちで渡しておく、と。

私のほうから歩み寄って、その若い男の肩に手を置いた。「キャンベルだな？　コリンズだ。中東分析局の。ロドリゲスとは親しくしている。バーレーンへようこそ。われわれの島を案内するよ」そう言って手を差し出した。

海軍基地は船員の下船でごった返し、皆、先を争うように買い物をしたり、船では口にできないものを食べたりした。キャンベルも例外ではなく、物欲しげな目をしてPXのなかを歩きまわっていた。空母の到着を見越して、棚にはロレックスの時計やコーチのバッグ、ガールフレンドや妻にプレゼントするためのダイヤモンドのネックレスなどが並べられ、お買い得だと宣伝していた。衣食住は保障されているので、生活必需品を買う必要はないとしても、この数カ月は海上刑務所に収容されていたようなものなので、倹約家でさえ、ついつい財布の紐がゆるむのだ。キャンベルもオーデコロンを一本とCDを数枚買って、もちろん代金は私が払った。

基地を出たのは日が暮れだしたころで、タクシー乗り場には夜の街へと誘う運転手の声が響き渡っていた。私は、まだ夜の街へは行かないとキャンベルに伝えた。この仕事に二十年以上携わってきたのも無駄ではなく、孤独な船員の心をつかむ方法は知っていた。

〈リックス・カントリーキッチン〉は混み合っていた。基地からほんの少し歩いたところにあるその店には、栄養満点の故郷の味から西洋のポップスを甲高い声で歌うフィリピン人の歌手まで、船員の望むものがすべて揃っていた。壁には、伝説の退役海兵隊員、リック・アバナシーがバーレーンで唯一のアメリカ人レストラン経営者であることを誇らしげに告げるプレートが掛けてあった。

郷愁をそそりはするものの、それを除けば三流の店で、ベルベットのカーテンはあちこちに虫に食われた穴があいていて、かつては赤かったカーペットも、長いあいだ踏みつけられたせいで黒くなっていた。店内にはビニールクロスで覆ったテーブルがぎっしりと並んでいて、壁には何本もの星条旗が掲げられ、旗と旗のあいだには、けばけばしい西洋の風景画が飾ってあった。緑豊かな大地にサボテンが生えて、青々とした水が流れる川のほとりに真っ赤なバラが咲いているという、不自然な絵を描いたのは東洋の画家に違いない。料理はすこぶるまずくて、値段は法外だったが、メニューには、厚切りベーコン、ハチミツを塗って焼いたベイクトハム、七面鳥の唐揚げ、グレービーソースのかかったマッシュポテトなど、バーレーンではダイヤモンドと同じくらいめずらしくて貴重なアメリカの定番料理が並んでいた。

キャンベルはベイクトビーンズをスプーンで口に押し込んだ。彼は、丸二十分間ずっと船での生活に対する不満をぶちまけていた。私の皿に盛られた料理はどれも同じ色で、あまり食欲が湧かなかった。

キャンベルがスプーンを置いた。「で、いったい、この砂漠で何をすればいいんだ？」

私は笑った。「きみが何に興味があるかによる」

キャンベルは、スパンコールをちりばめたトップスとミニスカートで体を大きく揺すりながら歌っているフィリピン人の歌手に目をやった。

「女が好きなら、大勢いる」

「それはうれしいな。アジア系の女が好きなんだ」キャンベルは、そう言ってベーコンの塊にかぶりついた。

私は、女が好きだと言ったのは建前で、彼の心のなかには、長年覆い隠したり抑え込んだりしてきた、もっと罪深い衝動が潜んでいるのではないかと、ちらっと思った。だが、私のもてなしは、たとえ完璧ではなくても充分に目的を果たしてくれるはずだと確信した。だから、グラスを掲げた。「きみにぴったりの場所がある。〈シーシェル・ホテル〉という小さな店だ。ただし――」私は、ここだけの秘密だと言わんばかりに身を乗り出した。「そういうところへ行くのは禁止されているので、内緒だぞ」

「〝陸でのことは陸に置いていけ〟だ」キャンベルは含み笑いをもらした。「わかってるよ」

「ああ。きみたちは口が堅いからな。おれもそうだが」

歌手が休憩に入ったので、私は声を低くした。「おれが基地で何をしているか、ロドリゲスから聞いたか？」

キャンベルは居心地の悪さをごまかすためにビールに手を伸ばした。「ああ……まあ、聞いたような気がする」

「おれたちの特別プロジェクトのことも？」

キャンベルは恐る恐る部屋を見回した。「印のついた箱を見つけるって話だろ？」

「そうだ」私は、彼の任務がいかに簡単か伝えるために肩をすくめた。「おれたちは、いくつかの箱をアイゼンハワーで運んでくるように手配したんだ。秘密作戦のために。詳しく話したいが、もちろん、それはできない。だが、地元の人間に引き渡す前に荷物を改める必要がある。品質管理のようなものだ。本部の連中がきちんとやってくれたか確認しないといけないので」私はそう言ってウインクした。

キャンベルが最後の豆とベーコンをすくい上げた。「なぜおれなんだ？　なぜ、もっと上の人間に頼まないんだ？　上の誰かが関わっているはずなのに」

不意を突かれた私は、ぐいっとビールを飲んで時間稼ぎをした。「ほんとうのことを知りたいか？　なら、汚れた真実を教えてやろう。これは……高度な機密作戦なんで、誰にも話してないんだ。支局の人間はきみにも話したくなかったようだが、きみは信用できると言って、おれが説得したんだよ。さっさとバーレーン側に引き継ぐつもりだったんだが、本部の連中が……まあ、彼らがヘマをしでかしたと言うだけにとどめておこう。それで、おれたちはゴーサインを出す前に連中の仕事をチェックして、必要なものがすべて箱のなかに入っているか確認しなきゃならなくなったんだ。でないと、おれたちまで間抜けだと思われてしまう。わかるだろ？」私が見つめると、キャンベルがたじろいだ。「きみは信用できるとロドリゲスが言ったんだが、彼が間違っていないことを祈るばかりだ。よく聞いてくれ。おれたちの国はきみを信じてるんだ——きみがおれたちを助けて、しかも、秘密を守ってくれると。そういうことだ。これは、きわめて重要な任務だ。ジェームズ・ファッキング・ボンドになる心の準備はできてるか？」

フィリピン人の歌手が戻ってきた。

「出よう」私は、空になったキャンベルの皿のほうへ顎をしゃくった。「二一〇〇《フタヒトマルマル》時に夜間外出禁止令が出るんだ。〈シーシェル・ホテル〉へ行こう」

43

カンボジア　三日目

屋外射撃場は蒸し暑かったし、〈イエローサーペント・ホテル〉で長い夜を過ごしたあとだったこともあって、頭がぼうっとしていた。プレックタノート市場でトゥクトゥクを降りて、そこからてくてく歩いたのもまずかった。待ち合わせ場所に一時間早く到着したのは、周辺を監視して安全かどうか確かめるためだった。物乞いがうろついているのは気になったが、この種の作戦では、たいてい何か問題が起きるものだ。だが、問題は何もなかった。射撃場は人里離れたところにある。鬱蒼とした木立のなかの、小さな前哨基地だ——それゆえ監視が容易で、安全性が高い。

スヴェンがあらわれたときには、私は全身汗だくになっていた。いい場所を選んだと褒めると、安く借りられたんだと言って、スヴェンが笑った。オーナーを知っているようで、貸し切りにしてもらった、米ドルの威力だと、彼は目の上に垂れてきたふさふさとしたブロンドの髪を払いのけながら言って、少年のような笑顔を見せた。

ホイットニーも、本部からの電信も、スヴェンに関する予備知識は与えてくれなかった。スウェーデン人だというのはわかっていたので、くたびれた年配のスパイか、あちこちの大使館で開かれるカクテルパーティーに何度も参加したことのある洗練された人物か、アーリア系の白人にままあるように、アラブの世界とそこに住む貧しい人たちに過剰な共感を抱いている人物を想像していたが、目の前にいる男はそうではなかった。背が低く、筋肉質で、ポパイを少しばかり上品にした三十そこそこの男で、冗談を言うときも真剣な話をするときも、白い歯をきらりと光らせた。かすかなスウェーデン訛りがあって、北ヨーロッパ人特有の歌うような話し方をして、この仕事をしている者にはめずらしく、やけに明るかった。

スヴェンが若いときに過酷なスパイ稼業に足を踏み入れて、以来、闇の世界の住人として経験を積んできたのは、すぐにわかった。もっとも高い額を提示した国や、たまたま休暇で訪れたいと思っていた国を相手に銃の密輸をしていることも、自ら誇らしげに話してくれた。コペンハーゲンのカフェに九十六発の銃弾を撃ち込んだテロリストに武器を提供したとして、インターポールに別名で指名手配されていることも明かした。暇なときは、麻薬の密売や少女の人身売買に関わることもあるという。ただし、少年には手を出さないらしい。私がアメリカ人だからか、アメリカには特別な思い入れがあって、とくに往年のアメリカのマフィアとその死体処理方法はすばらしいと思っているとも言った。裏切り者の足をセメントで固めて川に投げ込むという、マフィアの伝統的な手口はすばらしいと思わないか、と。スウェーデンではそれを〝ニーブロ湾に立たせる〟と言うらしい。私がタバコを勧めても断わって、タバコも麻薬も酒も一切口にしないと、にこやかに言った。

私たちは、切り出したばかりの丸太で藁の日除けの下に作った間に合わせのカウンターの手前に立って、錆びたカラシニコフとドラグノフの銃口を遠くの山のほうに向け、オーナーが置いておいてくれた油まみれの弾を箱から取り出して、すでに弾丸の墓場と化している、ぼんやりと霞む木立に狙いを定めて引き金を引いた。引き金を引くたびに、銃声が爆音のように轟き渡った。スヴェンは、クメール・ルージュが内戦のときに使っていたという年代物の銃を撃つのに特別な喜びを感じているようだった。大量殺戮が行なわれたキリングフィールドは、すぐ近くにあった。そこへ行けば、地面の下におびただしい数の死体が埋まっているのを感じ取ることができるのだろうか？　撃ち心地は上々だ、とスヴェンが言った。

弾がほとんどなくなって、耳鳴りもしたので、私は撃つのをやめた。「仕事の話をしよう」

スヴェンも銃を置いた。「ああ。けど、まずは金の話だ」

私はスヴェンに封筒を渡した。「残りの五万ドルはサラエボで受け取ってくれ」

スヴェンはおもむろに札を数えて頷くと、茶封筒を差し出した。「暗号表は支局にあるのか？」

「ああ」私は封筒を開けて、白紙の紙を取り出した。

「わかった。じゃあ、まずは、サラエボであんたの仲間に渡した数字の合計に七を足したページを開いてくれ。つぎは、そこに書いてある数字を使って……そこまではいいか？」

スヴェンは声を大きくして、私が手にした紙を軽く叩いた。「そこに書いてある数字のことだ。レモンジュースで書いてあるので、オーブンで温めてくれ。昔ながらの手法だが、いまでも使えるだろ？ そうすれば、メッセージが読み取れる。ページの上からはじめて、メッセージが読み取れたら、それで終わりだ。下から上へではない。しごく簡単だ。それで、時間と場所と武器の輸送方法がわかる」

「荷受人の名前も？」

「もちろん」

「それはすごい。どうやって手に入れたんだ？」

スヴェンの顔に疑念の色が浮かび、少年のような顔が犯罪者の顔に変わったのを見て、私は慌てて付け足した。「上司が知りたがるかもしれないので。本部も、つねに情報の入手経路を訊いてくるんだ。審査と記録のために。わかるよな」

「審査は不要だ。サラエボにいるそっちの仲間と話をしてくれ。そいつが教えてくれるよ――おれはけっして期待を裏切らないと」スヴェンはカラシニコフを手に取って、いとおしそうに銃口を撫でた。「おれはセパと通じてるんだ。ペルシャ語では、イスラム革命防《IRG》衛隊《C》のことをそう呼ぶんだよ。知ってるだろ？　仲介者はいない。おれが仲介者だ。わかったか？　それだけわかっていればいい」

私は頷きながら紙を折りたたんで、靴のなかに滑り込ませた。「聞いてくれ、スヴェン」彼がポケットからニシンの酢漬けの包みを取り出して歯で包みを引き裂くのを見ると、思わず顔がほころんだ。「支局に戻ったら、小便をしに行く間もないうちにボスに紙を奪い取られて、二度と見ることができなくなるおそれもある。じらさないでくれ。武器はどうやってバーレーンに持ち込まれるんだ？」

スヴェンは、ほんとうに知らないのかどうか探るように私を見つめた。そして、十万ドルの秘密が入った私の靴にちらっと目をやった。彼はすでに私に情報を渡し、さらに重要なことに、私は彼に金を渡したので、もはや失うものは何もないと考えたのだろう。射撃台に肘をついて、むしゃむしゃとニシンを食べながらにやりとした。「武器は船で届く。それ以上は……まあ、とても巧妙なやり方なんで、いくら考えてもわからないはずだ」

44

確かに、巧妙な偽装工作を施せば武器の運搬は可能になる。カンボジアへ行く八日前に〈シーシェル・ホテル〉を訪れたあとで、私もあらたに知り合ったキャンベルもそのことに気づいた。

懐中電灯で照らしても基地の倉庫は暗かったが、茶色いコンテナが隙間なくぎっしりと詰め込まれているのはわかった。コンテナは分厚い鋼鉄製で、扉には錠がかかっていた。キャンベルが落ち着きなくジャラジャラと鍵を鳴らしていたので、私は笑みを浮かべて安心させた。「よくやった。その調子で頑張れば勲章がもらえるかもしれないぞ」

キャンベルの懐中電灯の光は、飛びまわる虫のようにあちこちのコンテナに当たった。

「で、どんな印をさがしてるんだ？」

印については、ラシードもひどく曖昧だった。彼の仲間のモグラも、数字が混じっているということしか知らないようだった。何の意味もない数字が混じっていることしか。コンテナはどれも、隅に白い数字が書いてあった。最大積荷重量と最大総重量、それに最大容量が。いったい、どうやって暗号を解読すればいいのだ？　私は、懐中電灯の光を上下に揺らしながらコンテナのあいだを歩きまわった。キャンベルはあれこれ尋ねてきたが、わざわざ答えるほどのことでもないと思って無視した。

「これはシンガポールから来たんだな？」と、キャンベルに訊いた。荷送地が手がかりになるかもしれないと思ったからだ。

キャンベルは頷いて、手にした積荷目録を弄んだ。

提督は冷静沈着で、比類のない能力と強い自尊心を持っている。そういう男がコンテナに印をつけるとしたら、どのような印をつけるだろう？　おそらく、自分の力と名声を示す印をつけるはずだ。もし私が提督だったら、どのような形で自分をアピールしようとするだろう？　それぞれのコンテナには数字しか書かれていなかった。自家用ヨットをセーフハーバーと命名する男もいれば、イニシャルを刻んだカフスボタンをつけている男もいる。それは、とつぜん目に飛び込んできた。真ん前に立っていたのに、ごく普通の数字だったので、そのまま通りすぎるところだった。ポスターの細部を見ていると、そこに書いてある大きな文字に気づかないのと同じだ。間違いない。この１９８２だ。彼は一九八二年に海軍兵学校を卒業している。それは、コンテナの最大積荷重量と最大総重量、及び最大容量とはべつに、コンテナの下のほうに白いペンキで書いてあった。1982という数字は、重量でも容量でも、何でもない。何の意味もないので目立たず、誰も不審に思わないその数字は、その平凡さ自体が怪しい。ただし、その数字は提督の関与の大きさを物語っていた。

いや、もしかすると違うのかも。そう思いながら、最大容量を示す1173という数字の下に1982と書かれた目の前のコンテナを指さした。「これが、そのひとつだ」

とつぜん、薄暗い倉庫のなかを黄色い光が貫いた。「どういうことだ……いったい――? なんだ、コリンズじゃないか。ここで何をしている? 明かりが見えたんだよ」提督の補佐官だった。詮索好きで、信用できない男だ。

私は、笑みを浮かべて懐中電灯の光を彼の顔に当てた。「知り合いのためにタバコを数箱くすねに来たんだ。おれたちの側のもっとも優秀な情報提供者のために。あんたも知ってるはずだ――車両爆弾からみんなを救った男だ。提督はあの男を評価している。わかるよな?」仲間のように振る舞えば受け入れられるのだ。

補佐官は怪訝そうに私を見たあとで、背を向けて天井を見つめていたキャンベルに視線を移した。

私はコンテナを指さした。「あんたも、ひと箱どうだ? それとも、コカコーラのほうがいいか？　内緒にしておいてやるよ」

補佐官はかぶりを振ったが、どうすればいいのかわからずに、数秒間、その場に突っ立っていた。ただでコーラを飲みたいかどうか、自分に訊いていたのだろう。やがて、倉庫を見渡しながら私に向かって頷いた。「鍵をかけるのを忘れないように」薄暗くても、キャンベルが汗をかいているのはわかった。

提督の補佐官が姿を消すと、キャンベルと私はコンテナの右側の掛け金を持ち上げ、ハンドルを回して閂《かんぬき》をはずした。扉が開くと、積み重ねられた木箱を懐中電灯で照らした。重くて持ち上げるのは無理なので、しかたなくキャンベルが倉庫のフォークリフトを取りに行った。ひと箱目を取り出すと、私がナイフで蓋をこじ開けた。

木箱のなかに入っていたジベンゾオキサゼピンと書かれた青い箱は、見つかったことに驚きととまどいを覚えているかのように私を見つめ返した。催涙ガスだ。キャンベルは、積み荷目録をちらっと見てから木箱の横に書いてある番号を確認した。「ここにはマッシュポテトが入っていることになってるんだが」そう言いながら、困惑顔で私を見た。「これはマッシュポテトじゃないよな」

呆れてキャンベルをにらみつけた。「いや、そこが肝心なところなんだよ。秘密の作戦をおおっぴらに宣伝するわけにはいかないからな」

ふたつ目の木箱には照準器と暗視ゴーグルが、三つ目の木箱にはサイレンサーと弾薬が入っていた。五つ目の木箱を開けたときにはキャンベルがうろたえているようだったので、バタンと蓋を閉めて、満足げに一歩うしろに下がった。キャンベルには、間違いなくおれたちが求めていたものだと告げた。それで確認作業は完了したが、念のためにコンテナのなかに入って、最後にもう一度、ざっと木箱に目をやった。ヘリコプターか、少なくともその一部か、あるいは小型の迫撃砲が入っているのではないかと思うほど大きい木箱もあった。

「世話をかけたな」とキャンベルを労《ねぎら》ったが、返事はなかった。彼が汚い仕事に手を染めたのは、否定しようのない事実だった。

ふたりで一緒に倉庫を出た。基地はほとんど人影がなかった。

「いいか。上陸休暇のための小遣いを上乗せしてやるが、全部チャイナガールに使うんじゃないぞ」

月のない闇夜だったが、私を見るキャンベルの表情は、はっきりとわかった。それは、嫌悪の表情だった。ただ、自らの作戦すらきちんと理解していない怪しいスパイの私に嫌悪感を抱いたところで当然だし、それならまだよかったのだが、キャンベルの嫌悪は、自分の弱さや虚栄心や性欲、それに、一目置かれる人間になりたいという厄介な欲求に屈したことや、良識を無視して、してはいけないことをした自分自身に対する嫌悪だった。

これは由々しき事態だと、私はあらためて自分に言い聞かせ、背を向けてタバコに火をつけながら、「行け」と、キャンベルを怒鳴りつけた。「もう用はない」

キャンベルが慌てて闇夜に姿を消すと、ポケットから小型のGPSを取り出して倉庫の場所をマークした。基地の東の端の、CIAの支局より北でセンチネルホール臨時宿舎の裏手にある倉庫の場所を。

45

カンボジア　四日目

〈カビキ・ホテル〉の部屋の窓からはヤシの木が生い茂る中庭しか見えなかったが、夕方の街の喧騒は聞こえてきた。鎧戸も、フレンチドアのカーテンも閉めた。ベッドとナイトスタンドとコーヒーテーブルの下も、絵画や時計やランプのうしろも調べ、クッションを触り、鏡も調べた。その結果、大丈夫だとわかると、Tシャツとジーンズを黒のリネンシャツと茶色いズボンに着替え、スニーカーをローファーに履き替えた。髪はジェルを塗りたくってうしろに撫でつけ、十二歳の子どものようなつるつるの肌になるまで髭を剃った。

が、とつぜん電気が消えた。ナイトスタンドにろうそくやマッチが置いてあるのは、しょっちゅう停電するからだ。チカチカと点滅している黄色い電灯の下でガイドブックやタバコや地図が入ったスーツケースのなかをまさぐって、丸い伊達眼鏡と小巻きのガムテープと百ドル札を十枚取り出した。鏡で自分の姿を眺めたが、見た目はあまり変わっていなかった。大げさな変装をするのは不自然だし、体型や物腰にそぐわない。人目を惑わす程度の、簡単な変装で充分だった。

紙幣は、ガムテープで太腿に貼りつけた。かさばらないように、左右に半分ずつ。ある場所へ出入りするための切符、つまり賄賂だ。スヴェンから渡された紙はしわを伸ばして外交パスポートにはさみ、パスポートと財布と、身元を知る手がかりになりそうなものはすべてブリーフケースに入れて錠をかけた。ポケットには、かさばらない程度の現金を押し込んだ。それから部屋を片づけ、フレンチドアのカーテンを開けて外に出た。ホテルの裏手のひっそりとした中庭を抜け、アーチ形の門をくぐって街に出た。また小雨が降りだした。

サムダック・フォン通りでトゥクトゥクを拾って西へ向かい、静かで緑が豊かなパスツール通りに入って、十ブロックほど走ったところで降りた。やはり私の記憶は正しかった。その先には〈ハート・オブ・ダークネス〉があって、以前とほとんど変わっていないのがうれしかった。薄いピンク色の漆喰を塗った建物で、外に人が大勢いたので、すぐにわかった。

建物のなかもほとんど変わっておらず、洞窟のような暗い空間を赤いライトが照らしていて、黒一色ではあらわしきれない、コンラッドがその小説で描いた植民地主義の闇を如実に再現していた。天井からは色も長さもさまざまな飾りがぶら下がり、その真ん中で特大のミラーボールが回転していた。平日の夜で、しかも雨が降っていたにもかかわらず、店は、制服を着て楽しそうにはしゃぐカンボジアの女子学生や、がりがりに痩せた無表情なアジア人の男や、クロップト丈のタンクトップ姿のレディボーイ、獰猛なハゲタカのように飛びまわる、濃い口紅を塗ったドラッグクイーン、ラフな格好をした外国人居住者、麻薬目当ての客、それに、女を買いに来た年配のヨーロッパ人など、相変わらずさまざまな客でごった返していた。店の片隅では、骸骨を描いたTシャツを着たDJがサングラスをかけたまま甘ったるい音楽を流し、ステージではアジア人の女性グループが懸命にアメリカのバンドの真似をしていたが、表情が不自然だし、英語の発音もひどいので、まったくの別物だった。彼女たちのうしろでは、ラメの入った民族衣装を着て精巧な装飾を施した先の尖った帽子をかぶった女性が三人、古代の音楽に合わせるかのような感じで踊っていた。

私はカウンターへ行ってアンコール・ビールを注文した。瓶のなかのろうそくは、ぽたぽたと蠟を垂らしながらカウンターに揺らめく光を投げかけていた。数人の女性とニューハーフがひとりふたり近づいてきて、私に飲み物を奢らせようとしたが、私はにっこり笑って酒を飲みに来ただけだということをわからせて、体よく追い払った。肌の黒い筋肉質の男がそっと近づいてきてビールを注文したのは、もうすぐ日付が変わろうとしているときだった。

「ここへは観光で？」男は、掻き消されないように、訛りの強い英語で叫ぶように訊いた。ビールには口をつけていないようだった。

「ああ。サイゴンへ行く途中で立ち寄ったんだ」私は、ずり落ちてきた眼鏡を押し上げた。

男はベトナムのことを訊いた。以前に行ったことがあるのか？　どんなところだったか？　飛行機で行ったのか、船で行ったのか？　叫ばないと話ができないことに苛立っているのか、男のあどけない顔には汗がにじんでいた。男は、ふた口三口ビールを飲むふりをしてから片手でグラスを押しのけて、もう片方の手で五万リエル札を一枚、私のほうへ滑らせた。カウンターに水がこぼれていたので、札が濡れた。「いろいろ教えてもらった礼です。それで、もう一杯飲んでください」

私は濡れた紙幣をつまんでポケットに入れた。「ビールは口に合わなかったのか？」

男は顔をしかめた。「ええ。ぼくの好みじゃない。ここにはもう来ないと思います。旅のアドバイスをどうも」彼は緊張しているはずだとラシードが言っていた。ベルリンに住む二十七歳の難民で、亡命を申請しているので、ドイツ国外に出るのは怖いようだと。

男が姿を消すと、まわりを眺めながらゆっくりとビールを飲みほした。店内は、どこに目をやってもけばけばしくて、快楽と罪の濃厚なカクテルからのみ生じる刺激的な甘い香りが漂っていた。私は、一瞬、自分がいまいるプノンペンの〈ハート・オブ・ダークネス〉が時空から切り離されたような錯覚に陥って、その、とつぜん時間が止まったような感覚を楽しんだ。昨日の朝にはスヴェンがいなかった。ホイットニーもアルマイサもいなかった。明日も同じだ。外が見えず、まぶしいライトだけが私を導く、窓のない騒々しいバーに永遠に身を潜めていることもできるような気がした。

カウンターに数枚の紙幣を置いてトイレに行って、リエル紙幣に走り書きされた言葉を覚えて便器に流した。外は雨が激しくなって、人通りも減った。パスツール通りを歩きだすと、アカシアの葉のあいだをすり抜けた雨粒が顔に落ちた。歩道には歩行者の影がちらついていた。もう夜とは呼べないものの、夜明けと呼ぶにはまだ早すぎる、灰色の時間だった。

トゥクトゥクは見つからなかった。時間が時間だし、雨が降っていたからだ。プレア・ノロドム通りへ行けば見つかるかもしれないと思って、狭いジャヤヴァルマン通りを横切ったときに、照明のついたショーウィンドウに自分の姿が映った。映っているのは自分なのに、ショーウィンドウに映った姿には驚いた。と同時に、自分がしていることの非現実感と、命令やミスや失敗を気にする必要も罪悪感を感じる必要もないのだという、バーで感じたのと同じ解放感が込み上げてきた。

ショーウィンドウに背を向けて、数歩歩いてからタバコに火をつけた。いや、少なくともライターを口に近づけた。襲われたのはそのときだった。鈍器のようなもので頭を殴られて――それだけは覚えているのだが――一瞬にして地面に叩きつけられた。見えたのは茶色い舗道だけだった。急速に意識が薄れ、何者かが何かをさがして服を撫でまわしていたこと以外、耳にした音も言葉も、ほとんど覚えていない。たちまち目の前が真っ暗になって、まだ余韻が残っていた〈ハート・オブ・ダークネス〉で感じた解放感は完全に消え去った。

46

カンボジア　五日目

目が覚めたときには雨がやんでいた。もうすぐ夜が明けようとしていたが、私は弱々しい光の筋に照らされた歩道で劇場帰りの客が捨てていった芝居のチラシのように横たわっていた。手にしていたタバコとライターは、原形をとどめないほど粉々に砕けた眼鏡と一緒に悪臭を放つ水たまりに浮いていた。顔の片側は濡れた歩道に押しつけられていたので、皮膚に食い込んだ砂利や土を取り除くのに苦労した。口のなかは銅か煤のような味がするうえに、唾を飲み込むと、ざらざらとして痛かった。墓から這い出すようにゆっくりと起き上がったが、全身、傷と痣だらけで、しかも体がふらついて、もう一度地面に横たわりたくなった。もともと関節炎を患っていたので節々の痛みは耐えがたく、体が私を見捨てようとしているのではないかとさえ思った。それでも、雨に濡れた荷車の前までふらふらと歩いていって、もたれかかった。

吐き気が込み上げてきたが、必死に抑え込んだ。擦りむいた手のひらからにじみ出してきた血は、荷車の板になすりつけた。服に血がついているとますます怪しまれると考えるだけの分別は残っていた。シャツの裾をズボンのなかに押し込んでズボンの前ポケットを探ると、もちろん強盗にあった際に渡すつもりだった金はなくなっていた。が、太腿に巻きつけた金は無事だった。ほかの大事なものはすべて〈カビキ・ホテル〉のブリーフケースのなかにある。私は路地で小便をして、無事だった金をいざというときのためにズボンの下から取り出した。

ホテルに戻る前に二十四時間営業の安酒場で一杯飲んだ。けがをしていても気づかれないか、少なくとも、誰も気にしない店だ。いつものように、アルコールは全身を癒やして頭の回転をよくしてくれた。この数時間を振り返り、たまたま襲われたのか、それとも計画的な犯行だったのか考えて、結局、いくら考えてもわからないはずだという結論に達した。それに、ポケットに大事なものが入っていたわけではないので、べつにどちらでもよかった。おそらく目的は金だったのだろう。そうでなければ殺されていたはずだ。

注意を怠ったせいではないと、自分に言い聞かせようとした。犯人は、とつぜんどこからともなくあらわれたのだと。〈ハート・オブ・ダークネス〉へ行く前も出たあとも、尾行の有無を確認するために遠回りをしたところで気づかなかったはずだ。しかし、気づくべきだったというのはわかっていた。それでも、判断は間違っていなかったと、自分を慰めた。難民から得た情報をトイレに流し（結局、これがいちばん重要で）、大事なものは何も身につけていなかったからだ。腕の見せ所はこれからで、うまくやれるという自信があった。もし失敗したら、自分は無能だと認めざるを得なくなるが、私は自分が無能なスパイだとは思っていなかった。

〈ブルーライム・ホテル〉のウェルカムサインはクメール語と英語で書かれていた。〈ブルーライム・ホテル〉は四角い高層の建物で、古びた白いバルコニーがついていたが、〈カビキ・ホテル〉のような魅力や個性はなかった。フロントの受付係は私をミスター・ロバート・トンプソンと呼び、「大通りの眺めのいい部屋をご用意できます。もちろん、現金でのお支払いも可能です」と告げた。

部屋は殺風景で、家具も〈カビキ・ホテル〉ほど趣味がよくなく、外国人の好みにも合っていなかった。私は荷物を整理して――整理するほどのものはなかったが――小物入れのファスナーの引き手をすべて同じ方向に向けて、ブリーフケースをテーブルの上に置いた。バルコニーに出たが、昼下がりの通りは閑散としていて、真下のユカントール王子通りでは、トゥクトゥクの運転手が海軍基地の前のタクシー運転手と同様に客をさがしながらのんびりあたりを歩きまわって時間を潰していた。

急に疲れを感じて昼寝をしたが、ぐっすりとは眠れず、一時間後には痛みで目が覚めた。ちょうど三時前だったので、顔を洗い、きれいに髪を梳かして、予備の眼鏡をかけた（予備の眼鏡は不格好だったが、役には立った）。ホテルを出ると、監視探知のために北へ向かった。

〈ホワイ・ノット・クラブ〉と〈シャーキーズ・バー〉と〈マンゴマンゴ・ラウンジ〉に立ち寄ってから、トゥクトゥクで〈ナインドラゴン・レストラン〉へ行き、腹が減ってもいないのに料理を注文して、数口食べた。あとを尾けてきている者はいないようだった。レストランを出たときには、植民地時代の古びた建物を夕日がオレンジ色に染めていた。ロシア大通りを西へ進み、中古車販売店の先を右に曲がって五十八P通りに入っていった。マナーマのスラム街の路地と同様に、特別な名前も特徴もない路地で、スパイのあいだでは数字とアルファベットを組み合わせた記号で呼ばれていた。地図に載ることも観光客が訪れることもない、平凡な薄暗い路地だ。

ゴミで埋もれた小川の上に架けられた、頼りない小さな橋の上で手すりにもたれた。尾けられてはいないようだった。路地の奥では軍の放出品を売る店の店員がたむろしていて、あちこちに灯る明かりと話し声と客を呼び込む声が、みすぼらしい袋小路に活気を与えていた。私はタバコに火をつけて一軒の店へ行った。

店先の台の上にはタイ製の軍関連品のコピーが並べられ、日除けからもぶら下がっていた。そこには、勲章、ブーツ、ブリキの認識票、迷彩柄のライター、噛みタバコ《コペンハーゲン》、ポンチョ、ホルスター、ベルト、キウイ印の靴墨など、戦場となった国で戦争に憧憬を抱く人間が欲しがるすべてのものが揃っていた。麻薬常習者らしい痩せた男が、とつぜん台の奥から出てきたかと思うと、駆け寄ってきて、おもむろに路地のほうへ頭を傾けながらでたらめな英語で何やらつぶやいた。私は失せろと言って、男が素直に引き下がるようにかすかな笑みを浮かべた。

不揃いの戦闘服もドライクリーニング店のように吊るしてあって、台の上には帽子が山積みになっていた。店内のレジの奥には、血色の悪いしわだらけの肌をした老婆がいて、三角の麦わら帽《クーリーハット》の下で小さな目を細めていた。路地は日中でも日が当たらないのにクーリーハットをかぶっているのは、異国情緒を求める観光客のためだ。変装が功を奏したのか、私がそばに行っても老婆は気づいていないようだった。

私は、しばらく商品を眺めてから「銃《カフルーン》がほしい」と言った。老婆は品定めするように私を見つめた。警察を警戒していたのだろう。私の肌の色は有利に働いた。アジアの銃器密売人は私服の現地人を警戒する一方で、外国人を疑うことはなく、老婆は背後にあるシャッターの閉まった建物のほうへ顎をしゃくった。

長い廊下を進んで、左手の最後のドアを開けると、数十、いや、百を超えるカラシニコフや小火器、それに手榴弾が、かなりの量のTNT火薬や弾薬とともに、壁に立て掛けたり湿ったセメントの床に置いたりしてあった。私は、ざっと商品に目をやって老婆を見た。

「旅券は？」両手を重ね合わせてから、ページをめくる仕草をした。

老婆はぽかんと私を見つめていたので、意味がわからないのかと思った。最後に来たのはずいぶん前なので、そのあいだにカンボジアのブラックマーケットの状況が変わって、彼女の息子も足を洗ったのかもしれないと恐れた。あるいは刑務所に入っているのか、もしかしたら死んだのかもしれないと。が、老婆は部屋の奥のドアへ向かった。

そこには老婆の息子のマニーがいて、私が入っていくと、机から顔を上げた。机の上にはプラスチック製のシェードのついたランプが置いてあって、マニーの顔に冷たい光を投げかけていた。マニーは、ひょろっとした体つきの、さして見てくれのよくないクメール人で、黒い髪はぼさぼさだった。口が歪んでいるのは彼の性格のあらわれで、おそらく寝ているときも同じ顔をしているのではないかと思った。その部屋には豆電球がいくつかぶら下がっているだけで、有名なムーン・チャイが描いた、保存状態のいい古い映画のポスターを額に入れて壁に掛けてあるのが唯一の装飾だった。原画で、細かな筆使いが見て取れたが、おそらく借金の形に巻き上げたのだろう。瀕死の赤ん坊を抱く母親の絵だったが、色が鮮やかすぎて、どことなく不気味な感じがした。

母親と同様に、マニーも私だと気づかなかった。私を見るなり引き出しに手を伸ばしたので、そうだとわかった。私は、彼が拳銃を取り出す前に、にっこり笑いながら「ドルで支払う」と言って、ポケットから札束を取り出した。「パスポートが必要ならここがいいと聞いたので」

マニーが私を見つめた。眼鏡の下や、ひげは剃っているものの疵だらけの肌やきれいに梳かしつけた髪の下に見覚えのある男が隠れていることに気づいたのかもしれないと、ほんの一瞬思った。アメリカの外交作戦のために必要なのだと言って以前に二度やって来た男だと気づいたのかもしれないと。マニーはパスポートの盗難と偽造の達人で、トップクラスのテロリストや性的搾取を目的とした人身売買業者や麻薬の売人、銃器密売人、それに、スパイからも頼りにされていた。

「どうしておれのことを知ってるんだ?」と、マニーが訊いた。

「友人があんたの世話になったことがあるんだ。十年、いや十二年前に。アメリカ人だ」

私はあえて苛立ちをあらわにした。「あれこれ訊くのなら帰るよ。無駄話をしに来たわけじゃないんで」

マニーはいきなり乱暴に私の身体検査をはじめた。老婆はそれを黙って見ていた。賭け事は嫌いなのだが、彼女が拳銃を持っているのは間違いなく、賭けてもいいと思った。私は手にした金を握りしめた。それが、こっちの唯一の武器だった。身体検査を終えると、マニーは一歩下がって、目を細めながら私を見た。「怪しい人物じゃなさそうだな。髪が黒くて、中年で、外国人なのは明らかだ。いろいろあるから、好きなのを選べばいい。予算はいくらだ？」

「物による」

「ベルギーのはどうだ？　みんな、ベルギーのを欲しがるんだ。だが、高い」

「ベルギーのパスポートはいらない。ほかには？」

マニーは机の引き出しの錠を開けて箱を取り出すと、私に見えないようになかをまさぐった。

「アフリカはどうだ？　アフリカのは安い。アンゴラのがあるんだが……」

「アフリカのもいらない。ヨーロッパのがいい」

「盗品か、それとも偽造がいいのか？」

「盗品だ。ヨーロッパじゃ偽造は通用しないから」

マニーは、偽のパスポートを本物らしく差し出すことができるかどうか、探るように私を見つめた。「国によって人気が違うんだ。ギリシャやスペインのは人気が高い。フランスのは人気が落ちてきてるが、言うほどでもない」

「盗品がいいんだ。なかが真っ白な、新品の盗品が」

「新品？　新品は高いぞ」マニーは歪んだ口をさらに歪めて笑みを浮かべた。そう言うだろうと思っていた。彼はヨーロッパ中の闇商人と渡りをつけて、大使館や領事館や市役所の職員など、白紙のパスポートをくすねることのできる人物から買い取っていたのだ。白紙のパスポートは貴重品なので、当然、値が張る。しかし、エキゾチックな土産になど興味のない者にとっては、大金を払うだけの価値がある。偽の情報が記入された真新しい本物のパスポートは唯一の望みの綱だった。

マニーは、箱のなかから栗色のパスポートを取り出して私に見せた。「あんたは運がいい。スイスのが一通だけ残ってたよ」そして、崇めるように眺めながらそれを振った。

「いくらだ？」

「買うのか？　一万だ」

「どうかしてるよ。五千にしろ。それ以上出すつもりはない」

マニーはパスポートをしまって引き出しに錠をかけた。「無駄足だったな」

相変わらず強欲な男だと思いながら、肩をすくめて部屋を出ていこうとすると、卓球の試合でも観戦するかのようにわれわれのやり取りを見ていた老婆が駆け寄ってきた。私はドアの取っ手をつかんで振り向いた。「七千。これがファイナルオファーだ。拳銃も一丁つけてくれ」これでもう路地で襲われても大丈夫だと思った。

マニーは私を見つめて、どっちが交渉巧者で、あと千ドル引き上げられるかどうか探ってから、薄気味悪い笑みを浮かべた。「最近は客が少ないからな。七でいいよ」そう言ってかぶりを振りながら、ふたたびパスポートを取り出した。「あんたは泥棒同然だ。こんなに安く買い叩くなんて……これじゃ、まったく儲からないよ」

私が金を数えて渡すと、マニーは黄ばんだ長い爪で札の縁をはじきながら枚数を数えた。数え終わると、机の上にペンと紙を置いてそばの椅子を指差した。「じゃあ、名前と生年月日を言ってくれ。眼鏡ははずせ」

47

カンボジア　六日目

トゥクトゥクの運転手は、朝からプノンペンのダウンタウン周辺の観光名所を巡ってチュンエク村の刑場《キリングフィールド》跡で私を降ろした。雨のなかを、わざわざ郊外まで足を運ぶ観光客はいないので、運転手には、軍人だった古い友人がいるので慰霊塔に詣でに来たのだと言った。運転手が多めのチップをポケットに押し込んで走り去ると、しばらく慰霊塔を眺めてから南に向かって歩いて、〈バーズネスト・カフェ〉へ行った。

アジアの国によくある掘っ立て小屋のようなカフェは住居も兼ねていて、麺類しか出さず、床に座布団を敷いて座るスタイルで、調理場のすぐそばに床に穴を開けただけのトイレがあった。私はビールと米粉麺《クイティウ》を注文した。

雨がやむと、外に一本だけ立ててあったパラソルの下に座って車が店の前の道を猛スピードで走っていくのを眺めた。向かいのガソリンスタンドに立ち寄る車もあった。地面からは熱気とともに蒸気が立ち昇り、蒸気の切れ間から遠くのチュンエク湖が姿をあらわした。ちらっと腕時計を見た。〈ハート・オブ・ダークネス〉で会った難民はリエル紙幣に一時半と書いていたのか、それとも二時半だったか？　濡れて数字がぼやけていたが、二時半だったはずだ。クイティウが運ばれてきたので、麵をすすった。ビールを飲みほし、ジャケットを着てキリングフィールドに戻った。太陽は空の真上から照りつけていた。あたりに人影はなかった。朝から降った雨で地面が濡れていたので、ガイドブックに書いてあったように、雨が降ると頭や体の骨の欠けらがほんとうに地表に浮き出てくるのかどうか気になった。とりあえず、観光客向けの案内標識や説明板を読みながらあたりを歩きまわった。二時半が近づくと（時計を見なくても、なんとなく時間がわかったのだが）、キリングツリーと呼ばれている大きな木のそばまで歩いていった。説明板には、大勢の子どもたちがこの木に頭を打ちつけられて殺されたと、こともなげに書いてあった。まわりのどの木より大きく枝を張っているのはバーレーンの命の木と同じで、もしかするとあの命の木もキリングツリーと同じような宿命を担っていたのではないかという皮肉な思いが頭をかすめた。

キリングツリーには、ここで殺された何千人にも及ぶ子どもたちへの追悼として色とりどりのミサンガが吊るされていて、私も緑のミサンガをピンで留めた。木の北側へ百歩ほど歩くと、まばらな木立に行き着いた。その真ん中に、葉が小さな天蓋を作って光を遮っている太い木があったので、幹にもたれかかり、タバコに火をつけて太陽が最後まで残っていた雲を追い払うのを眺めた。気温が上がり、汗が噴き出して、眼鏡が鼻からずり落ちた。プラスチックフレームの悲劇だ。だが、プラスチックでなければだめなのだ。ワイヤーフレームは鼻にいつまでも残る凹みを作り、それがあとで致命的な証拠になる可能性がある。私はゆっくりと眼鏡を押し上げた。が、その仕草が外国人っぽくて不自然なことに気づき、偽装を見抜く能力に長けた者なら私が正体を隠していることに気づくのではないかと、急に不安になった。太陽は燦々とあたりを照らしていた。

相手は観光客を装うこともせず（しかし、どういうわけか少しも場違いな感じはしなかったのだが）、長じてから——おそらく戦争で——けがを負ったような、ぎこちない足取りで近づいてきた。あるいは、素性をごまかすために右の靴に石を詰めていたのかもしれない。ラシードはその男について何も教えてくれず、経歴も、その他のことも、それに、髪の色さえ知らないと言った。

ロシア人だというのは、相手が口を開く前からわかった。ロシア人特有の白い肌、西洋と東洋が混ざった顔立ち、分厚いまぶた、濃い眉、それに、スラブ人によく見られる角張った顎が目についた。脂ぎったぼさぼさの茶色い髪が目を覆っているのは、おそらく青い目を目立ちにくくするためだ。男の目は冷酷で、半径一マイル以内であればどんな小さな動きも察知する鋭さを秘めていた。細身で、筋肉質で、地元の市場で買ったとおぼしき、くたびれた軍用ジャケットを着ていた。

男は首をかしげて私のタバコの箱を見た。「グリーンアップルか？　それは吸ったことがないな」男にはかすかな訛りがあった。そう思ったのは、長いあいだ闇市の英語を耳にしていたからで、実際は、かなり訛りが強かったのかもしれない。

私は、はじめて見るかのようにタバコの箱に目をやった。そのせいで、眼鏡がわずかにずり落ちた。「だろうな。おれも普段はマルボロを吸ってるんだが、これは知人にもらったんだ」そう言って一本差し出すと、男が受け取った。合い言葉は〝グリーンアップル〟と〝マルボロ〟のふたことで、確認をすますと、いよいよ交渉に入った。

この男はビジネスマンが会いたがっているという話を信じているのだろうかと、タバコを吸いながら考えた。おそらく信じていないはずだ。そんなことはどうでもいいのだろう。男は茶色い紙包みを差し出した。私は裏を見てポケットに押し込んだ。そして、誤解のないように指定された支払い方法を繰り返した。半分は前金で、残りの半分はあとで会社が支払うと。

「ああ、前金はもらっている」男が身を寄せてきたので、私は本能的にジャケットのなかに手を入れて、マニーから買ったコルト45を握りしめた。が、奇妙なことに男は青い目に秘密めいた光を浮かべた。

「聞いてくれ」男は、私がポケットに押し込んだ紙包みにちらっと目をやった。「あんたからそれを買いたいと言っている友人がいるんだ。あんたの会社が支払う三倍の値で。差額を折半しよう。半々で。紛失した、盗まれたと言えばいい。バレることはない」

「友人というのは誰だ?」

「興味があるのか?」

「相手が誰かによる」

「誰だっていいじゃないか。けど、話に乗るのなら教えてやる」

「なぜ、自分でそいつに売らなかったんだ?」

「契約を破るのはよくないってことぐらい、あんたも知ってるはずだ。今後の商売に差しさわるからな。それに、命は大事にしなきゃいけないし。そうだろ? わかるよな? だから、友人には売らなかった。けど、もし約束どおり荷物を届けたのに、荷物を紛失してしまったらどうすればいい?」男は、どうすることもできないと言う代わりに肩をすくめた。

私はタバコを吹かした。これは何だ？　おそらく、私が信用できる人物かどうか見極めようとしているのだ。一瞬、このロシア人は工作員かもしれないと——ほんとうの仲買人はプノンペンの路地で息絶えて、足を引きずりながら歩く狡猾な目をしたペテン師がその役目を引き継いだのではないかとさえ思った。「いや、それはまたべつの機会に」

男はにらみつけるように私を見ながらタバコを揉み消して、手を差し出した。「じゃあ、気をつけて」

男が立ち去ったあとも、私はしばらくタバコを吹かしていた。それからキリングフィールドの残りの部分を歩いて、トゥクトゥクを拾った。

疲れていたので、ロシア人に会ったあとで尾行を撒くためにどこかへ立ち寄るのは省略したかったが、そういうわけにいかないのはわかっていた。トゥクトゥクはダウンタウンで乗り捨て、ぶらぶらと歩いてニューススタンドに立ち寄った。《インターナショナル・ヘラルド・トリビューン》の第一面のトップにはバーレーンに関する記事が載っていた。だから、監視探知ルートをたどるのは終了し、新聞を買ってホテルに戻った。

〝バーレーンの反政府派詩人ジュネイドに死刑判決〟。これは〝囚人への慈悲〟であり、彼がこれ以上罪を犯さないようにするための判決だという、ジャシム国王とサウジアラビアの最高宗教指導者の声明も載っていた。ジュネイドが銃殺刑に処されるのは間違いなかった。

記事によると、この声明が引き金となって、長引く食料品価格の高騰や補助金の削減、スラム街における生活環境の急激な悪化に対する国民の不満が爆発して、これまでにない大規模な暴動が起きたとのことだった。その影響はサウジアラビアの東部に波及して、若者らが政府に民主的な改革を求めるデモを繰り広げたらしい。イランの支援を受けているヒズボラはジュネイドを処刑するのは〝暗殺だ〟、〝凶悪な犯罪だ〟と主張し、道義的かつ第一義的な責任を負うべきはバーレーン政府を支援している米国とその同盟国だという声明を発表した。それを受けて、ジャシム国王はすでに悪化していたイランとの外交関係を完全に絶ち、貿易を禁止して航空路線を廃止した。これに怒ったテヘラン市民は、報復としてバーレーンとサウジアラビアの大使館に放火した。記事のなかに埋もれてはいたものの、提督のことにも触れられていた。なんと、早期昇進を果たしたらしい。不安定な地域におけるリーダーシップと、冷戦終結後のアメリカにとってもっとも強力な敵対国であるイランに対峙する提督の功績を称える国防長官のコメントも長々と引用されていた。

私はホテルの部屋の鏡の前に立ち、ジェルで固めた髪を指で梳いて、髪がゆっくりとばらけていくのを眺めた。顔は相変わらず国籍不明で、どの国にもグループにも属していないような感じがするうえに、よく見ると、自分の顔のようにも思えなかった。頬はこけて――わずか数週間で体重が減ったのは事実で――目もくぼんでいた。白目も、もはや白ではなく、古い新聞紙のように黄色くなっていた。しわを見つめていると、昔のなだらかな景色が見えた。手遅れになる前の時代の、もはや忘れてしまった遠い景色が見えた。吐き気が込み上げてきたので横になり、ロシア人から受け取った包みを握りしめて目を閉じた。ラシードの声が聞こえた。どちらを選ぶかは、あんた次第だ。

「尾けられてはいないよな?」

ラシードは、まるで自分がハンドラーで私が情報提供者であるかのように訊いた。彼は、エデンの園があったと言われているサールの街はずれへ私を呼び出したのだが、そこがかつて天国だったと思わせるようなものは何もなく、あるのは墳墓と砂と岩と瓦礫だけだった。

「まさに楽園だろ?」ラシードは、私の心を読んだかのように頷いた。「おれたちもアダムとイブの話は信じてるんだ。あんたらと同じように」

私は肩をすくめた。「おれたちも、全員が信じているわけじゃない」

「ここは人類が生まれた場所だ」

「あるいは、罪が生まれた場所かも」

ラシードの顔が真剣味を帯びた。「ついに時が来た。あんたの助けが必要なんだ。たいしたことじゃない」彼はゆるく手を組んでいた。「旅に出なきゃいけないと言ってたが、それなら、おれに手を貸してほしい。革命のために」

「きみのためか、革命のためか、どっちだ？」

「どっちでも同じだろ？」

私は返事をしなかった。

「彼女のために引き受けてほしい」

私はタバコに火をつけて、なぜ知っているのかと訊いた。ラシードは、同士の考えや行動は話さなくてもわかると言いたげに私を見つめた。

「これは、あんたにとって絶好のチャンスだ。これを逃したら、二度とチャンスはないはずだ」

荒野に黄昏が迫り、あたりのなだらかな起伏を金色に染めた。

「おれたちのいちばん大事な秘密をあんたに教えるよ。あんたは、おれを助けることも裏切ることもできる。あんたは英雄になることも、裏切り者になることもできる。どちらを選ぶかは、あんた次第だ」

物音がして目が覚めた。ネオン時計の表示は3時19分となっていた。電気をつけようとしたが、また停電していた。となりの部屋からは数人の話し声が聞こえてきた。目が暗がりに慣れると、スーツケースのファスナーの引き手の向きが反対になっているのに気づいた。なぜ、もっと早く気づかなかったのだろう？　いや、考えすぎかもしれないと思った。いったん疑念を抱くと、疑心暗鬼が募るのだ。しかし、バルコニーに出るフランス窓もわずかに開いている。開けたまま出かけたのだろうか？

枕の下から拳銃を取り出して、バルコニーに出た。灰色の夜があたりを覆い、通りの騒音がかすかに聞こえてくる。指の関節が白くなるまで、片手で手すりを強く握りしめた。バルコニーに置いてあった鉢植えは倒れていた。もともと倒れていたのかもしれない。それとも、さきほどの物音は鉢植えが倒れた音だったのだろうか？　また吐き気が込み上げてきて、それと同時に〈ハート・オブ・ダークネス〉のバーテンダーを思い出した。注文したときに彼が私に向けた、あまりに無表情な顔。完全に背を向けて飲み物を作っていたこと。アンコール・ビールがやけに苦かったこと。吐き気と被害妄想が食道を掻きむしったが、職業病のようなものだと自分に言い聞かせた。長いあいだこの世界に身を置いて暗い路地をこそこそ歩きまわっていると、すべての影が自分を追いかけてきているような錯覚に陥ってしまうのだ。状況や行動が奇妙だと思っても、たんに奇妙なだけで、それ以上の意味はないのに。

が、バルコニーの下に誰かがいた。ユカントール王子通りに面したホテルの入り口の前を通りすぎる人影が見えた。人影は、街灯と街灯のあいだの、光が届かないヤシの木の下で足を止めた。一台の車が走ってきたとたん、軍用品市場で見かけた麻薬常習者の姿が、一瞬、ヘッドライトに照らし出されたような気がした。

そんなことは何の証拠にもならない。何かあるか何もないかのどちらかだが、知る術はなく、考えるのは時間の無駄だった。家の本棚に置いているスパイ小説に書いてあったように、私が長年暮らしてきたのは理屈の通用しない世界で、その世界しか知らないのだから。

ふと、例の紙包みのことを思い出した。寝ているときは手に持っていた紙包みのことを。急いで部屋のなかに戻ったが、停電が解消しているかどうかわからなかったので、麻薬の隠し場所を忘れた常習者のように両手で掛け布団を撫でた。紙包みはベッドの上に——私が体を横たえていたあたりに——あった。

そっと手に取って、はじめてじっくり眺めた。封印は一般的なもので、蒸気を当てるかこじ開けるかすればなかを見ることができて、必要ならふたたび封ができるようになっていた。私は、包みをさらに二回ひっくり返した。私より優秀な人間でも好奇心には勝てないはずだ。どこのオフィスでも目にする平凡な紙包みだったが、この仕事は、知っているか知らないかですべてが決まる。それは諜報活動の原則で、諜報員の共通認識だ。私は包みの封印に指を走らせた。時には、知っているより知らないほうがいい場合もある。好奇心に左右されずに、知る必要のあることだけを知る。それも諜報活動の原則のひとつだ。知ると、よからぬ副産物が生じることもある。責任感や疑問。それに疑念。すでに生じているのは明らかだ。だから、包みは開けないことにした。

フランス窓に錠を掛け、銃と紙包みを枕の下に隠して、気をまぎらわすためにガイドブックをめくった。よれよれになったページのあいだに入り込んだ小さな砂粒は、私をマナーマへ引き戻した。震える手から本が滑り落ちてはじめて、自分が汗だくで、アジア特有のじめっとした暑さが毛穴の奥にまで入り込んでいるのに気づいた。屋台で買った飲み物を飲むのはやめて、ソンバイという名のライスワインのボトルを半分ほど空にした。ベッドに体を横たえて、車がホテルの前を通りすぎるたびに明るく照らされる天井を眺めた。車のヘッドライトは、死んだ警官が手にしていた携帯サーチライトに変わって私の顔を照らした。アルコールが血管を駆けめぐって、手足から力が抜けた。もはや意志の力では押しとどめることができずにアルマイサのことを考えた。彼女は、裏切りとは無縁の純粋な姿で目の前にあらわれた。養護施設にも、芸術にも、第二の故郷であるスラム街にも尽きない愛情を注ぐ女性として。彼女は私にも愛情を注いだ――欠点だらけの、こんな男に。

私はとうとう体を動かせなくなった。

彼女に裏切られたことを思い出すと、また吐き気に襲われたが、気力を振り絞ってソンバイのボトルを空にした。そのおかげで、朝までぐっすり眠ることができた。

48

カンボジア　七日目

翌朝、目が覚めても手はまだ震えていた。生ぬるいカンボジアの水道水で顔を洗っていると、街のざわめきや木の梢でにぎやかにさえずる鳥の声が聞こえてきた。とりあえず荷物をまとめたが、神経は思っていたより早く限界に近づいているようだった。

勇気を出して鏡を見ながらひげを剃り、髪を梳かして眼鏡の歪みを直した。ロバート・トンプソンになるのはこれが最後だ。ミスター・トンプソンが〈ブルーライム・ホテル〉を出て行くところは、かならず誰かが見ているはずだ。

ブリーフケースを開けて、アンクル・チャンに渡されたファイルのなかに真新しいスイスのパスポートとスヴェンから受け取った紙とロシア人から受け取った紙包みを入れて、手のひらが痛くなるほど強く押しつけた。ブリーフケースを閉めてダイヤル錠を掛けると、ごく普通のブリーフケースに見えた。ただし、アメリカ合衆国の国章がついていた。私が頼りにしている保険だ。国章には、片方の爪でオリーブの枝を、もう片方の爪で矢をつかんでいる勇猛な鷲が描かれている。べつに、じっくり見る必要は、いや、ちらっと見る必要もなかった。

太陽が肌を焦がすようにじりじりと照りつけるなかを、朝食をとるために〈ラッフルズホテル・ル・ロイヤル〉まで歩いた。それも、片手にブリーフケースを、もう片方の手にスーツケースを持って（ちなみに、ここの朝食は外国人におすすめだとガイドブックに書いてあった）。教科書どおりに、監視探知ルートに則って歩いた。油断は禁物だ。窓はすべて鏡だと思い、交差点ではかならずあたりを見回した。近道や脇道は通らなかった。ホテルの黄色い柱廊に着いたときは汗だくになっていた。ただし、尾行はされていなかった。追いかけてくる影はなかった。

〈エレファント・バー〉に行って、スクランブルエッグとベーコン、それにファム・ファタールを注文した。一九六七年にジャクリーン・ケネディがカンボジアを訪れたことを記念して作られた、このバー自慢のカクテルだ。ジャクリーン・ケネディをファム・ファタールと呼ぶのはどうかと思うが、女性が皆そうであるように、彼女は彼女にしかない魅力を持っていた。私は胃が受けつけてくれるのを祈りながら朝食を口に運んで、こっそり店内を見渡した。革張りのソファには身なりのいい外国人が数人座っていて、壁にはホテルを訪れた有名人の白黒写真が金色の額に入れて飾ってあった。提督の家と同様に、マホガニーの床のあちこちに鉢植えのヤシの木が置いてあって、人がそばを通ると、まるで悪者がこそこそと動きまわっているかのように葉陰が揺れた。

部屋の隅のテーブルには、ぽつんとひとりで食事をしている男がいた。もっとも、皿にたっぷり盛られた料理には口をつけず、顔を隠すように《インターナショナル・ヘラルドトリビューン》を開いていた。男の靴には見覚えがあった。ワリドがオフィスで履いていたのと同じ靴だった。黒い靴で、ぴかぴかに磨いてあって、アメリカサイズなら十一で、ヨーロッパサイズなら四十五だ。私は、勘定書を持ってくるようにウェイターに合図を送った。ワリド・アル・ザインだ。間違いない。ワリドは監視訓練を受けた上級情報部員だ。バーレーン側か、あるいは米国側から私を尾行するように命じられたのだろう。ワリドなら撒いてみせる自信があったので、スクランブルエッグを平らげてから、わざとゆっくり荷物を手に取って椅子から立ち上がった。男の姿はすでになかった。

まだ時間が早かったせいか、ロビーの脇にある大理石の豪華なトイレには誰もいなかった。勘違いだろうか？　ほんとうにワリドが履いていた靴と同じだったのだろうか？　たとえワリドがカンボジアまで私を追ってきたのだとしても、こっちは変装していたので気づかれなかったはずだ。私はロバート・トンプソンで、シェーン・コリンズではない。ただまたまワリドに似た男が〈ラッフルズ〉にいただけだ。考えすぎだ。ただのパラノイアだ。

私はトイレの個室に入って眼鏡をはずし、麻のスーツと靴を脱いで、コルトを便器のうしろに置いた。そして、ロバート・トンプソンに別れを告げた。アデュー、マー・サラーマ。服とコルトをビニール袋に押し込んで、外交官っぽい格好をした。カジュアルだが、Tシャツではなくボタンのついたシャツとカーキ色のズボン、そして、仕上げのペニーローファー。これなら完璧だ。アドリヤの〈モンスーン〉で出てきたフォーチュンクッキーにも靴が幸運をもたらすと書いてあった。いや、靴があなたを幸せにすると書いてあったのかも。個室を出て服のしわを伸ばすと、髪をきちんと分けて、眼鏡の痕をごまかすために顔に水をはねかけた。〈ラッフルズ〉を出るときもワリドの姿はなかった。

プレア・モニヴォン大通りを二十分ほど歩くと、尾行されていないことがわかったが、不安は消えなかった。服とコルトを入れたビニール袋は、夜市のバス停の裏手にあるトンレサップ湖に投げ捨てた。湖をあとにしたときは身軽になった気がしたが、なぜか気持ちは重く、タバコを買うためにコンビニに入ったときには全身がこわばっていた。

裏口からコンビニを出ると、そこは軒先に洗濯物や鉢植えを吊るした明るい路地だった。

表から入って裏口から出るのは意図的な動きで、もし誰かが見ていたら怪しまれるはずだが、こっちとしては堂々と出ていく必要があった。が、路地にいたのはバナナを積んだ自転車を押している女性だけだった。

シャルル・ド・ゴール大通りのはずれにあるオルセー市場は人でごった返していたが、汗が目に滴り落ちて細かいところまではよく見えず、賑わっているのがわかっただけだった。まぶしい日射しに目を細めて、その光景から何かを読み取ろうとしたが、無理だった。もしかすると脱水症状に陥りかけていたのかもしれない。

が、とつぜん体のなかで警報が鳴り響いて、これからやろうとしていることはあまりにも危険だと気づいた。うまくいくはずはなく、中止したほうがいいと。自分の勘には自信があった。尾行にも気づいていた。ワリド、物乞い、麻薬常用者、殴りかかってきた男……偶然にしてはできすぎている。

手が汗ばんで、ブリーフケースを落としそうになった。なかには大事な物が入っているのに。そのときとつぜん、啓示が降りてきたようにあることを思いついた。それは私に力を与え、お払い箱になるのではないかという弱気な妄想を消し去った。私は大事な物を持っているのだ。まさに窮地は好機で、その皮肉は、はじめて聴いた曲のように心のなかでこだました。

アジアの空港を恐れる必要はなかった。アメリカの外交官なら、何も心配する必要はない。シンガポールや韓国、日本なら話はべつかもしれないが、タイやマレーシア、カンボジアなら心配いらない。銃や麻薬の密売人でさえ、VIPなみの扱いを受けるのだから。バーレーンがアジアとの直行便を停止している理由が、このときばかりは私にとって有利に働いた。

荷物を預けるべきかどうか、一瞬迷ったが、外交官としてカンボジアに入国していたので、預けないことにした。スーツケースをベルトコンベアに載せ、生真面目そうなクメール人の係員にアメリカの外交官パスポートを見せてブリーフケースのなかには外交用文書が入っていると告げた。係員は私のパスポートをちらっと見るなり頷いて、ろくに顔を見ることなく、どうぞと言わんばかりに手を振った。私はブリーフケースを握りしめて笑みを浮かべながら金属探知機を通り抜け、反対側でスーツケースを受け取った。センサーは音を立てなかった。

機内に乗り込むと、どこの航空会社もひととおり揃えている高級雑誌を読んでから眠ろうとしたが、ブラッディ・マリーを一杯飲んだだけでは眠れなかった。窓の外には雲ひとつない青空が広がっていたので、シェードを下ろした。誰もが最終的にはどちらかの側につかなければならないのだと、自分に言い聞かせた。たとえ、それを公言しなくとも。ホイットニー、ラシード、提督、それにアルマイサー――彼らは皆、どちらかの側についた。屋台の売り上げで細々と食いつないでいた者たちが自らの生業を犠牲にして通りに火を放つと、黒々とした煙が夕日を覆い隠して、世界はふたつに分かれた。それで、私はどうしたか？　私はその真ん中に座り、右手に酒を、左手にタバコを持ってなりゆきを眺めていた。年金がもらえるようになるまで、なんとか仕事を続けて、あとは、フロリダの、どこか物価の安い街に移住してのんびり暮らすのも悪くないと思っていた。毎週、水曜日には年寄り連中とボッチャを楽しみ、安いストリップクラブで薄れゆく欲望を掻き立て、気が向くと選りすぐりの武勇伝を披露し、プールサイドに寝そべって肌を焼きながら肝臓が音を上げるのを待つのも悪くないと思っていた。どちらの側につくかで、すべてが決まる。決断次第ですべてが変わるのだ。彼女を取り戻せるかもしれないし、どん底から這い上がることとてできるかもしれない。

日が暮れるにつれて雲が出てきて、どんどん分厚くなった。機長は、前方で雷雨が発生しているために（実際は〝悪天候のために〟と言ったのだが）、わずかな揺れや遅延が生じる可能性もあるとアナウンスした。機内が暗くなってきたので、目を閉じた。

ほんとうはしゃべっちゃいけないんだが、あんたも知っておくべきだと思って。サウジアラビアが原子力発電所を二基建設しようとしているのは知ってるか？　ウランも採鉱しようとしてるのは？　それだけじゃない。ロシアは、あんたらの友人のサウジアラビアが核兵器を製造するのを手伝ってるんだ。ロシアは国王を助けもするし、おれたちのことも助けてくれる。金さえ払えば助けてくれるんだ。もちろん、核兵器を製造する目的はわかるよな？　シーア派を怯えさせるためだ。威嚇して、手を引かせるためだ。そうなれば、アラブの春は終わる。中東の希望は消える。

だから、おれたちはあんたらの助けを必要としてるんだよ。おれたちには武器がある。ただし、それは国外にある。それを、あんたに持ち込んでもらいたいんだ。ささいな武器だが、神の思し召しがあれば、それでなんとかなる。

ばかなことを言うなよ、ラシード。おれはこの国に核兵器を持ち込むつもりはない。誤解しないでくれ。あんたにそんなことを頼むわけがないだろ？　持ち込んでほしいのは――知りたいか？

いや。

おれたちは何も持っていないが、その武器がある。アッラーはおれたちの味方だ。それに、あんたも。

シートベルトの着用サインがついた。機体はブリュッセル空港に向かって下降をはじめた。雲の切れ間から洗練された街が姿をあらわして、縦横に走る美しい通りが見えた。ラシードが言うように、もはやすべては神の手中にあった。

雷雨のせいでずいぶん揺れたが、飛行機は無事に着陸した。空港のロビーはエアコンが効いていて、文明の涼しい風が心にやすらぎを与えてくれた。カンボジアのうだるような暑さから逃れることができて、まるで天国にいるような心地がしたが、バーレーンに戻ると焼けつくような日射しが待ち受けているのはわかっていた。

ブリュッセルは経由地にすぎないのにセキュリティチェックを受けなければならないことは、着陸してからわかった。中東の緊張が高まっているのでという説明だったが、危険なシンパが中東に流入するのを防ぐために保安体制が強化されたのだ。予測はついていた。カンボジアからヨーロッパ経由で中東へ行くには複数の経由地があるが、私は意図的にブリュッセルを選んだ。航空機の連続爆破事件で空港の脆弱性が露呈したものの、根本的な欠陥が見直されるまでには何年もかかる。だから、さほど心配はしていなかった。これまでと同様に、型通りの検査だと思っていた。乗り継ぎの数時間は、バーでブラック・ルシアンを二杯飲みながら稲妻が空を引き裂くのを眺めて過ごした。

835便の搭乗を開始するというアナウンスが天井のスピーカーから流れてきたときにはもう保安検査場に長い列ができていた。手にしたブリーフケースは重かった。手にずっしりと重みが伝わってきた。ゲームショーの回転ボードのように、結果は運任せだ。無事に通過できるかもしれないし、悲惨なことになるかもしれない。もしかすると、これは時限爆弾かもしれないと、ふと思った。ロシア人から受け取った包みには時限爆弾が入っているのかもしれない。当局が想定している時限爆弾より小型で高性能な、おそらくイラク紛争中に開発されたものが。そして私は、何も知らずにそれを運んでいる。最大限の犠牲者を出すことを意図して、機内か、もしくは空港で爆発するように設定された時限爆弾を。パレスチナの戦略から学んだのだろう。バーレーン国際空港が爆破されたとなれば、大きなニュースになる。〝アメリカ人外交官が究極の犠牲を払ってアラブの春を支援〟という見出しが躍る。

コンビニで国際電話カードを買って、公衆電話に向かった。ブラック・ルシアンを二杯飲んだせいで、プッシュボタンを押すのに苦労した。番号はすぐに思い出した。緊張していたし、この厄介な仕事の重圧ものしかかっていたが、彼の番号は忘れていなかった。

しばらくは何も聞こえず、その後、数回、カチッカチッと音がしたあとで呼び出し音が鳴った。話をしたかった、いや、声を聞きたかった唯一の人物を呼び出す聞き慣れた音に耳をすました。稲妻は収まったが、激しくなった雨が空港の窓に打ちつけて呼び出し音を掻き消した。

「もしもし？　シェーンか？」思わず声が大きくなった。電話に出たのが彼かどうかはわからなかった。このいまいましい空港から生きて出られないのであれば、息子の声が聞きたかった。電話の向こうでパチパチと音がして、くぐもった音が聞こえてきた。おそらく声が。「シェーン！　聞こえるか？」

沈黙が流れて、カチッという音がした。それでも、受話器を握りしめたまま声が聞こえてくるのを待った。シェーンが気づくのを待った。私だというのがわからなかったのだ。わかるわけがないではないか？　通話が切れたツーツーという音が聞こえてきたので、バーに戻って最後の一杯を注文した。

私の前には、ハンドバッグをふたつ持った、若くてほっそりとしたブロンドの女性が並んでいた。彼女は香水のにおいがした。東洋の香水より自然でマイルドな、ヨーロッパの香水のにおいがした。私のうしろでは、年配の男性が大きな音を立てて新聞を折りたたんだり広げたりしていた。空港の壁は、しわひとつないグレーのスーツを着た男性がタグ・ホイヤーの腕時計を自慢げに見せびらかしている大きな広告に占領されている。列は店の角の向こうまで続いていた。少なくとも百人はいた。どこの空港でも手荷物検査に時間がかかるのは、手順がころころ変わるからだ。百人が粉々に吹き飛ばされたら、間違いなく世界的な大ニュースになる。カチカチという音が聞こえるが、ブリーフケースが音を立てているのだろうか？　そんなことを考える自分の愚かさに――頭のなかを埋めつくす陳腐な妄想に――声を上げて笑いたくなった。滑稽すぎて、笑わずにはいられなかった。長いあいだブリーフケースを握りしめていたせいで、手に力が入らなくなっていた。中継地には耐えがたい孤独感が漂っている。ここは無人地帯だ。どこかとどこかのあいだの、深い溝だ。ふたつの世界に挟まれた、自分には縁のない土地だ。

うしろの男性が咳払いをした。それを聞いて、父親を思い出した。ヘビースモーカーだった父親は声がしゃがれ、しょっちゅう咳払いをしていた。三年前に死んだが、死因の半分はタバコだ。葬式には行かなかった。近所に住む古い友人の話では、ポーカー仲間と飲み友だちが数人参列しただけのさびしい葬式だったらしい。父親は嫌われ者だったのだ。エターナル・レストという名の葬儀屋が死に化粧を施した父親の顔ぐらい見に行くべきだったのだろうか？　葬式に参列したとしても、父親に何を手向けてやることができただろう？　つまずいたキャリアと長続きしなかった結婚、失敗した子育て。父親の人生とまったく同じだ。私はブリーフケースを指で叩いた。父親がまだ生きていたら、しぶしぶながらも息子の私を認めたはずだ。その是非は関係なく、大それたことをしようとしているからだ。新聞に載るようなことを。息子のシェーンもそれを読むだろう。息子の母親のマーリーンも読むかもしれない。それに、アルマイサも。

航空会社の責任者が乗客の列のうしろまで歩いていって、離陸地および目的地の悪天候のせいでさらなる遅延が生じることになったと告げた。ブリュッセルは雷雨の、バーレーンは砂嵐のせいで。うしろの男性は相変わらず咳払いをしていた。喉がいがらっぽいわけではなく、習慣のようなものなのだろう。習慣は人を縛り、人生を型にはめてしまう。だから、咳払いはやめたほうがいい。

私はブリーフケースを持つ手に力を入れた。ブリーフケースのなかには、アンクル・チャンから受け取って紙包みを押し込んだファイルが入っている。国際プロトコルに違反して外交官用ポーチを開けられたとしても、検査場の係員が目にするのはそれだけだ。万が一開けられてもいいように準備はしてある。だが、もちろんそんなことにはならないはずだった。

ちらっと腕時計を見た。すっかり忘れていたが、ペニーローファーが私を見上げていた。靴の甲にはさんだ硬貨は、自分が外交官の仮面をかぶっていることを思い出させてくれた。列は動かない。なぜだ？　何か問題があって、誰かが二次検査を受けているのかもしれない。体が震えだし、無言の呼びかけに応じるように毛穴から汗が噴き出した。

私の前には十人ほどの乗客がいた。鼓動も激しくなった。かくれんぼをしていた子どもがクローゼットに閉じ込められて、楽しくないどころか、暗闇が怖くて息ができなくなって、開けてくれと叫びながら力いっぱいドアを叩いているような感じがした。どうかしている。気にしすぎだ。まわりにいるのは、幸せそうな、ごく普通の人たちだ。いや、普通ではなくても（世の中に普通の人などいるだろうか？）、普通の荷物を持っている人たちだ。世界を変えるようなブリーフケースをよその国に持ち込もうとしている者はいない。

犬を連れた警官が、犬に乗客の荷物のにおいを嗅がせながら近づいてくるのが見えた。

あと五人だ。あと五人で私の番だ。犬は、私の前にいる女性の横で足を止めて鼻をひくつかせた。女性は腹立たしげに犬をにらみつけ、とつぜんあとずさって私にぶつかってきた。私は、思わずブリーフケースから手を離した。ブリーフケースは大きな音を立てて床に落ちたが、すぐさましゃがんで拾い上げた。

犬は女性のスーツケースの中身が怪しいことを警官に知らせたようで、女性は動揺と怒りの入りまじった言葉を口にしながら、係員のあとについて二次検査のための部屋へ行った。それで、残りは四人になった。その四人が金属探知機を通り抜ければ、つぎはブリーフケースを手にした私の番だ。外交官は皆ブリーフケースを持っている。ブリーフケースを抱きかかえて金属探知機を通り抜ける政府の役人はほかにいるだろうか？　少なくとも数十人、もしかすると数百人はいるはずだ。私も十回ぐらいはそうした。機密文書を持って国境の検問所を通り抜けたこともある。怪しい形状や重さの荷物を持って、はるかに悪い状況で通り抜けたこともある。いま直面しているのは、若干強化されたセキュリティと天候によるわずかな遅延だ。たんなる道路の凹凸のようなものだ。要領は心得ているし、それなりに身なりも整えていた。情報の入手方法や人を欺く方法も知りつくしていた。諜報活動はゲームで、ゲームに参加していないときは、担当をはずされたか死んでいるかのどちらかだ。思わず苛立たしげに足で床を叩いた。急に鼻歌を歌うか詩を唱えるかしたくなった。

われらにはその足しか見えない、高みに立つ王たちに告ぐ
われらはそなたらの権威を奪い、要所を占拠する！
われらは立ち上がる
けっして立ち止まらない

やがて列の先頭になると、ベルギー人の係員が——青と白の帽子をかぶってFN社の銃

を肩から下げた、少年っぽい体つきの係員が——荷物をベルトコンベアに載せるよう手振りで示した。私は左手でスーツケースをベルトコンベアに載せて、右手でブリーフケースを握りしめた。

「それも」と、係員が命じた。

私はおもむろにパスポートを取り出した。銀色のエンボス加工を施した黒い革のパスポートが私を守り、ブリーフケースの蓋を開けるな、不当な検査をするなと係員に警告していた。

係員はパスポートを受け取って私を見た。「搭乗券は？」

係員に書類を渡した。

「シェーヌ・クリンス？」係員は、眉をひそめながらフランス語の発音で確認した。

「ああ」

「カンボジアから来たんですか？」

「ああ、そうだ」うしろの男性が、また咳払いをした。

「滞在の目的は？」

私のこめかみの髪は濡れていた。思った以上に汗をかいていた。「外交官なので」それを強調するために、係員に渡したパスポートを叩いた。わざと力を入れて。視界が狭くなり、目の前に白黒のジグザグ模様があらわれた。「外交官というのはどういう仕事か、わかるよな？　ディプロメイトだ」

当てずっぽうで言ったものの、フランス語ではおそらくそう言うのだろう。しかし、外国人は、美しく繊細なフランス語を侵すべきではない。特に、自分の力を誇示したがっている、童顔の若い男に対しては。

係員は私を鋭く見つめ——私が震えているのはわかったはずで——うしろにいたべつの係員に目配せした。「いくつかお尋ねしたいことがあるので、同僚が案内します。シルヴ・プレ」

その係員は、長い髪を細かい三つ編みにした、胸も尻も大きいでっぷりと太った女性だった。おそらく、彼女の職務に対する真剣さと能力は性別に関係ないことを男性の同僚に見せつけるためにコンビを組まされていたのだろう。彼女は、見てくれは悪いが実用的ないかつい靴を履いていた。靴を見れば、その人物の人となりがわかる。私の場合もそうだ。私はペニーローファーを履いていた。米国政府の正式な代表として。

まばたきをして、太った女性係員を見ようとした。すると、足が床の上に浮いているような錯覚に陥った。心が体のなかから抜け出して、外から自分を見ているような気がした。

見えたのは、外交官っぽい服装をして、大事なものが入ったブリーフケースを持った中年の運び屋だった。腹が出ていて、汗だくで、何と言いわけすればいいのかわからずにいる男だった。ついに世界を変えることができるという妄想を抱きながらも、実際は取るに足らない男だった。

二次検査のための狭い部屋に入ったときには、テーブルにブリーフケースを置くのですら苦労するほど手にびっしょりと汗をかいていた。女性係員はテーブルの片側に座り、私には反対側に座るよう指示した。私の正面には黒いガラス窓があった。ベルギー風のマジックミラーだ。

「気分が悪そうですね」アクセントから、ドイツ人だとわかった。

「飛行機酔いだ。揺れると、いつもこんなふうになるんだよ」

彼女はペンでノートを叩いた。「でも、それだけじゃないのでは？　カンボジアで何をしていたのか教えてください」

「私は外交官だ。パスポートを見せたじゃないか。バーレーンのマナーマに駐在していて、公務でプノンペンに出張してたんだ。これはいったいどういうことだ？」

「マナーマのアメリカ大使館で働いてるんですか？」

「いや、米軍基地内にある中東分析局で」

彼女はせっせとメモを取った。「プノンペンでは誰に会いましたか？」

「これは、いったい――」

「質問に答えてください」

「フランシス・チャンに会った。どうしてそんなことを訊くんだ？」

「その人は……？」

「船舶支援事務所の所長だ」

「どんな用があったんですか？」

私は大きなため息をついて苛立ちをあらわにした。おそらく係員の顔にブラック・ルシアンのにおいのする息がかかったはずだ。「入港の際の手順について、現地の海軍と調整する必要があったので。それ以上詳しいことは言えない。米国の機密事項なので。何か問題でも？」

女性係員は青と白の帽子の下から値踏みするように私を見た。「ほかにどこかへ行きましたか？」

私は大げさに体をよじった。「レストランとか、ホテルとか、お決まりの――」

「どこに泊まりましたか？」

「〈カビキ・ホテル〉だ」彼女はそれも書き留めた。ホテルの記録を調べれば、私がそこに泊まって六泊分の宿泊料を払っているのがわかるはずだ。

「ロシア大通りへは行きましたか？」

「ロシア大通り――？　なるほど。あなたの言いたいことはわかるよ。一軒だけ、ホステス・バーへ行った。一軒だけだ。接客してくれたホステスは合法的にそこで働いていた。少なくとも二十五歳、おそらく三十歳近かったと思うが」

「鞄のなかを見てもいいですか？」

私は当惑しながらもスーツケースを手で指し示した。「これはいい。でも、ブリーフケースは――すまない。上から厳しく言われているので。これは外交行嚢《こうのう》で、任務を受けて運んでいる。そういうことは知っているはずだ」

係員は曖昧な笑みを浮かべながらゴム手袋をはめると、私のスーツケースのファスナーを開けて、服や洗面用具、ガイドブックをまさぐった。さらに深く手を突っ込んで、スーツケースの底を隈なく撫でまわした。もちろん、麻薬も武器も、禁制品も、闇市で買った物も入っていなかった。さらには、棒の先に綿棒をつけてスーツケースのなかの表面を拭った。

そして、テーブルの上に置いてあったキャッシュレジスターほどの大きさの青い機械に駐車券を挿入するような冷静さでその綿棒を挿し込んだ。機械は懸命に計算して判定を下した。

「爆発物反応が出ています」

それには心底驚いて、両手を上げた。「そんな、馬鹿な……ほんとうに？　わけがわからないんだが、爆発物を入れたことなどないのは確かだ。その機械は正確じゃないのかも」ロシア大通りにある軍用品店の店主の手に付着していたかマニーの部屋に漂っていた爆発物の粉がついたのだろう。あるいは、例のロシア人から受け取った包みに入っているもののせいかもしれないと思った。

「確かに間違うこともあります。ただの汚れに反応することも。油や土埃でも、ニトログリセリンの場合と同じように反応するんです」

私は大声で笑った。「服の洗濯を怠ったのは認めるよ。さあ、逮捕してくれ！」

係員は笑わず、笑みさえ浮かべずにブリーフケースに視線を移した。「爆発物反応が出た以上、ブリーフケースのなかも調べなければなりません。決まりですので」

「それはダメだ。先ほど言ったように……」

「おっしゃることはわかります。私たちも、可能なかぎりウィーン条約に従います。でも、わが国の国家安全保障上の脅威になると判断した場合は、条約のすべての条文を遵守する必要はなく……」

「国家安全保障上の脅威？　いったい何の話だ？」

「それに、乗客、またはその査証が偽物かもしれない場合も」

「偽物？」私は、時間を稼ぐためにオウムの真似をした。「ほら」そう言って、ポケットから折りたたんだ紙を取り出した。「私を疑ってるのか？　公式な証明書を持ってるよ」

それは私のセーフティーネットだった。最後の頼みの綱だった。ミスター・シェーン・コリンズに外交行嚢をひとつ託すという、大使が署名した書類で、問い合わせはマナーマ米国大使館の地域安全保障担当官まで、と書いてあった。

係員はざっと目を走らせ、私を見つめて、棒に新しい綿棒を取りつけた。「あなたの手を綿棒で拭ってもいいですか？」

私はしぶしぶ両手をテーブルに置いた。手が震え、傷のないスチール製のテーブルに痕がついた。「飛行機には乗れるんだろうな？」

係員は綿棒で私の手の甲をこすった。「裏返してください」

手のひらを上に向けると、しわに汗がにじんでいた。私の手は老けて見えた。五十二歳の手だとは思えなかった。この手を激しく振って、こっちの言い分を主張したり尋問官気取りの係員を説得したりするのは無理だ。私の手は穢れている。いまさら拭き取ることはできない。先の平らな綿棒が手のひらの汗を拭い取った。

「今日はどのくらい飲みましたか？」

とつぜん名案が浮かんだ。格好の言いわけが。アルマイサが、人工大理石の床の上で強引に愛を交わしたのをアルコールのせいにしたのと同じだ。人は見たいものを見る。優秀なスパイは弱点を強みに変える。私は優秀なスパイだ。

「少し飲みすぎたのは認めるよ。カンボジアではちょっとはめをはずして……まだ頭の切り替えができていなかったんだ」そう言って、恥ずかしそうに笑った。

係員は、検査用の棒を警棒のように握りしめて私を見つめた。ドアが開き、先ほどの若い係員が女性係員に私のパスポートを渡して、フランス語で何か耳打ちした。女性係員はふたたび綿棒を機械に挿し込んだ。

「パスポートをお返しします」彼女はテーブル越しに手を伸ばした。「それから、先ほどの手紙も」

その意味を理解するのに、少し時間がかかった。

「お呼び止めして申しわけありませんでした」女性係員はまだ私を見ていた。「カンボジアからの麻薬や武器の密輸が問題になっていて、注意する必要があるので」

勝利の快感が体中の血管を駆けめぐった。その快感は、ロシア大通りで仕入れることができる麻薬より強烈だった。

ブルガリア上空に差しかかると、湾岸の激しい砂嵐のために着陸地をイスタンブールに変更する可能性もあるというパイロットのアナウンスが流れた。私は、膝の上のブリーフケースを握りしめて灰色に染まりゆく空を眺めた。これ以上遅れると着陸できなくなるのではないだろうか？　航路の変更のせいで海に墜落し、全員が、冷たい、あるいは、生ぬるい海の藻屑と化すおそれもある。ブリュッセルの空港で二次検査室へ連れていかれた金髪の女性はどうなったのだろうと思いながら、目を閉じて大きく息を吐いた。まだ安心はできなかった。尾行は振り切ったし、空港の女性係員の詮索も巧みにかわしたが、不安を完全に拭い去ることはできなかった。

着陸地の変更は避けられたものの、われわれを乗せた飛行機は予定より一時間以上遅れてマナーマの上空一万四千フィートの地点に達し、ゆっくり旋回しながら眼下の砂雲が消えるのを待った。燃料が残り少なくなっているのは明らかだった。雲の切れ間から見えるのは、アスカルの海岸沿いに建つ、とうとう最後のひとつとなった堅牢な製油所の煙突から遠慮がちに空に向かって立ち昇る炎だけだった。

パイロットは夜中の十二時近くになってようやく降下を開始したが、雲が晴れたのか燃料が尽きかけたからなのかはわからなかった。私はブリーフケースを持ってトイレに行った。機首を下げて降下を続ける機体は、砂嵐の名残で激しく揺れた。

そのせいで、トイレに入るなり嘔吐して、冷たい水で顔を洗った。トイレの鏡に映っていたのはジェーン・コリンズの別バージョンだった。ブリーフケースにエンボス加工されている国章が私を見上げた。これでようやくロシア人から受け取った紙包みを開けることができる。保安検査場を通過できたのだから、もはや何の問題もないではないか？　シートベルトの着用サインがついたのと同時にアナウンスが聞こえてきた。みなさま、**当機は最終降下に入り、機長がシートベルト着用サインを点灯させました。座席にお戻りください**。私はよろめきながら席に戻った。乱気流は乗客と頭上の荷物を揺らした。機体は、くすぶり続けている眼下の島からいつ何時噴き上がるかもしれない炎を避けようとしていたのか、激しく揺れながら砂の渦のなかを突っ切って徐々に高度を下げた。

二次検査のために別室に連れていかれたブロンドの女性がふたたび姿をあらわした。バーレーン国際空港のテレビ画面に。アラブの民主化運動を支援していた三十一歳の英国人、ピッパ・スミスがブリュッセル空港で逮捕されたと、アルジャジーラが報じていた。多額の現金を所持していて、携帯電話や書類も押収されたようだが、捜査に支障をきたすおそれがあるという理由で詳細は伏せられていた。

あの女もスパイだったのか？　同じ便に運び屋がふたり乗り込もうとしていたのか？　新米諜報員でも、それは避けるべきだとわかるはずだ。どちらかが逮捕されたら、当然、監視の目が厳しくなる――その、ずさんな計画のせいで。二次検査に応じた私が馬鹿だった。あの女は、機内に持ち込もうとしていたふたつの鞄に、ほかに何を入れていたのか、それとも、体に何を巻きつけていたのか、無理やり体のなかに押し込んでいたのか？　あの女は私のことを知っていたのだろうか？　取調べに屈して、何もかも吐くのでは？　職務に戻る米国外交官のふりをしてこっそり空港をあとにしようとしている私も目をつけられる可能性がある。

出発したときと比べると、空港の様子は劇的に変わっていた。高給に惹かれて応募したパキスタン人やヨルダン人兵士が平然とカラシニコフの引き金に手を当てて壁ぎわに並び、何匹もの犬が床を引っ掻きながらハアハアと荒い息をして不審者に飛びかかるチャンスを待っていた。到着客用のX線検査機も設置されていた。

「パスポートをお願いします」

私は、銀色に光る国章のついた黒い革表紙のパスポートを見せた。

「ありがとうございました」

係員がパスポートを返した。もうすぐ家で酒が飲めると思った。

「荷物をベルトコンベヤーに載せてください」

「これは外交行嚢なので、その必要はない」ホームグラウンドなので、楽勝だ。私は高いハードルを乗り越えた。

パキスタン人はぽかんとしていた。充分な訓練を受けていないので、わからないのだ。

「すみません、上司に訊いてみないことには」彼は、鏡張りの部屋と、そのなかにいる私服の職員のほうへ顎をしゃくった。

「これは外交パスポートだぞ」私は、苛立ちを覚えながらパスポートを高く掲げた。が、私服の職員はすでにこっちへ向かっていた。早送りにしたのにひとコマごとに停止する映画を見ているような、じれったい思いがした。私は、いつのまにか端がすり切れてしまった大使館からの手紙を取り出した。「ほら。これがあれば大丈夫だろう」

私服の職員は、手紙を見て鏡張りの部屋に消えた。パキスタン人は申しわけなさそうに愛想笑いを浮かべて、椅子を勧めた。私はかぶりを振って鏡張りの部屋を見つめた。呼び止められている乗客はほかにいなかった。ここを通過できなければ、ドライドック刑務所行きになる。

私服の職員が戻ってきた。「手紙に書いてあった番号に電話したんですが、大使館にはあなたの記録も外交行嚢の記録もありませんでした」

私は知ったかぶりの笑みを浮かべた。「まったく、大使館員はひどい連中ばかりだ。もう一度電話をかけて中東分析局の職員だと伝えてくれ。ホイットニー・オールデン・ミッチェルの下で働いていると」

職員はためらいがちに頷いて、ふたたび鏡張りの部屋へ行った。

あらたに乗客が到着して、パスポートコントロールとセキュリティを通過した。大きな犬はひとりひとりの顔を見て、時おり顔を近づけてはスーツケースやハンドバッグのにおいを嗅いでいた。ビジネスマンもいれば、しばらくデザイナードレスで過ごしたのちにふたたびアバヤで全身を覆い隠したアラブ人の女性もいた。ヨーロッパ人はいつもより少なくて、ひとりふたりしかいなかった。ほとんどは中年以上だった。若者の入国は依然として禁止されていた。

私服の職員が戻ってきて手紙を差し出した。「すみません、コリンズさん。大使館にかけ直したら、向こうも謝ってました。ミッチェル氏のことは知っているようです。あなたがミッチェル氏の下で働いていることも確認できました。お引き止めして申しわけありませんでした。ご覧のとおり、セキュリティ体制を強化して――」

私は職員の手から手紙を奪い取った。職員はきまり悪そうにお辞儀をした。

ランサーのトランクを開けると、強烈な腐敗臭がした。あの警官の死体のにおいだ。数日前にここを経ったときはそれほどひどくなかったが、もしかすると、慣れてしまって気づかなかったのかもしれない。スーツケースは後部座席に押し込んだ。

五回目で、ようやくエンジンがかかった。ポンコツ車も、いよいよ寿命が尽きかけているようだった。ガタガタと音を立てながら駐車場を出て、空港を取り囲んでいる戦車の脇をすり抜けた。戦車は、駐車場から出てくる車に向けて通れるものなら通ってみろと挑発するかのように靄のなかから砲塔を突き出していた。国王は、橋の向こうの友好的な隣国に呼びかけたらしい。もともとバーレーンには戦車が数台しかなかった。

靄のせいでデモ隊の姿は見えず、声も聞こえなかったが、空港を出て二四〇三号線に入ろうとすると、車の出入りを遮断している数千人のデモ隊に出くわした。痩せた若い男たちが、いつものスローガンとはじめて目にするスローガンを書いたプラカードを掲げてシュプレヒコールを叫んでいた。ジュネイドを解放せよ。アメリカは殺人者に武器を提供するのをやめろ。西洋の異教徒どもは出て行け。貪欲で、いかにも人の悪そうな顔をしたアンクル・サムの絵を描いたプラカードもあった。何人かは松明を持って、アッラーに助けを求めるかのように勢いよく空に向かって突き上げていた。夜間外出禁止令は解除されたか、あるいは無視されているかのどちらかだが、何の意味もない規制がまたひとつ打ち破られたのは確かだった。

デモ隊に近づくと、たちまち状況が理解できた。同じような光景は以前にも見たことがあった。長いあいだ拳を突き上げ続けてきた者たちの怒りが寄り集まって渦を巻き、ある時、ある場所で、とつぜん捌け口を――アピールの場を――求めて爆発するのだ。まるで、待ってましたとばかりに。ゆっくりと環状交差点へ向かったが、私のオンボロ車は石を投げつけられたり拳で殴られたりして、使い古したサンドバッグのようにふらふらとよろめきだした。興奮しているデモの参加者とは目を合わせないようにしていたのに、激しい怒りをあらわにした十五歳そこそこの少年がフロントガラス越しに私をにらみつけた。〝外国人《アジュナビ》だ！ 異教徒《カフィール》だ！〟という叫び声が聞こえたのと同時に、大きな石が助手席の窓を突き破った。石は、車の床にドスンと落ちた。思わず通りの向かいの警察署に目をやったが、警察署の前には一台の戦車が歩哨代わりに停まっていた。より重要な空港の警備に出動した仲間に取り残されて、何もできずにただ見守っているだけの哀れな傍観者のようだった。デモ隊のシュプレヒコールが聞き取れるようになった。**国民は政権交代を望んで《アル・シャブ・ユリド・イスカット・アル・》いる《ニザム》！** チュニスで産声をあげてカイロへ飛び火した反政府運動が、バーレーンを変えようとしているのだ。アラブの春は、ついにこの島の砂の上で花を咲かせようとしているのだ。

徐々に車の速度を上げて、群衆の怒りや警戒を煽ることなく道を開けさせようとした。瀕死の状態の車では通り抜けることができるかどうか、心もとなかった。ポンという音がして、今度はリアウィンドウに石が当たったが、小さな石だったので助かった。あと数メートルだ。ブリーフケースは助手席に置いていたので、子どもを守ろうとするかのように、その上に手をのせた。興奮した群衆は、シュプレヒコールに合わせて気勢を上げている。ルームミラーを覗くと、機動隊の小隊がデモ隊に突入するのが見えた。威嚇射撃が行なわれ、催涙ガスが放たれ――もしかすると、本日おすすめのべつのガスだったのかもしれないが――強力かつ有毒なガスが割れた窓から車のなかに入り込んできた。視界が遮られ、悲鳴を上げながら私の車にぶつかってくる者もいた。つぎの瞬間、耳をつんざく怒号が湧き上がり、群衆が大きく波打ちながら機動隊に向かって突進した。私は絶好のチャンスだとばかりにアクセルを踏み込んで無理やり車を進め、デモ隊の中心部から抜け出して、ぞろぞろとあとに続く者たちのあいだを縫うようにして先を急いだ。アル・カビール・ハイウェイにたどり着くと、もうデモ隊の姿はなく、ゆっくりとブリーフケースから手を離した。

アラード・ハイウェイの入り口は封鎖されていたので、しかたなく裏道を走った。もはや、スヴェンからの土産を届けるために支局に立ち寄るのはむずかしそうだった。ホイットニーと提督はもう少し泳がせておくしかない。催涙ガスのせいで目が潤み、薄暗い通りがぼやけて見えた。四四〇三号線を走っていると、アラード要塞が、あるいは要塞のそばの建物が燃えているのがわかった。あたり一面が煙に覆われ、時おり炎の先がちらちらと見えた。アラード・ハイウェイの東の入り口は開いていたので、ようやく幹線道路に戻ることができた。街灯はほとんど壊れていて、火事が起きているにもかかわらず、あたりは暗闇に包まれていた。ドライドック・ハイウェイは閉鎖され、装甲輸送車が遠くの刑務所のほうを向いて並んで、集団脱走に備えていた。

私は北に向かって車を走らせた。情勢不安に陥ったバーレーンは強硬手段に打って出たのに、右手に横たわるペルシャ湾は相変わらずのどかで、波も低かった。ダウ船も、地上の騒ぎなどおかまいなしにのんびりと海に浮かんでいた。海辺に建ち並ぶ四角い家はいつもと変わらず白く光り輝いていたが、それぞれの家に掲げられているバーレーンの国旗はくたびれて、薄汚れているように見えた。アムワージ島の住宅地に入る門が閉まっているのを見たのははじめてだったが、警備員は私をじろじろと見てから、頷いて通してくれた。警備員は拳銃を持っていたが、空港の近くで見かけたような、怒りをむき出しにした群衆からそれで身を守るのはとうてい無理だと思った。

一般市民の生活はまったく影響を受けていないようで、家々の窓からは光が漏れ、海沿いにある〈ティー・クラブ〉のバルコニーは満席で、〈ドラゴン・ホテル〉の奥からはローリング・ストーンズのカバーバンドが演奏する『サティスファクション』が聞こえてきた。フェンスの前に座り込んでいたインド人たちは、私の車の音を聞きつけて駆け寄ってきた。彼らは、食事とその日の寝床を確保するために洗車をしてわずかな金を稼ぐことしか頭になく、門の外で暴動が起こっていても、まったく気にしていなかった。

私は、荷ほどきも酒を飲むのもあとまわしにしてブリーフケースを屋根裏部屋まで運び、外交行嚢の封印をはがしてフォルダーを取り出した。フォルダーのファスナーを開けてロシア人から受け取った紙包みを取り出すと、表面にそっと手を這わせた。が、開けるのはあと回しにした。紙包みとスイスのパスポートは、クローゼットの棚に積み上げてあった本のうしろに押し込んだ。スヴェンから受け取った紙は、アンクル・チャンの手紙とともにフォルダーに入れたままにしておいた。悩まされ続けていた穢れた妄想と不安が少しずつ薄らいでいくのを感じた。なんとか無事に帰ってくることができたし、荷物も持ち帰ることができた。検問所も無事に通過できた。誰にも呼び止められなかった。私は優秀なスパイだ。

一階に戻り、ジントニックを作って、窓の外の水路に映る街灯の光を眺めた。バルコニーに出て、ひっそりと建ち並ぶまわりの家々を眺めた。やっと家に帰ってきたのだと思うと、苦々しさと皮肉な思いが込み上げてきた。わが家とは言えなくても、ここは、わが家と呼ぶにもっとも近い場所であるのは確かだった。

水路の向こうに建つ家の屋上では、外国人らが集まって大きな声で話をしながら酒を飲んでいた。彼らは椅子をアラード要塞のほうに向けて座っていたので、炎が見えているはずだった。

49

砂嵐は朝までに収まった。しかし、闘いのうねりは夜通し続き、通りはデモ隊で埋めつくされて、あちこちから煙の柱が間欠泉のように噴き出していた。街は緊張に包まれた。海軍基地のおもての看板には最高警戒態勢と記されていたが、私は外交行嚢を握りしめていつものように警備員に微笑みかけた。友好国の領土内に戻れば、もう安全だった。

支局に顔を出したが、ホイットニーはいなかった。汗のにじんだアロハシャツを着たジミーはチワワのように警戒心をむき出しにして私を迎えたが、数カ月前からそれが常態になったようだった。「旅はどうだった？」と、ジミーが私に訊いた。

「うまくいった。スウェーデン人から商品を仕入れてきたし。チーフは？」

「提督のところへ状況を説明しに行っている。街はずいぶん騒々しくなってるだろ？　パソコンで最新情報を入手しようとしてるんだが、全域でネットが遮断されてるんだ。ディラーズでは国王を非難する放送ばかり流れて、武器を持とうと呼びかけている」ジミーは頭の汗を拭った。「ゆうべ届けに来るんじゃないかと思って、ボスも待ってたんだぞ」

「道路が封鎖されてたんだ。けど、心配は無用だ。二重に包んで、枕の下に置いて寝たから。で、朝から調理した」

ジミーがにやりと笑った。

カチッと音がしたかと思うと、ホイットニーが部屋に入ってきて、私を自分のオフィスに呼んだ。「見てのとおりだ。話をしよう。旅の報告をしてくれ」

私はブリーフケースを開けて、スヴェンから受け取った紙を入れたフォルダーを取り出すと、英語に翻訳された『マナーマの詩《うた》』をホイットニーのデスクに置いてスヴェンとの話の内容を伝えた。不信感や誤解を招かないように、情報は正確に伝えるのが原則だ。「朝からオーブンで温めたんだ」と、わざわざ付け足した。「支局にはオーブンがないので」

ホイットニーは疑わしげに私を見た。「レモンジュースか？」

私は肩をすくめた。「なかなかいい方法だ」

ホイットニーは浮かび上がった茶色い数字を見つめた。「サラエボからは数字のリストが電信で送られてきている」そう言って、机の上に置いてあった紙を叩いた。彼女に触れた手で。

私はスウェーデン人からの指示を伝えた。サラエボから送られてきた数字の合計に七を足して、そのページに進めという指示を。ホイットニーは、紙に書いてある数字を計算機に打ち込んで合計を出すと、該当するページをめくり、核兵器の発射コードを解読しようとするかのように文字を確認した。三十分ほど費やして五十ページ以上に目を通した結果、七月六日の午前三時四十三分に貨物船がハリル・アル・ジャスリ港に入港するのがわかった。きっかり二週間後だ。ホイットニーは満足げな笑みを浮かべた。スパイゲームに勝つためのパズルをつなぎ合わせることができたのだ。

しかし、まだ完成はしていなかった。ホイットニーは引き続き『マナーマの詩』のページをめくって、数字に文字を当てはめて最後の暗号を解読した。が、その結果を見て眉をひそめた。

「心当たりは?」私はホイットニーの顔を見た。

「聞いたこともない。ジミーに嗅ぎまわらせて、荷物が届く前に突き止めよう」

ホイットニーは満足そうに結論を述べて私の肩を叩いた。「これは黄金の壺だ。必要なものはすべて揃っている。武器を押収し、乗組員を尋問して誰が背後にいるか突き止めたら、暴動は収まるはずだ。よくやった、コリンズ」

私は部屋を出ていこうとして立ち上がり、アンクル・チャンから渡された書類をホイットニーに渡した。「提督に渡そうと思って持って帰ってきたんだ。こっちのカバーストーリーのために。興味を示すんじゃないかと思って」ホイットニーは書類を撫でながらぼんやりと頷いた。彼の目は自分の未来を見つめていた。空高く昇った希望の星を。

50

蒸気を当てるだけならかまわないと思った。たとえ見破られても、紙包みが無傷で適切な人物の手に渡りさえすれば問題にはならないだろうと。ラシードは私が勝手に開ける可能性もあると思っていたはずだ。紙包みを裏返すと、それは、冷静かつ客観的な視点で調べる必要のある、謎の物体に変わった。

戻ってきても電話はしないでくれ。会うまでは連絡しないでくれ。ラシードはそう言った。だから、しかたなかった。

蒸気の熱で中身が傷むかもしれないので、結局、レターオープナーで慎重に包みを開けた。紙が破れはしたものの、ほんの少しだけだった。まさに外科医のようだった。包みのなかから姿をあらわしたのは、深さが三センチで長さが三十センチほどの箱で、ひとりでに蓋が開いた。箱のなかからは、ラベルのついていないスポイト瓶が五本転がり出てきた。そのくすんだ茶色のガラス瓶には液体が入っていた。その一本を手に取って鼻に近づけると、ジャスミンに似た、刺激的な甘い香りがした。瓶はキッチンのカウンターの上をころころと転がって、やがて止まった。

ありふれたスポイト瓶を見て、私は妙な安堵感を覚えた。ホローポイント弾かテルミット爆薬かもしれないと思っていたからだ。空港の太った女性係員も爆発物反応が出ていると言った。だが、この小さな瓶に入っているのがチンキ剤であれ何であれ、けっして危険な物質ではなく、無害なように思えた。爆薬かもしれないと思っていたのは、革命が成功するのを望んでいたからだ。地殻変動の波に洗われて群衆が暴動を起こしている国で、五本の小瓶がどれほどの害を及ぼすと言うのだ?

51

玄関のドアを執拗にノックする音で目が覚めた。時計を見ると、八時七分だった。昨日の服をそのまま着て窓から覗くと、ホイットニーが玄関に立っていた。濃紺のジャケットを着ていたので、大きなインクの染みのように思えた。彼は腕時計に目をやりながらあたりを見回していた。

「コリンズ！」私がドアを開けると、ホイットニーはびっくりしたように言った。「いないのかと思ったよ」

「車が駐めてあるじゃないか」

ホイットニーが振り向いた。「そうだな。確かに。入ってもいいか？」緊張しているようだった。

「これから出かけようと――」

「時間は取らせない。大事なことなんだ。ふたりだけで話したいと思って」

「スウェーデン人の情報に何か問題でも?」

「いや、そうじゃない」

私は一歩下がって、小柄なホイットニーがゆっくりとなかに入ってくるのを見守った。体重も落として、ぴったりと体にフィットした服を着ていたが、はじめて会ったときと同様におずおずとしていた。

居間に入ると、彼はすぐに足を止めて壁を見つめた。「あれは……彼女のか?」

「ああ」

「すばらしい」そう言いながら絵のそばへ行った。「色彩が……」

ホイットニーは、まるで自分がこの家の住人で私のほうが客であるかのように、さりげなくソファを指し示した。「座って話そう」

「で、要件は?」

何か飲むかと訊くと、ホイットニーはいらないと言ったが、私はふたつのグラスにコニャックを注いだ。

「よく聞いてくれ。言いづらいことなんだが」ホイットニーはグラスを受け取ったものの、口をつけずに、そのままコーヒーテーブルに置いた。「昨夜、本部から電信が届いたんだ。あんたに対する早期退職勧告だった。駐在を切り上げてラングレーに戻り、バッジを返せと言ってきた」

ホイットニーは、ジャケットの内ポケットから分厚い書類を取り出して広げた。ラングレーからの電信だというのは明らかで、宛名とコードと機密事項はホイットニーかジミーが黒く塗り潰していた。ホイットニーは、そこに書き連ねてある退職勧告理由を読み上げた。既婚者であり、かつ提督の顧問の配偶者である女性との不適切な関係、タイムカードの改ざん、公費の不正使用、過度の飲酒を原因とする肝機能不全による健康障害のおそれ（すでに肝硬変の前駆症状が認められていること）、〈シーシェル・ホテル〉その他、許可を得ていない場所での居住。

ホイットニーが電信を折りたたんだ。生身の神が私の罪を暴露し、公式に貶めて、スパイとしての死を宣告したのだ。

私を裏切った可能性のある人物の顔がつぎからつぎへと脳裏に浮かんだ。〈シーシェル・ホテル〉のチャーリーか、嫉妬深いポピーが、あのくだらない夫に焼きもちを焼かせようとしたのか。それともポピーの隣人か、いや、もしかすると、気をつけたほうがいいと私がポピーに警告した、スリーパームズのあの忌々しい警備員かもしれない。しかし、裏切りには代償がつきものだ。ポピーの夫のバートが自力で情報を集めた可能性もある。

私はコニャックをすすりながら考えた。

「これは打診ではないよな」

「残念ながら、打診ではない。本部の最終決定だ」ホイットニーの首のそばかすが笑っているように見えた。

「猶予は？」

「二週間」

私は笑みを浮かべた。「二週間か。おれたちの友人は、二週間後に武器を積んだ貨物船が入港するのを阻止するんだよな」

いかなる感情も湧いてこなかった。まさに歩く屍だった。これで終わりだ。私はホイットニーのペニーローファーを見つめた。銅貨はくすんでしまっているものの、きちんと甲のストラップの切れ目にはさんである。インスピレーションを与えてくれたのは彼だ――彼は正真正銘のミューズだった――そのおかげで、私は外交官を装っていくつもの検問所をくぐり抜けることができた。例の紙包みを持ち帰ることもできた。ロシア人から渡された例の紙包みはまだ私の手元にある。あの紙包みのことは、ホイットニーも提督もバートも知らない。たとえ私がこの地を去っても、あの紙包みの影響は残るはずだ。

「あんたが黒幕だったのか？」

ホイットニーは驚いて首をこわばらせた。「私が？　もちろん違う。私は……」

「〝お荷物だ、頭数合わせだ〟。あんたはおれのことをそう呼んでたよな」

ホイットニーは不安げな笑みを浮かべた。「言っておくが、あの晩のことを自慢できるとは思っていない。それは、あんたも同じはずだ。だが、信じてくれ。私はあらゆる助けを必要としてるんだ。あんたはいい仕事をした。スヴェンから重要な情報を得た。それに、ジュネイドのことも。あんたがジュネイドとともに立てた作戦はうまくいかなかったが、アイデアは悪くなかった。あんたとスクループはじつにすばらしい仕事をした。スクループには誰も期待していなかったんだが」ホイットニーが唇をすぼめて私を見た。「私だって、あんたのためにできるだけのことをした。それはわかってほしい」

私はコニャックの残りを飲みほした。「ワリドのことは知ってるよ」

「えっ？　ワリドって……誰のことだ？」

「ワリド・アル・ザインだよ。内務省の役人だが、実際は諜報員だ。サルマン・ビン・アフメド要塞であんたが一緒にいるのを見たんだ」

ホイットニーの顔に警戒心が浮かんだ。「要塞でワリドに会ったことはない。彼にはアドリヤの爆破事件のあとに数回会った。そのことを言ってるのか？　あんたが会ってくれと頼んだんじゃないか――ちょっとした行き違いがあって怒らせてしまったからと。私は事態を収拾したんだぞ」

「ワリドはカンボジアに来て、おれを尾行していた」

「カンボジア？　コリンズ――」

「あんたは彼女を奪った」

ホイットニーは両手を静かに膝の上に置いた。「本部があんたの主張を認めなかったのは事実だが、私はまったく関わっていない」

「あんたは隠れ家で彼女と一緒にいた」

「何のことを言ってるんだ？」

「アスカルで」

「何の話をしているのか、私にはさっぱり」

「彼女のアパートにもいた」

ホイットニーの表情がやわらいだ。「彼女のアパート？　作品をひとつ買おうと思ったんだ。彼女には才能がある。しかし、なぜ……？」

「彼女はアトリエに作品を置いている。自分のアパートではなく」

「いや、私は彼女のアパートで作品を見たんだ」ホイットニーは、何のためらいもなく即座にそう答えて私を見つめた。「まさか……」

いつのまにかグラスを握りしめていたようで、指に水滴がついて滑ったのか、とつぜんグラスが床に落ちて割れた。もしかすると、床に投げつけたのかもしれなかった。

「コリンズ」ホイットニーは、聞き分けのない息子を諭々と諭す親のような、穏やかな声で言った。「彼女はあんたを愛している。私には勝ち目がなかった」彼の顔には奇妙な表情が浮かんでいた――諦めか、あるいは後悔の表情が。

「それで、買ったのか？　彼女のアパートにあった作品を」

「いや」ホイットニーはそっと身をよじった。「実は、まだ買ってないんだ。交渉中なんだよ。値段が……ちょっと高いと思わないか？」

私は笑みを押し殺した。「ああ、確かに」

52

二週間。まだ二週間ある。

私は、日が暮れてから監視探知ルートに則って外出した。閉店後のバーにタバコの煙が漂っているのと同様に街中に砂嵐の名残が残っていて、息苦しかった。

まずは、〈エアポート・カフェ〉に行ってコーヒーを飲んだ。店内は混んでいて、客は皆、とりとめのない話に花を咲かせていた。デモ隊は空港から引き揚げたようだったが、装甲車はまだ空港を取り囲んでいた。きっかり二十分そこにいて、つぎはオペラハウスへ行った。

オペラハウスには照明が灯って、テラスと彫刻作品がきらきらと輝いていた。私は、家を出てからずっとブリーフケースを握りしめていた。オペラハウスでは、外で暴動が起きていることなど気にもとめずに数人の作業員が梯子に上って、展示ホールの天井の金の縁取りを仕上げていた。大理石の床に私の靴音が響き渡った。

壁一面を覆うそのモザイク画は、ホールに足を踏み入れたとたんに目に飛び込んできた。その作品には、金の枝で作った巣から逃げる一羽の雀と、白黒の市松模様の波打つ網と、遠くで警告のさえずりを発する赤と銀色の数羽の小鳥が描かれていた。なによりすばらしいのは、じつに複雑な模様の色鮮やかな羽を持つ孔雀だということに誰も異論はないはずで、タイルを貼りつけて描かれた止まり木から、いままさに飛び立とうとしているように見えた。その孔雀は、闇のなかの一点の光のように人の目を惹きつけた。説明板には、〝孔雀と雀、『千夜一夜物語』〟と書いてあった。私は、それを見てはたと気がついた。それまで気づいていなかったあることに。有名な『千夜一夜物語』は小説ではなく、妃のシェヘラザードが殺されるのを免れるために、毎晩、王に語り聞かせた物語だ。そこには、人の心を操って考えを変えさせる秘訣が書かれている。私はそれに気づいて、妙な感覚に襲われながらオペラハウスをあとにした。

街はすでにすっぽりと夜のとばりに覆われていたが、三番目で最後の立寄り場所を目指して南へ向かった。

〈ガルフ・ホテル〉は閑散としていて、数人の男たちがマグカップに注がれた湯気の立つコーヒーを飲んでいるだけだった。私は、くたびれたベルベットのソファに座ってペイストリーとカプチーノを注文した。となりの部屋から聞こえてくるピアノの音が客の入りの悪さを際立たせ、広い場所にほんの少ししか人がいないと気味が悪いと思ったり、忘れられた映画のサウンドトラックのようだと思ったりした。ウイスキーサワーを注文しようとすると、ウェイトレスがアルコールの提供は控えていると言った。私はカプチーノを飲みほして時間を確認した。つぎが最後だ。

ブアシーラ地区からオマーン通りに出ると、角を曲がる茶色い車の尻が見えた。デモの現場の近くで見かけた監視車両だ。いや、茶色い車はそこかしこに走っている。いたずら好きな妖精がまた人を惑わそうとしているのだと思うことにした。私はきちんと監視探知ルートをたどった。あとを尾けられてはいないはずだった。それでも、念のために、ウム・アル・ハッサム地区との境界線に車を駐めて、アドリヤまで八百メートルほど歩いた。念のために、何度も横断歩道を渡ってジグザグに歩いた。ラシードが言っていたとおり、三六一〇番地はブロックの端で、〈オアシス・ペルシャカーペット〉という名の絨毯屋は額縁屋と花屋のあいだにあった。怪しまれたら、ホイットニーの命令で調べに来たと言うつもりだった。ドアを開けると、ベルが鳴った。

狭い店内には何百枚もの絨毯があちこちに積み上げてあって、まるで迷路のようだった。天井には、二カ所に小型カメラが取りつけてあった。カウンターの奥では、ラシードの従兄弟のような――たぶんそうに違いない――白いトーブを着た男が絨毯の寸法を測っていた。男は、鼻の上にちょこんとのせた眼鏡越しに私を見た。「こんばんは。ようこそ」

私はブリーフケースを持つ手に力を入れた。「タブリーズ産の絨毯はあるか？ 居間に敷きたいんだが」

「申しわけありません。現在、タブリーズの絨毯はございません。入荷したばかりのイスファハンのものならあるんですが。居間に敷くにはぴったりだと思います。ご覧になりますか？」

「見せてくれ」私は、カウンターの奥へ向かう男のあとを追った。男は吊り下げてあった栗色の絨毯を払いのけて、そのうしろにある部屋の錠を開け、部屋に入ると、ぶら下がっている電球のコードを引っ張った。その部屋には家具がなく、セメントの床も壁もむき出しで、片隅に埃をかぶった絨毯が積み上げてあるだけだった。電球はかすかに揺れて、私たちの影を伸び縮みさせた。男はドアに錠をかけた。「紙包みを持ってきたか？」

「ラシードはどこだ？ ここにいると言ってたんだが」

「来られなかったんだ」男は眼鏡を押し上げた。

「話はラシードとしかしない。約束が違う」

「やつは忙しいんだ。ここへ来るのは無理なんだよ。それに、来ないほうが安全だ」

「誰が決めた？」

「おれたちのリーダーだ」

「ラシードじゃないのか？」

「もちろん、ラシードもそのなかに含まれている」

男は険しい視線で私を見つめ続けた。電球は、車のヘッドライトのような帯状の光で男の顔の一部だけを照らしていた。私は絨毯の山の上にそっとブリーフケースを置き、錠を開けて男に紙包みを渡した。男は、暗号が書かれていないか、あるいは細工の跡がないかさがすかのように、すぐさま包みを裏返した。私は、開けたことに気づかれるのではないかと、一瞬、不安になった。しかし、男は微笑みながら顔を上げた。「シュクラン、ハビビ。あんたは革命の友だ」そう言って、私の手を握った。

「明日、午後二時に命の木まで行ってくれ。あんたに会いたがっている仲間がいるんだ。命の木がどこにあるかは――」

「知っている」

包みは渡した。これで役目は果たした。一緒に部屋から出ると、栗色の絨毯が視界を遮ってはいたものの、ドアのベルが鳴ったのは聞こえた。「お気に召す品が見つからなくて、残念です」と、男は大きな声で私に話しかけた。「来月にはタブリーズ産が入ると思いますので」

絨毯が積み上げてあるので店の入り口は見えなかったが、壁の上のほうに掛けてある鏡に男性の後頭部が映っていた。入り口の近くまで行くと、洋服を着たアラブ人だとわかった。その男性は、私たちのほうへわずかに首をかしげて頷いた。私は「邪魔をした」とつぶやいて店を出た。「オアシスへようこそ。何をおさがしですか？」背後から、店主の陽気な声が聞こえてきた。

〈トレーダー・ヴィックス〉のハッピーアワーは、尾行を撒くのにも、家に帰る前に一杯やるのにも申し分のない場所だった。顔を出して、早期退職勧告をそれほど深刻に受け止めていないことを証明しておきたかったし、この地を永遠に去る前にもう一度足を運んでおきたかった。ホイットニーが同情しているふりをして私のショックをやわらげ、高価なトロピカルドリンクでわだかまりを洗い流そうと思って誘ってきたのは見え見えだった。結局は見捨てたわけではないとアピールするために。私はタバコに火をつけた。結局は見捨てられたのだ。

ホテルのロビーでは思いがけない事態が待ち受けていた。手荷物検査と金属探知機による検査に加えてゲストブックへの記入が求められたのだ。暴徒が押し寄せてこないようにする、何の役にも立たない自己防衛策にすぎないのだが。ゲストブックにはロバート・トンプソンとサインした。名前など無意味で、好きに変えられる。名前によって、その人間のアイデンティティもころっと変わる――経歴も背景も、思想も、危険度も。好きに書けばいいのだ。

バーに入っていくと、入り口に吊り下げてあるビーズがカチカチと音を立てた。全員がそこにいて、窓に背を向けて座っていた。ちょうど一年前に開かれた提督のパーティーと同様に、みんな着飾って酒を飲んでいたが、交わされている会話は早口で、口調も険しく、笑みも引きつっていた。パーティーを楽しんでいるような感じではなかった。ホイットニーはシャツのボタンをはずし、袖をまくり上げてカウンターでジミーと話をしていた。ジミーの妻のグレッチェンはふたりのうしろに立って、冷たい飲み物をかき混ぜながらつまらなそうにまわりを見回していた。

「あんたがいなくなるとさびしいと話してたんだ」私がそばに行くと、ジミーがにこやかに言った。「ひどい話だよな。けど、もうすぐ年金がもらえるから」

私は肩をすくめてモスコミュールを注文した。

「考えてみたら、ここを去るには最適な時期かもしれない」と、ジミーが続けた。それを聞いて、ホイットニーが頷いた。

私はグラスを手にしてふたりのそばを離れ、牧師夫妻と話をしているポピーとバート・

ジョンソンのところへ行った。いったい、どこまでひどくなるんだ？　いずれにせよ、われわれは完璧な避難計画を立ててるんです。ドゥッラ・アル・バーレーン島へ避難する計画を！　どこにあるかご存じですか？　バーレーンの南の端にある人工島で、馬蹄形をしてるんですよ！　飛行機から見たら、馬蹄に見えるんです！　国王が一般人向けに貸し出していて、もちろん、ウェイティングリストがあるんですが、われわれはすでに申し込みました。レンタル料は、週にたった数千ドルです。ボートに飛び乗れば、数分で着く。おまけに、何もかも揃っている。出来たての食事もサテンのシーツも、ハウスキーピングも。騒ぎが収まるのを待つには最適な場所です。国王はアメリカ人を優先するべきだ。われわれが彼のためにどれだけのことをしてきたか考えてほしい。イギリス人は何をした？

私はポピーの腕に手を置いて、タイトな赤いドレスに身を包んだ彼女のつぎはぎだらけの体を臆することなく見つめた。「きみは食べてしまいたくなるほど魅力的だ」そう言ってグラスを掲げた。「痩せたのか？」

ポピーは驚いたように振り向いて何か言おうとしたが、黙って自分のグラスを見つめた。牧師夫妻はそっと目をそらした。

「あんたが辞めさせられるのは、じつに残念だ」バートが棘のある口調で話しかけてきた。

「そういうことがあると、いつも悲しくなるが、ここよりいい場所はかならずあるはずだ」

「どこだって、バーレーンよりはましだよ。そう思わないか?」私はバートの肩を乱暴に叩き、モスコミュールを飲みほしてポピーの唇に熱いキスをした。バートは文句を言おうとして口を開きかけたが、私はすでにドアに向かっていた。

バーを出るときに、ホイットニーが提督のそばに立っているのが見えた。これがホイットニーの姿を目にする最後になるかもしれないのはわかっていた。だから、このときの彼の姿を鮮明に覚えているのだろう。白いシャツに汗がにじんでしわが寄っていたのも、カーキ色のズボンにきれいな折り目がついていたのも、時計がきらきら光っていたのも覚えている。顔つきは真剣そのものだったが、当惑しているような表情を浮かべていた。それを見て、ただの若造だと思った。彼は、それまで感じていた、会議が大好きで、教科書どおりのことしか言えないくせに外交官だった親の七光りで出世して、寝る前に自分の手柄を指折り数えるような男ではなかった。大人のポーカーゲームに無理やり参加させられた子どもにすぎなかった。

家に帰って明かりをつけると、ソファがひっくり返っているのがわかった。本は棚から投げ出され、椅子はどれも、強風で吹き飛ばされたかのようにあちこちに転がっていた。

息子がくれた地球儀はまっぷたつに割れて、まだ床の上で揺れていた。

とりあえずソファを起こして被害状況を確認し、これぐらいですんでよかったと、胸を撫で下ろした。その日の朝、例の紙包みを届ける前にこうなっていた可能性もあるからだ。もし家にいたら、地球儀ではなく私の頭がまっぷたつに割れていたかもしれない。が、そのときふと、家に大事なものを残していたことに気づいた。屋根裏部屋へ行き、クローゼットを開けて本のうしろに隠したパスポートが無事かどうか確かめたが、幸い無事だった。ただし、ほかの部屋は居間と同様に惨憺たる有様で、賊は徹底的に調べたようだった。どちらの側の可能性もあった。いずれにしても、ロシア人から荷物を託されたのではないかと誰かが疑うか嗅ぎつけたかして、私が怖じ気づくか、あるいは勇気を振り絞る前に奪い取ろうとしたのだろう。こっちの作戦には弱点や穴がいっぱいあって、安全対策も盤石ではなかった。

バスルームに行って、顔に冷たい水を叩きつけた。目を上げると、鏡も割れていて、私の顔はいくつもの細かい破片に引きちぎられていた。銀色の鉤爪に引っ掻かれて、人間ではなく獣のような顔になっていた。衝撃が大きすぎて、すぐに片づける気にはなれなかった。

そのとき、とつぜんランサーのことが気になった。なぜ、それまで思いつかなかったのだろう？

排気管も、ホイールウェルもフェンダーも、車体の底も調べた。すると、黒い楕円形の小さな装置が見つかった。私の交通違反を暴き、私が行ったすべての場所を信号で知らせる発信器が。

発信器を引きはがして急いで家に戻り、居間の床に投げつけて、ただのワイヤーとプラスチックの欠けらになるまでハンマーで叩き潰した。この忌々しい代物はいつから取りつけられていたのだろう？　おそらく数カ月前からだ。諜報員としては致命的なミスだ。カンボジアでは発信器が取りつけられていないか気にしていたが、バーレーンではチェックしようと思わなかった。この発信器は、おそらく私が〈シーシェル・ホテル〉へ行ったことを突き止めたのだろう。だから、敵はそれを知っていたのだ。本部が命じた防諜調査だったのかもしれない。あるいは、バートが意外とずる賢くて、私とポピーを罠にかけようとしていたのかもしれない。そう言えば、ジミーの車が故障したときに迎えに行ってやったこともあった。おかしなことに、ジミーは〈ヴィックス〉に寄って朝食を食べようと言いだした。私とジミーが店にいるあいだに誰かが発信器を取りつけたのかもしれない。時間は充分にあったし、見張り役もいた。ジミーは、車のなかに電波妨害を引き起こすほかの発信器がついていないか調べたはずだ。で、帰りは送ってくれなくてもいいと言った。

すべて仕組まれていたのだ。誰かが、私を監視するために巧妙な計画を立てたのだ。国王側も、同じ手を使って革命工場の場所を突き止めたのだろうか？　もしかすると、裏切ったのはカシムではなかったのかもしれない。だが、確信はなかった。

発信器は手足をもぎ取られた昆虫のように床に散らばっていた。が、少なくともロシア人から受け取った紙包みの行方は突き止められずにすんだ。最後は、車を駐めて歩いたからだ。彼らが知っているのは私がウム・アル・ハッサムに車を駐めたことだけだ。アドリヤへ夕食を食べに行ったり、電子機器を修理してもらいに行ったり絨毯を買いに行ったりした可能性もあるわけで、まだ完全に尻尾をつかまれたわけではなかった。

53

バーレーンの南部の風景だけは、私がはじめて命の木を見に行ったときから変わっていなかった。南へ向かって車を走らせていると、交通量はそれほど多くないのに検問所がやたらと多いことに気がついた。ただし、〈ガルフ・ホテル〉の周辺だけは例外で、そばを通ると、ホテルの外にトラックが一列に並んでいるのが見えた。ホテルの玄関の階段も、前日とは打って変わって活気にあふれていた。イーサタウンでは、トーブを着てひげを生やした男たちに連れられて歩いている作業員の一団と出くわした。彼らを通すために速度を落とすと、割れた助手席の窓から一枚のパンフレットがひらひらと舞い込んできた。開いた貝殻のあいだに一時停止の標識を描いた素人くさい絵だったが、貝殻の上には〝禁《アル》欲《イファ》〟と書いてあった。

南部の砂漠には尾行を撒くために立ち寄る場所はあまりなかったが、アワリにスクラップヤードがあって、捨てられたガラクタのなかを歩いていると、助手席の窓を覆う板を見つけた。その後、〈アワリ・ゴルフクラブ〉で一杯飲もうとしたが、にべもなく断わられた。アルコールの提供はやめたらしい。命の木に着いたときには、喉が渇いて苛々していた。

ラシードは、キャンプファイヤーで暖を取っているような格好をして木の下にしゃがんでいた。そこにいるのを知らなかったら、誰だかわからなかったはずだ。あごひげを長く伸ばして真っ白な長い布《カフィエ》をかぶっていたので、くすんだ風景の中ではひときわ目を惹いた。これまでの頼りない革命志望者とは別人のようだった。彼は私を抱き寄せて、腕をつかんだ。顔が引き締まり、表情も険しく、毅然としているうえに、浅い小じわも深くなって、青年から中年への、あと戻りできない境界線を越えたかのように見えた。ただし、しばらく野外で暮らしていて体を洗っていないのか、饐《す》えたような臭いがした。「会えてうれしいよ、ハビビ。旅は大成功だったようだな」

私は手で風をさえぎってタバコに火をつけようとしたが、強風のなかではなかなかつかなかった。「バーレーンは禁酒国になろうとしてるのか？　一日中、一杯の酒にもありつけなかったよ」

ラシードはにらみつけるように私を見た。「酒はサタンの業《わざ》だ」

「サタンはおれの古い友人だ」

「おれたちは街の浄化に乗り出したんだ。昨夜はシトラをパトロールして、酒を飲んでいる男たちにこう言った。『あんたらが苦しい思いをしているのはわかってるよ。この国の暮らしは厳しい。けど、酒は何の解決策にもならない』と。彼らはどうしたと思う？ 泣いて許しを請うたんだ。おれたちは、革命に参加すればアッラーが許してくれると彼らに言った」

突風がライターの火を消した。「絨毯屋でカシムを見たんだ」

「彼が早く行きすぎたか、それとも、あんたが時間に遅れたかだな」

「おれは遅れてない」

ラシードがかぶりを振った。「たまたま、同じ時間に同じ場所へ行ってしまったんだ。手際が悪い。今度会ったら、やつに言っておくよ」

「きみはなぜ来なかった？」

「大事な用があったんだ。こっちも、いろいろ忙しくて。それに、最近はなるべく人前に出ないようにしてるんだよ」

「身の安全のために？」

「安全には気をつけている」

あたりを見渡したが、ほかの車はなかった。「どうやってここへ来た？」

「自分の足でだ」

「歩いてきたのか？　どこから？　ここは砂漠のど真ん中だぞ」

ラシードはにやりとした。「おれたちの訓練キャンプがあるんだ。もう、あんたに話しても問題はない。すでに秘密じゃなくなったんで」そう言いながら、東のほうへ顎をしゃくった。相変わらず靄で霞んでいたが、ジャウとアルドゥールの西に、大きなテントが数張りと車らしきベージュ色の影がいくつかぼんやりと見えた。

「訓練って……何の？」

ラシードは、訊かなくてもわかっているくせにと言わんばかりの、憐れみに満ちた目で私を見てからキャンプのほうに視線を向けた。「おれたちの文化にはこういう考え方がある。ハーザ・マセロカ、ラン・ユファリクカ。どういう意味かわかるか？」

「それが宿命なら逃れることはできない」

「そのとおりだと思ってるんだ」

「確かに」

「あんたもわかっているはずだ。バーレーンの王政が崩壊すれば、おれたちは天命《アル・カダール》を果たしたことになるんだよ」

私はラシードを見つめた。彼の目には揺るぎない確信が宿っていた。「話しておきたいことがあるんだ、ラシード」

「何だ、ハビビ?」

「国王側はテヘランから武器が運ばれてくるのを嗅ぎつけている。日時も場所も。おれは上司に情報を提供しなければならなかった。嘘はつけなかった。ごまかすにはリスクが大きすぎるし、どうせうまくいかなかっただろう」私はラシードの視線を避けた。

ラシードはにやりと笑った。「スヴェンがそう言ったんだな。まさか、セパがやつに正しい情報を流してるとは思ってないよな?」彼は私の肩に手を置いた。「けど、話してくれたことには礼を言う。あんたは革命の大きな助けだ。幹部も喜んでいる。あんたのおかげで――」

「教えてくれ」私はテントのほうへ顎をしゃくった。「イラン政府もイスラム革命防衛隊も、ずっときみらを助けてたんだな。おれの目は節穴だったってことなんだな?」

ラシードが私を見つめた。「いや、あんたの目が節穴だったわけじゃない。天命《アル・カダール》が変わったんだ」

ラシードの表情がやわらいだ。「あんたはこの国を去るつもりなのか?」

私は満面に笑みを浮かべた。「ああ、二週間後には。ちょうどいい頃合いだろ?」

ラシードはかぶりを振った。「悪いことは言わない。なるべく早く去ったほうがいい」

「大丈夫だよ」

ラシードはタバコを投げ捨てて足で揉み消した。「早く去ってくれ。わかるだろ？　おれはあんたの身の安全を保証できない」風が、尊大な王子のようにも見えるラシードのカフィエを吹き飛ばした。カフィエは白い波を描きながら飛んでいった。

「自分のことだけ心配しろ。状況が悪化したら、きみはどこに逃れるつもりだ？」

「おれか？」ラシードは命の木のほうへ手を向けた。「おれはこの木と同じだ。この木は、四百年も砂漠で生き延びてきたサバイバーなんだ」

「おれたちは似た者同士だな。おれはゴキブリよりしぶといんだ」

ラシードは声を上げて笑った。

「じゃあ、風がおれの車を吹き飛ばして海に投げ込む前に帰ることにするよ」

ラシードは私の腕をつかんで両頬にキスをした。「シュクラン」

私は車まで歩いていって振り向いた。「質問だ。おれの名前は何だった？」

「あんたの名前？」

「おれのコードネームだ。仮名《ノム・ド・ゲール》とも偽名とも呼ぶ。きみはスクループだった」

ラシードは面白がっているようだった。「友人のアメリカ人」

「そんな単純な名前だったのか？　友人のアメリカ人？」

ラシードが肩をすくめた。

〝友人のアメリカ人〟とは、なんとも陳腐なコードネームだ。それでは、大勢いるアメリカ人のひとりにすぎないことになる。まあ、表向きはそう呼んでいたということなのだろう。

54

島中の何十、いや何百もの場所で起きた火災の煙が何層にも重なって空は曇り、楽園とも称されているアムワージ島のきれいな空気さえも汚してしまった。《ガルフ・デイリーニュース》の見出しには多数の逮捕者が出たと書いてあったが、コンビニの店主は大勢の兵士が退屈そうに通りをぶらぶら歩いているのを見たと教えてくれた。街角にはゴミが積み上げられていて、海軍基地の前のタクシー乗り場には、めずらしくタクシーが一台も駐まっていなかった。海上橋《コーズウェイ》はサウジアラビア側から来る軍用車両以外の通行を禁止しているという連絡が、基地内の職員に伝えられた。それ以上待つわけにはいかなかった。

スラム街を通り抜けるのはむずかしく、無理なような気もしたが、待ったところで状況は悪化するだけだった。夜より昼間のほうがましだと踏んで、ブダイヤ・ハイウェイを西へ向かった。彼女を連れに行って、守ってやりたかった。過ぎたことは過ぎたことだ。私にはこの国から脱出する術がある。女性なら、まだ飛行機に乗れる。事情を話せば、彼女もいやだとは言わないはずだ。私はスパイだ。スパイは人を説得するのがうまい。いまならまだ一緒に逃げることができると思った。

スラム街のことは自分の息子のこと以上によく知っていた。この数カ月のあいだにラシードやアルマイサからいろんな話を聞いていたおかげで、デモ隊で混雑した大通りを避けて裏道を通ることができた。オンボロ車に乗っているせいで怪しまれずにすんだものの、裏道も棒やカラシニコフを持ってデモ隊と合流しようとするぼろをまとった男たちであふれていて、なかなか進めなかった。どの家も、屋根やバルコニーに黒い旗を立てていた。雑然と建ち並ぶ茶色い建物も、通りに張り渡された物干し用のロープも落書きも、輝いているように見えた。私は、スラム街の地形も通りも、汚染された空気も知りつくしていた。私はこの異国の地と深く関わって、完全に根を下ろしていた。私にとって、この国はもはや異質なものではなく、すっかり馴染んでいた。この国の肌触りにも、息吹にも。

アルマイサのアトリエのドアをノックしたが、返事はなかった。通りに人影はなく、錠を開けるのに数分しかかからなかった。アトリエは前回訪れたときと何も変わっていないように見えたが、あれはもう何億年も前のことのような気がした。実際には、四週間か五週間前なのだが。唯一の違いは、テーブルの上に作品が無造作に置かれていることだった。完成間近の新作もあった。楽園の風景なのか、その作品には鳥の羽のような葉を茂らせたヤシの木やこの世のものとは思えない真っ青な海が描かれていた。これが、おじの思い出をつなぎ合わせて描いた彼女のバーレーンなのだ。とうの昔に消えた幻の国だ。しかし、彼女はまだそれが幻だったことに気づいていない。アラブの春が古きよきバーレーンをよみがえらせてくれるわけではないことにも気づいていない。彼女は彼女なりに自分の役目を果たした。だが、もうこの国を去るべきだ。

出ていくときにふと振り向くと、サナアの写真が目に入った。サナアの写真は、アルマイサのモザイク画とは違う思いを掻き立てた。自分には関係ないという思いと後悔の念との中間ぐらいの気持ちというか、無力感というか、どうすることもできないという諦めに近い思いを掻き立てた。

養護施設には誰もいなかったが、つい先ほどまで人がいたのは明らかで、ドアは開いていたし、照明もつけっぱなしになっていた。がらんとした廊下には消毒液のにおいが漂っていた。静かすぎて気味が悪かったが、念のために各部屋を覗いた。

調理場には天井まで箱が積み上げてあったが、空箱もあって、急いで開けたかのように中身が床に散らばっていた。箱のラベルには、おむつ、トイレットペーパー、救急用品、ペニシリン、レンズ豆の缶詰、イチジクなどと書いてあった。どの箱にも、グローバル・

ソサエティのロゴの、握り合った手のスタンプが押してあった。これは慈善団体が困っている人たちを助けるために送った物資で危険な物は入っていないと、世間にアピールするためのスタンプが。

いちばん上に置いてあった食品の箱がぐらついていたので、床に下ろし、ポケットナイフで封を切って梱包剤をかき分けた。すると、霧の中から人があらわれたように、何やら光るものが出てきたので、そっと手に取って裏返した。腕時計を見ると、アルマイサをさがすのに何時間もかかっているのがわかった。すでに夕方になっていた。

バニ・ジャムラ通りにある彼女のアパートに着いたときには、もう日が暮れようとしていた。彼女の部屋のドアは街灯の弱々しい光に照らされていた。

ノックしても返事がなかったので、錠をこじ開けようとしたが、うまくいかなかった。このあたりのアパートにしてはめずらしく、デッドボルト錠だったのだ。アトリエは簡単になかに入れたのに、アパートはなぜこんなに手間がかかるのだろう？　あたりを見回して、裏口があるはずだと気づいた。ラシードも、スラム街のアパートにはたいてい裏口があると言っていた。

やはり、あった。二階へ上がる裏階段が。裏階段の上のドアは表のドアと違って簡単に開いたので、そっとなかに入った。

彼女の部屋はそれほど広くなく、想像していたより散らかっていた。部屋の片隅には洗濯していないアバヤが積み重ねてあって、床には画材が散乱していた。窓から射し込む街灯の明かりだけでは暗かったが、電気はつけなかった。部屋にテレビはなく、壁は殺風景で、彼女自身の作品も飾られていなかった。壁ぎわにベッドがあったが、マットレスの上に手の込んだ色鮮やかなキルトが広げてあるだけだった。おそらく自分で作ったのだろう。私はそれを目にした最初の男ではなかった。

部屋の脇にはキッチンがついていたが、食品庫程度の広さしかなく、しかも、コンロと冷蔵庫が大半のスペースを占領していた。奥には分厚いカーテンで仕切られた小さな部屋がもうひとつあったが、暗室として使っているようで、現像液のにおいがした。机の上は本に覆われていた。硬い表紙のついたヨーロッパの美術書や、エドワード・サイードの『オリエンタリズム』、それに『レ・ミゼラブル』が目についた。使い込んでぼろぼろになってはいたが、豪華な装飾が施されたコーランもあった。そう言えば、彼女は形見としておじのコーランをもらったと言っていた。ほかに、シナトラの伝記もあった。私は、額に入った若いカップルの白黒写真を手に取った。彼女の母親と父親だろう。ぱりっとした白いスーツを着た男性は黒い立派な口ひげを生やしていたが、驚くほどアルマイサに似ていた。ほっそりとした体型も、鋭い目も、角張った顔も、そっくりだった。女性のほうはとても美しくて、とても魅力的だった。クリーム色の肌と繊細な顔立ち、ボブカットにした、ウェーブのかかったブロンドの髪。かすかに胸の谷間がのぞくブラウス、ゆったりと腰を包み込むスラックス。いや、アルマイサは父親の生き写しではない。父親と母親、双方のいいところを受け継いだのだ。

私は彼女の椅子に腰掛け、いちばん上の引き出しを開けて、ペンライトで照らした。引き出しには、ラベルに何も書いていないマニラフォルダーが入っていた。フォルダーのなかには、私との最初のデートのときに撮った命の木の写真が入っていた。木の前に立つ私の写真が。ヒッドで撮った私の写真もあった。その日、私たちはサナアを公園へ連れていって、展望台に登った。展望台から見下ろしたマナーマの街の一部も私の肩越しに写っていた。日に焼けた私はずいぶんリラックスしていて、街がよく見えるようにサナアを抱き上げていた。赤ん坊だったころのサナアの写真もあった。アルマイサのアトリエにもよく似た写真が飾ってあった。例の隠れ家でギターを弾いている私の写真もあった。そのときのことはよく覚えている。曲の途中で名前を呼ばれたので、顔を上げたら、彼女がシャッターを押したのだ。水路の反対側から撮った私の家の写真もあった。手を止めて、しばらくその白黒写真を見つめた。つぎの写真も、私がカフェのテラスでスーツを着た男とコーヒーを飲んでいるところを遠くから撮ったものだった。男の顔はぼやけているので誰だかわからないが、どこのカフェかはわかった。カルバドの〈ル・ショコラ〉だ。そこへは一度だけ行ったことがあった。非暴力の反体制活動を展開しているアル・ウィファークの若きリーダー、ラハットに会うために。アルマイサは私を尾行していたらしい。

〈トレーダー・ヴィックス〉の夜のテラスを撮った、ぼやけた写真もあった。黒と金色のテントのような屋根はきらきら光り、その下に着飾った外国人が野花のように群がっている。ホテルの敷地の外から——おそらく、シーフ地区の裏道から——望遠レンズで撮影したもので、構図は芸術的とも言えるほどだった。どこかの住宅地内に入っていこうとする私のランサーを背後から撮った写真もあった。住宅地の入り口には高い門があって、警備員が私の車の窓に顔を寄せている。スリーパームズだ。思わず、スキットルのなかの酒を一気にあおった。彼女はすべてを知っていたのだ。

リファービューズにある住宅地の外側から撮ったホイットニーの家の写真もあった。その道は、私も数カ月前にラシードと一緒に車で通った。ラシードが国王の新しい宮殿を見せようとしたからだが、まだ建設がはじまっていない、ただの空き地だった。最後の写真に写っていたホイットニーの顔は、思わず見つめてしまった。白黒のクローズアップで、何らかの意図を持って撮影されたのは明らかだった。私はホイットニーの顔にペンライトを当てて、顔の造作をひとつずつ照らした。彼は無防備だとしか言いようのない表情をしていた。目はまっすぐ前に向けていて、口元をゆるませ、髪は一応梳かしてあるものの、きちんと整えられているわけではない。若くて、真面目で、自信に満ちているように見えた。ただし、それは、何を疑うべきか恐れるべきか、まだわかっていないからだ。手にした写真は、まるで誰かが窓を開けたかのようにはためき、指から滑り落ちて床に落ちた。引き出しのなかには写真以外のものも入っていた。

表紙に〝米国および第三国におけるアメリカ人の募集方法〟と記された、五十年以上前の古いKGBのマニュアルで、ページは黄ばみ、端はぼろぼろで、染みもついていた。訓練所の教官が、博物館行きの遺物だと言ってコピーを見せてくれたことがある。もう使われてはいないが、重要で、かつ貴重な資料なので後世のために保存しておく必要があると言って。その古びたマニュアルをめくると、下線を引いたり星印をつけたりしてある箇所がいくつもあった。角を折ったページもあったので、そのページの下線を引いてある部分を読んだ。

イタリア駐在員事務所は、アメリカ人を研究するうちにわが国の諜報機関が標的としている施設で働くアメリカ人が好んで訪れる場所を特定した。ローマに駐在しているアメリカ人の大半は同じバーやレストラン、娯楽施設を頻繁に訪れていると結論づけて問題はない。そうした場所では皆おおいにくつろぎ、大量の酒を飲んで羽を伸ばし、しばしば歌を歌う。女性は――特に短期の任務で夫に帯同してきた女性は――酔っぱらって他の男性と関係を持つ。既婚男性も他の女性と関係を持ち、独身男性は既婚女性と関係を持つ。離婚する者も多い。

私は、その的を射た揶揄と時代を超越した内容に感心しながら、何度も読み返した。ロシア人はすべてお見通しだったのだ。月明かりが机を照らすのを見てずいぶん時間が経ったことに気づき、その募集マニュアルを引き出しに戻して、写真はジャケットの内ポケットに滑り込ませた。

家に帰る途中で、アルマイサがどこにいるのか、とつぜん気づいた。あまりに衝撃が大きかったので、しかたなく車を停めた。遠くに目をやると、ブダイヤの東のほうの家並からかなり大きな火の手が上がっているのが見えた。うっすらと金色に光るダウンタウンの高層ビルも火災に怯えているようだった。

雨戸が閉まっていて、防犯ライトもつかず、なかはひっそりとしていた。近くに車も見当たらず、どうやら誰もいないようだった。それでも念のためにドアをノックすると、物音と誰かに命令しているような男の声が聞こえてきた。何かが床に落ちる音も聞こえた。彼女はここにいたのだ、私の勘は正しかったのだと思った。が、誰も出て来ないので、立ち去ったと思わせるためにしばらく待ってから、静かにドアを開けた。

ジミーはばつの悪そうな顔をして私を見た。言うことを聞かない犬が主人に許しを請うているような顔だった。慌ててズボンのファスナーを上げようとしていたが、顔には汗が流れ落ちていた。口は開けたものの、言葉は出てこなかった。彼のうしろには、上半身裸の痩せたアラブ人の少年がいて、どうすればいいのか尋ねるかのように、おどおどとジミーから私へ視線を移した。部屋のなかは息苦しいほど暑くて、ハエの羽音が聞こえた。

「コリンズ……」ジミーの声が途中で途切れた。

私は何も言わずにあとずさった。背を向けたら無事にその場を去ることができないかもしれないと思ったからだ。少年のすべすべとした茶色い腕は、私の記憶にくっきりと焼きついた。ジミーが私の車に発信器をつけて手に入れたのは、これだったのだ。私の隠れ家だったのだ。

帰りは、警官の死体を捨てに行ったときよりスピードを上げた。まるで死人と対面したかのようだった。だが、いまにして思えば、驚きと嫌悪感と恐怖の下にべつの感情が脈打っていたような気がする。つまり、安堵感が。ジミーの罪の大きさを覆い隠すことができるのはそれだけだった。隠れ家にいたのがアルマイサでなく、彼女がどこかほかの場所にいるのがわかって、ほんとうによかったと思った。

55

二〇一三年六月二十五日の最初の記憶は、明け方の祈りの呼びかけで目が覚めたことだ。半分寝ぼけた状態でも、その呼びかけがいつもより大きくて、国中のモスクが申し合わせたように完璧なハーモニーを奏でているのはわかった。まるで空気の粒子がひと粒ひと粒振動しているようで、私の家もそれに合わせて揺れているような気がした。

支局まで車で行くのは無理だった。幹線道路はどこも火災とデモ隊によって通行不能になっていた。ヒッド橋も封鎖されていたので、車は未舗装の駐車場に乗り捨て、アル・ファーティを抜けて基地まで歩くしかなかった。空は、有害な工場が乱立する工業都市のようにあちこちに煤煙がたなびいていた。祈りの呼びかけはまだ続いていた。

ジャファーに着いたときには汗まみれで、疲れはてていた。デモ隊は、松明を浮かべた暗い海の水が津波となってひたひたと押し寄せるかのように近隣の通りを埋めつくしはじめていた。普段は政治になど興味を示さない女性たちまで、顔に赤と白のギザギザの模様を描いてデモに加わっていた。門構えの立派な大邸宅の前にある噴水の上に立ってメガホンで叫んでいる男もいた。以前に見たときと比べるとかなり小人数の機動隊がデモ隊を押しとどめようとしていたが、押し返されて、人の流れに呑み込まれてしまった。あたりには、〝われわれは立ち止まらない《エラ・アル・アマム》！〟というデモ隊のスローガンが響き渡っていた。私はそっと先を急いだ。基地まではあと数ブロックだった。

アメリカ通りは相変わらず賑わっていて、売春婦は、そばにいるタクシー運転手たちよりはるかにたくましく、かつ粘り強く客をさがしてうろついていた。デモ隊が路地に流れ込んできて、一部は売春婦に怒りの矛先を向け、淫売宿に戻れと叫んで彼女たちを通りから追い払った。なかには、殴りかかる者もいた。

私は、どちらの側からも無神経で無遠慮な怒りを買わないように注意した（どちらも敵と味方を冷静に区別できず、区別する気もないのは共通しているのだが、結局のところ、私はどちらの側だったのだろう？）。ようやく安全な海軍基地にたどり着いたときも、ジャファー中にデモ隊のシュプレヒコールが響き渡って、基地の頑丈な壁を揺らしていた。

われわれは立ち止まらない。

シュレッダーは猛烈な勢いで動いていた。ホイットニーは私に会釈もせず、完全に無視していた。書類は、猛り狂った獣に差し出された獲物のようにあっというまにシュレッダーのなかに消えた。ジミーの姿はなかった。私は、置いてあった機密書類破棄袋に書類の束を放り込んだ。

「今朝、集団脱獄が起きたんだ」と、ホイットニーが言った。「首謀者はジュネイドだ」

「何人逃げた？」

「全部だ。ドライドック刑務所は空っぽになった」シュレッダーがウィーンという小さな音を立てて止まり、部屋が真っ暗になって、天井のファンもゆっくりと止まった。「停電だ。今朝は、これで二度目だ」ホイットニーの声が暗闇を貫いた。

全員が黙り込んで暑い地下室に目を凝らした。誰がどこにいるのかはわかった。つぎの瞬間には基地の発電機が作動して、ふたたび照明がつき、シュレッダーも動きだした。ホイットニーは、ちらっと腕時計を見た。「もうすぐロックダウンが宣言される。帰れるうちに帰ったほうがいい」

暴動の真っ只中にいるときは、ほんの一部の光景や音や匂いしか把握していなかった。断片的な状況しか。国中に広がった反政府運動の全容も、自分がその意味をどこまで理解しているかもわかっていなかった。私はその後の数週間、いや数カ月かけて取り憑かれたように報告書や論文を読み、明らかになった事実や導き出された仮説、追加された詳細をつなぎ合わせて、それがどのようにして起きたのか、私たちひとりひとりがどのような役割を果たしたのか理解しようとした。

駐めておいた車まで歩いて戻る途中で——盗まれたり破壊されたりしなかったのがいまだに不思議でならないのだが——機動隊が、すでに他の部隊が送り込まれた地区の通りや路地へ一目散に逃げていくのを目にした。アワル通りに建つ五階建てのビルを覆う国王の顔を描いた看板には火がつけられ、最初は顔と真っ黒なサングラスが、続いて肩と手が燃えて、焼けこげた建物の壁だけが残った。火の手はありとあらゆる方向に燃え広がった(マナーマの建物が安価で燃えやすいアルミニウムとプラスチックの化合材で覆われていたために電光石火の速さで燃えつきたことも世界中に広まった)。暑さと乾燥も火の勢いを加速させて、モダンなダウンタウンやきらびやかなホテルが建ち並ぶ湾岸の近代都市はまたたくまに廃墟と化した。のちにこの大火をフィトナと呼ぶ者も出てくるはずだ。コーランでは、内輪揉めやなかなか消えない火事をフィトナと呼ぶのだ。

すべての看板に勝利宣言が上書きされた。ついに暴君は去った《ラカド・ダハバ・アルトゥガ》! 歴史的な革命の成功《マブルック・アラ・サウラタクム・》を祝《アル・タリキャ》おう! 国立図書館の正面の階段では、イスラム教の精神に反する本が大量に燃やされた。通りは排泄物まみれになった。デモの参加者にとっては暴動のほうが大事で、我慢する余裕もトイレに行く時間もなかったのか、街中が悪臭で満たされた。メガホンから聞こえてくるジュネイドの声が通りに響き渡って、群衆に前進を促した。混乱に乗じて、ブダイヤにあるアル・ラシディア種馬牧場からサラブレッドが全頭逃げ出して、街中を駆けまわった。

ついに国王が死んだ《ラカド・マタ・アルマラク》！　アムワージ島に戻る途中で、通りから歓喜のシュプレヒコールが聞こえてきた。それは、この一年間、国のあちこちで耳にした叫びとは声の調子や熱量の違う、鳥肌が立つようなシュプレヒコールだった。ついに抑圧的な王政の象徴が倒れたのだ。まだ職務についていた機動隊と下級の政府職員が――その大半は、この国に何ら忠誠心を抱いていない外国人だったのだが――その数時間後、いや、人によってはただちに職を辞したというのは、あとで知った。反体制政治団体のアル・ウィファークとアル・アサーラ・イスラム協会は団結してスンニ派の閣僚の辞任を迫り、ほとんどは従ったが、従わなかった者はがらがらになったドライドック刑務所の独房に放り込まれた。バーレーン解放イスラム《サラヤ・アル・ムフタール》戦線は武力で王宮を占拠して、幹部らは、この国の建物のなかでもっとも高層の〈ガルフ・ホテル〉に本部を構えた。内務省よりも高いので、窓からなかの様子を覗くことができた。

メディアは、反政府派のプロパガンダと現場からの中継を流し続けた。家に帰り着くまであいだも、イスラム革命防衛隊のアルボルズ・ミルザデ上級司令官がマナーマを湾岸地域における歴史的イラン世界の新首都であると世界に向けて宣言したという、テヘランからのニュースがどのラジオ局からもペルシャ語とアラビア語で流れてきた。バーレーンは植民地主義者によって分断されたイランの一地域であり、今後はサウジアラビアや米国を含む異端者によるさらなる侵略に対する防壁となるというのが彼の主張らしい。街路標識は倒されたり、イマーム・ホセイン通り、アザディ通りなどと書き換えられていた。長いあいだ、ありきたりでまぎらわしい名前のついていた道路に、明確な意味のある名前がついたのだ。

一夜にして、イスラム法がこの国の法律になった。数時間のうちにモスクも占拠され、酒屋の店主が襲われ、イスラムの厳格な服装規定が強制されて、違反した女性は即刻処刑された。スンニ派の墓は暴かれ、政治家や人権活動家が拘束された。売春婦と弁護士は、どちらも同等に罪深いという理由で真っ先に追放された。シェイクスピアとまったく同じだとは言えないものの、とにかく売春婦と弁護士は嫌われた。売春宿は売春婦とともに焼き払われ、同性愛者は逮捕されるか射殺されるかした。内務省近くのマナーマ墓地は死体の捨て場と化した。

革命家たちは非道で、自制が効かず、残虐だった。何も失うもののない彼らはためらうことなくむごたらしい行為に及んだ。彼らにとって、国とは故郷ではなく領土だった。彼らは大義を重んじ、大義がすべてに――倫理観や共感や礼節や日々の暮らしの営みにも――優先された。まさに信仰の暴走だった。

アムワージ島はひっそりとしていた。どの家にも人はいないようで、窓が割られて、青々とした水をたたえる水路ではカヤックとパドルボードが悲しげに揺れていた。スーパーの〈アロスラ〉は明かりがついておらず、シャッターも閉まっていた。〈ドラゴン・ホテル〉のパティオにも人はいず、引きちぎられた真っ白な長い日除けが風に飛ばされて、端がプールに浸っていた。完成したばかりの高層ビルの屋上からは、腕に覚えのあるスナイパーらが誇らしげに空に向けて発砲していた。いつもフェンスの前にいたインド人労働者の姿はなかった。家に戻ると、前もって用意していた荷物をスーツケースに詰め込んだ。

大使館に着いたときには、数えきれないほどの爆発音が――地面を揺らす鈍い爆発音が――立て続けに聞こえてきた。大使館の煙突からは機密書類を燃やす煙がもくもくと立ち昇って、大気汚染で霞んだ空をますます暗くしていた。これではヘリを飛ばすのがむずかしいかもしれないと思ったが、スーツケースを車のトランクに入れたままテラスに行って、大理石の立派な建物に入るのを待つ国外退避希望者の列に加わった。アメリカ人もヨーロッパ人も、外交官、石油会社の社員、銀行員、それに医師もいたが、誰もこんなことになるとは夢にも思わず、見るに堪えない状況に陥るまで屋上でカクテル片手に高みの見物を決め込んでいたのだ。彼らの夢のような暮らしはとつぜん終わりを迎え、住み込みのメイドも豪華な家も大きなプールも失って、すべてはただの郷愁になってしまった。運のいい者たちを安全な場所へ連れて行くべく、バンも一列に並んで待っていた。そのあとは海上で待機している巡洋艦までヘリで移動して、家路につくことになる。

牧師夫妻がすぐに私を見つけて、一緒にいれば避難できる可能性が高いと思っているかのように近づいてきた。ジョンソン夫妻は間に合わなかったんだ。ぐずぐずしていたからだよ。スリーパームズが襲撃されて、身動きできなくなって。文字どおり流血の惨事だったらしい。彼らも迂闊だったんだ。騒動の中心地となったブダイヤに住んでたんだから。

とにかく、われわれは大急ぎで家を出たんだ。大使館に集まった者はみな不安げで、汗だくで、日射しは靄を突き破って、めったに直射日光を浴びることのない人たちの肌に照りつけていた。誰もが、手際よくまとめた荷物を手にしていた。アメリカのクラフトビールのカートンを小脇に抱えている者もいたし、プラスチックのクリスマスツリーも人の列のあいだから梢をのぞかせていた。笑い声も聞こえてきた。コーズウェイが爆破されたのは知ってるか？　一時間ほど前に大きな爆発音が聞こえたんだ。サウジアラビアからの支援はもう期待できないだろうな。暴徒がおれのヨットを破壊してなきゃいいんだが——いずれにせよ、ヨットを連れていくことはできないんだが。皆、スキットルの栓を開けて酒を飲み、叫んだり、口笛を吹いたり、歌ったりしていた。暑さのせいでぐったりして、座り込んでいる者もいた。

「女性と子どもと大使館員はなかに！」扉の前の台の上から、制服に汗をにじませた海兵隊員が大きな声で呼んだ。私は人をかき分けて前へ歩み出た。牧師夫妻は目を見開き、飢えた獣のようによだれを垂らして私を見つめていた。私はクリップボードを持ったもうひとりの海兵隊員に名前を伝えた。が、海兵隊員はざっと書類に目をやってかぶりを振った。「中東分析局員だ」と付け足すと、その男はちらっと私を見て扉を開けた。

政治課内のシュレッダーの音は、革命の様子をリアルタイムで放送する大音量のテレビの音さえ聞こえにくくした。だが、音声は必要なかった。虐殺の映像はそれ自体が雄弁な語り手で、見通しの甘さによって引き起こされた現実を世界中に突きつけていた。大量の書類を慌てて燃やしているのか、通された部屋も廊下と同様に焦げ臭いにおいがした。その部屋には大勢の職員がいた。人海戦術で書類を処分するために、領事課、経済課、広報課などから掻き集めたのだろう。爆発はさらに頻度を増した。街のどこかで起きた爆発の映像は数秒後にテレビで流れたが、ラジオ局は虐殺と破壊を報道するのは不敬行為だとでも思っていたのか、テレビより時間がかかった。

部屋の奥にはジミーと妻のグレッチェンがいて、座っているのは彼らだけだった。ジミーは私に気づいたが、すぐに目をそらした。ジョーダンは部屋の隅で書類を分類していた。

「間に合ったんですね」ジョーダンは、シュレッダーにかけるのを手伝えと言わんばかりに書類の束を突きつけた。

「一機目のヘリはいつ出るんだ？」

「わかりません。海軍基地が攻撃されたので、遅れてるんです。聞いたでしょう？　保管庫が間接射撃を受けたんです。ロケット弾か迫撃砲が数発着弾して、基地のほぼ半分が破壊されたようです。すさまじい音で、ここまで聞こえたんですよ」

「保管庫には何が置いてあったんだ？」

「よくわからないんですが、とにかく、すさまじい音で」

テレビの画面はオペラハウスの映像に切り替わったが、そこはもはや劇場ではなく瓦礫の山で、安物のスーツを着たむさくるしいレポーターがやけに仰々しい英語で現場の状況を伝えていた。「ご覧のとおり、オペラハウスは破壊されました。この劇場は、国王がシーア派から絞り取った資金をもとに、純金をふんだんに使って建てたものです。ここでは」――レポーターは瓦礫の山に向かって大きく腕を振った――「アッラーを冒瀆する反革命的な作品や欧米のプロパガンダ的な作品が数多く上演されてきました。われわれのあらたな革命指導者のもとでは、オペラハウスなど必要ありません。今後はイスラム教を称える公演だけが行なわれることになるでしょう。いま、アッラーは私たちに微笑みかけてくださっていて……」レポーターの声は瓦礫の映像とともに消えた。アルマイサのモザイク画は、あの瓦礫のどこかに埋もれている。彼女はそれを知らないはずだ。彼女は裏切られたのだ。

続いて、画面にリファーの様子が映し出された。リファーの家々からは炎も煙も上がっておらず、水やりと剪定をしたばかりのような赤紫のブーゲンビリアが咲き誇っていたが、何かが違っていた。画面には、これまた安っぽい服を着たべつの若いレポーターがあらわれたが、その映像に奇妙なものが映っていることに気づくまで数秒かかった。レポーターのうしろに建つ家の屋根の上を横切るいくつもの黒い人影が見えたのだ。カラシニコフを持っているのもわかった。「人々は、外国人の異教徒、欧米の植民地主義者、そして腐敗したスンニ派の政治家が住むリファーを占拠しました」と、眼鏡をかけたそのレポーターは淡々と説明した。大使館の職員はテレビの前に群がり、まるで自分の子どもたちが虐殺されているかのように押し黙って画面を見つめていた。ジミーも、ぽかんと口を開けてそれに加わった。ジミーが着ている、〝何だこれは〟と書かれたロゴ入りTシャツは汗でびしょ濡れになっていた。

その後、カメラは一軒の家のなかに入っていって、ひざまずく人物の両側に立つ、欧米の軍隊の戦闘服を着て覆面をした男ふたりに向けられた。レポーターは姿を見せずに、「内務大臣です」と解説した。「国民を抑圧して苦しめていた張本人です」と。民兵がふたり、おもむろに手際よく作業をはじめると、カメラはそれをアップで映した。ナイフは、正確なリズムを刻みながら前にうしろにと規則正しく動いた。頭に黒い袋をかぶせられた内務大臣は、麻薬で感覚が麻痺してしまっていたのか、妙に静かで、協力的にさえ見えた。男たちも声は出さなかった。大使館でテレビを観ていた者たちの目は画面に釘づけになった。シュレッダーのうなりも、紙が吸い込まれていくときのくしゃくしゃという音もしなかった。ただし、廊下の奥からは誰かの笑い声が聞こえてきた。

画面はリファーの家の屋上に切り替わり、カラシニコフを空に向けて勝利宣言をするように大声で叫んでいる男が映し出された。背景には見慣れた家々の輪郭が映っていた。大使館員のひとりがテレビを消し、べつの職員がみんなのほうを向いてヘリコプターに持ち込める荷物に制限があることを伝え、クリップボードを見ながら一機目の搭乗者名簿を読み上げた。大使と主席公使と海軍武官はすでに搭乗しているとのことだった。続いてホイットニー・オールデン・ミッチェルの名前が読み上げられたが、騒々しいのと名前を呼ぶ声に気を取られていたこともあって、誰もホイットニーが外に出ていかないことに気づかなかった。ジョーダンも、何かさがしているのか、ハンドバッグのなかを引っ掻きまわしていたので、気づいていなかった。私はあたりを見回して、ホイットニーの気取った顔と小太りの体と、もじゃもじゃもじゃの髪をさがした。おそらく、さっさと軍のヘリコプターに乗り込んだのだろう。私はポケットを叩いて、パスポートを忘れたとジョーダンに耳打ちした。

外に出たときには、大使館の門の前の人だかりがさらに増えていた。安全な場所から危険な場所へ向かおうとしているのは私だけだった。人々の漏らす不安があちこちから聞こえてきた。容赦なく照りつける太陽は救いを待つ罪人に試練を与えているかのようだった。Tシャツやジーンズ、タンクトップといった、カジュアルで動きやすい服装をした人が多かったが、目を除く全身を黒いアバヤですっぽり覆ったひとりの女性が、ほかの人たちとは少し離れたところにひとりぽつんと立っているのが見えた。この暑さのなかであんな格好をしていては倒れてしまうのではないかと思いながら大使館をあとにしようとしていると、その女性は人だかりのなかに入っていって、門の前でペットボトル入りの水を配っている海兵隊員に近づいた。

車にたどり着く数歩手前で爆発音が聞こえ、熱いと思ったとたんに小石が降ってきて、肌に突き刺さった。体はすでに爆風に吹き飛ばされて、運転席のドアに叩きつけられていた。目が焼けるように痛かった。振り向くと、建物の一階部分と同じぐらいの高さの炎が大勢の人を呑み込んでいた。大使館の前には数百人近い人がいたはずだが、足を引きずりながらよろよろと歩いているのは、わずか数十人だった。ほんの少し離れた場所からその惨状を見ていた私は、金縛り状態になった。叫び声や泣き声も聞こえたし、人の体の一部が転がっているのも見えた。海兵隊員が大使館から駆け出してきて、人々に指示を与えた。エリートたちの館はたった一発の爆弾で破壊されて、煙に包まれた。

しかし、私は無事だった。私は、お呼びではない、ただの傍観者だった。腕に爆弾の破片が突き刺さって出血していることに気づいたので、スーツケースに入れていたシャツを引き裂いて、傷口に巻きつけた。太陽は相変わらず容赦なく照りつけていた。ルームミラーを見ないようにして車を走らせた。

街は惨憺たる有様だった。建物の窓ガラスはすべて割れ、目を潰されるかえぐられるかした死体のようだった。灰色の雲がすっぽりと空を覆って、分厚い毛布のように熱を閉じ込めていた。どこの通りでも、大勢の人がダウンタウンに向かって歩いていた。ブアシーラまで行くとひと気のない空き地があったので、髪を水で濡らしてうしろに梳かしつけた。眼鏡もかけて、物はいいがカジュアルなジャケットとシャツとズボンに着替えた。腕に巻いていた布は捨てて、血が染み出さないことを祈った。最後にもう一度、携帯にメッセージが入っていないか確認した。電波は届いていなかった。通信網が遮断されたのだ。スキットルのなかの酒を飲みほして、車に戻った。一か八かの賭けだったが、何もせずに諦めるわけにはいかなかった。

が、数キロ進んだだけで引き返さざるを得なくなった。バリケードと火災と群衆と、空に向かって銃を放つ血走った男たちが配置された、にわか造りの検問所に行く手をはばまれたのだ。彼女のところへたどり着く道は閉ざされた。突破しようとすれば命を落とすおそれがある。何百人もの外国人が粉々に吹き飛ばされたばかりなのに、私を通してくれるはずはない。

しかたなく、アル・ファーティ・ハイウェイを南に向かった。西にはマナーマの高層ビル群が破壊された街の上にいまだ果敢にそびえ立ち、東には静かな湾が広がっていた。日はすでに傾きはじめていて、蜂蜜色の光がスモッグを切り裂いていた。かろうじて無事だった私のランサーは、車の姿が消えた高速道路をひた走った。コーラル・ベイに着くと、建物のあいだからダウンタウンが見えた。その光景は、提督主催の夏の終わりのパーティーの様子やはじめて目にしたアルマイサの姿と同じくらい鮮明に記憶に焼きついた。何千、いや、何万もの人々が通りや空き地や駐車場で地面にひざまずき、西のメッカのほうを向いて祈っていた。一瞬、靄が晴れて、沈みゆく太陽が人々の背中を金色に輝かせた。抑揚のある祈りの声が聞こえてきた。そこは新しい土地であり、かつ生まれ変わった国で、古い国はすでに焼け焦げてしまっていた。

空港はさながら要塞のようで、サラヤ・アル・ムフタールがサウジアラビアから盗んだか分捕ったかした戦車に取り囲まれていた。数本しか残っていない街灯があたりを弱々しく照らしていたが、私はこれを吉兆と受け止めた。空港にはまだ電気が通っていたからだ。運試しのつもりで厳重なセキュリティを通り抜けるのはやめて、近くの〈モーベンピック・ホテル〉に車を駐めた。ホテルには誰もいず、鳥の一家だけが泊まっていた。

私がはじめて出くわしたのは、空港の手前の検問所だった。結局、そこが最初で最後の検問所になったのだが、似合わない軍服を着て左右の肩にカラシニコフを下げた若い男が、どこへ行くのかとしきりに尋ねてきた。

私は男にパスポートを見せた。曳光弾が男の背後の夜空を切り裂いて、長い尾を引きながら遠くへ飛んでいった。「バーレーンには仕事で来たんだ」私はそう言ってにっこり笑った。「これから帰るところだ」

　若い男はパスポートに目をやった。男の顔には、とつぜん大きな権力を与えられた当惑があらわれていた。カラシニコフ二丁を合わせると、彼の体重より重いはずだった。「ジュリアン……」

「シュミットだ」

　男はふたたびパスポートを見た。「スイス人か？」

「ああ」

「航空券は持ってるのか？」

「いや、なかで買う」

　男は一歩下がり、喉の奥から絞り出すようなアラビア語で無線機に向かって何かしゃべると、戻ってきてかぶりを振った。「ダメだ。飛行機は飛ばないらしい」

　私は自分の息が酒臭いことに気づき、それが男の好戦的な態度の一因になっているのではないかと訝った。飲酒癖が、単に性格の問題でなく、とつぜん道徳的な問題になったのだ。私は表情をゆるめた。「飛行機は少なくとも一機あるはずだ。通してくれ」

　男は自信のなさからくる頑なな表情を目に浮かべて、指先で不安げにカラシニコフを叩いた。「ダメだ。飛行機は飛ばない」

ＣＩＡのケースオフィサー、シェーン・コリンズとしての役得を失って以来、すっかり厚みが減って軽くなった財布から何枚かディナール紙幣を取り出した。ジャケットで隠れてはいたものの、腕の傷口からはまだ血が出ていた。私は気づかれないように体の向きを変えた。男は疑わしげに紙幣を見つめながら足を踏み替えた。そして、私にとってはいちばん大事なものを手にしていることを思い出したかのように、先ほど渡したパスポートを自分のポケットに押し込んだ。急に目が霞み、その若い男が冷酷な悪魔に見えたので、何度も瞬きした。

「これでどうだ」私がポケットからユーロ札の束を取り出すと、男は気分を害したような険しい表情を浮かべた。それを見て、この革命は本物だと悟った。革命の兵士は買収できず、買収しようとしたことさえ許さないのだと。男が怒りをあらわにしてふたたび無線で誰かと話そうとしたので、すばやく男の腕に手を置いた。「ハビビ。私はラシードの友人だ。ラシードを知ってるか？」男が困惑しているようだったので、慌てて付け足した。「リーダーに聞いてみろ。空港の責任者がいるんだろ？　責任者なら通してくれるはずだ」

男は私に懐疑と軽蔑のにじんだ視線を向けてその場で待つように命じると、離れたところへ歩いていきながらふたたび無線機に向かって厳しい口調で話しだした。

そして、戻ってくるなりパスポートを返して、「行っていい」と告げた。私は控えめな笑みを浮かべて眼鏡を押し上げ、汗ばんだ手で荷物を持ち上げて空港のなかに入ったが、思い返すと、なにもかも幻だったような気がする。

乗り込んだのは最後の商業便で、街中から立ち昇る煙と巻き上げられた瓦礫の破片をかわしながら、果敢に離陸した。スモッグの切れ間からは、いまだに勢いが衰えない、いくつかの火の手や、ダウンタウンのあちこちで祈りを捧げる数万人近い人々の姿が見えた。飛行機がバーレーン空域を離れる前に最後に私が目の当たりにしたのは、信仰の力だった。シートベルト着用のサインが消えるなりブラッディ・マリーを注文して、眼鏡の汚れを拭いた。いったんフランクフルトで降りて乗り継ぎ便に搭乗すると、雲が晴れて白っぽい太陽とチューリッヒ湖の青々とした穏やかな水面が姿をあらわした。スイスは永世中立国だ。

チューリッヒ空港では、EUとスイス国籍者の列に並んだ。これが最後のチェックポイントで、ここを通り抜ければ、もうあと戻りすることはない。そう思うと、荷物が軽くなったような気がした。上着を脱ごうとしたが、腕の痛みが脱いではいけないことを思い出させてくれた。入国ゲートでは英語が通じるはずだし、通じなかったとしても、なんとかやり過ごす程度のフランス語はしゃべれる。ビジネスマンだという作り話も練習してあった。壁掛け式のテレビは赤いテロップで最新の国際ニュースを流していた。バーレーンで暴動勃発。国王が反政府派に殺害される。アラブの春が湾岸の小さな島国に根を下ろす。イランはマナーマを大イランの新首都にすると宣言。テヘランはサウジアラビアとの戦争を示唆。バーレーンの反政府派は植民地主義の終焉を宣言し、欧米人とスンニ派国民を残忍な手段で殺害。アメリカ大使館前で数百人の犠牲者。

テレビの画面にはアルジャジーラの映像が映し出された。捕らえられた男が汚い路上にひざまずいている映像が。黒いフードとマントで全身を覆われてはいるものの、その男が小太りだというのはわかった。そして、両側にはお決まりの覆面をかぶった男がひとりずつ立っていた。〝暴力的で不快な映像が流れます〟という警告と交互に流れる〝録画です〟というテロップが観ている者に安心感を与える。ほかの到着客はそれほど衝撃を受けておらず、決定的な瞬間を待っているかのように時おり画面を見上げていた。私は毛羽立ったパスポートの表紙の縁に指を這わせた。本物のパスポートでなければ、こんなふうに毛羽立たない。

傾いた建物と一本の街灯。男たちの背景に映っているのはバニ・ジャムラ通りだった。やつは彼女のもとへ行ったのだ。救《たす》け出すために。あるいは、別れを告げるために。いずれにせよ、欧米人にとって――ましてや、顔の知られた情報員にとっては――一日前から立ち入り禁止区域になったも同然の、もっとも危険な敵地に踏み込んだわけだ。狂気の沙汰とも言える愚かで無謀な行為だが、勇敢な行動であるのは間違いない。少なくとも、男気は感じられる。もちろん、欲望に駆られてのことなのかもしれないが。バーレーン駐在のCIA支局長、殺害される。

だが、何かがおかしいと思った。あまりに話ができすぎていて、まさに映画を観ているようだった。サラヤ・アル・ムフタールが無造作に投げた網にたまたまホイットニーがかかったという可能性は低い。ホイットニーを殺した男たちは彼が誰なのかを知っていて、来るのを待ち構えていたのだろう。彼らはホイットニーの外見も乗っている車も、行動範囲や習慣も、彼女を連れに来ることも、すべて知っていて、抵抗すらできないうちに罠に追い込んだのだ。彼らは究極の切り札を――内部情報源を――手にしていたのだ。罠だったのだ。彼女は私を裏切ったのと同じようにホイットニーを裏切ったのだ。

列はすばやく動いていた。そこに並んでいたなかに怪しげな人物はいなかったからか、係員が警戒している様子はなかった。そもそもアラブ人はバーレーンからの出国を許されておらず、同乗者も全員ヨーロッパ人だった。警察犬を連れた警官も、離れたところからのんびりとフロア全体を眺めているだけだった。ホイットニー・オールデン・ミッチェルは死んだ。裏切られたのだ。彼女は黒いアバヤで全身を覆い、大使館の門の前に立ってわれわれ全員を騙したのだ。私も、それが彼女だとは気づいていなかった。飛行機がスモッグを抜けて安全な高度に達し、ブラッディ・マリーを飲んで頭がしゃきっとすると、彼女の美しい顔がひとりでに目の前によみがえった。きらきらと輝く緑色の目で群衆を見つめるその顔は左の頰に傷痕があった。見まがいようのない、あの傷痕が。私は、大勢の人が炎に包まれるのを見たときに気づいていたはずだ。おそらく信じたくなかったのだろう。

やはり、大事なのは信じることだ。

しかし、そんなことは、もうどうでもよかった。私はスイスという天国の門の前に立っていた。そこは中立の砦《とりで》、少なくとも中立を装う砦で、どちらの側につくか決める必要はない。スイスは冬が長く、砂漠の暑さは襲ってこない。もう、究極の決断や選択を迫られることはない。ガラスの仕切りの向こうにいる制服を着た男に近づきながら、彼女が私を選ばなかったことにかすかな安堵を覚えた。彼女は私よりましな、力も利用価値もある男を見つけたのだ。バニ・ジャムラ通りで彼女が来るのを待っていたのは私ではなかった。私はしがない運び屋だ。本命は、前途有望なホイットニーだったのだ。もしかすると、彼女は最後の最後に私を救おうとしたのかもしれない。大使館で私に気づき、私が去るのを待って体に巻きつけた爆弾に火をつけて、褐色のなめらかな体を吹き飛ばしたのかもしれない。やはり、彼女は私を愛していたのだ。

テレビの画面は、リファーと、そこに建つカラフルな色の家の映像に切り替わった。接収されたCIA局員の自宅。カメラマンは、ぎこちなくカメラをパーンさせながら地域司令センターに改造されつつあるホイットニーの家のなかを映し出した。武器を収納するためにクローゼットのなかのスーツは床に放り出され、ホイットニーがベッドサイドに置いていた機密電話を武装した男が手に取って自慢げに説明していた。われわれはこの電話の暗号信号を解読する。そうすれば、CIAの秘密をすべて知ることができる。われわれの抑圧者が中東を植民地化してイランと戦争しようとしていることにCIAがどのように関与していたかがわかる。男はホイットニーの『Arabs at War』を掲げて、アメリカの帝国主義理論だと、吐き捨てるように言った。

私はガラスの仕切りに歩み寄って、スイスの係員にパスポートを渡した。テレビのニュースは高級時計のコマーシャルに切り替わった。ピアジェ。時を刻むのはゴールド。

「シュミットさん、お帰りなさい」係員はすぐにパスポートを返してくれた。

56

二〇一五年十二月　スイス、チューリッヒ

私の事務所に――アールガウアー通りにある自宅を兼ねたアパートの殺風景な部屋に――クライアントが訪ねてくるときは、たいてい浮気調査の依頼だ。調査の結果、クライアントの疑いが事実であることが証明されると、私はいくつかアドバイスをする。大騒ぎするな、相手に期待しすぎるな、浮気は誰でもする、気がついたのは幸運だと思うべきだと。浮気をする理由は人それぞれで、思いもよらない理由の場合もある。しかし、パートナーがあなたを愛していないということではないと。クライアントをさらに慰める必要がある場合は、他人の秘密を暴く仕事をしている私は卑劣で邪悪で醜悪な、虫けらのような人間だと認めることにしている。嫉妬や被害妄想や最悪の思い込みに対処するのが私立探偵の仕事だ。証拠だけを見て、背景には目を向けないようにしているが、物事の裏側には物語

が、それなりの事情がある。だから、クライアントは椅子に座ったままもじもじと身をよじり、赤の他人の、しかも、いかがわしい職業に就いている人物の助言をありがたく受け入れるべきか突っぱねるべきか考え込む。私も、クライアントを失ってスイスの銀行口座の残額が底をついては困るので、おもむろに証拠を突きつける。

ラシードが用意してくれた予備の口座の金には手を付けていない。良心の呵責を感じるからではなく、警戒しているからだ。出所が突き止められるおそれがないとは言いきれない。誰が見ているかわからないし、銀行の天井には監視カメラが設置されている。筆跡や送金記録から足がつくこともある。ラシードと私を結びつける方法はいくつもある。いまやラシードは名士のひとりで、あらたに設立されたバーレーン原子力機構の副代表に就任した。それを知ったのは、チューリッヒの場末の酒場でテレビを観ていたときだった。相変わらず痩せていて髪もぼさぼさのラシードがとつぜん画面にあらわれて、熱のこもった演説をはじめたのだ。彼は、私がビールを飲みほすのを見ているかのようにカメラを見つめていた。海外に留学し、工学を学んで豊富な専門知識を身につけた彼にはもってこいのポジションだ。異教徒であるアメリカの諜報員と一年にわたって協力関係にあったことは完全に葬られ、日の目を見ることのない秘密となった。いまや彼はトップに上りつめ、片や私は社会の底辺で暮らしている。ハンドラーと情報提供者の結びつきは永遠に切れるものではないが、上下関係は完全に逆転してしまった。見方によっては、単に倒錯しているだけだと言えないこともないのだが。
もう少し時間が経てば、予備の口座の金に手をつけてもいい。私はきちんと役目を果たしたのだから。

メディアや国民が国王の死の真相を知ったのは、蜂起が鎮まって数日経ってからだった。死因は毒殺だった。毒は、古くから使われてきた確実な殺害手段で、ソクラテスやクレオパトラ、ヒトラーなど、自ら毒を呷《あお》った歴史上の人物もいる。バーレーン国王の場合は料理人が朝食に毒を盛り、国王は数時間後に死亡して、リファーの南にあるひっそりとした宮殿の寝室の床に倒れていたところを発見された。そこは国王が隠れ家にしていた場所のひとつで、毎晩違う隠れ家で過ごすという戦略が間違っていたのは明らかだった。安全であるはずの隠れ家が安全ではなかったからだ。国王の四人の妻も、ひとりを除いて、すでに全員が毒殺されていた（助かったファティマ王妃は耐性があったのだろう）。おまけに、国王の朝食の残りか同じ材料で作った豪華な朝食を食べた王族の多くも死んだ。それは、長いあいだ余韻が残る優れたオペラのように王族の腐敗を国中に知らしめるための、じつによく練られた作戦で、犠牲者はみな強力な毒によって命を落とした。アメリカの毒物学者と諜報分析官は、報告された症状と状況に基づいて、使用されたのはゲルセミウム・エレガンス、別名、断腸草だと判断した。ロシアが好んで暗殺に使う、即効性のある強力な毒物で、バーレーンにはすぐに使えるように液体の形で大量に持ち込まれたのだろうとのことだった。ロシアはサウジアラビアによる石油権益と地域支配に対抗するためにシーア派の革命家を支援していたと語る専門家もいた。しかし、毒物がどのようにバーレーンへ持ち込まれたのかは解明されないままだった。

ラベルのついていない、五本の茶色いスポイト瓶のなかには、かすかにジャスミンの香りのする液体が入っていた。無害の液体だと自分に言い聞かせていたが、もしかすると、正しい側に味方した人たちの命を救う解毒剤だったのかもしれない。無害ではなくても、このような惨事を引き起こすことなどできないものだったのかもしれない。革命家が、あの瓶のなかには自分たちの願いを叶える精霊が入っていると思っていただけなのかも。ラシードは中身を知りたいかと訊いたが、私はノーと答えた。いずれにせよ、私はただの運び屋だ。運び屋以外の何者でもない。

だが、問題はスポイト瓶だけではない。モザイク画と同様に、作戦には何百ものピースが必要で、そのなかには、小さくて、目立たず、さして重要ではないピースも、うっかり見落としてしまいそうなピースもある。けれども、それらがなければ作戦は遂行できず、失敗に終わる。

あれはまさに手品のようだった。ほんの一瞬、手を触れ合わせただけだった。ドライドック刑務所で買収した警備員の名前と脱獄の合図を書いた紙をジュネイドの手にこっそり渡しても、看守は気づかなかった。ジュネイドと面会したのは一度だけで、ホイットニーには、ジュネイドをこちら側にに引き入れたいという巧みな嘘をついて許可を得た。ジュネイドを脱獄させるだけだと、ラシードは私に請け合った。（しかし、病いに冒された詩人は、私とラシードが負うべき罪をひとりで償ったのではなかったか？）私と同じ立場の人間なら、四人全員が脱獄すると予測するのは不可能だったはずだ。反政府派が銃を持って刑務所を襲撃し、アルドゥール発電所の所員が仕組んだとつぜんの停電を合図に、買収した警備員の手引きで二時間以内に四人全員が路上に解き放たれるとは、誰も思っていなかった。約九十人の看守が殺害され、アラード・ハイウェイの脆弱な封鎖はいとも簡単に突破された。これほど多くの人間が殺されるとは思っていなかった。脱獄した囚人のうちのふたりがホイットニーを殺したということになっているが、もちろんそれも知らなかった。

自分で自分を納得させるしかなかった。自信を持って言えるのは、そのときは自分が正しい側についていると思っていたということだ。海軍基地の倉庫が格好の標的だったのは間違いない。私はできるかぎりのことをして――力を尽くし、危険も冒して――アイゼンハワーの艦内に隠されてひそかに持ち込まれた武器が基地内の倉庫に保管されていることを突き止めた。これは、いまだ解除されていない禁輸措置に対する明らかな違反行為だ。ジョーダンが大使館で耳にした爆音は、サラヤ・アル・ムフタールによる軍倉庫への迫撃砲攻撃によるものだったということにされた。そうではないと言って騒ぎを引き起こすつもりはない。私は、小型のGPSに場所をマークしておいただけだ。

アドリヤ爆破事件の真相はわからなかったので、国王側のしわざだという、ラシードの話をもう一度思い返してみた。細かい点をひとつずつ思い返し、穴を埋め、推理を組み立てた。すると、美しいピラミッドが完成した。それで、考えが変わった。事実が――純然たる事実が――私の考えを変えた。爆弾は五発仕掛られていたと、ワリドがその日の朝に話したこと。内務省のずさんな調査。欧米人に恐怖と怒りをもたらしながらも国外退避にまでは駆り立てなかった暴動。真相に気づいたのは、チューリッヒに来て一カ月ほど経ったときだった。ある晩、張り込みの際に撮影した映像を事務所でチェックしていたときに、とつぜんワリドのオフィスで観たビデオを思い出したのだ。〈カフェ・リルー〉の裏に置いてあった大型のゴミ箱に潜り込んで数分後に出てきた男は、左腕でゴミ箱の縁にぶら下がっていた。瘦せているのも、驚くほど運動神経がいいのも、ラシードと同じだった。ラシードの体つきは自分の息子の顔よりよく覚えている。彼は爆弾製造の専門知識を持つエンジニアだ。見抜けなかったのが悔やまれる。

あの晩、スラム街で警官を殺す必要はなかったのかもしれない。あの警官はほんとうに私を撃とうとしていたのか、それとも職務質問しようとしただけだったのか？　もはや真相は藪のなかだ。ラシードは私の命を救ってくれたのか、それとも騙したのかさえわからない。私の撃った弾がはずれた可能性もある。警官の死体から見つかった銃弾は一発だけだった。

ラシードにホイットニーの家を教えた午後のことは、いまでもときどき思い出す。もちろん、教えるつもりはなかった。突き当たりのいちばん大きな家だ。それに、支局長は革命の支持者ではないと、強く、頻繁にほのめかしはしなかったか？　サラヤ・アル・ムフタールは殺害したあとで、ホイットニーのことを王室の便利な操り人形、抑圧的な王政の協力者兼仲介者、バーレーン国民の完全な裏切り者と決めつけた。私はラシードの頭にそうした考えを植えつけたのだろうか？（私自身も、そう思っていただろうか？）現場の上級課報員がそうみなされるのはしかたのないことだと思いたい。支局長にはリスクがつきまとう。何かあれば新聞ネタになる。栄誉には代償が伴うのだ。要するに、私は殺害されて国際放送で報じられるような大物ではなかったということだ。結局のところ、ホイットニーは自ら死を招いたのではないだろうか？　スラム街へ行ってはいけなかったのだ。アルマイサをさがしに行っては。彼を裏切ったのはアルマイサなのだから。

嵐の源はアルマイサだ。国王が彼女の作品を好んだのには理由があったのだ。有名な反体制派の姪を監視するという、明白な理由が。しかし、国王は気づいていなかった。いくら考えてもわからないはずだ。カンボジアで会った例のスウェーデン人は、私にそう言った。銃も爆発物も現金も、慈善団体を通じて密輸されてるんだ！　グローバル・ソサエティを通じて。とても賢いやり方だよ。人道支援物資を疑う人はいないだろ？　それに、税関も慈善団体からの箱は開けない。しかし、スヴェンに教えてもらう必要があったのだろうか？　アルマイサは寄付を募りに海外へ行って多額の現金を持ち帰り、自分はモザイク画を売って生計を立てて、支援物資は養護施設に置いていた。私は、スヴェンに教えてもらう前から知っていたのだ。それでもアルマイサをさがして誰もいない施設に行って、箱のなかに紫色の液体の入ったプラスチックの容器を見つけたときでさえ、養護施設に大量の過マンガン酸カリウムがあるのは偶然か何かの間違いだと思っていた。もちろん知っていたが、もしかすると知らなかったのかもしれない。知るとはどういうことだろう？　絵画の色使いや構図や、前景と背景のバランスはアーティストによってそれぞれ違うが、見る者によって捉え方も違ってくる。

二〇一三年の六月二十五日に状況は大きく変わった。小国で資源も限られているにもかかわらず、バーレーンの新政府はその後の一年間で近隣諸国や前政権より残忍で、かつ抑圧的になった。たとえわずかでも前政権とつながりのあった者は投獄、または殺害され、協力的だったスンニ派との関係もただちに断たれた。穏健なシーア派でさえ粛清された。死者は合計で数千人に上ると推定された。革命の代弁者だったジュネイドは、完全に蚊帳の外へ追いやられた。国際的な経済制裁やサウジアラビアとの石油権益契約の破棄に加えてテヘランからの資金援助が充分ではないせいで、シーア派住民の大多数は以前より深刻な貧困状態に陥った。浄水場や下水処理場の放置と破壊により、腸チフスやコレラが蔓延した。国民の期待も裏切られたのだ。

革命から二カ月も経たないうちに、イランと、その傀儡のバーレーン政府は、イラクやアゼルバイジャン、イエメン、レバノンの同志に武器を取って敵と戦えと呼びかけて、各地に宗派間武力対立の波を広げた。イランはバーレーンがあらたに設立した原子力機構と緊密に連携し、ロシアはふたたび立場を変えてサウジアラビアのウラン濃縮施設建設を支援する契約に署名した。かくして、専門家が〝アラブの冬〟と呼ぶあらたな季節がはじまった。撤退を求められた米海軍は第五艦隊の洋上基地艦に司令部を移したが、平和を維持して、あらたに権力を握った敵と対峙するには明らかに不利だった。

アラビア語の〝フィトナ〟とは、対立、争い、戦い、試練という意味だ。血塗られた宿命と言えるのかもしれないが、これまで新聞の見出しを飾ることなどなかった取るに足らない小さな島国が歴史を変えることになったのは、毒の入った五本の瓶が、二度と瓶のなかには戻らない魔神を解き放ってしまったからだった。

アルマイサの自爆テロはアメリカの外交施設に対する史上最悪の攻撃で――しかも、女性による唯一の攻撃で――三百十二名が犠牲になった。そのほとんどがアメリカ人で、一九九八年に起きたナイロビとダルエスサラームの大使館爆破事件による犠牲者をはるかに上回った。彼女の自爆テロはマナーマ大使館爆破事件と呼ばれるようになって、専門家はあらたなジェンダーの役割に関するケーススタディとして調査をし、予測不能な事態を予測することの重要性を示す格好の戒めとなった。ただし、彼女の身元はいまだに不明のまとされている。

あの日、ジミーと妻のグレッチェンは脱出に成功した。本部はおそらくふたりを英雄として迎えたはずだ。私の知るかぎり、ジミーの罪に気づいている者はいないようだった。

いまにして思えば、グレッチェンは私がオペラハウスでアルマイサに気を取られていたときにこっそり伝えようとしていたような気がする。ある朝、《ニューヨーク・タイムズ》をめくっていたら、アメリカとインドネシアの共同海軍演習の写真を見つけたのだが、背景にはジミーにそっくりな男が写っていた。ただし、すぐには彼だとわからないほど痩せていた。重い病いにかかったのか、妻に逃げられたか、あるいは罪の意識に苛まれているようなやつれ方だった。

提督はさっさと逃亡した。が、私がチューリッヒの街に姿を消してほどなく海軍に匿名の情報が寄せられて、その数ヵ月後に、収賄と共謀、通信詐欺、及び機密情報漏洩の罪で軍法会議に召喚された。海軍将校や船員のみならず海外の仲介人をも巧みに巻き込み、連邦法と禁輸措置に違反して米国の艦船でバーレーンへの武器の輸送を企てて、製造業者、海外の仲介人、バーレーンの王族など、すべての側から多額の賄賂を受け取っていた罪を問われたのだ。イランの脅威や武器の必要性、それに自身の重要性を誇張するために情報を改ざんしたり情報源を捏造したりもしていた。彼が何年も前から世界中のあちこちで汚職に手を染めていたことも、多額に及ぶ海軍の契約に目をつけて頽廃と不正の罠に陥ってしまっていたことも、裁判を通じて明らかになった。新聞は、彼がシンガポールでブタの丸焼きを食べたことも、タイで狩りをしたことも、純金の時計やカフスボタンを持っていることも、妻と一緒にグッチのファッションショーに出かけたり妻の目を盗んでカンボジアの売春宿に通っていたことも、ジャミール王子やダイタイという名の売春婦、アンクル・チャンと呼ばれていた太った中国人の男をはじめとするさまざまな人物と親しくしていたことも報じた。結局、有罪判決を受けて十一年の刑を宣告されたこの優秀な海軍兵学校卒業生は、カリフォルニアのターミナル島にある刑務所の独房で首を吊った。

ホイットニーは、テロ攻撃や捕虜の捕獲、ハイジャックなど、国際的な事件から生まれた英雄のひとりとなった。ニュースから姿を消したあとも書籍で取り上げられたし、殉職したCIA職員としてラングレーの壁に星が刻まれ、永遠にその栄誉が称えられることになった。外交官だった彼の両親は、意外にも沈黙を貫いた。報道陣に悲しみを伝えはしたものの、それ以上は語らず、息子は模範的な公務員であったと、控えめな短いコメントを口にしただけだった。父親は息子と何年も話をしていなかったと明かしたが、ホイットニーが実力を認められて海外の任地を転々としていたことを考えると、無理からぬことだった。私は、謎の自爆テロ犯に関する記事だけでなくホイットニーに関する記事もすべて切り抜いて、机の引き出しの奥に押し込んだ。

私自身はというと、少なくとも表向きにはという意味ではあるものの、シェーン・コリンズは死んだ。長いあいだ闇の世界で過ごしていると多くのつながりができて、証拠を残さずに犯罪を犯したり、大地の裂け目のような真っ黒な真空空間に身を置くことができるようになるのだ。私がチューリッヒに到着して数日のうちにフィリピンの遺体安置所で仕事をしている知人が前もって頼んでおいたとおりに私の死亡証明書を作成して、別れた妻のマーリーンと息子に送ってくれた。特に必要だったわけではない。マナーマの大使館爆破事件や革命の際の流血の惨事によって外国人が大勢死んだり、行方不明になったり、誰なのかわからないまま歴史の襞のなかに消えていったりしたので、わざわざそんなことをする必要はなかった。もちろん、誰も私のことなど気にしていなかった。だが、万が一に備えて万全を期しておきたかったのだ。私は優秀なスパイだったのだから。

ホイットニーの姿は、通りやバーでときどき見かける。少し老けたが、相変わらず身なりはよく、上品なグレーのスーツを着て、かならずブリーフケースか紙袋を持っている。私は、いまになってようやくスパイとは幽霊になることなのだと知った。何をしてもしなくても、行き着く先は決まっている。姿を消したあとでさえ、その宿命から逃れることはできないのだ。時間は自ら一足飛びにあと戻りして、前へ進むのを妨げる。記憶は追憶と現実の狭間に埋もれ、その存在は、夢のなかの出来事が時として現実の出来事のように感じられるのと同様に、あやふやになる。

私の肌と目は黄色くなり、腹はぶよぶよで、肝臓はすこぶる調子が悪い。手の震えもますます激しくなってきた。それでもシナトラを聴き、写真を眺め、近くのアンティークショップで買ってきて机の上に置いた骨董品を眺めている。そうやって死を待っている。私はなんとか生き延びた。わが身に降りかかる罪は素直に受け止めるつもりでいる。自分が昔から少しも進歩していないのはわかっている。

バーレーンが恋しいわけではないが、ときどき思い出すことはある。春の丘に咲くジャスミンの香りはほんのり甘く、アルマイサの残り香の混じったアトリエのにおいとともに鼻をくすぐる。ブーゲンビリアの香りも覚えている。昼間の市場に漂う、竜涎香や麝香や沈香《じんこう》の香りも。

マナーマとは何だろう？　それは夕刻の祈りの呼びかけであり、内気な恋人がキスをするように、そっと岸を舐めるペルシャ湾の波であり、雑然とした街と名もなき通りと、記憶に残るほど美しくも醜くもない墳墓と、冬が終われば故郷に帰る、置き物のように美しいフラミンゴのことだ。それはスラム街であり、女であり、スパイが死にに行く場所のことでもある。

謝　辞

私を正式に受け入れてくれた最初の人物であり、かけがえのない助言と提案と、揺るぎない信頼と励ましを与えてくれたエージェントのデイビッド・マコーミックには深く感謝しています。彼はどんな相談にものってくれて、執筆中に生じた無数の質問にもていねいに答えてくれました。私のために尽力してくれたマコーミック・リテラリーのスーザン・ホブソンにもお礼を言います。アトリアブックスの編集者、ピーター・ボーランドにも心から感謝しています。私にチャンスを与えてくれて、私の作品に理解を示し、執筆がスムーズに、かつ効率よく進むように気を配り、的を射たフィードバックを提供してくれました。ショーン・デローンにもお世話になりました。彼の鋭いダメ出しは、私より私の作品をよく知っているのではないかと思うほどでした。ソニア・シングルトンを含むサイモン&シュスターとアトリアブックスのチーム全員にも感謝の意を表します。

ナダ・プラウティとロー・ハムゼは、急に依頼することが多かったにもかかわらず、いつも美しいアラビア語に翻訳してくれました。アーマド・ハラビとモー・ハラビにも、無理をお願いしてアラビア語の最終チェックをしてもらいました。国家安全保障専門の優秀な弁護士で親友でもあるマーク・ザイドは、法的な問題についてためらうことなく厳しいチェックをしてくれただけでなく、いつでもテキストメッセージで連絡をくれました。

友人のドナ・カミンスキーはつねに私を叱咤激励し、ジュリー・ザカリアディスは静かに見守ってくれました。イアン・ブライアンは（ＩＢというのは最高のイニシャルだと思うのですが）、道路脇に車を停めてこの作品の売り込み原稿と要約を読んでくれました。彼の機知に富んだコメントは、ときに辛辣ではあったけれど、私が脱線するのを防いでくれました。タイシアとアレックス・シエラはいつも私の愚痴を聞いて、私がもっとも必要としていた笑いを提供してくれました。

果敢にもこの作品の初稿を読んで、大学のレポートが書けそうなアイデアを提供してくれたトーマス・ジェファーソン科学技術高校の卒業生、イアン・コールドウェルにも心から感謝の気持ちを伝えたいと思います。同校のほかの皆さんにもお世話になりました。ダスティン・トーマスンはサンプル原稿を読んで、〝ジャンルを選べ〟という賢明なアドバイスをしてくれて（結局、フィクションとして書くのがいいということになったのですが）、〝くせ者〟揃いの登場人物についても高く評価してくれました。イン・リーには、必要になるたびにクメール語の翻訳をお願いしました。パティ・ヒンクリー・ヤングとジョーン・ヤング、セバスチャン・フォンスは私が書いた文章をスウェーデン語に翻訳し、私が自分で訳した箇所は曖昧だと指摘してくれました。高校三年生のときの文学の教師で、すべてを捨てて執筆に人生を捧げるよう勧めてくださったミセス・フェルドマンにも感謝しています。もちろん、私を作文コンテストに登録し、どんな形であれ文学に関わる仕事をするように勧めてくださった中学二年生のときの英語教師、ミセス・ルーゲルにも。先生方のアドバイスに従うのにはずいぶん時間がかかりました。

本がいっぱいある家で愛情深く私を育てて、たとえ戦場や闇の世界に足を踏み入れることになろうと私の選択を応援してくれた両親には、言葉で言いあらわせないほど感謝しています。本書の出版契約を持ちかけられたときにベッドの上で飛び上がって喜んでくれて、いまでもつねに励まし続けてくれる息子ゼヴにもかぎりない愛を。そして、私にとってはいちばん大事な批評家で、私の執筆のためにならず（私が心を込めて取り組んでいる、ほかのあらゆることのためにも）いやな顔ひとつせず自分の時間を犠牲にして、しかも、ほかの人がなんと言おうと私に自信を持たせてくれる最愛の夫のリックにも心から感謝しています。彼は私の心の支えです。

訳者あとがき

二〇一一年、日本で東日本大震災が起きたその年に、中東では「アラブの春」と呼ばれる民主化運動が勃発した。前年の十二月に、チュニジアの路上で果物や野菜を売ろうとしていた失業中の青年が許可を得ていないという理由で当局に商品を没収され、そのことに対する抗議のために焼身自殺を図ったのがすべてのはじまりだった。長期政権による抑圧に加えて失業率がきわめて高いこともあって、この事件を契機に若者たちが起こしたデモが政権の崩壊へとつながるのだが、焼身自殺の現場の映像がSNSに投稿されたのも、SNSを通じた若者たちの呼びかけによってデモが国中に広まったのも、このチュニジアでの「ジャスミン革命」が、またたくまにリビア、エジプト、シリアなどの近隣諸国や、サウジアラビア、バーレーンなどの湾岸諸国に飛び火したのも、じつに衝撃的だった。チュニジアでの民主化運動が「ジャスミン革命」と呼ばれるようになったのは、ジャスミンが国を代表する花だからだ。多くの犠牲と引き替えに政権が崩壊しても、宗派間の対立の激化や過激派組織の台頭、強権支配の復活などによって多くの国ではその後も混乱が続き、皆が期待を寄せた「アラブの春」はさほどの成果がないまま終焉を迎えた。

本書『孔雀と雀 アラブに消えゆくスパイ』は、「アラブの春」が波及して民主化運動が大規模な騒乱へと発展したバーレーンを舞台にしたスパイ小説である。バーレーンはサウジアラビアの東のペルシャ湾に浮かぶ三十三の小さな島からなる立憲君主制国家で、正式名称はバーレーン王国。隣国のサウジアラビアとは海上橋でつながっている（ちなみに、アラビア半島とイランを隔てる湾は一般にペルシャ湾と呼ばれているが、イランと敵対しているアラブ諸国ではアラビア湾と呼ばれている）。バーレーンには第五艦隊が拠点としているアメリカの海軍基地内にCIAの支局が置かれていて、本書の主人公は、その中東分析局で働く五十二歳のシェーン・コリンズだ。

イラク戦争終了後のバグダッドからバーレーンへ異動してきたばかりのコリンズは、年金がもらえるようになるまで仕事を続けてフロリダで引退生活を送るというささやかな夢を持ちながらも、最後に華々しい成果を挙げたいという野心を秘めていた。が、自分の息子とさして歳の変わらない若い支局長に命じられて、スンニ派の王政を倒そうとするシーア派の蜂起の背後に潜むイランの陰謀を暴こうとしているうちに、コリンズ自身も革命の嵐の渦に巻き込まれていく。しかも、当初は反政府派の仕業だと思われていた、外国人も頻繁に訪れる地区での爆破事件が、じつは政府側の自作自演だったのではないかと疑いだすと、過度の飲酒や女性関係を理由に、いきなり本部から早期退職勧告を受け、スパイとしての矜持と生き残りを賭けて真相を追うことに……。

〝小説は作り話だが、真実を知る助けになる〟というのは、ベトナム戦争をテーマにした作品を数多く発表している作家、ティム・オブライエンの言葉だが、コリンズが心を惹かれたモザイク作家のアルマイサを通じてバーレーンの真の一面を知ったのと同様に、私たちは本書を通じてバーレーンという国を知り、複雑きわまりないアラブ諸国の実情を目の当たりにすることになる。高層ビルが建ち並ぶ近代的な街の風景が目に浮かび、絶え間なく舞い上がる砂埃を肌に感じ、市場《スーク》のにぎわいや貧しい庶民が暮らすスラム街のにおいまで伝わってくるような本書のリアルな描写が、ちょうどこの物語と同時期にバーレーンの首都のマナーマで夫とともに暮らしていた著者の経験の反映であるのは想像に難くない。

著者のI・S・ベリーはワシントンDCの生まれだが、ロンドン大学に留学していたときに国際政治に興味を持って、卒業後はプラハでオンライン英字新聞の編集にたずさわり、ふたたびイギリスに行って米国防総省のバルカン半島担当分析官として働いていた。その後、アメリカに戻ってヴァージニア大学のロースクールで学び、弁護士資格を取得している。CIAに入局したのは、国防総省の分析官としての仕事が諜報活動への興味を掻き立てたのと、仕事でしばしばボスニアを訪れていたときにCIAが女性のケースオフィサーを増やそうとしているという話を聞いたからで、二〇〇四年から二〇〇五年にかけては、自ら志願してイラクのバグダッドに赴任していた。フセインが逮捕されて暫定政権が発足したとはいえ、当時のイラクは爆弾テロや武装グループによる襲撃が多発しており、イラクからアメリカに戻ったあとはPTSDに悩まされて、計六年務めたCIAを退職している。イラクでは毎日のように反乱軍の迫撃砲やロケット弾にさらされながら、対テロ工作員として情報提供者のリクルート係を務めていたようだが、人を操る仕事には向いていなかったと、のちにインタビューで語っている。もともと以前から小説を書きたいと思っていたようで、いったんはイラク時代の手記をまとめようとしたそうだが、バーレーンでアラブの春を体験してさまざまな答えのない疑問を抱いたのが、本書を執筆するきっかけになったという。

本書は二〇二三年にアメリカで発売された著者のデビュー作だが、《ニューヨーカー》、NPR、《ロンドン・タイムズ》、《フィナンシャル・タイムズ》、《ガーディアン》、《ザ・テレグラフ》、《ディプロマティック・ブック・クーリエ》のベスト・ブック・オブ・ザ・イヤーに選ばれ、アメリカ探偵作家クラブ賞、国際スリラー作家協会賞、バリー賞、マカヴィティ賞の最優秀新人賞を受賞した。《ロンドン・タイムズ》は〝二十一世紀におけるもっともすぐれたスパイ小説家のひとり〟と著者をたたえ、作家仲間は本書を〝ル・カレやグレアム・グリーンの伝統を受け継ぐ、複雑で刺激的なスパイ小説〟、〝これまで読んだなかでもっともリアルなスパイ小説〟、〝スパイ小説のあらたな名作になるのは間違いない〟などと絶賛している。

何が正解なのか、誰を信じていいのかわからない混沌とした状況のなかで、物語は反政府派による抗議活動の激化とともに徐々に緊迫感を高めて驚愕の結末へと突き進むが、結局、コリンズでさえ、すぐにすべての謎を解くことができたわけではなかった。しかし、著者のI・S・ベリーは、小さなタイルを一枚ずつていねいに貼り合わせて、じつに見事なモザイク画を披露してくれた。

本書は執筆に三年、手直しに二年かかったそうだが、著者はすでに、バグダッドに赴任していたときに書いた手記をもとに女性のスパイを主人公に据えた次作の執筆に取り組んでいるらしい。尚、本書はシャドーフォックスのスコット・デルマンが映画化の権利を獲得したそうなので、次作とともに映画の完成も楽しみに待ちたい。

二〇二五年二月

スクールボーイ閣下（上・下）

The Honourable Schoolboy

ジョン・ル・カレ
村上博基訳

〔英国推理作家協会賞受賞作〕ソ連情報部の工作指揮官カーラの策謀により、英国情報部は壊滅的打撃を受けた。その長に就任したスマイリーは、膨大な記録を分析し、カーラの弱点を解明しようと試みる。そして中国情報部にカーラが送り込んだスパイの重大な計画を知ったスマイリーは秘密作戦を実行する。傑作巨篇

ハヤカワ文庫

スマイリーと仲間たち

Smiley's People

ジョン・ル・カレ
村上博基訳

将軍と呼ばれる老亡命者が殺された。将軍は英国情報部の工作員だった。醜聞を恐れる情報部は、彼の工作指揮官だったスマイリーを引退生活から呼び戻して後始末を依頼、やがて彼は事件の背後に潜むカーラの驚くべき秘密を知る！　英ソ情報部の両雄がついに決着をつける。三部作の掉尾を飾る傑作。解説／池澤夏樹

ハヤカワ文庫

訳者略歴　青山学院大学文学部英米文学科卒，英米文学翻訳家　訳書『名探偵ポアロ　クリスマス・プディングの冒険』『死への旅』クリスティー，『殺意のコイン』パーカー，『インフルエンサーの原罪』ブラウン，『マクマスターズ殺人者養成学校』ホームズ（以上早川書房刊）他多数

HM=Hayakawa Mystery
SF=Science Fiction
JA=Japanese Author
NV=Novel
NF=Nonfiction
FT=Fantasy

孔雀《くじやく》と雀《すずめ》
アラブに消えゆくスパイ

〈NV1538〉

二〇二五年三月二十日　印刷
二〇二五年三月二十五日　発行
（定価はカバーに表示してあります）

著者　I・S・ベリー
訳者　奥《おく》村《むら》章《あき》子《こ》
発行者　早川浩
発行所　株式会社早川書房
郵便番号　一〇一 - 〇〇四六
東京都千代田区神田多町二ノ二
電話　〇三 - 三二五二 - 三一一一
振替　〇〇一六〇 - 三 - 四七七九九
https://www.hayakawa-online.co.jp
乱丁・落丁本は小社制作部宛お送り下さい。
送料小社負担にてお取りかえいたします。

印刷・三松堂株式会社　製本・株式会社明光社
Printed and bound in Japan
ISBN978-4-15-041538-9 C0197

本書は活字が大きく読みやすい〈トールサイズ〉です。